DUMONT

Die über 90-jährige Klara ist blind und kann ihr Haus schon lange nicht mehr allein verlassen. Ganz unerwartet wird die Tür aufgestoßen, hinter der sie ihre Vergangenheit verschlossen hat. Ergreift sie ihre letzte Chance, ihr bestgehütetes Geheimnis – die Geschichte ihres Lebens – zu offenbaren? Siebzig Jahre zuvor: Klara ist überglücklich; mitten in der Weltwirtschaftskrise 1929 bekommt sie eine Stelle als Hauswirtschaftslehrerin in einem Kinderheim in Oranienbaum. Als eines Tages dort ein Baby abgegeben wird, fühlt sie sich der kleinen Tolla auf Anhieb stark verbunden. Bald spitzt sich die wirtschaftliche Lage zu. Klara, die das Heim inzwischen leitet, sucht die Nähe der neuen Machthaber in der Hoffnung auf Rettung. Zu spät erkennt sie, mit wem sie sich eingelassen hat. Und dann ist sie plötzlich selbst in Gefahr: Denn Tolla, das Waisenmädchen, das inzwischen wie eine Tochter an Klaras Seite lebt, ist jüdischer Herkunft.

›Die karierten Mädchen‹ ist der erste Band der ›Heimkehr‹-Trilogie, die vom Ende der Zwanziger- bis in die Sechzigerjahre reicht. Sie ist inspiriert von den Lebenserinnerungen von Alexa Hennig von Langes Großmutter, die diese im hohen Alter auf mehr als 130 Tonbandkassetten aufgenommen hat.

*Alexa Hennig von Lange,* geboren 1973, wurde mit ihrem Debütroman ›Relax‹ (1997) zu einer der erfolgreichsten Autorinnen ihrer Generation. Seitdem hat sie mehr als 25 Romane veröffentlicht, die in mehrere Sprachen übersetzt wurden. Bei DuMont erschienen ›Risiko‹ (2007), ›Peace‹ (2009), ›Kampfsterne‹ (2018), ›Die Weihnachtsgeschwister‹ (2019), ›Die Wahnsinnige‹ (2020) und ›Die karierten Mädchen‹ (2022). Im August 2023 erscheint nach ›Die karierten Mädchen‹ der zweite Band der ›Heimkehr‹-Trilogie. Die Schriftstellerin lebt mit ihrem Mann und ihren fünf Kindern in Berlin.

*Alexa Hennig von Lange*

# *Die karierten Mädchen*

ROMAN

DUMONT

Von Alexa Hennig von Lange sind bei DuMont außerdem erschienen:

Relax
Risiko
Peace
Kampfsterne
Die Weihnachtsgeschwister
Die Wahnsinnige
Zwischen den Sommern

Die Autorin dankt der VG Wort für ein Stipendium im Rahmen von Neustart Kultur, das die Arbeit an diesem Roman unterstützte.

MIX
Papier | Fördert gute Waldnutzung
FSC® C083411
FSC www.fsc.org

Dieses Buch wurde klimaneutral produziert.

Klimaneutral
Druckprodukt
ClimatePartner.com/17531-2110-1001

August 2023
DuMont Buchverlag, Köln

Umschlaggestaltung: Lübbeke Naumann Thoben, Köln
Umschlagabbildung: Lisa-Blue/ getty images
Satz: Fagott, Ffm
Gesetzt aus der Eidetic und der Acanthus
Druck und Verarbeitung: CPI books GmbH, Leck
Gedruckt auf säurefreiem und chlorfrei gebleichtem Papier
Printed in Germany
ISBN 978-3-8321-6715-8

www.dumont-buchverlag.de

*»Nach Wahrheit forschen,*
*Schönheit lieben, Gutes wollen,*
*das Beste tun – das ist die*
*Bestimmung des Menschen.«*

Moses Mendelssohn, 1729-1786

*»Ein Herrenvolk muss in der Lage sein,*
*Menschen, die für die Gemeinschaft schädlich sind,*
*aus der Gemeinschaft ohne*
*christliche Barmherzigkeit auszuschalten.«*

Heinrich Himmler, 1900-1945

# I.

Vorsichtig setzte Klara einen Fuß über die Türschwelle auf die Terrasse. Mit der Hand klammerte sie sich am Türrahmen fest, dann zog sie den anderen Fuß nach und stellte ihn auch auf die Terrasse. Sie hörte die Tauben weit hinten in der Rotbuche gurren. Vor ihr lag ihr Garten. Rechts und links zogen sich die hohen Buchenhecken bis zum rückwärtigen Gartenzaun. In den Rabatten blühten die unterschiedlichsten Blumen, das Rosa der Tränenden Herzen musste jetzt besonders prächtig leuchten. Der Himmel war verhangen, die Sonnenstrahlen schafften es noch nicht, durch die Wolkendecke zu brechen. Jedenfalls fühlte Klara kein direktes Licht auf ihrem Gesicht oder ihren Händen. Es war ein später Augustmorgen und der Rasen vor ihr schimmerte in diesem bläulichen Grün. War es nicht so?

Was sie vorhatte, war nicht ganz ungefährlich. Noch lag ihre Hand sicher auf dem Türrahmen. Sie trug ihren dunkelblauen Mantel. An einer dünnen Halskette baumelte die goldene Uhr, die sie als Vierzehnjährige von ihren Eltern zur Konfirmation bekommen hatte. Ihr langes graues Haar hatte sie zu einem strengen Dutt gebunden. Und natürlich hatte sie einen Hut auf. Ohne Hut verließ sie niemals das Haus. Egal, wie heiß und schwül es draußen war. Ob sie auf die Straße ging oder nur in ihren eigenen Garten. Langsam ließ sie den Türrahmen los und machte einen tastenden Schritt über die Steinplatten.

Klara war einundneunzig Jahre alt. Sie war blind. Ihre Töchter hatten sie gebeten, auf keinen Fall allein in den Garten zu gehen. Schon gar nicht bis zum rückwärtigen Zaun. Und genau dorthin wollte sie heute einen kleinen Ausflug machen. Es kam ihr nicht unvernünftig vor, sondern eher wie ein kleines Abenteuer. Gleichzeitig wusste sie, dass es wahrscheinlich mit ihr vorbei war, wenn sie stürzte. Die Nachbarn auf der linken Seite, eine Familie, deren Kinder im Sommer hinter den hohen Hecken im Planschbecken herumsprangen, waren in den Urlaub gefahren. Sie würden ihre Hilferufe also nicht hören. Die Dame, die im Haus auf der rechten Seite wohnte, war sehr schlecht zu Fuß. Zweimal am Tag kamen das *Essen auf Rädern* und der Pflegedienst zu ihr. Ansonsten blieb Frau Clasen nichts anderes übrig, als auf die Besuche ihrer Kinder zu warten. Sie würde also auch nicht helfen können, falls Klara stürzte.

So eintönig wie ihre alte Nachbarin wollte Klara jedenfalls nicht ihre Tage verbringen. In ihrem ganzen Leben war sie nicht ein einziges Mal gefallen. Sie hatte sich noch nie verletzt. Warum sollte ihr jetzt etwas passieren? Ihr jüngerer Bruder Kurtchen hatte schon als Vierjähriger seinen Zeigefinger in der Häckselmaschine verloren. Aber sie hatte sich nicht einmal beim Kartoffelschälen in den Finger geschnitten. Zumindest konnte sie sich nicht daran erinnern.

Weit über ihr kreuzte ein Flugzeug den Himmel. Drinnen im Haus klingelte das Telefon. Das Klingeln drang durch den Flur, das Esszimmer und die angelehnte Terrassentür. Wahrscheinlich war es eine ihrer Töchter, die versuchte, sie zu erreichen. Es gab ja sonst niemanden, der sie anrufen würde. Ihre drei Töchter waren liebe Kinder. Kinder, die sich - obwohl sie alle ihr eigenes mehr oder weniger funktionierendes Leben hatten - um sie sorgten und verlässlich nachfragten, ob bei ihrer Mutter alles in Ordnung sei. Das war natürlich sehr schön, und genau zu solch umsichtigen Menschen hatte Klara ihre Mädchen auch erzogen. Doch manchmal übertrieben sie es etwas mit ihrer Fürsorge. Glücklicherweise war ihr Sohn Georg beruflich zu stark eingespannt, um sich ebenfalls Sorgen um sie zu machen.

Das Telefon klingelte und Klara wusste, wenn sie nicht abhob, würden ihre Töchter als Nächstes vermuten, sie wäre die Treppe hinuntergestürzt oder im Badezimmer ausgerutscht. Kurz vor Weihnachten, als sie einmal keine Lust gehabt hatte, ans Telefon zu gehen, waren ihre Töchter so beunruhigt gewesen, dass sie die nette Familie von nebenan aufgescheucht hatten. Die Nachbarn hatten bei ihr geklingelt, um nach dem Rechten zu sehen. Nur hatte Klara auch keine Lust gehabt, ihnen die Tür zu öffnen, was zu weiteren Unannehmlichkeiten und einer unerquicklichen Diskussion darüber geführt hatte, ob sie nicht besser in einem Seniorenheim aufgehoben wäre.

Aber so schnell, wie es jetzt notwendig gewesen wäre, um ihre Töchter nicht zu alarmieren, kam Klara sowieso nicht zum Telefon. Also blieb sie genau da stehen, wo sie stand. Sie wollte sich nicht aus der Ruhe bringen lassen. Sie wartete, bis das Klingeln aufhörte. Endlich war es wieder still. Bis es keine halbe Minute später erneut klingelte. Klara schüttelte widerwillig den Kopf. Wieso hatten ihre Töchter so wenig Vertrauen ins Leben? Ständig dachten sie, irgendetwas Schlimmes könnte passiert sein. Sie hätte vorhin einfach den Hörer beiseitelegen sollen, bevor sie in den Garten gegangen war.

Es klingelte und klingelte. Um diesen Unsinn zu beenden, musste Klara sich wieder nach drinnen tasten und Entwarnung geben. Aber wenn sie einmal im Haus war, würde sie nicht wieder hinausgehen. Das Hin und Her zwischen drinnen und draußen war furchtbar anstrengend. Außerdem war ihr schönes Vorhaben gestört, bis hinunter zum Ende des Gartens zu gehen. Zu dieser Jahreszeit duftete es dort so herrlich nach den Blüten des Jelängerjeliebers. Sie drehte sich langsam um und schob sich mit ausgestrecktem Arm, Schritt für Schritt, zurück zur Terrassentür. Ihr schmaler, aufgerichteter Körper spiegelte sich jetzt bestimmt im großen Wohnzimmerfenster. Dahinter hingen die bodenlangen Gardinen. Klara würde schon noch bis zu ihrem duftenden Jelängerjelieber gelangen, wo sie früher gerne mit Gustav im Gras auf einer Decke gesessen hatte. Nicht heute, aber morgen.

Gerade, als sie sich durch das Wohnzimmer in den Flur tastete, klingelte es plötzlich an der Tür. Wer konnte das sein? Abgesehen vom Supermarktlieferanten stand so gut wie nie jemand davor. Doch der kam immer Montagmittag und heute war Donnerstag. Klara bewegte sich langsam Richtung Haustür. Bevor sie öffnete, fragte sie durch die Tür so laut sie konnte: »Wer ist da?«

»Ich bin's, Mama. Inge.«

»Inge?«

»Ich habe schon versucht, dich anzurufen. Aber du bist nicht drangegangen.«

Klara drehte den Schlüssel herum, zog die Haustür auf und blickte hinaus, dahin, wo sie ihre Tochter vermutete. »Was machst du denn hier mitten in der Woche?«

»Rainer hat in der Gegend etwas zu tun und da bin ich heute früh spontan mitgefahren. Ich habe ja keine Kinder mehr, die aus der Schule kommen und Hunger haben.«

Inge zwängte sich an ihrer Mutter vorbei, zog sich die Schuhe in der Garderobe aus und wusch sich eilig die Hände in der Gästetoilette. Klara stand neben dem Tisch im Flur und wartete. Ihre Tochter war noch nie unangemeldet vorbeigekommen. Sie und Rainer wohnten hundertfünfzig Kilometer entfernt. Und bisher hatte Rainer hier auch nichts zu tun gehabt.

Inge kam aus der Gästetoilette. »Rainer bekommt möglicherweise in der Gegend einen Auftrag. Das wäre doch schön. Dann könnte ich öfter mit ihm mitfahren und dich besuchen.«

Klara nickte und wusste nicht, ob sie das wirklich schön fand. Ihr Leben, mit sich ganz allein, gefiel ihr eigentlich recht gut. Den jungen Mann vom Pflegedienst, den ihre Töchter organisiert hatten, hatte sie auch gleich wieder weggeschickt.

Inge rauschte an ihr vorbei. Wie gewohnt, machte sie einen etwas gehetzten Eindruck. »In zwei Stunden holt mich Rainer wieder ab. Wollen wir uns ins Wohnzimmer setzen? Oder soll ich dir schon mal die Kartoffeln fürs Mittagessen schälen?«

Ohne die Antwort abzuwarten, ging Inge hinüber in die Küche, und Klara hörte, wie sie ein paar Kartoffeln aus der Klappe holte und in die Spüle fallen ließ. Sie hörte, wie die Besteckschublade aufgezogen wurde, wie ihre Tochter den Wasserhahn aufdrehte und einen Topf unter den Strahl hielt. Klara blieb in der Tür stehen. Vor lauter Überraschung wusste sie gar nicht, was sie sagen sollte. Bis eben war es hier noch angenehm ruhig gewesen. Die Räume hatten ihr ganz allein gehört. Nun befand sich alles in plötzlichem Aufruhr und Hast.

Inge drehte den Wasserhahn wieder zu, schob den Topf auf den Herd und sagte: »Stell dir vor, Mama! Du wirst Urgroßmutter.«

»Ach ja?«

»Isabell ist schwanger. Das Baby kommt im nächsten Frühjahr. Es wird ein Mädchen.«

Isabell war Anfang zwanzig, gerade nach Berlin gezogen und die Mittlere von Inges drei Kindern. Constanze, ihre Älteste, studierte in Frankreich und der kleine Florian hatte gerade sein Abitur gemacht.

»Wer ist denn der Vater?«, fragte Klara. Isabell wechselte ihre Freunde ständig, soweit Klara das von ihrer Tochter erzählt bekam.

Inge seufzte. »Ein junger Mann, den Isabell beim Ausgehen kennengelernt hat. Frag mich nicht, wo. Sie meint, er sei sehr intelligent und künstlerisch begabt. Ich kenne ihn noch nicht.«

Klara hörte, wie Inge die Kartoffeln schälte, abwusch und in den Topf fallen ließ, hörte, wie sie die Herdplatte anstellte und den Deckel scheppernd auf den Topf legte. Vielleicht mit etwas zu viel Nachdruck, so, als hätte sie große Zweifel an der frohen

Botschaft und den Fähigkeiten des jungen Mannes, von dem ihre Tochter ein Kind erwartete.

Nun wurde Klara also Urgroßmutter. Es war klar gewesen, dass Isabell die erste von ihren sieben Enkeln sein würde, die ein Kind bekam. Sie tat ständig Dinge, die kein junges, vernünftiges Mädchen mit wohldurchdachten Zukunftsplänen getan hätte. Obwohl Klara die Antwort bereits kannte, fragte sie in die plötzliche Stille der Küche hinein: »Möchten Isabell und der junge Mann heiraten?«

Inge legte ihr kurz die Hand auf den Arm und glitt dann an Klara vorbei in den Flur und weiter zum Wohnzimmer. Jedenfalls kam ihre Stimme nun aus dieser Richtung. »Ich weiß nicht einmal, ob die beiden überhaupt noch zusammen sind. Vielleicht haben sie sich auch schon wieder getrennt. Wollen wir es uns in der Sitzgruppe gemütlich machen, bis die Kartoffeln gar sind?«

Klara folgte ihrer Tochter langsam hinüber ins Wohnzimmer. Inge schien sich schon auf einen der Sessel gesetzt zu haben. Es war klar, dass sie hören wollte, wie ihre Mutter zu der Sache stand. Klara bewegte sich mit kleinen Schritten an den verschiedenfarbigen Sesseln vorbei, die um einen niedrigen runden Tisch standen, bis zu dem dunkelblauen Sessel, auf dem sie immer saß. »Du meinst, Isabell will das Kind allein großziehen?«

»Ich vermute es. Wer weiß es schon? Isabell hat immer genau das getan, was sonst niemand von uns getan hätte. Wir machen uns Sorgen. Sie macht, was sie will. Diese Freiheit nimmt sie sich einfach.«

Klara nickte. Sie blickte in ihre Dunkelheit, die sie nun schon seit fast zehn Jahren umgab. In dieser Dunkelheit sah sie alles deutlich vor sich, was auch immer sie in ihre Erinnerung hereinlassen wollte. Jetzt sah sie die fünfjährige Isabell mit ihrem roten Haar vor sich, das gleiche rote Haar, das sie selbst früher gehabt hatte. Einmal war Klara ins Wohnzimmer gekommen, als das kleine Mädchen auf dem Klavierhocker balancierend versucht hatte, sich aus der feinen Glasdose ein Stück Schokolade zu stibitzen. Was für alle verboten gewesen war. Isabell hatte sie erschrocken angesehen, aber freundlich gefragt: »Willst du auch ein Stück, Oma?«

Klara saß aufrecht auf ihrem Platz, von dem aus sie früher, wenn ihre Kinder und die Enkelkinder zu Besuch gewesen waren, mit erhobenem Kinn und strenger Miene alles im Blick behalten hatte. Sie wusste, dass ihre Enkelkinder Angst vor ihr gehabt hatten. Sogar die vergnügte Isabell mit ihren feuerroten Haaren. Dabei hatte sie sich bei dem kleinen Mädchen Mühe gegeben, mit Herzlichkeit in der Stimme zu sprechen. Doch ihre Härte und ihre innere Ungeduld hatte sie nie ganz verstecken können. Es tat ihr ein wenig leid, dass sie die Kinder häufig scharf zurechtgewiesen hatte. Wenn sie bei Tisch die Ellenbogen aufgestützt hatten. Oder mit nackten, hochgezogenen Füßen, mit denen sie gerade noch durch den Garten gelaufen waren, auf einem der Wohnzimmersessel gesessen und in einem Buch gelesen hatten. Auf Umarmungen hatte Klara ganz verzichtet. Vielleicht hatte sie einem der Kinder hin und wieder flüchtig über den Kopf gestrichen. Doch eigentlich hatte sie ihnen durch ihre starre Körpersprache, durch ihren frostigen Gesichtsausdruck deutlich gemacht, dass sie nicht Teil der quirligen Gesellschaft war, die sich über das Wochenende bei ihr eingenistet hatte. Klara wollte ihnen Disziplin und Benehmen beibringen. Die Kinder sollten sich leise bewegen. Anständig und in ganzen Sätzen sprechen. Sich die Hände waschen und keine frechen Antworten geben. Am liebsten war es ihr gewesen, wenn sie oben im Gästezimmer in den Büchern lasen, die Klara für sie in der Buchhandlung bestellt hatte.

Auch wenn Inge so tat, als wäre die Schwangerschaft ihrer Tochter keine große Überraschung, wusste Klara sehr genau, dass ihr diese Risikobereitschaft fremd war. Inges Stimme wackelte. »Sie sagt, sie will Bücher schreiben und dabei aufs Kind aufpassen.«

Klara beugte sich nach vorne, streckte die Hand aus und tastete nach der ihrer Tochter. Als sie die Hand mit dem Ehering gefunden hatte, klopfte sie ein paarmal darauf. »Isabell wird sich gut um das kleine Mädchen kümmern. Bisher ist sie immer mit ihren Entscheidungen zurechtgekommen. Vertrau ihr.«

Inge seufzte. »Sie ist noch so jung. Und vom Bücherschreiben kann kein Mensch leben.«

»Das Schreiben hat sie von deinem Vater.«

»Aber er hat nicht versucht, davon zu leben.«

Klara ließ ihre Hand auf der ihrer Tochter liegen. »Lass sie sich ausprobieren.« Ihre Enkelin gehörte eben zu jenen Menschen, die sich für den steinigen Weg entschieden, um möglichst viele Erfahrungen zu sammeln. War es nicht so? Auch Klara hatte in ihrem Alter unvernünftige Dinge getan, von denen niemand sie hatte abhalten können. Obwohl ihr das viel Kummer und Leid erspart hätte. Aber von diesem Teil ihres Lebens hatte sie ihren Kindern nie etwas erzählt. Aus Angst, dass sie sie nicht verstehen würden.

»Mama«, hörte sie eine feine Stimme rufen.

Klara versuchte, sich wieder in ihrem Sessel aufzurichten. Plötzlich war ihr schwindlig. So, als hätte sie versehentlich die mehrfach verriegelte Tür zu jenem Raum geöffnet, in dem sie einen Teil ihrer sehr weit zurückliegenden Vergangenheit eingesperrt hatte. Ohne es zu merken, war sie in diesen Raum eingetreten und war mit einem Mal umgeben von all diesen schwer erklärlichen Ereignissen, die keinen Tag älter geworden zu sein schienen. Von weit weg hörte sie ihre Tochter fragen: »Mama, ist alles in Ordnung?«

Klara lächelte bemüht. Sie kämpfte sich aus dem Jahr 1929 zurück auf ihren blauen Sessel in ihrem Wohnzimmer, in ihr norddeutsches Reihenhaus ins Jahr 1999. Hinter ihr auf der Anrichte tickte die große Uhr. Ein vertrautes, gleichmäßiges Geräusch. Inges Hand fasste um ihre Hand. Und bevor Klara noch irgendetwas antworten konnte, hörte sie wieder diese feine Stimme durch all die vergangenen Jahrzehnte hindurch nach ihr rufen. »Mama!« Die Stimme rief ganz leise in ihre Gegenwart hinein: »Mama!« Sie rief und rief. Aber es war nicht Inges Stimme.

Klara spürte, wie sie von einem inneren Zittern erfasst wurde. Sie hatte befürchtet, dass dieser Moment irgendwann kommen würde. Vielleicht war er jetzt da. Vielleicht war es Zeit, ihren Kindern endlich zu erzählen, wer ihre Mutter wirklich gewesen war. Was sie erlebt hatte, als sie Anfang zwanzig war. Was sie getan hatte und warum. Dieser Teil ihrer Erinnerungen war düster und schmerzhaft. In ihm tobten Schuld und Verzweiflung, Sehnsucht und Liebe. Wo sollte Klara anfangen? Würden ihre Kinder und Enkel sie verstehen? War es überhaupt zu verstehen, welche Entscheidungen sie damals als junge Frau getroffen hatte? Dazu würde Klara die ganze Geschichte erzählen müssen. Wie eins zum anderen gekommen war.

»Mama?«

Mithilfe ihrer Tochter setzte sie sich in ihrem Sessel aufrecht hin. Nichts ließ sich auf Dauer verstecken und vergessen. Noch etwas benommen, hörte sie sich fragen: »Inge, kannst du mir einen Gefallen tun?«

»Natürlich, Mama. Was denn?«

»Könntest du mir einen Kassettenrekorder und ein paar leere Kassetten besorgen?«

»Wozu?«

Klara zuckte abwesend mit den Schultern. »Wir werden sehen.« Sie war zu alt, um diesen Teil ihrer Vergangenheit noch einmal mit aller Gewalt zurückzudrängen. Sie war bereit, mit ihm zu gehen, zurück zu dem Punkt, an dem alles seinen Anfang genommen hatte.

# 2.

Es war Anfang August, als Klara aus dem Waggon der Dessau-Wörlitzer Eisenbahn stieg. Sie hielt einen Koffer in der Hand, auf dem Rücken hatte sie ihren Wanderrucksack. Hinter ihr strebten die Reisenden auseinander, den schmalen Bahnsteig entlang. Die Sonne schob sich gleißend über das Satteldach des kleinen Bahnhofsgebäudes aus rotem Backstein und tauchte die Umgebung in weißes, blendendes Licht. Ihr war warm unter dem blauen Übergangsmantel, dem Hut und dem wadenlangen Rock aus Wollstoff. Aber das war jetzt egal. Sie sah sich auf dem Bahnsteig um, in welche Richtung sie gehen musste. Nach ihrer letzten Anstellung in Kassel war sie nun endlich wieder in ihrem kleinen Freistaat Anhalt. Nicht weit von hier war sie im Harz geboren worden. Hier gehörte sie her. Freistaat Anhalt, das klang so schön, als wären hier alle Menschen frei.

Klara ging im Schatten des Bahnsteigvordachs nach rechts. Eigentlich wäre jetzt der beste Moment gewesen, Herzklopfen zu bekommen. Aber sie verbot sich das Herzklopfen. Sie konnte ihre Gefühle und Stimmungen recht gut kontrollieren. Als Lehrerin war das wichtig. Lächelnd schritt sie in ihren braunen Schnürschuhen über die hölzerne Ladezone an der Schmalseite des Gebäudes entlang. Sie war einundzwanzig Jahre alt und gleich würde sie ihre neue Arbeitsstelle in der Kinderheilstätte Oranienbaum antreten. Hier wurden unter einem Dach lungenkranke Kinder gepflegt und gleichzeitig junge Mädchen in Haushaltung ausgebildet. Die Heimleiterin Fräulein Martin hatte Klara eine Wegbeschreibung mit der Post geschickt und bemerkt, sie müsse sich bei ihnen auf »etwas Waldeinsamkeit« einrichten. Das war in Ordnung. Zu einer Heilstätte für tuberkulosekranke Kinder gehörte nun einmal eine heilsame Umgebung. Dazu hatte die Heimleiterin noch ein paar Informationen zu den Aufgaben notiert, die auf sie warteten. Klara würde nicht nur die fünfzehn jungen Mädchen »aus einfachen Kreisen« in Hausarbeit, Gesundheits- und Ernährungslehre unterrichten, sondern außerdem den gesamten Heimhaushalt zu organisieren haben. Sie wusste, dass sie alles hinbekommen würde. Bei ihrer letzten Anstellung in Kassel hatte sie schon wichtige Erfahrungen gesammelt, bis das traditionsreiche Töchterheim wegen der stetig zurückgehenden Anmeldungen von Mädchen aus besseren Kreisen geschlossen und sie entlassen worden war. Plötzlich mit nichts dazustehen, war erschreckend gewesen.

Klara trat als Letzte auf den sandigen Bahnhofsvorplatz hinaus, der von drei hübschen Backsteinvillen gesäumt wurde, hinter denen sich dicht an dicht hohe Kiefern in den Himmel reckten. Das war also der Wald, die »grüne Lunge«, in dem sich irgendwo ihre neue Arbeitsstelle versteckte, abseits stark befahrener Straßen oder Industrieanlagen. Die meisten Mitreisenden hatten sich schon in Richtung der Hauptstraße aufgemacht, die in den Ort hineinführte. Mit dem Brief der Heimleitung und der Wegbeschreibung in der Hand stand sie in der prallen Sonne und blickte sich um, bis sie hinter der letzten der drei Backsteinvillen einen schmalen, sandigen Weg entdeckte, der direkt in den Kiefernwald hineinführte.

Die trockene Erde staubte unter ihren Schritten, als sie den Pfad zwischen den hohen Nadelbäumen hindurchging und den kleinen Bahnhof hinter sich ließ. Das Heim lag ein ganzes Stück außerhalb von Oranienbaum, auf einer Lichtung mitten im Wald. Klara hätte sich abholen lassen können, aber sie wollte sich lieber ungestört ein Bild davon machen, wo sie hier gelandet war.

Und das ging am besten allein und zu Fuß. Inzwischen hatte sie sich ihren Mantel ausgezogen und ein Fleck auf ihrem kunstseidenen Strumpf verriet die wunde Ferse. Eigentlich war sie Wandern gewohnt. Doch ihre Schuhe waren neu und noch nicht eingetragen. Zu ihrem Arbeitsantritt wollte sie nämlich auf keinen Fall so wirken, als hätte sie die Stelle als Haushaltungslehrerin mehr als alles andere auf der Welt nötig. Auch wenn es genauso war. Aber nicht nur Klara hatte diese Anstellung bitter nötig. Ihre Eltern und ihr jüngerer Bruder waren auf ihre Unterstützung angewiesen. Ihre früher so beliebte Fremdenpension im Harz lief schon seit einiger Zeit sehr schlecht. Die Sommerfrischler aus der Großstadt blieben aus, doch die Hypothek vom Haus musste trotzdem abbezahlt werden.

Eigentlich war Klaras finanzielle Not aber auch gar kein so großes Geheimnis. Immer mehr Arbeitslose bevölkerten die Straßen. Erzieherinnen und Haushaltslehrerinnen, genau solche wie Klara, wurden reihenweise entlassen. Überall fehlte das Geld, Mädchenpensionate und Kinderheime zu halten. Es war reiner Zufall gewesen, dass Klara diese Stelle von ihrer alten Schulfreundin übernehmen konnte. Margarete hatte einen Chefpiloten der Junkers-Fluggesellschaft geheiratet und wartete nun im nahe gelegenen Dessau auf die Geburt ihres ersten Kindes. Sie hatte Klara geraten, sich umgehend um ihre frei gewordene Stelle zu bemühen. Damit war sie die sechsundachtzigste Bewerberin gewesen! Vielleicht waren Klaras Freundschaft zu Margarete, ihre guten Zeugnisse oder ihr Empfehlungsschreiben von ihrer letzten Arbeitsstelle der Grund dafür gewesen, dass sie die Stelle bekommen hatte. Vielleicht hatte sie aber auch einfach großes Glück gehabt. Nun blieb nur zu hoffen, dass diese Kinderheilstätte von einer Schließung verschont blieb.

Klara schüttelte den Kopf, während sie den sandigen Weg mit straffem Schritt hinunterging. Darüber wollte sie jetzt nicht nachdenken. Der Koffer wurde nicht leichter in ihrer Hand. Der

Rucksack hing an ihren Schultern, als wäre er mit Steinen gefüllt. So, wie früher ihr sieben Jahre jüngerer Bruder, den sie auf Wanderungen durchs Gebirge die halbe Wegstrecke hatte huckepack tragen müssen, weil er sich einfach geweigert hatte, weiterzulaufen. Und eigentlich trug sie Kurtchen noch immer. Zumindest im übertragenen Sinn. Regelmäßig schrieb sie seine Schulaufsätze, damit er nicht sitzen blieb und keine Klasse wiederholen musste.

Die Sonne stand heiß und glühend über dem Kiefernwald, als wollte sie die Bäume in Brand setzen. Klara ging schneller. Der Schweiß rann ihren Nacken hinunter. Die Bluse klebte am Rücken. Am liebsten hätte sie ihre Wollkleider, die Schuhe, die Strümpfe, den Rucksack und den Hut auf ihrem Kopf einfach abgeworfen. Wenigstens schützten die Kleider sie vor einem gewaltigen Sonnenbrand. Sie zog die Krempe ihres Hutes tiefer ins Gesicht. Die roten Haare hatte sie in einem Kranz um ihren Kopf geflochten. Von irgendwoher hörte sie ein Zirpen. Über ihr in den harzigen Ästen knackte es und im Unterholz raschelte es. »Es ist kalt«, flüsterte Klara. Vielleicht half es ja, sich das einzureden. »Es ist kalt. Ich friere so sehr.« Und wirklich. Ihr wurde tatsächlich ein wenig kühler. Sie stieg eine kleine Anhöhe hinauf. Über ihr wurde es immer heller, die Kiefern zogen sich in die äußeren Winkel ihres Blickfeldes zurück, sodass jetzt genug Raum da war für das kräftige Blau des Himmels. In einiger Entfernung baute sich auf der Lichtung ein massives Gebäude mit Schieferdach vor ihr auf, das mit seinen Erkern, Loggien und Türmchen beinahe wie ein größeres Hotel anmutete und an dessen Fassade sich hier und da Kletterrosen um die Fenster rankten. Klara beschleunigte ihre Schritte, gerade konnte sie nur noch an ein randvolles Glas mit kaltem Wasser denken. Sie wurde erst wieder langsamer, als sie das offene Gartentor erreichte, hinter dem sich eine von blühenden Azaleen und Blumenrabatten gesäumte weite Rasenfläche bis zu dem eindrucksvollen Gebäude erstreckte. Für einen Moment blieb sie stehen, um wieder zu Atem zu kommen. Sie stellte ihren Koffer ab und wischte mit ihrem Taschentuch den Staub von den Schuhen. Dann setzte sie ihren Rucksack ab, um sich den Mantel wieder überzuziehen. Sie wollte ordentlich aussehen, wenn sie gleich ihrer neuen Chefin, Fräulein Martin, gegenüberstand. Mit dem Koffer in der Hand ging sie nun mit wachem Herzen über den Rasen auf eine große Tür zu und klingelte.

Doch niemand öffnete. Durch die Fenster im Erdgeschoss hörte sie Kinderstimmen, die *Der Kuckuck und der Esel* zu Klavierbegleitung sangen. Als sie sich auf die Zehenspitzen stellte, sah sie in den Erkerfenstern mehrere kleine Gesichter, die neugierig zu ihr herausschauten. Ein paar von den Kindern winkten hinter den Glasscheiben und Klara winkte freundlich zurück. Die Kleinen mochten höchstens drei oder vier Jahre alt sein. Viele von ihnen, so hatte sie von ihrer Freundin Margarete gehört, blieben für mindestens ein halbes Jahr hier, bis sie sich so weit erholt hatten, dass sie wieder zurück zu ihren Familien konnten. Das war eine lange Zeit für so kleine Persönchen. Als noch immer niemand die Tür öffnete, ging Klara den gepflasterten Weg an den Erkerfenstern vorbei, um das Haus und eine Liegehalle herum, wie sie typisch waren für Lungenheilstätten. Dahinter tat sich ein noch größerer Garten auf, in dem weiter hinten ein Nebengebäude beinahe in den üppigen Sträuchern versank. Über ihr schwebten einzelne Kiefernkronen, die Flecken von Schatten spendeten. Vielleicht gab es ja einen weiteren Eingang?

Und tatsächlich: In der Mitte der Gebäuderückseite entdeckte sie eine grün lackierte Tür, über der ein von Jelängerjelieberranken halb verdecktes Schild mit der Aufschrift *Büro* hing. Klara klopfte und trat in einen kühlen Flur, von dem mehrere Türen abgingen. Die erste stand offen. Klara hörte leises Schreibmaschinengeklapper. Sie ging näher heran und blickte um die

Ecke. In dem hellen Raum standen Aktenschränke und zwei einfache Schreibtische. An dem vorderen saß eine junge Frau, die eine weiße Schwesternhaube trug und sich konzentriert durch einen Papierstapel mit Listen arbeitete. Am hinteren, auf dem eine Schreibmaschine stand, saß eine große, hagere Frau mit dunklen, akkurat frisierten Haaren, die sofort ihren Kopf hob, als Klara zögernd hereinkam. Für einen Moment blickte sie Klara reglos an. Ihr mittelaltes Gesicht war klug, aber auch von inneren Kämpfen gezeichnet. Das konnte Klara sofort sehen. Die Frau stand auf, strich ihren Rock glatt und kam dann mit ausgestreckter Hand auf sie zu. »Sie sind sicherlich Fräulein Möbius, nicht wahr?«

»Ja, das bin ich«, sagte Klara.

»Ich bin Fräulein Martin, die Leiterin hier. Haben Sie gut hergefunden? Ihnen muss ja entsetzlich warm sein!«

Klara lächelte. »Es geht schon.« Obwohl diese Frau mit der harten Stimme und dem festen Händedruck eine seltsam angsteinflößende Aura umgab, mochte Klara sie gleich. Etwas an Fräulein Martin sagte ihr, dass diese Frau alles unternehmen würde, um ihr Heim vor der Schließung zu bewahren.

Sie ging an ihr vorbei den Flur hinunter. Jede ihrer langgliedrigen Bewegungen wirkte kontrolliert und beinahe hölzern. Ihr strenger Dutt unterstrich die fraglose Autorität, mit der sie dieses Heim führte. In der kleinen Eingangshalle, deren gewölbte Decke mit hübschen Stuckornamenten verziert war, stellte sie sich an den Fuß der Terrazzotreppe und rief nach einem Fräulein Stettin. Gleich darauf öffnete sich schräg gegenüber eine Flügeltür und eine junge Frau in Klaras Alter kam heraus. Klara konnte einen kurzen Blick ins Innere des dahinterliegenden Raumes erhaschen. Kleine Kinder hockten in Grüppchen auf dem Linoleumboden und spielten mit Bauklötzen oder legten ihre Puppen in Bettchen aus weiß lackiertem Metall. Das war also der Spielsaal, in dem die Kinder eben noch *Der Kuckuck und der Esel* gesungen hatten. Und Fräulein Stettin, die ihr kinnlanges weißblondes Haar in kunstvoll frisierten Wellen trug, war offenbar eine der Kindergärtnerinnen. »Wo brennt's denn?«

»Nirgends, Fräulein Stettin. Wären Sie so freundlich, Fräulein Möbius auf ihr Zimmer zu bringen, damit sie sich frisch machen kann?« Und zu Klara gewandt: »Anschließend gebe ich Ihnen eine Hausführung.«

Klara und ihre neue Kollegin nickten sich zu. Die Kindergärtnerin trug über ihrem schlichten Kleid eine weiße Schürze, hatte ein paar Sommersprossen auf der Nase und auffallend grüne Augen. Trotz ihrer modischen Wellenfrisur hatte sie etwas Jungenhaftes, Drahtiges an sich.

»Herzlich willkommen auf unserer kleinen Insel im Wald«, grinste sie. »Ich heiße übrigens Susanne.« Dann nahm sie Klara einfach den Koffer ab und stieg vor ihr die Treppe hinauf in den zweiten Stock.

Klara folgte ihr den breiten Flur hinunter, während Susanne das Wichtigste erklärte: »Hier oben ist die Isolierstation für die Kinderchen mit Verdacht auf eine offene Tuberkulose oder für die, bei denen es auf der Kippe steht. Sie sind oft schon in sehr schlechtem Zustand, wenn sie zu uns kommen.«

Bei denen es auf der Kippe stand? Bedeutete das, dass in diesem Haus Kinder starben? Klara hatte den Informationen der Leiterin entnommen, dass hier nur Kinder mit einer nicht ansteckenden, geschlossenen Tuberkulose aufgenommen wurden. Allein die Tatsache, dass sie mit dieser tückischen Volkskrankheit beruflich in Berührung kam, hatte bei ihrer Familie schon für große Aufregung gesorgt. In der Klasse ihres Bruders war erst vor Kurzem ein Mitschüler an Tuberkulose gestorben. Das konnte also auch hier vorkommen.

»Ja, so gucken alle!«, sagte Susanne. »Dies ist eine Heilstätte für Kinder aus ärmsten Verhältnissen und nicht der Zauberberg. Kein Sanatorium in der Schweiz, wo sich reiche Leute mit

Delikatessen vollstopfen, ihre Briefmarkensammlung sortieren und Leidenschaften pflegen.«

Klara nickte. Tatsächlich hatte sie gehofft, dass alle Kinder wieder gesund wurden. Dafür waren doch die Heilstätten des Vereins zur Bekämpfung der Schwindsucht da! Sie blieb stehen und blickte auf die drei weißen Türen. Für einen Augenblick meinte sie die Stille dahinter zu hören. Eine weiße, leere, sterile Stille.

Susanne ging weiter, als wollte sie sich gar nicht mit der Tatsache befassen, dass in diesem Haus Kinder starben, getrennt von ihren Eltern, in fremden Heimbetten. »Hier vorne links ist mein Zimmer«, erklärte sie. »Dahinter ist das von der Jugendleiterin Erna, die sich um die schwer kranken Kinder kümmert. Das hier ist noch ein Badezimmer. Und die Tür gegenüber führt zur Privatwohnung von Fräulein Martin, unserer Oberin. In ihrem Wohnzimmer finden auch unsere wöchentlichen Besprechungen statt.«

Klara sagte mehrmals »Aha«. Mehr ging gerade nicht. Es waren einfach sehr viele neue Eindrücke und Informationen.

In der Mitte des langen Flures öffnete Susanne schließlich eine Tür auf der rechten Seite. »Bitte schön, Fräulein Möbius! Ihr kleines Reich.« Sie trat zur Seite, um Klara Platz zu machen, damit sie als Erste ihr Zimmer betreten konnte.

Sie machte ein paar ruhige Schritte hinein, während Susanne schon wieder an ihr vorbeidrängte und den Koffer auf das Metallbett an der rechten Zimmerwand warf.

Gegenüber standen eine Waschkommode mit Kanne und Schüssel und daneben ein Sofa. Klara ließ ihren Rucksack von den Schultern auf das Polster rutschen und blieb für einen Moment am Schreibtisch vor dem Fenster stehen. Andächtig sah sie hinaus. Ihr Blick ging in den Garten hinter dem Haus, über dem der sommerliche Himmel schwebte. Rund um die Rasenfläche standen die blühenden Sträucher. Weiter hinten, unter den hohen Kiefern, erstreckte sich für die lungenkranken Kinder die offene Liegehalle, an deren Pfeilern sich hellrosa Kletterrosen emporrankten und die aussah wie eine lang gezogene überdachte Veranda. Davor blühte ein Teppich von leuchtend blauen Sternhyazinthen. Es war das erste Mal, dass sie ein Zimmer ganz für sich allein hatte. Zu Hause im Harz hatte sie sich eins mit ihrem Bruder Kurtchen teilen müssen und während ihrer Anstellung im Töchterheim Bergé hatte sie mit ihrer Kollegin Lisbeth eine kleine, stickige Kammer unterm Dach bewohnt. Da war es in den Wintermonaten verflixt kalt gewesen, weil der kleine Kanonenofen nur zweimal in der Woche hatte geheizt werden dürfen. Klara drehte sich um. »Das ist viel schöner, als ich es mir vorgestellt habe.«

Susanne nickte: »Die kupferfarbenen Sofastreifen passen hervorragend zu Ihren kupferroten Haaren, wenn ich das sagen darf. Und Zentralheizung haben wir auch.«

Damit zog sie die Tür hinter sich zu und Klara stand allein in ihrem neuen Zimmer. Etwas verschwitzt und verwundert, dass ausgerechnet sie an diesem außergewöhnlichen Ort aufgenommen wurde. Sicherlich waren ihre Zeugnisse sehr gut. Aber andere junge Mädchen hatten ebenfalls sehr gute Zeugnisse. Und doch schienen dieses Haus, dieses Zimmer, das Sofa mit den kupferroten Streifen geradezu auf sie gewartet zu haben. Als hätte Klara hier noch gefehlt. Nachdem sie durstig einen großen Schluck Wasser direkt aus der Kanne getrunken hatte, was eigentlich nicht ihr Stil war, und sie sich die Hände gewaschen hatte, beeilte sie sich, eine frische Bluse anzuziehen. Sie befürchtete, Fräulein Martin würde es ihr übel nehmen, wenn sie sich hier oben zu lange aufhielt. Als Klara herunterkam, wartete die Oberin tatsächlich schon am Fuß der Treppe. Sie begann ihre Hausführung gleich in der Eingangshalle, in der sie vorhin bereits gestanden hatten. Fräulein Martin drehte sich etwas und bemerkte voller Stolz: »Das ist unser Vestibül.«

Nun ja, ein Vestibül war diese Diele nicht gerade. Im Verhältnis zur Größe des restlichen Hauses war sie geradezu mickrig. Aber das war egal. Vermutlich würde Klara diesen kleinen, mit üppigen Stuckornamenten verzierten Eingangsbereich selbst bald stolz »unser Vestibül« nennen. Gegenüber der Flügeltür, die in den Spielsaal führte, drückte Fräulein Martin eine breite Schwingtür auf. »Und hier geht es in unsere Heimküche.«

Klara folgte der Oberin in eine geräumige Küche, vor deren Fenstern drei große Kochherde und ein riesiger Kessel mit Holzdeckel angeordnet waren. Entlang der Wände gab es hohe verglaste Geschirrschränke, Töpfe und Pfannen in allen Größen und in der Mitte des hellen Raumes stand ein langer Holztisch, umgeben von Hockern und Stühlen. Fräulein Martin blieb in einer Nische neben einem hohen Pult stehen, auf dem ein aufgeschlagenes Haushaltsbuch lag. Darin hatte schon jemand eine Einkaufsliste begonnen. Mehl fehlte. Haferflocken. Butter. Kartoffeln. »Hier schreiben Sie alles hinein, was Sie brauchen. Ihnen sollte nur klar sein: Bei uns wird nicht überreichlich gekocht. Wir sind hier an Sparsamkeit gewöhnt und jeder ist bemüht, dafür zu sorgen, dass möglichst alles von den Kindern aufgegessen wird. Dass es aber unter kränklichen Kindern vorkommt, dass sie mal eine halbe Schnitte liegen lassen oder ihren Kakao nicht austrinken, lässt sich nicht vermeiden.«

Klara nickte. Und schon ging es durch die nächste Schwingtür weiter in den angrenzenden Speisesaal, dessen Wände von oben bis unten mit blutroter Ölfarbe angepinselt waren.

»Unser Schlachthof«, seufzte Fräulein Martin mit hochgezogenen Augenbrauen. »Irgendwann werden wir ihn hoffentlich umstreichen.«

Die Farbe war wirklich scheußlich. Das behielt Klara allerdings für sich. Dafür hatte der Speisesaal große Fenster, die das Sonnenlicht hereinließen, das sich jetzt über die Tischreihen legte. Kurz beobachtete Klara das flirrende Schattenspiel, das die Blättchen der Kletterrosen auf die Holzoberflächen warfen. Dann musste sie der Oberin auch schon wieder aus dem Speisesaal, quer über den Flur, zu den Behandlungsräumen von Dr. Voigtländer folgen. In drei hintereinanderliegenden Räumen standen Röntgenapparate und mehrere Höhensonnen. »Dreimal in der Woche werden unsere Kleinen hier bestrahlt«, erklärte Fräulein Martin knapp. »Dazu tragen sie spezielle Höhensonnenbrillen, damit das Licht ihre Augen nicht schädigt.«

Klara hätte sich diese seltsamen Apparate, die aussahen wie große Blitzgeräte auf Stativen, gerne noch genauer angesehen und ein paar Fragen dazu gestellt, aber die Oberin schien sich hier nicht lange aufhalten zu wollen. Sie drehte sich bereits wieder in Richtung Ausgang. »Dr. Voigtländer ist gerade mit dem Rad unterwegs und macht Hausbesuche in der Umgebung. Er wird Ihnen die Apparate, sollte es Sie interessieren, gerne noch einmal genau erklären. Ansonsten sind die Krankenschwestern und Jugendleiterinnen ja für die Betreuung der Kinder zuständig. Mit Ihren Schülerinnen werden Sie ohnehin genug zu tun haben.«

Klara machte ein aufmerksames Gesicht und ging hinter ihrer neuen Chefin her, die sich mit zurückgezogenen Schultern und steifen Schritten durch den Flur, zurück ins Vestibül bewegte. Wortlos stiegen sie hintereinander die große Treppe wieder hinauf, die sie vorhin schon mit Susanne hinaufgestiegen war. In der ersten Etage, direkt neben dem Absatz, öffnete die Oberin eine schmale Tür und ließ Klara hineinblicken. »Das ist unsere Seifenkammer.« In den Regalen standen aufgereiht Waschmittelkartons und eine Menge Seifenstücke. Die Tür ging wieder zu und die nächste wurde geöffnet. »Und hier ist unsere Wäschekammer. Diese beiden Kammern werden Sie zukünftig verwalten.«

Klara blickte begeistert auf die Stapel gemangelter Wäsche in den Regalen. Weiße Laken, weiße Bettbezüge, weiße Tischdecken, Handtücher und Waschlappen. Das war ein gut sortierter, großer Wäschevorrat! Von ihren ehemaligen Schulkameradinnen, die in anderen Heimen tätig waren, hatte sie von wesentlich übleren Bedingungen gehört. Und auch die Wäschekammer des Mädchenpensionats in Kassel war nicht derart ausgestattet gewesen. Wie fein und sauber hier alles war! Zum Schluss ging es in den Duschraum mit den langen Waschrinnen und in die großen Schlafsäle der Kinder. Entlang der Wände reihten sich die ordentlich gemachten Betten. Dazwischen führte ein schmaler Gang direkt auf einen kleinen Schreibtisch unterhalb des Fensters zu. Im Schlafsaal für die ganz Kleinen standen großzügig verteilt hübsche weiß lackierte Gitterbettchen und daneben immer ein Stuhl für die Schwestern. Auf manchen Kissen saß ein stumm vor sich hin blickender Teddy oder eine Puppe. Sorgfalt schien hier das oberste Prinzip zu sein.

Fräulein Martin lenkte Klara zurück auf den Flur und bemerkte: »Dann lasse ich Sie jetzt Ihre Sachen auspacken. Wir sehen uns später bei der Abendbesprechung in meinem Wohnzimmer.« Sie eilte kerzengerade die Treppe wieder hinunter, eine Hand am Geländer. Klara sah ihr nach. In diesem Heim, in ihrem eigenen Zimmer, würde sie jeden Morgen aufwachen und Abend für Abend einschlafen. Hier war sie ab jetzt zu Hause. Aus eigener Kraft würde sie ihren Lebensunterhalt verdienen. Umgeben vom leise rauschenden Kiefernwald. Sie wollte ihre Schülerinnen zu selbstständigen jungen Frauen ausbilden und erziehen, die fähig waren, auf eigenen Füßen zu stehen. Sie wollte ihnen zeigen, wie viel Schönes es in dieser Welt gab, jenseits von Armut, Mutterschaft und Perspektivlosigkeit. Mehr Erfüllung konnte sie sich gar nicht vorstellen.

# 3.

Nach dem Abendessen im großen Speisesaal folgte Klara Susanne hinauf ins private Wohnzimmer der Oberin, wo die wöchentlichen Versammlungen stattfanden. An diesen Abenden wurde mit der gesamten Belegschaft alles Wichtige rund um die Heimorganisation besprochen. Die Krankenschwestern in gestärkten Schürzen und weißen Hauben saßen auf den im Halbkreis angeordneten Stühlen. Zwei von ihnen hatten sich neben der Tür postiert, falls sie hinüber zur Isolierstation mussten, wo gerade nur eine der Haushaltungsschülerinnen über die schwer kranken Kinder wachte. Klara ließ ihren Blick schweifen. Auf dem Sofa vor dem hohen Bücherregal thronte Fräulein Martin, und neben ihr auf einem Hocker saß der ausgezehrt wirkende Dr. Voigtländer in einem offensichtlich nicht mehr ganz taufrischen grauen Dreiteiler. Er war Klara beim Abendessen vorgestellt worden, wobei er ihr allerdings nur flüchtig die Hand gereicht hatte, um sich dann wieder über seinen Teller zu beugen. Höflich war das nicht gerade gewesen. Susanne stieß Klara mit dem Ellenbogen an und wies auf zwei freie Hocker schräg gegenüber dem Sofa. »Die sind für uns.«

Die kleinen Tanten, wie hier die Kindergärtnerinnen genannt wurden, hockten dicht gedrängt auf einem niedrigen Podest am Fenster, auf dem auch der Nähtisch der Oberin stand. Die Jugendleiterinnen lehnten unbequem Schulter an Schulter zwischen Anrichte und Wanduhr. Bei so vielen Menschen war es seltsam, dass die Versammlung nicht unten im Speisesaal stattfand, wo wesentlich mehr Platz gewesen wäre. Als hätte Susanne Klaras Gedanken gelesen, beugte sie sich zu ihr und flüsterte: »Fragen Sie mich nicht, warum diese Veranstaltung immer hier oben in diesem engen Kabuff stattfinden muss. Es könnten wenigstens noch ein paar Stühle aus dem Esszimmer nebenan geholt werden. Aber das will Fräulein Martin nicht.«

Klara verzog keine Miene. Die Augen der Oberin ruhten nämlich gerade auf ihr. Erst jetzt erkannte Klara, dass auf ihrem Schoß ein kleiner Dackel lag, und rechts und links neben ihr hechelten auch noch zwei weitere braune Fellrollen. Susanne flüsterte: »Die Dackel kommen grundsätzlich mit aufs Kanapee. Sogar, wenn dafür ihre Angestellten stehen müssen. Wie man als kluger Mensch nur so danebenhauen kann!«

Als die Oberin ihren Blick wieder abwendete, traute Klara sich, schnell zurückzuflüstern: »Merkt sie nicht, dass das ein bisschen komisch ist?«

Susanne zog die Augenbrauen hoch. »Ein bisschen komisch? Diese Dackelchen rauben uns allen den letzten Nerv! Die sind immer mit dabei, egal, wohin sie geht. Die weichen ihr so gut wie nie von der Seite. Die haben wirklich eine ganz merkwürdige Vorliebe füreinander. Es ist schrecklich.«

Klara grinste, als Fräulein Martin sie wieder direkt ansah. Das Rot schoss ihr heiß in die Wangen. Sie versuchte, ein harmloses Gesicht zu machen. Aber sie musste entsetzlich angespannt aussehen. Die Oberin fragte quer durch den Raum: »Ist alles in Ordnung, Fräulein Möbius?«

Klara nickte eilig. Und Susanne sprang ihr prompt bei. »Fräulein Möbius wollte nur wissen, wie Ihre Dackel heißen.«

Fräulein Martin sah Klara und Susanne scharf an, dann wandte sie sich an die versammelten Frauen. »Wie Sie sicherlich schon wissen, meine Damen, haben wir eine neue Haushaltungslehrerin: Fräulein Klara Möbius wird ab morgen unsere Schülerinnen in Hausarbeit, Gesundheits- und Ernährungslehre unterrichten.«

Klara stand auf und lächelte in die Runde. »Ich komme aus dem Harz.« Mehr fiel ihr vor Schreck nicht ein.

Susanne bemerkte neben ihr: »Wunderbar! Ich komme aus Berlin! Heiße aber mit Nachnamen ›Stettin‹.«

Nun lachten alle und die kleinen Tanten, Krankenschwestern und Jugendleiterinnen stellten sich nacheinander kurz mit Namen vor und Klara versuchte, sich all ihre Namen zu merken. Auch wenn Susanne meinte: »Dafür haben Sie doch noch die nächsten Jahre Zeit!«

Nach der Versammlung beeilte sich Klara, hinauf in ihr Zimmer zu kommen. Nicht, weil sie müde war, sondern weil sie noch etwas für ihren sieben Jahre jüngeren Bruder zu erledigen hatte. Er wartete bestimmt schon ungeduldig darauf, dass sie ihm seinen Deutschaufsatz zum Thema »Mein Leben, mein Streben« fertig schrieb, in dem es darum ging, wie er sich seine Zukunft als Förster oder Pastor vorstellte. So lief das seit Jahren. Sie machte ihm die aufwendigeren Schulaufgaben. Seine Begründung dafür war: »Du bist einfach intelligenter als ich!«

Klara schaltete das Licht an. Sie setzte sich an ihren neuen Schreibtisch, holte ihre Bücher, Briefbögen und den Füller aus dem Rucksack und legte alles vor sich hin. Draußen, hinter der hohen Fensterscheibe, verschwand der Tag. Sommerliches Abendlicht senkte sich über die weite Rasenfläche und die Sträucher. Das tiefe Blau des Himmels hing dunkel um die Kronen der hohen Kiefern. Klara hörte die Amseln der Nacht entgegenzwitschern und ihr Gesicht spiegelte sich in der Scheibe. Sie knipste auch die Schreibtischlampe an und hatte gar keine Zeit, sich zu fragen, ob sie ihr Zuhause eigentlich vermisste. Ihr kleines Bücherregal. Die Berge, die ansteigenden und abfallenden Straßen von Lieberode. Die Gewissheit, dass ihre Mutter in der Küche das Essen für die Pensionsgäste zubereitete, ihr Vater im Wohnzimmer stöhnend über den Listen mit den Einnahmen und Ausgaben saß und ihr Bruder im Taubenschlag mit seinen gefiederten Lieblingen sprach. Klara schlug das Buch über Wald- und Forstwirtschaft auf, das sie sich in der Bücherei extra noch besorgt hatte. Es war nicht so, dass Kurtchen zu dumm gewesen wäre, seine Hausaufgaben selbst zu erledigen. Er war einfach nur zu bequem. Doch er schaffte es immer wieder, Klara glauben zu machen, dass sie die Verantwortung dafür trug, dass er reibungslos durch seine Schulzeit kam und sich ihre Eltern nicht auch noch um ihn Sorgen machen mussten. Die Hypothek auf das Haus und das Ausbleiben der Pensionsgäste machten ihnen schon genug zu schaffen. Kaum jemand hatte noch das Geld, sich ein paar Urlaubstage im Harz zu leisten und sich im schönsten Laubwald des Gebirges neue Spannkraft zu erwandern. Dabei nahm ihre kleine Heimatstadt einen der ersten Plätze unter den beliebtesten Luftkurorten Mitteldeutschlands ein!

Bevor Klara überhaupt ihren Füller in die Hand genommen und einen Blick ins Buch geworfen hatte, klopfte es schon. Verwundert drehte sie sich um. »Herein?«

Die Klinke wurde heruntergedrückt und Susanne steckte ihren Kopf zur Tür herein. »Schläfst du schon?«

»Nein.« Klara stand auf und machte einen Schritt auf Susanne zu. Sie wollte nicht, dass ihre neue Kollegin gleich mitbekam, dass sie Bücher über Forstwirtschaft las. »Ist etwas?«

»Nö.« Susanne ließ sich auf das kleine Sofa fallen und sprach Klara ungeniert weiter mit Du an. »Ich wollte nur gucken, was du abends so allein in deinem Zimmer treibst.«

Klara wandte sich kurz zum Schreibtisch um und wusste nicht, ob sie wahrheitsgemäß antworten sollte. Aber lügen wollte sie auch nicht. Also sagte sie: »Ich schreibe für meinen jüngeren Bruder den Deutschaufsatz. Er soll erklären, warum er Förster werden will - oder Pastor.«

Susanne machte große Augen. »Wirklich? So eine bereitwillige große Schwester hätte ich auch gerne gehabt! Dann wäre ich jetzt vermutlich Rechtsanwältin. Wie mein Bruder Hermann! Was gibt dein Bruder dir dafür? Sein Taschengeld?«

Klara schüttelte den Kopf. Sie wollte nichts von Kurtchen nehmen. Sie wollte nur, dass er durch die Schule kam und etwas Ordentliches studierte. »Mir fällt es ja nicht schwer.«

»Verstehe. Du bist also herrlich intelligent.« Susanne legte ihre Füße auf den kleinen Beistelltisch. So, als wäre das ihr Zimmer. »Ich war in unserer Familie immer die Dumme. Das Mädchen ohne Abitur. Was für ein Schreck für meinen Vater, für den Erfolg alles ist.« Sie lachte. Und es war ein echtes Lachen. Kein Lachen, das einen Minderwertigkeitskomplex verdecken sollte. »Dafür ist mein Bruder Hermann ein sehr wichtiger Mann geworden. Er macht für die ganzen UFA-Stars die Verträge. Für Willy Fritsch und Lilian Harvey. Sie war neulich erst zu Besuch bei meinen Eltern in Berlin, als ich auch da war, und da hat sie uns schon einmal etwas aus ihrem neuen Film vorgesungen. Sie ist wirklich entzückend.«

Klara nickte. Das klang nach Glamour. Nur kannte sie sich nicht besonders gut mit den UFA-Stars aus. »Ich glaube, ich weiß gar nicht, wie diese Schauspielerin aussieht.«

»Ins Kino gehst du wohl nicht so oft, was?« Susanne klopfte neben sich aufs Polster, zum Zeichen, dass sich Klara zu ihr setzen sollte. Diese junge Frau mit ihrem weißblonden Bubikopf war ganz anders als Klara. Sie schien aus wohlhabendem Hause zu kommen. Und sie schien es sich leisten zu können, auf jegliche Konventionen zu pfeifen. »Pflanz dich.«

Klara setzte sich neben sie aufs Sofa. Sie wusste nicht, ob sie sich durch den plötzlichen Besuch gestört fühlen oder ob sie sogar dankbar dafür sein sollte. Immerhin hielt Susanne sie gerade davon ab, sich für ihren Bruder in die deutsche Wald- und Forstwirtschaft einzulesen. Überhaupt hatte Klara Lust, ein wenig zu klönen und etwas über ihre Schülerinnen zu erfahren, die sie ab morgen unterrichten sollte.

Susanne stieß sie von der Seite an. »Ich brauche Wein. Hast du welchen da?«

Klara sah ihre neue Kollegin überrascht an und duzte sie jetzt einfach auch. »Du meinst Alkohol?«

»Was sonst?«

»Nein.«

Susanne rollte mit den Augen. »Alles muss man selbst organisieren. Moment, ich bin gleich wieder da.« Sie stand vom Sofa auf und verschwand aus dem Zimmer. Klara rührte sich nicht. Ihr ungläubiger Blick blieb an der geschlossenen Tür haften, bis sie wieder aufgestoßen wurde und Susanne mit einer Flasche Wein und ihrem Zahnputzbecher hereinkam. »Und, junge Frau? Wo ist Ihr Zahnputzbecher?«

»Den habe ich noch nicht ausgepackt.«

»Dann wird's aber Zeit!« Susanne zog den Korken aus der halb vollen Flasche und füllte den Zahnputzbecher bis zum Rand, während Klara in ihrem Koffer nach dem Kulturbeutel suchte. Als sie ihren Zahnputzbecher gefunden hatte, stellte sie ihn vor Susanne auf das Beistelltischchen. »Aber bitte nicht so viel. Ich kann morgen sonst nicht unterrichten.«

»Da mach dir mal keine Sorgen. Auch im Vollrausch wirst du noch klarer im Kopf sein als deine Mädchen.« Sie kicherte und hielt ihren Becher hoch, um mit Klara anzustoßen.

»Wieso, was ist mit den Mädchen?« Klara nippte an ihrem Zahnputzbecher und es war wunderbar, in diesem sommerlichen Zimmer zu sitzen, während es draußen immer dunkler wurde, die letzten Amseln zwitscherten, nur die Lampe auf dem Schreibtisch brannte und sie mit dieser etwas überdrehten Kindergärtnerin Wein aus Zahnputzbechern trank.

»Wo soll ich anfangen?« Susanne legte ihre Füße wieder hoch und Klara machte es ihr nach, auch wenn es bei ihr zu Hause dafür mächtig Ärger gegeben hätte. Junge Frauen legten ihre Füße nicht hoch. Schon gar nicht neben eine Weinflasche auf einen Beistelltisch. Egal. Es war einfach gerade zu schön.

»Also, da hätten wir zum einen Lotte Trensinger. Wenn du

sie fragst, woher sie kommt, dann sagt sie: ›Ich bin ein Schifferkind.‹ Ihr Vater hat einen Schlepper auf der Elbe und da ist Lotte bisher immer mitgefahren. Das merkt man ihr leider auch gewaltig an. Mit ihren fünfzehn Jahren ist sie ganz enorm zurück. Sie kann kaum lesen und sie schreibt entsetzlich falsch. In jedem Wort ist ein Fehler. Wenn sie das Wort dreimal schreibt, dann ist dreimal ein anderer Fehler drin.« Susanne lachte hell auf. Doch es war kein böses Lachen. Es war ein fröhliches Lachen von einer jungen Frau, die offenbar das Talent hatte, im Leben immer das Komische zu sehen. »Diese Lotte ist ein putziges Haus. Ich habe mir von ihr erzählen lassen, dass sie gerne auf dem Rand des Schiffes balanciert und herumgeklettert ist und dass sie überhaupt keine Gefahr kennt.«

Klara hatte ihren Becher zur Hälfte ausgetrunken und langsam machte sich der Wein in ihrem Kopf bemerkbar. Sie grinste. »Und was ist mit den anderen Mädchen?«

»Also ...« Susanne atmete tief ein. »Zuerst solltest du dich mal darauf einstellen, dass sie mehr oder weniger alle aus schwierigen Verhältnissen kommen. Das sind keine wohlerzogenen Mädels, die mit weißer Serviette und Goldlöffel aufgezogen wurden. Die meisten haben schon Schlimmes erlebt.«

Klara grinste noch immer. Sie konnte nichts dagegen tun. Das war der Wein. Oder sie hatte bereits Susannes Begabung übernommen, in allem das Komische zu sehen. Das war durchaus lustig, aber gerade wenig angebracht. Nicht einmal Susanne grinste. Sie fuhr ernst fort: »Fritzchen Wolter hat sehr früh nacheinander ihre Eltern verloren. Zuerst wussten die Fürsorgerinnen nicht, was sie mit ihr anfangen sollten. Denn sie galt als ungemein eigensinnig. Ihre Mutter hatte sie als kleines Mädchen fürchterlich geschlagen und das gerne damit begründet, dass Fritzchen so schrecklich ungezogen sei. Schon als zweijähriges Kind! So ein Unfug! Die Mutter hatte überhaupt keine Ahnung von Kindererziehung. Eines Tages haben Nachbarn sogar beobachtet, wie sie das Mädchen zum Schlafen in einen dreckigen Kohlenkasten gelegt hat.«

Klara saß aufrecht. Das Gesicht starr. Den Zahnputzbecher stellte sie auf das kleine Tischchen. »Wirklich? Woher weißt du das?«

»Na, von den Fürsorgerinnen, die uns die Kinder und die Mädchen bringen.« Susanne setzte sich nun auch aufrecht hin und goss Wein nach. »Die Mutter soll sogar hin und wieder mit dem Feuerhaken zugeschlagen haben, sodass das kleine Mädchen blutete und überall am Körper schlechte Stellen hatte. Einmal hat sie ihr das Nasenbein eingeschlagen. Dadurch ist Fritzchens Nase ziemlich deformiert. Es ist für das arme Mädchen ein Glücksumstand, dass sie von uns ein wenig Selbstbewusstsein eingeimpft bekommt.«

Susanne hatte gerade ihren Satz beendet, da klopfte es an der Tür, und ohne auf eine Einladung zu warten, steckte eine junge Krankenschwester ihren Kopf mit weißer Haube zur Tür herein. Sie sah aufgeregt aus. Sie stotterte: »Verzeihen Sie vielmals die Störung. Ich suche Sie schon überall, Fräulein Stettin. Ich brauche dringend Ihre Hilfe unten auf der Kinderstation. In Schlafsaal 3 ist etwas Schreckliches passiert.« Die Krankenschwester klammerte sich an der Klinke fest, als würde sie sich nur mit Mühe auf den Beinen halten.

Susanne war schon aufgesprungen und auch Klara stand sofort. »Kann ich irgendetwas helfen?«

»Das werden wir sehen.« Susanne lief an der Krankenschwester vorbei in den Flur hinaus und die matt erleuchtete Treppe hinunter in die erste Etage, wo sich die Schlafsäle der jüngeren Kinder befanden. Klara und die Krankenschwester eilten hinterher. Vor der Schlafsaaltür wartete Susanne, bis beide bei ihr waren. »Und worum geht es genau, Ilse?«

Jetzt wisperte die Krankenschwester. »Die Oberin darf nie davon erfahren! Bitte!«

Susanne nickte ungeduldig. »Jaja. Also, was ist?«

Ilse flüsterte: »Ich weiß, ich soll immer bei den Kindern stehen bleiben, wenn ich abends Fieber messe. Aber ich bin doch gerade allein, weil Schwester Marianne Ausgang hat. Während ich bei unserem kleinen Rolfi stand, hat eins der anderen Kinder nach mir gerufen, also bin ich kurz weg. Und als ich wieder zu Rolfi kam, um das Thermometer einzusammeln, war es nicht mehr aufzutreiben. Rolfi behauptet, das Thermo ist noch drin. Aber das glaube ich nicht. Ich habe gesucht und gesucht, im ganzen Bett, im Schlafanzug. Es ist weg.«

Susanne sah Ilse für einen Moment sprachlos an, als würde sie kurz überlegen, ob das gerade wirklich passierte. Oder ob sie einfach nur zu viel Wein getrunken hatte. Doch dann wurde ihr Gesicht plötzlich sehr ernst und sie sagte zu Klara: »Geh schon mal mit Schwester Ilse rein und setzt Rolfi aufs Töpfchen. Ich rufe den Doktor an.«

Klara und Ilse gingen leise in den abgedunkelten Schlafsaal, in dem zwei Dutzend schlafender Kinderkörper friedlich unter ihren Decken lagen. Am Ende des Raumes glomm das gelb-milchige Licht einer Schreibtischlampe. Klara und Ilse bewegten sich lautlos an den Betten entlang bis zum letzten, in dem ein kleiner, hellwacher Junge lag und sie aus großen Augen ansah. Schwester Ilse fasste ihn sacht an der Schulter und flüsterte: »Rolfi, ist das Thermo wieder aufgetaucht?«

Der kleine Junge guckte sie im Licht der Schreibtischlampe unglücklich an und flüsterte zurück: »Es ist noch da drin.«

»Bist du sicher?«

Er nickte. Ilse warf Klara einen flehenden Blick zu. »Bitte fragen Sie ihn auch noch einmal.«

Klara setzte sich zu Rolfi auf die Bettkante und nahm seine kalte Hand. »Ich bin Tante Klara. Ich bin neu hier. Ich freue mich, dass wir uns kennenlernen.«

»Hallo«, flüsterte Rolfi tapfer. »Ich freue mich auch.«

»Du weißt, dass wir das Thermometer wiederfinden müssen, damit es dich nicht verletzt?«

Er nickte.

Zu Schwester Ilse gewandt, fragte Klara: »Haben wir hier irgendwo ein Nachttöpfchen?«

»Sicher.« Die Schwester eilte davon und Klara sagte zu Rolfi: »Ich hebe dich gleich hoch, dann setze ich dich auf das Töpfen und du musst versuchen, das Thermometer wieder herauszudrücken. Meinst du, das schaffst du?«

Rolfi nickte erneut. »Ich denke schon.«

Schwester Ilse kam mit einem Töpfchen wieder und Klara schlug die Decke zurück. »Na, dann komm mal her.« Sie schob ihre Unterarme unter die Knie und den Nacken, hob den Kleinen in seinem Nachthemd hoch und setzte ihn vorsichtig auf das Töpfchen. Schwester Ilse rückte sich den Schreibtischstuhl daneben. »Jetzt musst du drücken, Rolfi.«

»Mache ich ja«, antwortete der kleine Junge mit gepresster Stimme. Aber nichts passierte. Es war gespenstisch, in diesem Schlafsaal zu sitzen, mit all den schlafenden Kindern und Rolfi, aus dem das Thermometer wieder auftauchen musste. Vorher konnte er nicht wieder ins Bett. Es wurde immer später und Schwester Ilse beugte sich zu Klara hinüber und flüsterte, sodass der Kleine es hoffentlich nicht hören konnte: »Da ist Quecksilber drin! Und das ganze dünne Glas, das splittern kann!«

Klara räusperte sich und sagte leise: »Ich weiß.« Und zu Rolfi gewandt: »Du kriegst das hin, nicht wahr?«

# 4.

Klara saß am Tisch unterhalb der Treppe. Normalerweise saß sie nie hier, weil der Flur mit den Kalksteinfliesen viel kühler war als die anderen Räume im Haus. Doch hier konnte sie den neuen flachen Kassettenrekorder bequem an die Steckdose neben dem Tischbein anschließen. Auf ihrem Sessel im Wohnzimmer hätte sie ein Verlängerungskabel benötigt und das lag irgendwo unten in einem der vielen Kartons im Kellerregal. Inge hatte das Gerät gleich besorgt und zusammen mit zwei Leerkassetten zur Post gebracht. Sie hatte schon das Kabel des Handmikrofons in die dafür vorgesehene Buchse gesteckt und die Aufnahmetasten mit kleinen Aufklebern versehen. So konnte Klara heute Vormittag, nachdem sie das Paket in Empfang genommen hatte, gleich mit ihrer ersten Aufnahme beginnen. Ohne zu zögern, fand sie den Anfang und diktierte, bis ihr Mund trocken war. Sie legte das Mikrofon vor sich auf die gewebte Tischdecke. Sie atmete tief durch.

Es war damals ganz und gar keine gute Situation gewesen, an ihrem ersten Abend in Oranienbaum. Schwester Ilse und sie hatten schreckliche Angst um den kleinen Jungen gehabt. Und natürlich vor den Konsequenzen. Die Lage hatte sich auch nicht verbessert, nachdem Susanne endlich mit Dr. Voigtländer zurückgekommen war. Er hatte Kartoffelbrei und Weißbrot verordnet, das Rolfi grob kauen und runterschlucken sollte, und noch Sauerkohl, den sie Gott sei Dank in der Speisekammer gefunden hatten. Aber es war nichts passiert. Klara und ihre neuen Kolleginnen hatten im nächtlichen Schlafsaal voller Anspannung nebeneinander auf der Bettkante gesessen und mit Engelszungen auf Rolfi eingeredet. Zwischendrin war er immer wieder kurz auf seinem Töpfchen eingenickt und sie hatten aufpassen müssen, dass er nicht zur Seite wegkippte. Als sie schon fast verzweifeln wollten, hatte das Thermo plötzlich unten im Töpfchen gelegen.

Obwohl dieses Ereignis ihrer Gegenwart so fern war, sah Klara alles noch deutlich vor sich. Den kleinen Jungen in seinem Nachthemd. Das matte Licht auf dem Schreibtisch. Ihre Hausschuhe. Den Raum mit all den schlafenden Kindern in ihren Betten. Sie fühlte die Nähe ihrer Kolleginnen, die sich bemühten, ruhig zu bleiben. Sie hörte das sanfte Rauschen der Kiefern vor dem Fenster. So, als wäre all das gerade erst passiert, während sie mit klarer Stimme in ihr neues Handmikrofon gesprochen hatte.

Es war schön, wieder in Oranienbaum zu sein und sich jung und kraftvoll zu fühlen. Als läge das gesamte Leben noch einmal vor ihr. Zwei Kassetten würden niemals ausreichen, um all das aufzunehmen, was sie vor siebzig Jahren, zur Zeit der Weltwirtschaftskrise, und danach erlebt hatte. Es bedeutete ein hohes Maß an Konzentration, all das, woran sie sich erinnerte, in richtiger Reihenfolge und gut verständlich auf die Tonbänder zu sprechen, um ihren Kindern und vielleicht auch Enkelkindern begreiflich zu machen, wie eins zum anderen gekommen war. Noch waren ihre Erinnerungen harmlos. Klara tastete umständlich an dem Gerät herum, um ihre erste besprochene Kassette herauszunehmen. Die Hülle beschriftete sie blind mit einem Kugelschreiber. *Oranienbaum / August / 1929.* Hoffentlich war ihr Gekritzel später noch zu entziffern. Es war still um sie. Aus dem Wohnzimmer hörte sie das leise Ticken der Uhr.

Für einen Moment blieb sie noch am Tisch sitzen, dann erhob sie sich von ihrem Stuhl, streckte den Arm aus, machte ein paar tastende Schritte und griff nach dem Treppengeländer.

Langsam stieg sie Stufe für Stufe die geschwungene Treppe hinauf. Oben, in Gustavs Zimmer, lagen vielleicht noch ein paar alte Kassetten in den Unterschränken. Klara war lange nicht mehr im Zimmer ihres Mannes gewesen. Am Schreibtisch, umgeben von seinen hohen Bücherregalen, hatte er nach der Schule immer gesessen und Klassenarbeiten korrigiert oder Tagebuch geschrieben.

Sie nahm die letzte Stufe und wartete, bis sich ihr Herz wieder beruhigt hatte. Ihre Kinder hatten recht. Mit den Jahren wurde es für sie zusehends beschwerlicher, diese Treppe hinaufzusteigen. Ihr Atem ging stockend. Sie lauschte. So, als wäre es tatsächlich möglich, Gustavs Papierrascheln zu hören. Klara machte ein paar Schritte über den dunkelblauen Nadelfilz, streckte wieder die Hand aus, um den Türrahmen zu ertasten. Links ging es den Flur hinunter zu den ehemaligen Kinderzimmern. Inzwischen waren daraus längst Gästezimmer geworden. Rechts ging es zu ihrem Schlafzimmer mit Schränken voller Medikamente und einem kleinen Ankleidezimmer mit Leseecke. Da hatte sie bis vor ein paar Jahren nachmittags oft mit ihrer beleuchteten Lupe gesessen und in ihren Büchern gelesen, zumindest solange sie noch ein wenig Text hatte entziffern können. Bis sich die blinden Stellen so weit ausgedehnt hatten, dass sie gar nichts mehr sehen konnte. Sie schob die Tür zu Gustavs Zimmer auf, wie sie es früher oft getan hatte, um in seiner Nähe zu sein.

Ihr Mann saß schon lange nicht mehr in seinem Zimmer. Das Sonnenlicht fiel zu dieser Tageszeit direkt durch das große Fenster, das beinahe die gesamte Zimmerbreite einnahm. Von hier oben war der Blick hinaus in den Garten so herrlich gewesen. Und der norddeutsche Himmel schwebte lieblich darüber. Klara ging ein paar vorsichtige Schritte über den Teppich zur Balkontür. Sie legte eine Hand auf den Schreibtisch und berührte dabei den Rand von Gustavs letztem Tagebuch, mit der anderen griff sie nach dem Türöffner, drehte ihn nach oben und kippte die Balkontür an. Früher hatte sie dazu immer gesagt: »Ich lasse uns etwas Luft rein.«

Er hatte sie von seinem Stuhl aus liebevoll angesehen und gewartet, dass sie zu ihm kam und ihm einen Kuss auf die Stirn gab. Nachdem ihr Sohn und ihre drei Töchter aus dem Haus waren, hatte sie sich nachmittags zu ihm auf das Bett gesetzt, auf dem die dunkelblaue gewebte Decke und ein Kissen lagen, und gefragt: »Liest du mir etwas vor, Täve?«

Klaras Hand zitterte, als sie sich an der Bücherwand entlangtastete, bis sie am letzten Regal ankam. Hier, in einem der geschlossenen Unterschränke, hatte Gustav seine Kassetten aufbewahrt, auf denen er die Rundfunksendung *Am Morgen vorgelesen* aufgenommen hatte. Gert Westphal hatte die Klassiker der Weltliteratur mit seiner Stimme zum Leben erweckt. *Die Leiden des jungen Werther* oder *Der Zauberberg. Die Abenteuer des Tom Sawyer.* Klara beugte sich hinunter. Ihre Hand fuhr über das glatte Nussholz, bis sie auf den kleinen Knauf traf. Sie zog die Klappe auf. Das Blut schoss ihr in den Kopf und ihr wurde schwindlig. Sie musste sich hinsetzen, wollte sie nicht gleich umkippen. Also tat sie etwas, was sie eigentlich niemals tat und für sich überhaupt nicht passend fand. Sie ließ sich auf dem Teppichboden nieder. Wie ein Kind. Die Beine gerade nach vorne ausgestreckt. Sie flüsterte: »Sieht ja niemand.« Und sie selbst sah sich ja zum Glück auch nicht auf dem Boden sitzen.

Sie rückte näher an den Unterschrank heran. Es dauerte etwas, bis sich ihre Hände im Inneren, zwischen all den Gegenständen, zurechtfanden. Schließlich ertasteten sie im unteren Fach ganz hinten die Kästen mit Gustavs Kassetten, die sie sich irgendwann gemeinsam hatten anhören wollen. Doch für Klara hatte niemand so schön vorlesen können wie ihr Täve. Sie nahm einen der länglichen Kästen vorsichtig heraus, umklammerte ihn und zog sich dann an der Seitenwand des Regals wieder Stück für Stück in den Stand. Es brauchte ein paar tiefe, konzentrierte Atemzüge, bis der Schwindel vorbei war und sie mit dem Kasten unter dem Arm Stufe für Stufe wieder nach unten zu ihrem neuen Kassettenrekorder gelangte.

Eigentlich wäre es jetzt an der Zeit gewesen, das Mittagessen zu kochen. Kartoffeln, Blumenkohl und ein bisschen Quark. So wie jeden Tag. Doch stattdessen setzte sich Klara wieder an ihren Flurtisch. Dahin, wo seit heute Vormittag ihr neues und gleichzeitig altes Leben stattfand. Seit Gustav vor fast zwanzig Jahren gestorben war, hatte sie nichts mehr an ihren Gewohnheiten geändert. Morgens gab es Weißbrot ohne Kante mit Butter und Ei. Mittags Kartoffeln, Blumenkohl und ein bisschen Quark. Abends gab es noch einmal Weißbrot mit Butter, Quark und Käse. Zwischendrin saß sie auf ihrem Sessel im Wohnzimmer und hörte Renaissance- und Barockmusik. Oder sie ging hinaus in den Garten und spazierte dort in kleinen Schritten auf der Terrasse herum. Ihre Gewohnheiten waren so sehr mit ihr verwoben gewesen, dass sie das Gefühl gehabt hatte, sich ohne sie aufzulösen. Doch nun saß sie hier mit dem Mikrofon in der Hand und fühlte sich so lebendig, als wäre sie wieder Anfang zwanzig. Eine junge Frau, die kaum erwarten konnte zu erfahren, was das Leben für Überraschungen, Wunder und Wendungen für sie bereithielt. Ja, sie hatte an Wunder geglaubt. Und diese Wunder hatte es auch gegeben. Nur waren sie nicht immer leicht zu erkennen gewesen, zwischen all den Unsicherheiten, Herausforderungen und schweren Entscheidungen, die sie schon sehr bald, nachdem sie in die Kinderheilstätte Oranienbaum gekommen war, hatte treffen müssen.

# 5.

Als Klara am nächsten Morgen nach unten in die Küche kam, saßen da schon fünfzehn Mädchen um den langen Holztisch herum und frühstückten. Die Mädchen sahen auf und verstummten sofort, einige standen sogar von ihren Stühlen auf, um Klara Platz zu machen. Durch die Schwingtür, die hinaus in den großen Speisesaal führte, waren Kinderstimmen und Tellerklappern zu hören. Ein Mädchen mit entstellter Nase ging eilig hinüber zum Geschirrschrank, um für Klara Teller, Tasse und Besteck zu holen. Sie deckte es auf den Tisch neben ihren Platz. Ein kräftiges Mädchen mit aschblondem geflochtenem Haarkranz rückte Klara einen Stuhl zurecht. »Guten Morgen, Fräulein Möbius.«

Klara setzte sich. »Danke schön.«

Auf dem Tisch standen Brot, Butter, Wurst und Marmelade. Die Mädchen setzten sich wieder und die Schülerin mit der entstellten Nase fragte vorsichtig: »Sie sind doch unsere neue Haushaltungslehrerin Fräulein Möbius?«

Klara nickte. »Das bin ich. Und wer seid ihr?«

Das Mädchen mit dem Haarkranz, das ihr den Stuhl hingeschoben hatte, grinste. »Wir sind Ihre Haushaltungsschülerinnen.«

Klara lächelte. »Das habe ich mir fast gedacht. Aber wie heißt ihr?«

Das kräftige Mädchen zeigte auf das Mädchen, dessen Nasenrücken im rechten Winkel ins Gesicht stand. »Das ist Fritzchen. Sie ist unsere Ordentlichste.«

Die Arme musste Furchtbarstes durchlitten haben. Das war also Fritzchen, die von ihrer Mutter mit dem Feuerhaken geschlagen worden und im Kohlenkasten zum Schlafen gelegt worden war. Das Mädchen mit dem geflochtenen Haarkranz fuhr fort: »Und daneben sitzt Elfriede. Unsere Sängerin. Wenn sie nicht gerade isst, singt sie. Sie singt beim Kartoffelschälen, beim Abwaschen, Gemüseputzen und beim Spazierengehen. Das werden Sie schon noch merken.«

Elfriede rollte mit den Augen, aber gleichzeitig schien ihr diese Beschreibung auch gehörig zu schmeicheln. Klara nickte ihr zu und sah, dass Elfriede an den Armen und am Hals an einem heftigen Hautausschlag litt. Die Unterarme waren wund gekratzt. Warum trug sie keine langen Ärmel? Oder ein Halstuch, um die wunden Stellen zu verdecken und nicht der Sonne auszusetzen? Na ja, darum würde sie sich schon noch kümmern. Das Mädchen zeigte nun auf die beiden Schülerinnen neben Elfriede. Beide mit strohblondem Haar. »Das sind die Zwillinge Gertrud und Ursel. Sie kommen aus Magdeburg und waren vorher auf einer Versuchsschule. Aber das werden sie Ihnen bestimmt auch noch dreißig Mal erzählen.«

Die Mädchen kicherten. Und auch Gertrud und Ursel kicherten. Klara nickte. Von dieser Versuchsschule, die von reformwilligen Pädagogen und einer Handvoll Eltern in einer alten Festungsanlage errichtet worden war, hatte sie schon gehört. Nicht viel, nur dass das Lernen dort nach neuen, unkonventionellen Methoden stattfand und viel in der Natur unterrichtet wurde.

»Und ich bin Lotte, ein echtes Schifferkind«, sagte das kräftige Mädchen, nachdem sie auch noch alle anderen Mädchen mit Namen vorgestellt hatte. Fritzchen schenkte Klara Tee ein, und sie machte es so ordentlich und ruhig, dass Klara sich wunderte, wie ein Mädchen, das so viel Gewalt erlitten hatte, derart umsichtig und ruhig Tee eingoss. Sie mochte ihre Schülerinnen gleich gerne. Hier in der Küche herrschte eine heitere und zugewandte Stimmung, als wären alle Mädchen froh, dass sie in diesem Haus auf der Lichtung mitten im Wald sein durften.

Mit einem Mal schwang hinter ihnen die Tür auf. Doch nur Klara blickte hoch. Ihre neuen Schülerinnen beugten sich hingegen eilig über ihre Teller und konzentrierten sich plötzlich sehr intensiv darauf, ihre Brotscheiben akkurat mit Butter zu bestreichen. Klara stand auf. Der etwas ausgezehrt wirkende Dr. Voigtländer von gestern Abend kam in Mantel und Arzttasche herein und zwängte sich zwischen Spülbecken und frühstückenden Mädchen vorbei. »Guten Morgen.«

Die Mädchen hoben kaum merklich ihre Köpfe und murmelten: »Guten Morgen.«

Doch anstatt Klara noch einmal auf das nächtliche Unglück mit dem Thermometer anzusprechen und sich nach Rolfis Befinden zu erkundigen, blieb Dr. Voigtländer hinter Gertruds Stuhl stehen, klopfte der ehemaligen Versuchsschulschülerin auf die Schulter und meinte: »Na, du kaust ja so lahm. Schmeckt es dir nicht?«

Gertrud sagte knapp: »Doch.«

Und der Doktor sagte: »Wer seinen Kindern gibt das Brot, sodass er selber leidet Not, den schlage man mit der Keule tot.« Damit verschwand er durch die Seitentür in den Flur, hinüber zu seinen Röntgen- und Höhensonnenräumen, wo die lungenkranken Kinder ihre Bestrahlungen bekamen. Erst als die Tür hinter ihm ins Schloss gefallen war, hoben die Mädchen wieder ihre Köpfe und erklärten Klara im aufgeregten Flüsterton: »Diesen seltsamen Spruch bringt der Doktor jeden Morgen! Den kennen wir alle schon. Von uns lacht da keine mehr darüber. Wir verstehen gar nicht, was er uns damit sagen will. Aber das macht ihm überhaupt nichts aus. Morgen früh sagt er das auch wieder. Versprochen!«

»Nun, vielleicht ist gerade dieser Satz seine besondere Freude im Leben«, gab Klara zu bedenken, setzte sich wieder und bestrich sich eine Brotscheibe mit Marmelade. Die Mädchen bissen in ihre Brote und so richtig wusste keine von ihnen mehr etwas zu sagen. Da auch Klara nichts sagte, sondern in Ruhe ihr Brot aß, machten es ihr die Mädchen nach. Die konzentrierte Stille war nicht ganz unbeabsichtigt. Ohne dass es den Mädchen bewusst war, begann genau in diesem Moment ihr Unterricht. Klara wollte ihnen beibringen, dass bei Tisch nicht zwangsläufig einfach drauflosgeplaudert wurde. Ihre Schülerinnen sollten lernen zu erfassen, wo sie saßen, was sie aßen und wie sie aßen. All das gehörte zu einer guten hauswirtschaftlichen Ausbildung, fand Klara. Nichts sollte unbewusst oder einfach so passieren. Die Mädchen sollten lernen, dass alles, was sie taten, auch eine Wirkung hatte. Nur so würden sie die Herrinnen ihres Tuns sein.

Sobald alle ihre Brote aufgegessen und den Tee ausgetrunken hatten, schoben sie mit Schwung ihre Stühle zurück und sprangen auf. Sie stellten das Geschirr ineinander und räumten es scheppernd in die große Spüle. Klara stand vom Tisch auf und sagte: »Halt!«

Die Mädchen hielten sofort inne und starrten ihre neue Lehrerin erschrocken an. Sie sagte: »Stellt die Teller und Tassen zurück auf den Tisch. Und zwar genauso, wie alles eben noch stand.«

Fritzchen machte große Augen. »Sie meinen das schmutzige Geschirr?«

Klara nickte. »Ja, das schmutzige Geschirr.«

Das Schifferkind Lotte schüttelte empört den Kopf. »Wir können doch nicht den Tisch mit dem schmutzigen Geschirr decken!«

»Ihr räumt es ja gleich wieder ab.« Klara lächelte, aber ihre Stimme klang streng. Jedenfalls so, dass klar wurde, dass sie keinen weiteren Widerspruch duldete.

Lotte traute sich trotzdem noch zu fragen: »Und wozu machen wir das?«

»Das werdet ihr schon sehen. Deckt den Tisch und setzt euch wieder hin.«

Klara wartete, hinter ihrem Stuhl stehend, bis ihre Schülerinnen das benutzte Geschirr aus der Spüle zurück auf den Tisch geräumt hatten und wieder auf ihren Plätzen saßen. Etwas erschüttert sahen die Mädchen auf ihre mit Marmelade verzierten Teller. Sogar Ursel und Gertrud, die beiden von der Versuchsschule, warfen sich verstohlene Blicke zu. Offenbar kam selbst ihnen dieses Vorgehen unkonventionell bis rätselhaft vor.

Klara setzte sich auf ihren Stuhl. Es war ganz still in der Küche. Nur durch die Schwingtür zum Speisesaal war leises Kindergeplapper und Fußgetrappel zu vernehmen. Man hätte eine Stecknadel auf den Boden fallen hören können. Die Mädchen sahen Klara abwartend an. Doch anstatt sich zu erklären, stellte sie mit aufgerichtetem Rücken und nach hinten gezogenen Schultern ihre Tasse vollkommen lautlos auf ihre Untertasse und diese lautlos auf ihren Teller. Dann legte sie ihr Messer ohne ein Geräusch daneben. Beinahe unhörbar schob sie ihren Stuhl nach hinten, stand ruhig von ihrem Platz auf, nahm ihr Geschirr und trug es hinüber zur Spüle. Da stellte sie es ohne ein einziges Klirren ins Becken. Die Mädchen sahen sich unsicher an. Was sollte das?, schienen sie sich zu fragen. So etwas Seltsames hatte ihre vorherige Haushaltungslehrerin Fräulein Margarete nicht gemacht. Klara blieb neben der Spüle stehen und fragte: »Ist euch etwas aufgefallen?«

Elfriede hob zögernd ihren Arm mit dem entsetzlichen Hautausschlag.

»Ja, Elfriede?«

Das Mädchen räusperte sich. »Als Sie Ihr Geschirr abgeräumt haben, war nichts zu hören.«

»Richtig. Ist euch noch etwas aufgefallen?«

Jetzt meldete sich Fritzchen mit der zertrümmerten Nase. Klara gab ihr ein Zeichen, dass sie reden sollte. »Sie sind ruhig aufgestanden und haben ruhige Bewegungen gemacht, als wären sie ein Geist.«

»Sehr gut!« Klara klatschte kurz in die Hände. »Und das versucht jetzt jede Einzelne von euch. Gertrud, du beginnst. Dann kommt Ursel. Dann Lotte. Und die Nächste und die Nächste. Die anderen von uns lauschen, ob wir ein Geräusch hören.«

Ihre Schülerinnen hatten großen Spaß bei der Übung. Eine nach der anderen räumte vorsichtig und konzentriert ab, während die anderen angestrengt lauschten und leise kicherten, wenn sachtes Porzellanklirren zu hören war. Als sämtliches Geschirr in der Spüle stand, sagte Klara: »Diese Übung machen wir nun vor jedem und nach jedem Essen. Bis es für uns alle zur Gewohnheit geworden ist, leise und bedacht bei unseren Aufgaben vorzugehen. Eure Arbeitgeber werden es euch später danken, wenn ihr deren Geschirr nicht wie Futternäpfe zusammenhaut. Außerdem werdet ihr sehen, dass ihr durch die Ruhe nie in Hetze verfallen werdet.«

Die Mädchen sahen Klara ein wenig befremdet an. Lotte sagte: »Aber wir müssen uns doch immer sehr beeilen, damit alles rechtzeitig fertig wird. Das Essen für die vielen Heimkinder, für die kleinen Tanten, die Jugendleiterinnen, die Krankenschwestern, für die Oberin, Dr. Voigtländer und natürlich für uns.«

»Trotzdem ist es wichtig, dabei nicht hektisch zu werden. Was passiert, wenn man hektisch wird?« Klara sah in die Runde.

Fritzchen meldete sich. »Man vergisst etwas oder irgendwas geht zu Bruch.«

»Ganz genau. Ihr seid junge Frauen. Ihr seid fein und elegant. Vergesst das nie!«

Jetzt glucksten die Mädchen fröhlich. Dass irgendjemand sie jemals als »fein« oder »elegant« bezeichnen könnte, damit hatten sie ganz sicher nicht gerechnet. Ihre Wangen waren aufgeregt gerötet, als sie fast schreitend und mit erhobenen Häuptern die Küche verließen, um draußen im Speisesaal die Teller und Tassen der Kinder und kleinen Tanten abzuräumen. Als ihre Schülerinnen durch die Schwingtür verschwunden waren, sah Klara sich zufrieden in der Küche um, bis sie nebenan lautes Geschirrscheppern hörte. Es würde noch einiges an Übung brauchen, bis ihnen die ruhigen Bewegungen in Fleisch und Blut übergegangen waren. Doch der Anfang war gemacht.

In den darauffolgenden Augustwochen ging Klara mit ihren Schülerinnen vormittags häufig hinaus in den Garten. Während die Mädchen unter ihrer Anleitung all die Namen der dort wachsenden Blumen und Sträucher lernten und erklärt bekamen, welche Blüten und Gräser besonders gut miteinander harmonierten, sahen sie immer mal wieder hinüber zu den Liegehallen, die zu beiden Seiten an das Gebäude angebaut worden waren wie die Fühler eines riesigen Käfers. Pritsche neben Pritsche lagen die schmächtigen Körper der kleinen Patienten in der einfallenden Sonne. Mit dünnen Decken zugedeckt, lauschten die Kinder der Jugendleiterin Tonie, die in Schürze und Haube an der Holzbrüstung lehnte und ihnen etwas vorlas. Die Schülerinnen winkten zu den Kleinen hinein oder zogen komische Grimassen, bis sie zurücklachten.

Unter Klaras Anleitung bereiteten sie vitaminreiches Essen für die blassen Jungen und Mädchen zu und wurden dabei immer selbstständiger. Für Klara war es schön, wie sehr ihre Schülerinnen danach fieberten, etwas von ihr zu lernen. Es war, als würden sie sich zum ersten Mal in ihrem Leben wirklich gesehen fühlen. Und Klara zog daraus Kraft. Sie konnte sich nichts vorstellen, was ihr mehr entsprochen hätte, als genau an diesem Ort und für diese Mädchen die Lehrerin zu sein. Sie war glücklich, in ihrem Leben etwas gefunden zu haben, das sie vollkommen ausfüllte und ihr das erhebende Gefühl gab, finanziell von niemandem abhängig zu sein. Und dieses Glück wollte sie gerne weitergeben.

Sobald ihre Schülerinnen im Werkraum um den großen Holztisch standen, auf Zeitungspapier ihre geschnittenen Blumen, Gräser und Äste ausbreiteten und Klara ihnen zeigte, wie man sie zu Sommersträußen band, gingen sie fleißig ans Werk und sangen dabei Lieder. *Hoch auf dem gelben Wagen* und *Im Frühtau zu Berge*. Überhaupt wurde sehr viel gesungen. Beim Abwasch, beim Mangeln drüben in der Waschküche, die sich im Nebengebäude auf der anderen Seite des Gartens befand, beim Unkrautjäten, in den Schlafsälen beim Bettenmachen oder bei den Ausflügen, die sie am Wochenende an die Elbe oder nach Wörlitz unternahmen. Die Mädchen waren, abgesehen vom Tischdecken und -abräumen, nicht zur Stille zu bewegen. Dazu sangen sie einfach zu gerne. Und es stimmte, was Lotte damals an ihrem ersten Morgen in der Küche gesagt hatte: Elfriede war eine besonders leidenschaftliche Sängerin. Und eine leidenschaftliche Esserin. Wenn sie nicht sang, aß sie. Vorzugsweise Wurst! Ihr Hautausschlag wurde immer schlimmer, sodass es Klara schon vom Ansehen juckte. Eines Morgens nahm Klara sie nach dem Frühstück mit hinüber in die Speisekammer, während die anderen sich über den Menüplan für das Mittagessen beugten. Eingerahmt von Regalen mit den verschiedensten Vorratspackungen und Gläsern mit eingewecktem Obst, sah Klara Elfriede fest in die Augen. »Wir müssen etwas gegen deinen Hautausschlag tun.«

Elfriede verschränkte die wund gekratzten Arme vor der Brust. »Dagegen kann man nichts machen. Den habe ich schon immer.«

»Aber möchtest du denn damit leben?«

»Natürlich nicht. Es juckt entsetzlich.« Das Mädchen machte ein sehr unglückliches Gesicht und versuchte, sich nicht gleich wieder nervös am Hals oder im Gesicht zu kratzen. Was ihr sichtlich schwerfiel.

»Gut. Dann wirst du dich ab jetzt vegetarisch ernähren.«

»Was heißt denn das?« Elfriede blickte Klara ängstlich an.

»Keine Wurst mehr.«

»Keine Wurst mehr? Aber ohne Wurst kann ich nicht leben. Niemand kann ohne Wurst leben.«

Klara zuckte mit den Schultern. »Entweder Wurst und Hautausschlag. Oder keine Wurst und kein Hautausschlag.«

Das war nun alles andere als einfach für Elfriede. Auch wenn sich ihr Hautausschlag zusehends besserte, erfüllte es sie mit großer Unruhe, dass sie keine Wurst mehr bekam. Sie jammerte: »Ja, was soll ich denn auf meine Stulle legen? Das ist doch kein Spaß, ganz ohne Wurst!« Nur wenn Klara ihren Schülerinnen abends im Gemeinschaftsraum aus einem ihrer mitgebrachten Bücher vorlas, rückte Elfriede mit feierlichem Gesichtsausdruck ihren Stuhl ganz nah an den von Klara heran und vergaß ihren Appetit auf Wurst und ihren juckenden Hautausschlag. Die anderen Mädchen hockten gedrängt auf den beiden Kanapees um den niedrigen Tisch herum und lauschten ihrer neuen Haushaltungslehrerin, die mit streng zurückgebundenem Haar, ihrer hellen Bluse und ihrem schmalen Rock auf dem Stuhl vor der blau gestrichenen Wand saß und mit lebendiger Stimme aus den verschiedenen Romanen vortrug. Zuerst aus *Die Frau von dreißig Jahren* von Honoré de Balzac. Klaras Lieblingsbuch. Die darin enthaltene Botschaft fand sie außerordentlich wichtig: Als junge Frau sollte man sich sehr genau überlegen, ob eine Heirat die richtige Entscheidung war, wenn man seine Freiheit nicht verlieren wollte. Klara hatte jedenfalls nicht vor zu heiraten. Wozu hatte sie sonst ihren Beruf erlernt? Sie sah ja an ihrer alten Schulfreundin Margarete, wohin das führte! Nach der Vermählung mit ihrem Chefpiloten hatte sie ihre Anstellung als Lehrerin sofort aufgeben müssen, hatte noch ein paar interessante Postkarten von ihren Flugreisen verschickt und war umgehend schwanger geworden. Nun war sie Hausfrau, wurde Mutter und wischte Staub, während ihr erfolgreicher Mann fröhlich in der Weltgeschichte herumflog. Ein typischer Fall. Ein härteres Schicksal kannte Klara von ihrer Mutter. Nie hatte sie Zeit, etwas nur für sich zu tun. Seit Klara denken konnte, arbeitete sie in Haus und Garten als Pensionswirtin und oft räumte sie noch ihrem Mann, ihrem Sohn oder den Pensionsgästen hinterher.

Was konnte Klara also Bedeutungsvolleres für ihre Mädchen tun, als sie zu selbstbewussten Persönlichkeiten zu erziehen, die im Beruf standen und eigenständige Entscheidungen trafen? Doch diese eigenständigen Entscheidungen konnte man nur treffen, wenn man die Konsequenzen einer Heirat kannte. Die Mädchen bekamen rote Ohren bei all den Höhen und Tiefen, der Leidenschaft und dem Unglück in *Die Frau von dreißig Jahren.* Manchmal blieb ihnen regelrecht der Mund offen stehen, wenn sie Sätze hörten wie: *»Liebe Tochter, es ist meine Pflicht, dich über eine der wichtigsten Krisen in unserem Frauenleben aufzuklären, in der du dich, vielleicht ohne es zu wissen, befindest.«* Klara macht eine dramatische Pause. *»Du bist verheiratet.«*

Sobald ihre Stimme drohte heiser zu werden, reichte Elfriede ihr eilig das Wasserglas. »Bitte, Fräulein Möbius, lesen Sie weiter!«

Dann räusperte sie sich, warf einen kurzen Blick in die Runde und fuhr fort: *»Madame d'Aiglemont stand auf, lächelte und ging hinaus, um still vor sich hin zu weinen. Gebildete Menschen, und besonders Frauen, verrieten ihre Gefühle nur durch kaum wahrnehmbare Zeichen, an denen aber alle die, die Ähnliches erlitten haben wie diese unglückliche Mutter, nichtsdestoweniger die Zuckungen ihrer Herzen erkennen konnten.«* Danach herrschte erst einmal andächtiges Schweigen. Es war ermutigend, dass diese Mädchen, die in ihrem Leben bisher noch gar nicht oder nur sehr selten mit Literatur in Berührung gekommen waren, so begeisterte Zuhörerinnen waren. Das erste Buch war im Handumdrehen durchgelesen. Und auch *Die Kreutzersonate* war innerhalb einer Woche verschlungen. Nun benötigte Klara Nachschub, denn in ihrem Koffer hatte sie nicht allzu viele Bücher nach Oranienbaum transportieren können. Glücklicherweise fand auch Susanne, dass es Anfang September Zeit wurde, sich an ihrem freien Nachmittag mit dem Zug nach Dessau aufzumachen, um dort Bücher und andere Kleinigkeiten einzukaufen.

# 6.

Klara stand schon unten im Vestibül. In Mantel, Hut und Handschuhen. Ihre Haushaltungsschülerinnen machten immer große Augen, wenn sie so aufgemacht durch den Kiefernwald hinunter nach Oranienbaum ging, um im Schreibwarenlädchen Briefpapier oder neue Bleistifte zu kaufen. Klara wusste, dass sie hinter vorgehaltener Hand »die Ästhetische« genannt wurde. Doch das machte ihr nichts aus. Sie fand es nun einmal wichtig, sich bei entsprechender Gelegenheit elegant und damenhaft zurechtzumachen.

In freudiger Aussicht auf den freien Nachmittag stand sie neben der Kommode und wartete darauf, dass Susanne die Treppe herunterkommen würde, damit sie den Fünfzehn-Uhr-dreißig-Zug nach Dessau nehmen konnten. Auf der Kommode stand einer der vielen Blumensträuße, die ihre Schülerinnen gebunden hatten. Sie machten das inzwischen sehr schön. Durch die geschlossene Flügeltür hörte sie die Kinder im Spielsaal fröhlich herumwirtschaften. Die Haustür stand offen, draußen war wunderbarster Sonnenschein. Die Jugendleiterinnen hatten auf der Wiese, drüben bei den hohen Sträuchern, eine lange Tafel aufgebaut, an der die größeren Kinder ihren Nachmittagskakao tranken und ein paar Marmeladenschnitten aßen. Klara sah ungeduldig auf die kleine goldene Armbanduhr, die sie von ihren Eltern zur Konfirmation bekommen hatte. Wenn sie sich nicht bald auf den Weg machten, würden sie rennen müssen, um den Zug noch zu bekommen. Der nächste fuhr erst eine Stunde später. Dann würden die Geschäfte in Dessau schon fast wieder geschlossen sein. Sie machte ein paar Schritte, sah kurz durch das Fenster zu den Kindern, drehte sich wieder um. Genau in diesem Moment kam Susanne die Treppe heruntergehetzt. Allerdings weder in Straßenschuhen noch im Mantel. Klara machte große Augen. »Was ist los? Wo ist dein Mantel?«

Susanne kam die letzten Stufen herunter und stellte sich dicht neben Klara. Sie flüsterte: »Entschuldige. Ich kann dich nicht begleiten. Der Oberin geht es nicht besonders. Ich muss sie im Büro vertreten.«

»Heute Nachmittag? Was soll denn da groß los sein?«

»Die Polizeifürsorgerin Frau Penöter kommt und sie will ein Gespräch mit der Oberin führen.« Susanne machte ein ernstes Gesicht.

»Aber sie braucht die Oberin doch gar nicht, wenn sie ein neues Kind bringt. Die Aufnahme macht doch sowieso eine von den Krankenschwestern.«

Susanne senkte ihre Stimme noch weiter ab. »Sie bringt kein Kind. Sie will mit Fräulein Martin über die staatliche Bezuschussung sprechen.«

»Was ist mit der staatlichen Bezuschussung?« Langsam fiel bei Klara der Groschen. In letzter Zeit war es bei den Gesprächen im Wohnzimmer der Oberin häufig um die staatliche Bezuschussung gegangen. Und dabei hatte Fräulein Martin ihre Sorge geäußert, dass es damit zukünftig knapp werden könnte. Wodurch auch der Fortbestand dieses Heimes auf wackligen Füßen stehen würde.

Susanne zuckte mit den Schultern. »Das werden wir sehen.«

Klara zog ihre Handschuhe aus. »Soll ich lieber hierbleiben?«

Susanne schüttelte den Kopf. »Ach was. Fahr mal. Und beeil dich. Sonst bekommst du den Zug nicht mehr. Hol dir am besten mein Rad aus dem Schuppen. Es ist das mit dem roten Schloss.«

Klara wusste nicht so recht, ob es nicht etwas eigenartig wirkte, wenn sie nach Dessau zum Einkaufen fuhr, während hier womöglich über die Zukunft des Heimes verhandelt wurde und es noch dazu der Oberin nicht gut ging. Aber Susanne schob sie Richtung Ausgang und sagte: »Solange wir nichts Genaues wissen, malen wir nicht den Teufel an die Wand. Kauf mir lieber irgendwo eine Zigarre. Die rauchen wir dann heute Abend ganz mondän.«

Klara trat aus der Tür, lief die paar Stufen hinunter, über den Rasen und an der hübsch gedeckten Tafel vorbei, hinüber zum Schuppen, um sich Susannes Fahrrad zu holen. Es stand an der Rückwand, hinter all den anderen Rädern. Und natürlich waren die meisten Räder ineinander gekippt und hatten sich mit ihren Lenkern verkeilt. Es dauerte, bis Klara sich im engen Schuppen zu Susannes Fahrrad vorgearbeitet hatte und es aus dem Gewirr von Lenkern, Ständern und Pedalen gezerrt hatte. Jetzt wünschte sie sich, ohne Hut und ohne Mantel unterwegs zu sein, um besser hantieren zu können. Als sie das Rad endlich nach draußen bugsiert hatte, brannte die Sonne orange vom Himmel herunter. In den schmalen Grasstreifen, die sich am Weg entlangzogen, zirpte es und Bienen sausten über die hohen Mohnblumen. Klara trat kräftig in die Pedale. Es war herrlich, nach gut sechs Wochen zum ersten Mal für ein paar Stunden allein und in dieser Geschwindigkeit unterwegs zu sein. Der noch ungestaltete Nachmittag lag vor ihr. Verheißungsvoll breitete er sich vor ihr aus, so wie sich der blaue Himmel freundlich über ihr ausbreitete. Der warme Wind floss über ihre Wangen, als sie im kühlen Kiefernwald verschwand und das Rad über die kleinen Schlaglöcher sprang. Wenn Klara dieses Tempo beibehielt, konnte sie es gerade noch bis zur Abfahrt des Zuges schaffen.

Noch während sie vor dem Bahnhof schwitzend das Fahrradschloss durch die Speichen fädelte, hörte sie, wie der Zug nach Dessau angekündigt wurde. Über den sandigen Vorplatz kamen noch ein paar Mitreisende gelaufen. Zusammen mit ihnen eilte

Klara ins Bahnhofsgebäude, um sich am Schalter schnell eine Fahrkarte zu besorgen, dann weiter auf den Bahnsteig. Sie fächelte sich mit ihren Handschuhen Luft zu, als die Dampflokomotive die Waggons den Bahnsteig entlangzog. Um sie drängten die Fahrgäste zu den Einstiegsplattformen. Sie wurde von ihnen einfach mitgeschoben, wie ein Lämmchen in der Schafherde. Es war in Ordnung. Sie war froh, dass sie den Zug noch erreicht hatte. Mit einem Mal machte sich hinter ihr ein ziemlich unangenehmer, sehr intensiver Herrenduft breit. Als hätte sich jemand versehentlich mit Parfüm übergossen. So flink wie möglich kletterte Klara die beiden Trittbretter nach oben, um dem penetranten Geruch zu entfliehen. Sie schlängelte sich durch die Tür ins Innere des Waggons und setzte sich ganz hinten in der 3. Klasse ans Fenster. Sie atmete tief ein. Da stieg ihr schon wieder dieser animalische Moschusduft in die Nase. Neben ihrer Holzbank stand ein fröhlich grinsender Mann in einem zerknitterten Mantel. Er schob seinen Hut in den Nacken. »Ist da noch frei?« Er wies auf den Platz direkt neben ihr. Am liebsten hätte sie den Kopf geschüttelt. Aber es war offensichtlich, dass neben ihr niemand saß und alle anderen Plätze im Wagen, soweit sie es überblicken konnte, von den nachdrängenden Mitreisenden belegt wurden. Sie lächelte höflich. »Natürlich.« Dann rückte sie ganz dicht ans Fenster, um den größtmöglichen Abstand zu diesem jungen Mann zu bekommen, der sich neben ihr niederließ. Offenbar versuchte er mit dem penetranten Duft seine Alkoholausdünstungen zu überdecken. Klara gab sich alle Mühe, flach zu atmen. Hauptsache, der Mann sprach sie nicht an.

»Ich habe Sie hier noch nie im Zug gesehen.« Er beugte sich vor. »Sind Sie neu hier?«

Sie sah kurz zu ihm herüber. Wieder lächelte sie höflich. Dann guckte sie starr aus dem Fenster. Vielleicht besaß dieser Mensch zumindest einen Hauch von Feingefühl, das ihm sagte, dass sie sich unter keinen Umständen mit ihm unterhalten wollte.

»Machen Sie Besorgungen in Dessau? Oder gehen Sie ins Theater?«

Klara seufzte. Dieser Mensch war offenbar schwer von Begriff. »Ich möchte mir ein paar Bücher kaufen.«

»Oh, da würde ich Sie sehr gerne begleiten, aber leider habe ich noch eine Verabredung im Friedrich-Theater. Sie spielen heute *Nathan der Weise* von Ephraim Lessing.«

Klara lächelte noch immer angespannt. »Nun ja. Das ist natürlich ein Jammer.« Wobei sie sich ehrlicherweise auch sehr gerne das Stück angesehen hätte.

»Aber ich könnte Ihnen sagen, wo sie gute Bücher bekommen. Vorausgesetzt, Sie lesen solche Bücher, wie ich sie lese.«

Klara drehte sich nun doch ein wenig zu dem jungen Mann um. Allerdings versehentlich, aus einem plötzlichen Impuls heraus. »Welche Art Bücher lesen Sie denn?«

Er zuckte mit den Schultern. »Im Grunde genommen alles, was ich zwischen die Finger kriege.«

Klara stöhnte und drehte sich wieder weg. Sie sagte: »Verraten Sie mir lieber, wo ich gute Zigarren bekomme.«

»Wer hätte das gedacht! Sie sind tatsächlich eine von der progressiven Sorte! So wie Sie aussehen, hätte ich eher vermutet, Sie streben die bürgerliche Kultiviertheit an.« Der junge Mann grinste vergnügt, als wäre das hier die Unterhaltung seines Lebens.

Klara antwortete gar nicht mehr. Sie hoffte einfach nur, dass die Fahrt so schnell wie möglich vorbei sein würde. Besser bürgerliche Kultiviertheit als solch ein Wildwuchs, der nach einer benebelnden Mischung aus Alkohol und Moschus roch.

Der Mann öffnete seinen Mantel und legte die Hände auf seine schmale Ledertasche. Obwohl Klara das eigentlich gar nicht vorhatte, sah sie verstohlen auf seine Hände, die zu ihrer Verwunderung sehr hübsch und gepflegt waren. Und schon hörte sie sich fragen: »Was arbeiten Sie?«

»Ich bin gerade ohne Abitur vom Gymnasium abgegangen. Aber eigentlich will ich Lehrer werden. Und Sie?«

»Ich bin bereits Lehrerin.«

»Dann sind Sie älter als ich?«

»Das kann ich Ihnen nicht sagen, denn ich weiß nicht, wie alt Sie sind.«

»Bestimmt jünger als Sie.« Er lachte, und obwohl Klara beabsichtigte, diesen Knilch nicht zu mögen, musste sie leider ebenfalls kurz auflachen. Was ihr sofort unangenehm war. Sie hatte das Gefühl, die anderen Mitreisenden hörten ihnen inzwischen interessiert zu. Selbstverständlich stachelte das ihren Reisebegleiter nur noch weiter dazu an, munter mit ihr zu plaudern. »Im Kaufhaus Eduard Borchardt finden Sie in der zweiten Etage einen kleinen Bücherstand. Da gibt es für eine Mark achtzig allerlei Bände der Weltliteratur. Ich habe da *Die Elixiere des Teufels* gekauft und *Das Bildnis des Dorian Gray.* Und dann noch *Vater Goriot* und *Die Frau von dreißig Jahren.*«

»Sie haben *Die Frau von dreißig Jahren* gekauft?« Klara sah ihn verblüfft an.

Er nickte eifrig. »Und *Die Brüder Karamasow. Der Idiot* und *Der Spieler.* Alles Romane, die ich noch nicht kannte, aber gerne einmal lesen wollte.«

Klara musterte ihn mit hochgezogenen Augenbrauen. Noch nie hatte sie jemanden getroffen, abgesehen von sich selbst, der so gerne und so viel las. Nicht die Mädchen, mit denen sie zur Schule gegangen war. Und auch keine ihrer Kolleginnen in Kassel. Eine leise Intimität breitete sich zwischen ihnen aus. Das Aufzählen der Buchtitel hatte irgendwie dafür gesorgt, dass Klara ihn zumindest etwas sympathischer fand. Trotzdem wollte sie diesem Mann nicht sagen, dass sie *Die Frau von dreißig Jahren* gerade erst ihren Schülerinnen vorgelesen hatte. Und sie wollte ihn auch nicht fragen, wie ihm das Buch gefallen hatte und was seine Meinung dazu war. Obwohl es sie interessierte. Mit Sicherheit würde sie sehr ärgerlich über seine Analyse werden. Garantiert wären sie vollkommen unterschiedlicher Auffassung, was die Botschaft des Buches für die Frau bedeutete. Bestimmt war dieser Mann der Ansicht, dass sich die arme Madame d'Aiglemont ihrem Ehemann hätte unterwerfen sollen. Oder versuchte Klara nur gerade, sich gegen das zu wehren, was in ihrem Inneren vor sich ging? Bekämpfte sie diese eigenartige Zuneigung, die sie plötzlich ihm gegenüber empfand? Sie räusperte sich, trotzdem klang ihre Stimme härter als beabsichtigt. »Und wo gibt es nun die Zigarren?«

»Bei Karlchen Schulze im Kolonialwarenlädchen. Passen Sie aber auf, da streunen auch einige der Bauhausstudenten herum.«

»Was ist mit denen?«

»Sie sind sehr salopp gekleidet. Sogar die Studentinnen! Irgendeine Windjacke, dazu ein buntes Hemd mit einem bunten Tuch um den Hals. An den Füßen tragen sie Sandalen oder ausgelatschte Schuhe.« Der Mann sah sie spöttisch an. »Lassen Sie sich bloß nicht von diesen Schreckgespenstern ansprechen. Das sind gefährliche junge Leute, diese kommunistischen Künstler!«

Klara nickte, wobei sie nicht wusste, ob er es ernst oder ironisch meinte. Tatsächlich wirkte er nicht so, als machten ihm ein paar Bauhausstudenten in ausgelatschten Schuhen Angst.

Er lachte, als er Klaras verwundertes Gesicht sah. »Ich reiße doch nur Witze. Mir gefällt die Stimmung auf dem Bauhaus-Gelände. Sehr enthusiastisch. Als würden die Lehrer mit ihren Schülern die Welt neu entwerfen. Sie sollten sich die Meisterhäuser von Walter Gropius einmal ansehen. Die sind einmalig. Einen derartigen Baustil haben Sie bestimmt noch nie gesehen.«

Bevor Klara irgendetwas erwidern konnte, redete er gleich begeistert weiter. »Der pädagogische Ansatz ist dort so neu und modern. Für Sie als Lehrerin wäre das bestimmt interessant.«

Klara nickte wieder. Das klang tatsächlich interessant. Sie war kurz davor, ihn entgegen jeglicher Vernunft zu fragen, ob sie sich das Gelände gemeinsam ansehen wollten. Doch bevor sie diese Dummheit begehen konnte, kam glücklicherweise vom Schaffner die Ansage, dass der Zug in Kürze Dessau erreichen würde. Eilig stand sie von ihrem Platz auf, verabschiedete sich knapp und eilte zur Tür der hinteren Plattform. Beinahe hätte sie sich mit einem wildfremden Mann verabredet! Klara erkannte sich selbst nicht wieder. Von solchen haltlosen Typen musste man sich fernhalten. Hinter ihr versammelten sich die anderen Mitreisenden, die ebenfalls aussteigen wollten. Ihr war heiß. Sie wollte nur noch raus und so tun, als hätte es dieses Zusammentreffen nie gegeben. Plötzlich hörte sie ihn hinter sich sagen: »Und knausern Sie nicht beim Zigarrenkauf. Die teureren sind immer noch die besten.«

Der Zug ruckte, und ohne sich noch einmal umzudrehen, drängte Klara schnell an den aussteigenden Fahrgästen vorbei und sprang die Trittbretter hinunter auf den Bahnsteig. Sie wusste nicht, ob der junge Mann noch hinter ihr war, als sie die Schalterhalle des Bahnhofsgebäudes durchquerte und hinaus in die Nachmittagssonne trat. Sie merkte nur, wie sie zu ihrer eigenen Überraschung vor sich hin lächelte, als wäre ihr etwas ganz Erfreuliches zugestoßen. »So etwas Albernes«, flüsterte sie und lief dann im Stechschritt mit angespannter Miene in die ihr noch unbekannte Stadt. Auf der Suche nach dem Kolonialwarenlädchen von Karlchen Schulze.

Nach einigem Nachfragen fand Klara schließlich auf die Hauptgeschäftsstraße, an deren Ecke ein großes Gebäude mit gewaltiger Kuppel stand, auf der ein goldener Davidstern prangte. Die Synagoge von Dessau. Mit diesem imposanten Gebäude konnte nicht einmal die tausendjährige Stiftskirche in ihrer Heimatstadt Lieberode mithalten. Als sie in einiger Entfernung ehrfürchtig davor stehen blieb, öffneten sich die schweren Holztüren. Feierlich angezogene Menschen strömten heraus, versammelten sich auf dem Vorplatz und fingen an, sich angeregt miteinander zu unterhalten. Das sah nach einer sehr bedeutenden Veranstaltung aus. Vielleicht eine jüdische Hochzeit? Nur konnte sie kein Brautpaar entdecken. Klara ging weiter, an Schuh- und Textilgeschäften vorbei, auf deren Schaufensterscheiben in goldfarbenen Lettern *200 Jahre* geschrieben stand.

Hinter ihr fuhr klingelnd die Straßenbahn vorbei, und sie entdeckte endlich ein Stück weiter die rote Markise von Karlchen Schulzes Krämerladen.

Sie trat in den schmalen, mit Säcken ziemlich vollgestellten Flur, von dem man in einen Verkaufsraum mit hohen Regalen und einem riesigen Ladentisch mit vielen Schubfächern kam. Dahinter stand ein rundlicher Herr mit schütterem Haar und freundlichen Augen, bei dem es sich bestimmt um den Inhaber handelte. Klara nickte ihm höflich zu. »Guten Tag.«

Vor ihr wurden noch zwei Kundinnen bedient, die wohl so einiges auf ihren Einkaufszetteln stehen hatten. Sie waren recht gut gekleidet, auch wenn ihre Kostüme bestimmt schon ein paar Jahre gedient hatten. Karlchen Schulze lief eilfertig umher und wog Mehl und Zucker auf den beiden Waagen ab, die auf seinem Ladentisch standen. Flugs machte er die gefüllten Papiertüten zu, legte sie an die Seite und schrieb die Preise mit Kreide auf die Tischplatte. Dabei plauderte er unentwegt von der Zweihundertjahrfeier für den großen Philosophen Moses Mendelssohn, den er stolz »Das Kind unserer Stadt« nannte. Er war voller Vorfreude auf die anstehenden Feierlichkeiten und Veranstaltungen, die diesem bedeutenden Juden zu Ehren in ganz Dessau stattfinden sollten. Mehrfach sagte er: »Nein, was dieser Mann alles für unsere große Glaubensgemeinschaft getan hat!« Zu gerne wäre Karlchen Schulze bei dem heutigen Festgottesdienst in der Synagoge dabei gewesen, zu dem viele bekannte Persönlichkeiten gekommen waren. »Der Bauhausarchitekt Walter Gropius und sogar der Nobelpreisträger Albert Einstein aus Berlin!« Der Krämer hinter dem Tresen war erstaunlich gut informiert. »Ach, und Kurt Weill, der die *Dreigroschenoper* geschrieben hat, war natürlich auch anwesend«, fügte er stolz hinzu. »Sein Vater war früher Kantor unserer jüdischen Gemeinde. Ja! So wichtige Leute haben wir hier!« Nun wusste Klara Bescheid, ohne überhaupt nachgefragt zu haben, was da eben Besonderes in der Synagoge stattgefunden hatte und warum überall auf den Schaufenstern in goldfarbener Schrift *200 Jahre* stand. Nur hatte sie noch nie von Moses Mendelssohn gehört. War er etwa mit dem Komponisten Felix Mendelssohn-Bartholdy verwandt, dessen wunderschönes Oratorium *Elias* sie mit dem Kirchenchor aufgeführt hatten?

Sie ließ ihren Blick schweifen und sang leise in Gedanken ihre Oberstimme aus dem Doppelquartett: *»Denn er hat seinen Engeln befohlen über dir, dass sie dich behüten auf all deinen Wegen ...«* In dem Glasschrank neben ihr befanden sich köstliche Delikatessen. Klara trat näher heran. Terrinen, Trüffel und sogar Kaviar! Sie konnte sich nicht vorstellen, dass viele Dessauer sich so etwas Exklusives leisten konnten. Andererseits: Wenn es in diesem Lädchen Kaviar gab, musste es auch Zigarren geben. Als die letzte Kundin den Laden verlassen hatte, räumte Karlchen Schulze die Schubladen wieder hinter sich ins Regal und wendete sich dann seiner neuen Kundin zu. »Guten Tag, was kann ich für Sie tun?«

Klara räusperte sich. »Ich hätte gerne eine Zigarre.«

In ihrem ganzen Leben hatte sie noch nie solch einen verwegenen Satz von sich gegeben. Ich hätte gerne eine Zigarre! Das klang wirklich schauerlich schön und gleichzeitig verboten. Wenn ihre Mutter gewusst hätte, dass sie hier in Dessau in einem Laden stand und solche Bestellungen von sich gab! Klara lächelte möglichst unbefangen, in der Hoffnung, nicht rot anzulaufen. Doch sie spürte bereits, wie ihr die Schamesröte ins Gesicht stieg. Aber das schien der freundliche Herr Schulze nicht zu bemerken oder er überging es netterweise. »Selbstverständlich. An welche Preisklasse haben Sie denn da gedacht?«

Klara war sehr glücklich über diese Frage, denn plötzlich hatte ihr Anliegen den Anschein, sie würde die Zigarre als Geschenk für ihren Vater kaufen. Sie trat noch näher an den Tresen heran. »Ich habe gehört, die teuren sind die besten.« Kaum hatte sie den Satz ausgesprochen, kam sie sich ziemlich dumm vor. War das nicht immer so, dass das Teuerste das Beste war? Aber Karlchen Schulze nickte nur. »Lassen Sie das nicht unsere einheimischen Tabakfabrikanten hören.«

Klara verstand nicht recht. Aber bevor sie nachfragen konnte, erfuhr sie schon, dass es in der Stadt tatsächlich mehrere Zigarrenfabrikanten gab, deren Vorfahren mit dem Zigarrendrehen ganz klein in Heimarbeit angefangen hatten und die inzwischen auf großen Feldern in der Umgebung Tabak anbauten. Sie galten laut Karlchen Schulze als überaus wohlhabend. Dann waren das wohl die Leute, die die Delikatessen aßen! Er holte einige Zigarrenkisten unter dem Ladentisch hervor und breitete sie vor Klara aus. »Für die besseren Zigarren wird allerdings der einheimische Tabak mit dem hochwertigen Tabak aus Übersee gemischt. Dadurch wird das Aroma um einiges exotischer«, schloss er seinen Vortrag. »Und? Welche Zigarre nehmen wir? Einheimisch oder aus Übersee?« Er zeigte auf eine aufwendig verzierte Holzkiste. »Den Torpedo, mit dem Geschmack von Kakao und Leder? Oder eher eine Robusto mit sahnig-karamelliger Süße und einem Hauch von frischem Holz aus Nicaragua?«

»Ich nehme die, die nach Leder schmeckt«, sagte Klara schnell, um diesen seltsamen Kauf abzuschließen.

»Eine noble Wahl. Da wird sich der beschenkte Herr aber freuen.« Karlchen Schulze zwinkerte schon wieder gut gelaunt und schob ihr die gewünschte Zigarre in Cellophan verpackt über den Tresen. Dazu nannte er den schwindelerregenden Preis von fünfundzwanzig Reichsmark. Genauso viel, wie ihre Eltern monatlich für ihren Bruder an Schulgeld bezahlten.

Ohne sich den Schreck anmerken zu lassen, legte Klara die Scheine auf den Tresen und bedankte sich höflich. Ganz offenbar hatte sie die teuerste Zigarre im ganzen Laden erwischt! Nach diesem ersten Einkauf war sie mit ihren Ersparnissen bereits am Ende. Trotzdem verspürte sie eine gewisse Freude, als sie zurück auf die Straße trat. Jetzt hatte sie tatsächlich mal etwas Unvernünftiges getan. Niemals dürften ihre Eltern oder ihr Bruder Kurtchen davon erfahren! Ab jetzt würde sie wieder sparen.

Nun musste sie sich aber beeilen, rasch zum Warenhaus Eduard Borchardt in die Bücherabteilung zu kommen, bevor es schloss. Denn eigentlich war sie ja vor allem wegen der Bücher nach Dessau gefahren. Ihre Mädchen würden lange Gesichter machen, wenn sie ohne Lektüre nach Oranienbaum zurückkehrte. Klara lief am Friedrich-Theater vorbei, wo *Nathan der Weise* in den Schaukästen großartig angekündigt wurde. Beinahe hatte sie gehofft, den jungen Mann mit seinem zerknitterten Mantel hier im Eingang stehen zu sehen. Andererseits war sie aber auch froh, dass er nicht dort stand. Mit dem Zigarrenkauf hatte sie gerade schon etwas Gewagtes getan. Bei dieser einen Sache sollte es bleiben! Es war wichtig, die Kontrolle zu behalten. Und dieser junge Mann würde garantiert Unvorhersehbarkeiten verursachen, sobald sie sich auf eine weitere Unterhaltung mit ihm einließ. Trotzdem blickte sie sich nach ihm um, während sie sich zwischen den Passanten bis zur Kavalierstraße hinunterschlängelte. Die weißen Markisen des Warenhauses schimmerten schon zwischen den jungen Linden am

Straßenrand hindurch. Warenhäuser hatten nicht gerade den besten Ruf. Das hatte Klara von ihrer Chefin Frau Bergé in Kassel gehört. »Keine zehn Pferde kriegen mich da hinein«, hatte sie immer gesagt. Da gab es angeblich nur Ramsch, weswegen man in so einem Haus nicht gerne gesehen werden wollte. Klara war das herzlich egal. Hier in Dessau kannte sie ja niemand. Außerdem ging dieser zerknitterte junge Mann ebenfalls im Warenhaus einkaufen und hatte offenbar keine Probleme damit. Kein Wunder, so wie er aussah!

Klara eilte am Museum für Naturkunde vorbei und überquerte in der Wärme des späten Nachmittags die Kopfsteinpflasterstraße. Im Vorbeilaufen spiegelte sie sich in den großen Schaufensterscheiben des Warenhauses, dann verschwand sie auch schon durch die Schwingtüren. Sie steuerte an den Stoff- und Modewaren vorbei, zwischen den letzten Kunden hindurch, die Treppen hinauf. Da entdeckte sie gleich den kleinen Bücherstand. Hier gab es tatsächlich für eine Mark achtzig allerlei Bände der Weltliteratur. Genau wie es dieser junge Mann gesagt hatte. Und nun blickte sie auch noch direkt auf den Roman *Der Spieler* von Fjodor Dostojewski, von dem er im Zug gesprochen hatte. Klara nahm das Buch in die Hand. Sie hatte keine Ahnung, worum es darin ging. Ein bisschen kam es ihr so vor, als hätte der junge Mann das Buch bereits in seinen Händen gehalten.

Weil sich um sie herum der Verkaufsraum nun sehr schnell leerte und sie plötzlich die einzige Kundin in der Abteilung war, griff sie sich noch eilig *Effi Briest* und *Der Schimmelreiter* und lief damit zur Kasse. Als sie mit ihrem Bücherpaket wieder unten auf die Straße trat, wurden hinter ihr gleich darauf die Türen verschlossen. Da stand sie. In Dessau. In dieser Stadt, in der irgendwo ein junger Mann mit einem zerknitterten Mantel und einem regen Interesse an Literatur herumlief, der auch noch Lehrer werden wollte! Obwohl einiges dagegensprach, hatte dieser seltsame Mensch in ihr eine gewisse Begeisterung ausgelöst. Sie schienen in gleichen Dingen Sinn zu finden und Schönheit zu erkennen. Abgesehen von seiner äußeren Erscheinung und diesem entsetzlichen Parfüm.

# 7.

Klara saß aufrecht am Flurtisch. Sie drückte die Pausentaste und ließ das Mikrofon auf die gewebte Tischdecke neben den flachen Kassettenrekorder sinken. Sie meinte etwas Licht wahrzunehmen, das durch die schmalen Fenster oberhalb der Treppe kam, die in den ersten Stock hinaufführte. Vielleicht war es die leichte Wärme auf ihren Händen, die ihr vormachte, dass sie Helligkeit sah. Vielleicht war es aber auch nur Einbildung. Sie lebte schon seit mehr als fünfunddreißig Jahren in diesem norddeutschen Reihenhaus. Sie wusste, dass zu dieser Tageszeit, zu dieser sommerlichen Jahreszeit, das Sonnenlicht warm und hell von oben hinunter in den Flur fiel. Natürlich hätte sie das Mittagslicht gerne gesehen. Natürlich hätte sie gerne die Sonnenreflexe, das hellgrüne Flirren der Birkenblättchen vor den Fenstern gesehen. Aber hatte sie in ihrem Leben nicht längst genug gesehen? Hatte sie nicht so viel gesehen, dass ihre Augen einfach zu müde waren für noch mehr Eindrücke? Reichte es nicht, dass sie über neunzig Sommer gesehen hatte? Neunzig vergehende Sommerlichter, rötlich gefärbtes Herbstlaub, Felder, Himmel, Wolken, Schuhe, Beine, Arme. Kinderaugen. Wäsche. Kellertreppen, Unglück und Gemüse. Was war schlecht daran, nur noch das zu sehen, woran sie sich erinnern wollte?

Und schon glitt ihr Blick erneut siebzig Jahre zurück in die Vergangenheit. Zum Spätsommer 1929. Sie saß in einem Wagen der Dessau-Wörlitzer Eisenbahn, die sie wieder nach Oranienbaum gebracht hatte. Sie spürte das Rattern und Rütteln der Räder. Sie sah die Bäume neben dem Gleis, Häuser und Straßen, Gräben, mooriges Wasser, Wiesen und Wald. Und darüber breitete sich der rötliche Abendhimmel in die Unendlichkeit aus. Nur noch eine ältere Dame saß mit ihr in der 3. Klasse. Immer wieder wanderte Klaras Blick hinüber zur Tür, die hinaus zur Plattform führte. Es war eine unsinnige, aber irgendwie schöne Hoffnung, der junge Mann würde wie durch ein Wunder hinter der Scheibe auftauchen. Sie stellte sich vor, wie er hereinkommen und mit unbekümmertem Lächeln fragen würde: »Ist der Sitzplatz neben Ihnen noch frei?«

Aber natürlich war er nicht aufgetaucht. Genau wie er jetzt nicht einfach auftauchte. Das Licht verschwand von Klaras Gesicht, so als hätte sich eine gewaltige Wolke vor die Sonne geschoben. Es tat weh in der Brust. Es war so schwer zu begreifen, dass es Gustav auf dieser Welt nicht mehr gab. Wie konnte es sein, dass sie ohne ihn weiter in ihrem Zuhause existierte, umgeben von ihrer gemeinsamen Vergangenheit? Wie konnte es sein, dass ihr Mann nicht wie früher um diese Uhrzeit in Hut und Mantel aus der Schule zur Haustür hereinkam und seine Aktentasche aufs Telefonbänkchen stellte? »Wollen wir uns hinaus in den Garten setzen, du, meine Liebe?«

Während der ganzen Zugfahrt hatte Klara das Buch *Der Spieler* in den Händen gehalten und das Gefühl gehabt, irgendetwas in ihr hätte sich verändert. Als wäre sie nicht mehr diejenige, die sie noch vor ein paar Stunden gewesen war. Eine unabhängige junge Frau. Als hätte ihr Zusammentreffen mit diesem fröhlichen Menschen in ihr etwas zum Leben erweckt, von dem sie vorher gar nicht gewusst hatte, dass es in ihr schlummerte. Eine diffuse Sehnsucht nach Verbundenheit. Das war ihr gar nicht recht. Sie wollte sich nicht durch solche Gefühlszustände von den wesentlichen Dingen ihres Alltags ablenken lassen. Sie war entschlossen, ihre Zugbekanntschaft so schnell wie möglich wieder zu vergessen. Sie würden sich sowieso nie wieder begegnen. Das war klar. Und wenn doch, hatte Klara nicht vor, sich in irgendeiner Form auf ihn einzulassen. Schließlich war er ein Schüler, der ohne Abitur vom Gymnasium abgegangen war! Als der Zug in Oranienbaum hielt, steckte sie eilig das Buch in ihre Tasche, überzeugt, dass sich diese plötzliche, ihr fremde und unangebrachte Sehnsucht schnell wieder legen würde.

Klara stand langsam von ihrem Stuhl auf und tastete sich hinüber in die Küche. Wie ahnungslos sie damals doch gewesen war, was die Eigenwilligkeiten des Schicksals betraf. Wie jung! Auf Susannes Fahrrad war sie durch den stillen Kiefernwald auf das große Kurheim zugeradelt, das ungerührt auf seiner Lichtung im Wald gelegen hatte. Am offenen Gartentor war sie vom Rad gesprungen, hatte es hinüber zum Schuppen geschoben und war dann ums Haus herum zum Haupteingang gehuscht, um Susanne die kostbare Zigarre als Geschenk zu überreichen. Sie hatte es sich so schön vorgestellt, wie sie sich später, wenn alle Kinder und Schülerinnen in ihren Betten schliefen, hinter den Schuppen setzen würden, um dort genüsslich »die Torpedo« zu rauchen. Wie zwei Damen aus der Unterwelt. Allein wäre Klara nie solch eine ungehörige Idee gekommen. Aber Susanne tat durchaus öfter einmal Dinge, auf die Klara niemals in der Nähe eines Kinderkurheimes gekommen wäre. Nachts traf sie sich mit dem Hausmeister Herrn Strahler, der im Nebengebäude über der Waschküche seine Dienstwohnung und darüber im Dach seinen Taubenschlag hatte. In der Dunkelheit saßen sie auf den Schaukeln zwischen den Bäumen und ihr unterdrücktes Lachen klang bis hinauf ins Zimmer, in dem Klara zu schlafen versuchte, damit sie am nächsten Tag ausgeruht und hellwach ihre Mädchen unterrichten konnte. Manchmal überkam es Susanne und sie sang und wirbelte in der Mitte des Spielsaals wie Lilian Harvey herum. Zur Überraschung aller Kinder breitete sie mit großer Geste ihre Arme aus und schmetterte: *»Man leiht eine Frau sich nicht aus von halb fünf bis um sieben und schickt sie dann wieder nach Haus.«* Oder sie verteilte an die Kleinen Pralinen, die sie von irgendwelchen Herrenbekanntschaften aus Berlin geschickt bekommen hatte. Obwohl die Oberin das strengstens verboten hatte. »An die Kinder keine Pralinen!«

Das war Susanne herzlich egal gewesen. Sie hatte gemeint: »Warum sollen nur wir Erwachsene von der entspannenden Wirkung eines Tröpfchen Cognacs profitieren? Ich habe früher auch immer ein Schlückchen davon ins Fläschchen bekommen. Und mir hat es nicht geschadet!«

An diesem Abend vor siebzig Jahren hatte Susanne wieder eine ihrer Ausnahmetaten vollbracht. Doch dieses Mal stand sie in keinem Verhältnis zu ihren vorherigen. Als Klara zur Eingangstür hereingekommen war, hatte Susanne in der Mitte des dämmrigen Vestibüls gestanden. So als hätte sie dort schon ungeduldig auf ihre Rückkehr aus Dessau gewartet. Mit einem Baby auf dem Arm.

# 8.

»Susanne?« Klara blieb ein paar Schritte von ihr entfernt stehen.

»Endlich bist du da.« Sie machte kein besonders glückliches Gesicht.

Klara kam näher. »Wer ist das Kleine?«

»Unser Neuzugang.«

»Ich dachte, die Fürsorgerin wollte uns heute kein Kind bringen.«

»Tja.« Susanne senkte ihre Stimme leicht ab. »Aber dann kam Frau Penöter mit diesem Exemplar.« Sie hielt das kleine Mädchen mit dem roten Haarbüschel auf dem Kopf so, dass Klara ihm direkt ins helle Gesicht sehen konnte.

»Das ist doch gut«, sagte Klara. »Dann scheint die Sache mit den staatlichen Zuschüssen ja gar nicht so problematisch zu sein.«

»Ganz im Gegenteil.« Jetzt flüsterte Susanne, als wollte sie verhindern, dass das kleine Mädchen mitbekam, worüber sie redeten. »Für dieses Kind gibt es keine Bezuschussung.«

»Wie bitte? Aber wer bezahlt denn dann seinen Aufenthalt bei uns?«

»Niemand.«

»Und was sagt die Oberin dazu?«

Susanne lächelte angespannt. »Die weiß nichts davon.«

Klara schüttelte den Kopf. »Das verstehe ich nicht.«

Susanne schob sie in Richtung Fensternische. »Fräulein Martin ging es heute Nachmittag immer noch nicht besser, sodass ich allein mit Frau Penöter über die staatliche Bezuschussung sprechen musste. Bei der Gelegenheit hat sie mich gefragt, ob sie uns ein kleines Mädchen bringen könnte, dessen alleinstehende Mutter auf Arbeitssuche sei und nicht wisse, wohin mit dem Kind. Für allerhöchstens zwei Wochen sollen wir es bei uns behalten, bis die Mutter wieder eine Anstellung gefunden hat und sich und ihre Tochter ernähren kann. Und weil ich mindestens so ein weiches Herz habe wie Frau Penöter, habe ich gesagt, dass sie mir die Kleine gerne in den Arm drücken kann.«

»Aha.«

»Tja, da haben wir den Salat.«

»Und wann willst du es der Oberin sagen?«

»Gar nicht. Von dieser halben Portion muss sie nichts wissen. Das regt sie nur zusätzlich auf. Bei all den Sorgen ums Heim ...«

»Und wo soll die Kleine schlafen?« Klara streichelte über das rothaarige Köpfchen mit den großen überraschten Augen. »Der Schlafsaal für die Säuglinge ist voll belegt. Und für einen der anderen Schlafsäle mit den größeren Kindern ist sie noch zu klein. Nachts bekommt sie bestimmt noch die Flasche. Das wird ein Theater!«

»Ich finde, Ilse ist uns nach dem Drama um das verschwundene Thermometer noch einen Gefallen schuldig. Da kann sie diesem Kindchen ruhig nachts die Flasche geben.« Susanne grinste. »Und tagsüber nehme ich die Kleine mit in meine Gruppe. Der Rest von unseren Kolleginnen muss ebenfalls nichts davon wissen, dass es für diese Püppi hier keine Bezuschussung gibt.«

Klara zog die Augenbrauen hoch. »Komisch ist es ja schon, als Mutter seine kleine Tochter einfach für zwei Wochen bei der Fürsorge abzugeben.«

»Sie hat wohl keine Angehörigen. Nur eine kränkelnde Mutter, die meint, ihr würde es mit einem Baby zu viel werden.«

Klara lächelte das niedliche Mädchen an, das nun auch ein winziges zahnloses Lächeln wagte. »Darf ich sie mal halten?«

»Gerne. Mir fällt nämlich schon der Arm ab.« Susanne übergab das Kind an Klara, die sich mit dem kleinen Mädchen in die Mitte des Vestibüls bewegte. »Wie heißt sie denn?«

»Tolla«, sagte Susanne. »Mit deinen roten Haaren könntest du glatt als ihre Mutter durchgehen.«

»Sehr witzig!«

»Ich finde, die Kleine macht sich wirklich gut auf deinem Arm.« Susanne beobachtete Klara überrascht. »Du strahlst gleich so etwas Mütterliches aus. Wer hätte das gedacht!«

»Red keinen Unsinn! Mir tut nur das Kind leid.« Und ganz nebenbei schwappte die unangebrachte Zuneigung, die Klara für ihren lesenden Zugbegleiter empfand, auf dieses fremde Kind über. Wahrscheinlich suchte sich ihr sehnsüchtiges Gefühl nur einen geeigneten Adressaten. Sie drückte das kleine Mädchen an sich. »Wie süß du bist.«

»Nun gut.« Susanne räusperte sich. »Ich bringe Tolla dann jetzt mal zu Ilse hoch in den Schlafsaal, damit die Kleine schlafen kann.«

Klara übergab den warmen Babykörper wieder an ihre Freundin. »Ich habe dir übrigens eine Zigarre gekauft. Aus Nicaragua!«

»Sehr gut!« Susanne wiegte das Mädchen sacht hin und her, das zusehends Mühe hatte, seine Augen offen zu halten. »Die rauchen wir zur Feier des Tages, wenn Tolla von ihrer Mutter wieder abgeholt worden ist und die Oberin erstaunlicherweise nichts von der ganzen Geschichte mitbekommen hat.« Susanne stieg mit Tolla auf dem Arm die Terrazzotreppe hinauf. Nach ein paar Stufen drehte sie sich noch einmal um und fragte: »Und wie war es in Dessau?«

Klara zuckte mit den Schultern. »Ganz nett.«

Damit stand sie allein in der Halle. Es war erst ein paar Wochen her, dass sie dieses Haus zum ersten Mal betreten hatte.

Damals war sie noch überrascht gewesen, dass sie diese Anstellung wirklich bekommen hatte. Doch nun war sie längst Teil dieses Kosmos und mit jedem Tag spürte Klara mehr, wie viel es ihr bedeutete, hier im Kiefernwald, bei all den Kindern, bei ihren Schülerinnen, bei Susanne und den anderen Kolleginnen ihren Platz gefunden zu haben. Und jetzt teilten Susanne und sie sogar ein Geheimnis.

Gerade als sich Klara in ihrem Zimmer die Schuhe, den Mantel und den Hut ausgezogen und die Hände gewaschen hatte, klopfte es auch schon wieder an ihrer Tür. Die Zigarre und *Der Spieler* lagen auf dem Schreibtisch im Licht der Tischlampe und hinter dem Fenster verschwand der Garten in der Dunkelheit. Sie ging auf Strümpfen zur Tür, um sie zu öffnen. Aber dazu kam sie gar nicht. Susanne stand bereits mit zerzaustem Haar im Zimmer. »Du musst sofort mitkommen.«

Klara lief hinter ihrer Freundin den Gang entlang zur Treppe. »Was ist denn?«

»Die Kleine will sich partout nicht hinlegen. Sie sitzt in ihrem Gitterbett und brüllt das ganze Haus zusammen. Vielleicht kannst du sie beruhigen.«

Sie rannten die Treppe hinunter und Susanne wisperte: »Ich habe Angst, dass die Oberin von dem Geschrei wach wird und nachsieht, was da unten im Schlafsaal los ist.«

Unten angekommen, hörten sie schon das empörte Babyschreien durch den Flur hallen. Sie eilten an den geöffneten Türen der Schlafsäle 1 und 2 vorbei, aus denen verwundert ein paar verschlafene Kinder guckten. Susanne sagte: »Schwester Ilse ist richtig bedient.«

Im halbdunklen Schlafsaal 3 saßen zwei Dutzend Kinder in Nachthemden aufrecht in ihren Betten. Und im Gang zwischen den Betten stand Schwester Ilse mit der kreischenden Tolla auf dem Arm. Sie wirkte tatsächlich alles andere als begeistert. Klara nahm ihr schnell das Mädchen ab, das den winzigen Mund weit aufsperrte, immer wieder Luft holte, um noch lauter zu brüllen. »Schschsch. Ist ja gut. Alles gut.«

Das Kindchen sah Klara erstaunt an und hörte abrupt auf zu schreien. Als wäre ein Schalter in ihm umgelegt worden. Nur sein kleiner Körper wurde noch von ein paar tiefen, heftigen Schluchzern erschüttert. Klara legte ihre Wange an das seufzende Köpfchen. »Ja, was ist denn los?« Das war natürlich eine dumme Frage. Es war ja klar, was los war. Das Kind wollte zu seiner Mutter und wusste nicht, an welch seltsamem Ort es gelandet war. »Es ist alles gut«, flüsterte Klara und streichelte über den schmächtigen Rücken, der in einem Kinderschlafsack steckte und unter dem das winzige Herz aufgeregt pochte.

Ein paar Schritte von ihr entfernt fragte Schwester Ilse perplex: »Wieso ist die Kleine jetzt ruhig?«

Susanne zuckte mit den Achseln. »Weil Klara wie ihre Mutter aussieht.«

Klara war ebenso erstaunt wie Schwester Ilse, welche Wirkung sie auf dieses Baby hatte. Sie rückte sich einen Hocker neben das Gitterbett und legte Tolla vorsichtig hinein, während sie mit sanfter Stimme immer weiter auf das Baby einredete. Susanne und Ilse ließen Klara dankbar machen und gingen rasch aus dem Schlafsaal, in dem sich die gähnenden Kinder erleichtert zurück in ihre Kissen legten. Und auch Tolla gab im dunkler werdenden Schlafsaal 3 schließlich den Widerstand gegen die neue Umgebung auf und lag entspannt auf ihrer Matratze, sodass Klara die Nachttischlampe ausschalten konnte.

An den darauffolgenden Abenden war das kleine Mädchen ebenfalls nicht bereit, ohne Klara einzuschlafen. Sobald Schwester Ilse versuchte, es hinzulegen, fing es empört an zu schreien. Um zu verhindern, dass die Oberin schließlich doch noch auf Tolla aufmerksam wurde, blieb ihr nichts anderes übrig, als sich Abend für Abend in Schlafsaal 3 neben das kleine Bett zu setzen und so lange Gutenachtlieder vorzusingen, bis Tolla tief und fest eingeschlafen war und auch Klara Mühe hatte, die Augen offen zu halten. Ganz ähnlich verhielt es sich beim Füttern. Nur wenn Klara dem kleinen Mädchen den Löffel hinhielt, öffnete es bereitwillig seinen Mund. Susanne und alle anderen kleinen Tanten und Krankenschwestern hatten keine Chance. Bei ihnen blieb der Mund entschieden zu. Klara war auch die Einzige, die Tolla anziehen oder wickeln durfte. Bei allen anderen Kinderschwestern wand sie sich auf dem Wickeltisch wie ein kräftiger kleiner Wurm hin und her und beschwerte sich lauthals. Es war anstrengend für Klara, immer wieder aus ihrer Arbeit gerissen zu werden, um dieses energische Mädchen dazu zu bringen, sich ruhig zu verhalten. Aber was blieb ihr anderes übrig? Unter allen Umständen musste verhindert werden, dass Fräulein Martin etwas von Tollas Existenz mitbekam. Wenn das herauskam, könnten sie und Susanne sofort ihre Koffer packen. Und zwar ohne Empfehlungsschreiben.

Ende Oktober war Tolla immer noch da. Aus den zwei Wochen, von denen die Fürsorgerin Frau Penöter anfangs gesprochen hatte, waren sechs Wochen geworden. Aber Tollas Mutter war nicht aufgetaucht. Frau Penöter wusste nicht, wo sie war. Genauso bieben die Nachforschungen des Jugendamtes ergebnislos. Es wurde hierhin und dahin geschrieben. Niemand hatte die Mutter gesehen oder etwas von ihr gehört. Susanne und Klara erfüllte ihr Verschwinden mit zunehmender Sorge. Es war doch sehr ungewöhnlich, dass sie sich gar nicht meldete. Gleichzeitig wurde die Geheimnistuerei immer aufreibender. Weder Klara noch Susanne hatten vorgehabt, so lange gegen die Regeln zu verstoßen und im Heim ohne Wissen der Oberin ein Kind durchzufüttern, für das es keine staatliche Unterstützung gab. Inzwischen hatte Fräulein Martin Klara und Susanne auch noch den Großteil der Büroarbeit überlassen, bis sie ihre Krankheit, von der niemand wusste, was es war, endlich überwunden hätte.

Da Klara nach wie vor jede Nacht von der Kinderschwester Ilse geholt werden musste, damit sie Tolla das Fläschchen gab, fanden schließlich alle, es sei doch wesentlich sinnvoller, Tollas Gitterbett einfach in Klaras Zimmer zu verfrachten. Dahin, wo jetzt noch das Sofa mit den kupferroten Streifen stand, auf dem Klara bisher mit Susanne abends gerne gesessen und hin und wieder ein wenig Wein aus dem Zahnputzbecher getrunken hatte. Dieses Möbelrücken musste selbstverständlich unauffällig stattfinden. Daher wurde damit gewartet, bis Fräulein Martin, deren körperliche Verfassung zunehmend schlechter wurde, von Dr. Voigtländer zu Untersuchungen ins Krankenhaus gebracht wurde. Jetzt hatte Klara kein Sofa mehr, dafür brauchte sie nicht länger im Nachthemd über den dunklen Flur und die Treppen zu huschen, in der ständigen Anspannung, die Oberin könnte sich ihr plötzlich wie ein Geist in den Weg stellen und fragen: »Welches Kind schreit denn da?« Nun reichte es, wenn Klara beim ersten Mucks aus ihrem Bett aufstand, sich im Halbschlaf auf den Hocker neben Tollas Gitterbett schleppte und dem kleinen Mädchen die Flasche gab. Bald ging es ihr wie jeder jungen Mutter, deren Kräfte von der steten Beanspruchung durch den Säugling nachließen.

Ihre Schülerinnen, die kleinen Tanten und Krankenschwestern nannten Tolla inzwischen nur noch scherzhaft »das Töchterchen«. Der erste Zahn war gekommen und die erste Erkältung hatte das kleine Mädchen auch schon überstanden. Mittlerweile krabbelte Tolla im Spielsaal herum oder zog sich an den Tischen und Stühlen hoch in den Stand, um auf ihren wackligen Beinchen neugierig in den Raum hineinzusehen. Es kostete Klara einiges an Disziplin, sich immer wieder daran zu erinnern, dass Tolla nicht mehr lange bleiben würde. Dass sie eben nicht ihr Töchterchen war und eine innere Distanz weiterhin wichtig war. Ihre Mutter würde ganz plötzlich vor der Tür stehen und sie mitnehmen. Damit war jeden Tag zu rechnen.

Doch es verging eine Woche und noch eine Woche und Tollas Mutter tauchte nicht auf, bis es Spätherbst geworden war. Es war Glück im Unglück, dass sich die Oberin immer noch schwach fühlte und nur hin und wieder für eine Stunde am Abend nach unten ins Büro kam, um die Post durchzugehen. Klara war gerade mit der Unterrichtsvorbereitung für den nächsten Tag fertig und wollte mit ein paar dicken Büchern unterm Arm hinauf in ihr Zimmer, als Fräulein Martin plötzlich mit ihren drei Dackeln in der Tür stand. Sie hatte einiges an Gewicht verloren. Sie wirkte schwach und blutleer und war noch viel hagerer als sonst. Trotzdem schien sie auch weiterhin sehr interessiert an dem, was in ihrem Haus vor sich ging. Sie hielt Klara am Arm zurück, während ihre Hündchen um ihre Beine herumwieselten. »Fräulein Möbius, warten Sie einen Augenblick.«

»Ja, bitte?« Klaras Stimme zitterte. In ihrem Kopf spielten sich blitzschnell die schlimmsten Szenarien ab. Die Oberin wusste von Tolla. Die Oberin würde sie in dieser Sekunde darauf ansprechen. Die Oberin würde ihr genau jetzt fristlos kündigen.

Sie blickte Klara streng an: »Was tragen Sie denn da für dicke Wälzer mit sich herum, Fräulein Möbius?«

»Ach.« Klara lächelte mit zuckenden Mundwinkeln, während ihr Herz heftig im Brustkorb herumsprang und sie nach Atem rang. »Ich sammle die ... die zwölf Bände der Kultur- und Sittengeschichte von Alexander von Gleichen-Rußwurm.« Nervös hob sie die schweren Bücher hoch. »Das hier sind die ersten beiden Bände. Ich habe sie heute zugeschickt bekommen.«

»Oh, vom Urenkel Schillers!« Fräulein Martin bekam gleich etwas Farbe in ihr ausgezehrtes Gesicht. »Sie interessieren sich also nicht nur für Hauswirtschaftliches, sondern auch für Gesellschaftliches und Kulturhistorisches. Da habe ich mit Ihnen ja wirklich einen guten Griff getan.«

Klara wusste nicht genau, was sie darauf antworten sollte.

Also lächelte sie einfach angespannt weiter. »Dann hoffe ich mal, dass ich Sie nicht enttäusche.«

Doch genau das passierte ein paar Tage später, als Klara die Oberin abends im Büro abpasste, um sie nach ein paar neuen Wäscheleinen zu fragen. Im Heim war keine einzige mehr in Ordnung. Die Leinen waren alle geknotet. Mehrmals war es schon passiert, dass die sauberen Laken und Bettbezüge im Garten in den Schmutz gefallen waren und dann noch einmal gewaschen werden mussten. Klara blieb neben dem Schreibtisch ihrer Vorgesetzten stehen. »Fräulein Martin, könnten Sie mir einen Bestellschein für neue Wäscheleinen ausfüllen?«

»Fressen Sie die Wäscheleinen etwa? Sie haben doch erst vor vier Wochen neue bekommen!«

Mit diesem Angriff hatte Klara nicht gerechnet. Sie spürte, wie ihr Tränen der Überforderung in die Augen schossen. »Nein. Ich habe keine bekommen. Sie wollten mir einen Bestellschein ausfüllen, aber...«

Fräulein Martin schüttelte unwirsch den Kopf. »Das stimmt doch nicht! Wenn Sie derart die Wäscheleinen verbaseln, ist es kein Wunder, wenn bei uns das Geld hinten und vorne nicht reicht.«

Klara nickte. Sie wusste gar nicht, was sie zu diesem ungerechtfertigten Vorwurf sagen sollte. Natürlich verbaselte sie keine Wäscheleinen. Ihr eigentliches Vergehen war noch viel schlimmer! Seit Monaten fütterte sie ein kleines Mädchen unerlaubt auf Kosten des Heimes durch. Nacht für Nacht gab sie diesem Kind die Flasche. Jeden Tag bekam dieses Kind seinen Brei, seine frischen Windeln, seine frische Wäsche. Ganz im Geheimen, und indem Susanne und sie all ihren Kolleginnen vormachten, Tolla sei ein ganz normales Kurkind, von dessen staatlicher Bezuschussung das Heim mitgetragen wurde.

Klara schluckte. Mehr als flüstern konnte sie nicht. »Ich komme schon zurecht.«

Bevor die Oberin noch irgendetwas sagen konnte und Klara vollends die Fassung verlor, verschwand sie schnell aus dem Büro. Dass jemand denken konnte, dass sie, die immer alles richtig machen wollte, leichtfertig mit Wäscheleinen umging, war schlimm genug. Aber noch schlimmer war, dass es unmöglich zu sein schien, Fräulein Martin vom Gegenteil zu überzeugen. Mit brennender Kehle lief sie hinauf in den zweiten Stock in ihr Zimmer. Da rollte sie sich auf ihrem Bett zusammen und weinte mit dem Kissen über ihrem Kopf, damit Tolla nicht aufwachte. Sie war erschöpft von den nächtlichen Unterbrechungen, ihrer plötzlichen Verantwortung für dieses kleine Mädchen neben all ihren anderen Aufgaben als Lehrerin und als Vertretung der Heimleitung. Die Geheimnistuerei, das schlechte Gewissen und die Angst, erwischt und entlassen zu werden, zehrten an ihr. Klara wollte nur noch nach Hause zu ihren Eltern. Sie wollte sich in ihr altes Bett legen und ausschlafen. Sie wollte sich morgens von ihrer Mutter das Frühstück vorsetzen lassen und den restlichen Tag auf dem Sofa sitzen und ein Buch lesen. Jetzt, wo sie nicht einmal mehr ein eigenes Sofa hatte.

# 9.

An einem Sonnabend Anfang November stand Klara auf dem kalten Bahnsteig in Oranienbaum. Es war noch sehr früh am Morgen. Das Sonnenlicht war ganz eingebettet in den aufsteigenden Nebel. Sie hatte sich den Schal um ihren Hals und den Hut gebunden. Sie fröstelte. Ihre Zehen waren kalt und sie trippelte von einem Fuß auf den anderen. Sie hatte sich beeilt, frühzeitig zum Bahnhof zu kommen. Zum einen, um ja nicht den Zug zu verpassen, zum anderen, weil vielleicht die Möglichkeit bestand, dass der junge Mann aus dem Spätsommer ebenfalls um diese Zeit auf dem Bahnsteig auftauchte. Aus welchem Grund auch immer. Vielleicht einfach, damit sie sich trafen. Von solchen Zufällen hörte man doch immer wieder. Spielte das Schicksal nicht sein ganz eigenes Spiel? Für dieses Spiel wollte sie sich bereithalten. Gleichzeitig hoffte Klara, dass das Schicksal Mitleid mit ihr haben möge und den jungen Mann heute nicht reisen ließ. Beim Blick in den Spiegel hatte sie gesehen, dass sie tiefe Augenringe hatte. Seit Tagen fühlte sie sich fiebrig und erkältet. Erst einmal wollte sie sich zu Hause bei ihren Eltern über das Wochenende erholen.

Klara guckte den menschenleeren Bahnsteig hinunter. Sie ging ein paar Schritte, machte kehrt und ging wieder ein paar Schritte in die andere Richtung, während sich ihr Blick im Nebel auflöste. Sie stellte sich vor, wie der junge Mann in seinem zerknitterten Mantel neben ihr herging und sie sich über Bücher unterhielten, die sie gelesen hatten, seitdem sie einander das letzte Mal begegnet waren. Dabei musste sie unwillkürlich lächeln, so als hätte er gerade etwas Amüsantes über Dostojewski gesagt. Und mitten hinein in diese Fantasie ertönte das Pfeifsignal des einfahrenden Zuges. Klara zuckte zusammen. Als die wenigen Reisenden ausgestiegen waren, kletterte sie auf die Plattform. Auch im Wagen war der junge Mann nicht zu entdecken und er stieg auch nicht an den nächsten Bahnhöfen zu. Als sie schließlich in Bernburg in die Harzer Schmalspurbahn umstieg, hatte Klara es aufgegeben, nach ihm Ausschau zu halten.

Klara setzte sich ganz hinten an das große Panoramafenster. Es war seltsam, niemanden um sich zu haben, der redete. Im Kinderkurheim gab es so viele Menschen, irgendjemand redete immer. Und wenn sie in ihrem Zimmer bei der abgeschirmten Nachtlampe saß und Briefe schrieb, hörte sie Tolla leise im Schlaf schmatzen. Sie lehnte sich dicht ans Fenster. Der Zug fuhr so langsam, dass man hätte nebenhergehen können. Es saßen nur ein paar Leute im Abteil. Im Sommer war die Harzbahn selbstverständlich voller besetzt als jetzt im Spätherbst. Die Fahrgäste schienen ihren müden Gedanken nachzuhängen. Draußen hatten sich die Bäume herbstlich gefärbt. Felsen zogen dicht an den Bahngleisen entlang. Klara kam ihrem Zuhause immer näher. Es war, als würde sie von einer Welt in die andere wechseln. Und mit diesem Wechsel verlor all das, was sie in Oranienbaum ausgesprochen wichtig fand, langsam an Dringlichkeit. Nach und nach wurde sie wieder zu dem Mädchen, das gerade seine Anstellung im Kassler Töchterheim verloren hatte und sich wieder das Zimmer mit ihrem Bruder teilte, das noch keine Tolla und keine Susanne kannte und auch nicht die Verantwortung für fünfzehn junge Mädchen und den gesamten Heimhaushalt trug.

»Sie habe ich hier schon mal gesehen. Aber da kamen Sie von weiter her. Ich merke mir nämlich jeden, der schon mal mit diesem Zug gefahren ist.« Der Schaffner knipste ihre Fahrkarte, setzte sich dann für einen Augenblick neben Klara und erzählte ganz stolz: »Wenn zwei nebeneinandersitzen, kann ich Ihnen sogar sagen, ob die verheiratet sind oder nicht.«

Klara lächelte höflich. Einerseits schmeichelte es ihr, dass der Schaffner sie noch aus der Zeit wiedererkannte, als sie an den Wochenenden aus Kassel nach Hause gekommen war. Andererseits fand sie es etwas seltsam, dass er sich seine Fahrgäste daraufhin ansah, ob sie verheiratet waren oder nicht. Sie war es in jedem Fall nicht. Er zog seine Mütze und ging dann groß und breit wieder den schmalen Gang zwischen den Sitzen hindurch, um an der nächsten Station den Waggon zu wechseln.

Es fielen feine Schneeflöckchen, als Klara in Lieberode als Einzige aus dem Zug kletterte. Für einen Moment blieb sie auf dem Bahnsteig stehen und sah hinauf in den milchigen Himmel. Der Ort lag am Fuß des Gebirges, das sich wie ein Schutzwall um die Fachwerkhäuser legte. Darüber hing der Geruch der in den Kachelöfen verfeuerten Braunkohlebriketts. Sie wickelte den Schal enger um ihren Hals, es schmerzte beim Schlucken. Aber sie fühlte sich nicht mehr fiebrig und auch sonst kamen allmählich ihre Kräfte zurück. Sie lief über den menschenleeren Bahnsteig auf das Gebäude aus rotem Backstein zu, dessen Fassade mit farbigen Ornamenten verziert war. Bevor sie die Wartehalle betreten konnte, kam schon ihr Bruder in einem langen Wollmantel ohne Gürtel heraus. An einer Leine sprang ein kleiner, recht zotteliger Hund. Kurtchen winkte mit seiner roten Schülermütze. »Hier sind wir!« Sein Atem stand als hübsche Wolke in der Luft.

»Wer ist das denn?«, fragte Klara erstaunt und umarmte ihren Bruder. Niemand hatte ihr geschrieben, dass es jetzt in der Familie einen Hund gab.

»Darf ich vorstellen?« Er vollführte eine kleine, edle Geste. »Das ist Maya. Mein Hund.«

Augenblicklich machte der kleine, struppige Hund Männchen und hob artig seine Pfote. Er sah Klara aus schwarz glänzenden Augen erwartungsvoll an. Sie zog die Stirn kraus. Ihre Eltern brachten es selten fertig, Kurtchen einen Wunsch abzuschlagen. Sie winkte zu dem freundlich dreinblickenden Hündchen hinunter, das nun auch noch mit seiner Pfote zu winken schien. »Hallo, Maya. Da hast du dir ja ein spezielles Herrchen ausgesucht.«

Klara spürte, wie leiser Ärger in ihr aufstieg, den sie sofort zu unterdrücken versuchte. Während sie seine Aufsätze schrieb, trainierte dieser vierzehnjährige Jungspund einen kleinen Hund! Das war ja famos! Ihr Bruder schien ihre Verstimmung glücklicherweise nicht zu bemerken. Er setzte sich seine rote Mütze wieder auf und gemeinsam gingen sie durch die Schalterhalle und den Wartesaal, um auf der anderen Seite des Gebäudes auf den gepflasterten Vorplatz hinauszutreten. Klara trug ihren Rucksack, während Kurtchen auf sie einredete. »Gestern hat der Hund im Garten zwei Rollen hintereinander gemacht. Jetzt bringe ich ihm auch noch das Robben bei. Er ist sehr gelehrig. Nur leider hat er es auf meine Tauben abgesehen. Einer ganz jungen hat er das Bein durchgebissen.«

»Das tut mir leid.« Klara betrachtete den Hund, der neben ihnen begeistert durch die sanften Schneeflocken die Straße hinuntertrippelte, so als würde ihm dieses Städtchen ganz besonders gut gefallen. Kurtchen lief stolz nebenher und kam gar nicht auf die Idee, seiner Schwester das Gepäck abzunehmen. Er redete fröhlich drauflos, als hätte er das spannendste Leben von allen. »In Erdkunde und Religion haben wir einen neuen Lehrer. Der marschiert durch die Klasse und schneidet Grimassen. Seine Lieblingsaussprüche sind: ›Red kein Blech!‹, ›Meine grauen Haare!‹ oder ›Du musst denken, denken! DREIMAL DENKEN!‹ Nach der Stunde haben wir alle Kopfschmerzen.«

Klara kicherte. Es war schön, wieder zu Hause zu sein. Sie liefen die mit Kopfstein gepflasterten Straßen hinunter, an repräsentativen Wohnhäusern und ihren Obstgärten vorbei, bis zur Friedrichstraße, in der Klaras Elternhaus stand. Entlang des Grundstückes zog sich der hohe Lattenzaun. Die Obstbäume standen spärlich belaubt und fröstelnd dahinter. Es kam Klara so vor, als wäre sie seit Ewigkeiten nicht mehr hier gewesen. Einerseits kannte sie alles. Die ansteigenden und abfallenden Straßen. Die verschiedenfarbigen Fachwerkhäuser, über denen sich ihre geliebte Stiftskirche mit ihren beiden schlanken Türmen hell und stolz erhob. Die Schrift an der geputzten Wand ihres Elternhauses: *Zimmer mit und ohne Pension*. Die vier Stufen hinauf zur Eingangstür. Andererseits wirkte alles seltsam unwirklich. Fast wie im Traum. Unter dem Vordach wartete ihr Vater in schwarzer Hose und schwarzem zweireihigem Jackett und winkte ihnen zu. Er hatte sich seinen Hut aufgesetzt. Sein Schnauzbart war seit ihrem Abschied nach Oranienbaum schmaler geworden. Er gab sich Mühe, aufgerichtet, mit erhobenem Kinn oben auf dem Treppenabsatz zu stehen. So wie es seine Art war. Wie jemand, der vermitteln wollte, dass er ein Macher war. Trotzdem wirkte er bedrückt. Klara stieg die Treppe hinauf, neben ihr sprang dieses energiegeladene Fellknäuel.

»Unsere kleine Maya hast du ja bereits kennengelernt!«, lachte ihr Vater, aber seine Augen waren gar nicht so fröhlich.

»Lange ist sie nicht mehr klein«, bemerkte Kurtchen, der hinter Klara die Stufen hinaufkam. Während sie ihren Vater umarmte, drängte ihr Bruder schon an ihnen vorbei ins Haus. »Ruft mich, wenn es Kuchen gibt.« Und weg war er. Klaras Vater schüttelte den Kopf. »Dieser Junge! Wie war die Bahnfahrt?«

»Gut. Wo ist Mama?«

»Sie hat sich kurz hingelegt. Gestern hatten wir kleine Wäsche, aber nur einen Kessel voll. Dabei muss sie sich erkältet haben. Sie fühlt sich heute recht schlecht und hat einen tüchtigen Schnupfen bekommen. Na, wir wollen hoffen, dass es nicht böser wird. In den letzten beiden Wochen waren wir alle krank.«

Dass Klara auch Halsschmerzen hatte und eigentlich vorgehabt hatte, sich zu Hause auszukurieren, behielt sie nun besser für sich.

Ihr Vater fragte: »Hilfst du mir nachher mit den Hagebutten? Wir müssen im Garten noch die Sträucher abernten. Wie du dir vorstellen kannst, hat dein Bruder keine Lust dazu.«

Klara trat ins Haus hinein. »Natürlich.« Sie zog sich ihre Schuhe und ihren Mantel aus. Kurtchen hatte zu solchen Dingen nie Lust. Offenbar konnte er sich das immer noch aussuchen. Ihr Vater hängte seine schwarze Jacke an den Garderobenhaken. Das weiße Hemd und die Weste spannten etwas über seinem Bauch. Er schob ihr die alten Hausschuhe hin, die neben der Tür bereitstanden. Obwohl es schön war, wieder zu Hause zu sein, fühlte sich mit einem Mal alles viel kleiner an. Das gesamte Erdgeschoss war nicht größer als der Speisesaal in Oranienbaum. Die Decken waren viel niedriger, die Wände standen enger. Sie folgte ihrem Vater den Flur entlang, an der Wohnstube vorbei, links in die Küche. Die Tür zur Kammer, die zum Schlafzimmer ihrer Eltern führte, ging sofort auf, als Klara und ihr Vater die Küche betraten, und ihre Mutter kam heraus. Über ihrem langen Kleid trug sie einen Kittel und eine Strickjacke. Sie sah müde aus und ihre Nase war rot und wund gerieben. Sie umarmte Klara. »Da bist du ja!« Und in diesem Ausruf lagen Freude und Stolz einer Mutter, die bereit gewesen war, ihre Tochter in die Welt hinauszulassen. Aber auch Wehmut war deutlich spürbar, dass sie die täglich anfallende Arbeit nicht mehr gemeinsam erledigen konnten und sie keine Tochter zum Reden hatte, weil das Reden mit dem Ehemann lange nicht so viel Spaß machte. Als ihre Mutter sie wieder losgelassen hatte, setzte Klara sich an den Küchentisch. »Habt ihr noch Pensionsgäste?«

»Eine Ballettmeisterin mit Familie. Ihr Mann, das Kindermädchen und die beiden kleinen Kinder. Und im anderen Zimmer eine dreizehnjährige Tänzerin mit ihrer Mutter. Sie sollen gute Erfolge drüben in Quedlinburg am Theater haben. Sie wollen noch bis zum nächsten Frühjahr bleiben.«

»Das ist doch gut.« Klara sah ihrer Mutter zu, die den Wasserkessel für den Kaffee aufsetzte. Mit einem Mal war sie erfüllt von schlechtem Gewissen. Hatte sie nicht ihre Mutter mit all der Arbeit hier alleingelassen, weil sie ihren eigenen Weg gehen wollte?

»Na ja, wir werden sehen. In letzter Zeit haben sie sich schon mehrfach bei uns beklagt. Sie kriegen nachts kaum ein Auge zu, weil die Ehrlichs über ihnen so laut sind. Ständig haben die abends irgendwelche jungen Männer von ihrer Ortsgruppe zu Besuch. Die kommen alle aus der Streichholzfabrik, wo Herr Ehrlich arbeitet.« Klaras Mutter drehte sich seufzend zu Klara um. »Wenn wir Pech haben, ziehen die Balletttänzerinnen ins Haus Waldeck um.«

»Könnt ihr Ehrlichs nicht sagen, sie sollen Rücksicht nehmen?«

Ihre Mutter zuckte mit den Schultern. »Wir wollen sie lieber nicht verärgern. Wir sind ja froh, dass wir an sie vermieten können.«

Nebenan in der Wohnstube war schon der Kaffeetisch mit dem guten Goldrand-Rosenservice gedeckt. Hier war es reichlich kühl, obwohl geheizt war. Ihre Mutter zog sich die Strickjacke enger um den Kittel und auch Klara zog ihre Strickjacke vorne zu. Ihr Blick wanderte über das rote Samtsofa hinüber zum Ofen. Aber sie wollte nichts sagen. Sie hoffte, dass ihren Eltern irgendwann selbst so kalt werden würde, dass sie wieder ein paar Briketts nachlegten. »Wir sparen ein bisschen mit der Kohle, falls der Winter wieder so hart werden sollte wie im letzten Jahr«, sagte ihr Vater. »Da haben wir zwei Eimer voll Kohlen am Tag gebraucht, damit es wenigstens dreizehn Grad in der Stube waren. Alle sind wir krank gewesen und ständig habe ich die Leitungen auftauen müssen.«

Ihre Mutter verschwand noch einmal in die Küche. »Ich habe den Kuchen vergessen.«

Klara hatte sich nicht einmal richtig gesetzt, da beugte sich ihr Vater bereits zu ihr herüber. Er sprach leise, als wollte er verhindern, dass seine Frau ihn hörte. »Es wäre bestimmt klüger gewesen, wenn du dir keinen Urlaub genommen hättest.«

Sie sah ihn überrascht an. »Ich habe mir keinen Urlaub genommen. Es ist nur ein Wochenende.«

Ihr Vater nickte. »Wir haben im Ort schon einige Geschichten gehört, dass es in allen Betrieben gleich ist. Fährt jemand in den Urlaub, so muss er nicht wiederkommen. Nicht, dass sie dich wegen deines Besuchs bei uns vor die Tür setzen.«

»Aber sie brauchen mich doch.«

»Das glauben alle. Aber du hast sicherlich schon gehört, dass am letzten Freitag die Börse in New York zusammengebrochen ist und die Notverordnung keine Sozialleistungen mehr vorsieht. Das ist die schwerste Wirtschaftskrise aller Zeiten, sagen sie im Radio. Da ist es egal, ob sie dich brauchen. Es ist eher die Frage, ob sie dich noch bezahlen können.«

Bevor Klara antworten konnte, kam ihre Mutter mit der Kuchenplatte zurück. Darauf stapelte sich Pflaumenkuchen mit Streuseln. »Er ist noch warm. Dein Vater hat das Blech vorhin schnell rüber zum Bäcker gebracht, damit der Kuchen fertig gebacken ist, wenn du kommst.«

Klara bekam ein Stück auf den Teller gelegt. Sie zitterte innerlich. Hatte sie mit ihrer Fahrt eine leichtfertige Entscheidung getroffen, die sich schon bald rächen würde? Oder waren das nur die Befürchtungen ihrer Eltern, die jetzt auf sie übersprangen? Ihre Mutter reichte dem Vater ein Stück und nahm sich auch selbst eins. Beide schwiegen, was Klara recht war. Sie wollte sich keine Befürchtungen anhören. Was brachte das schon? Niemand konnte etwas daran ändern, dass die Börse in New York zusammengebrochen war. Vielleicht erholte sich die Börse ja auch wieder. Den Lauf des Lebens bestimmten eben Gewinn und Verlust, oder nicht? Auf jeden Fall wollte sie sich nicht einreden lassen, dass ihr gekündigt wurde, nur weil sie ihre Eltern besuchte. Hungrig biss sie in ihr Stück Pflaumenkuchen. Schließlich war sie schon vor dem Frühstück in Oranienbaum aufgebrochen. »Der Kuchen schmeckt sehr gut!«

Ihre Mutter putzte sich die Nase und lächelte fiebrig: »Ich schmecke gar nichts.«

Klara trank einen Schluck Kaffee und bemerkte: »Wir haben seit zwei Monaten ein kleines einjähriges Mädchen bei uns, um das ich mich besonders kümmere. Seine Mutter ist auf Arbeitssuche.«

»Die arme Frau. Sie vermisst ihr Kind bestimmt sehr! Hoffentlich findet sie etwas.«

Klara nickte, behielt aber für sich, dass sie schon seit geraumer Zeit nichts mehr von Tollas Mutter gehört hatten. Die Geschichte würde ihre Eltern nur noch mehr beunruhigen.

»Zwei Millionen Wohlfahrtserwerblose!«, sagte ihr Vater mit Nachdruck. »Zwei Millionen! Wie soll es für all diese Menschen Arbeit geben? Vielleicht glauben die Sozialdemokraten mit ihrer Arbeitslosenversicherung noch immer daran, dass sie helfen können! Ich nicht mehr!«

Klara überging einfach, was er gesagt hatte, und redete weiter von Tolla. »Damit sich das kleine Mädchen nachts nicht einsam fühlt, schläft es bei mir im Zimmer. Auf der Säuglingsstation ist nämlich kein Platz mehr.« Sie kicherte, als hätte sie einen überraschenden Witz gemacht. Doch ihr Vater fand gar nichts mehr witzig.

»Darum siehst du so müde aus.« Er schüttelte den Kopf. »Bei deinen ganzen Aufgaben! Kann sich nicht eine der Kindergärtnerinnen um das Kind kümmern? Was ist, wenn du auch bald auf der Straße stehst, weil du nicht mehr volle Leistung bringst? Eine neue Stelle findest du bestimmt nicht mehr.«

»Tolla ist ja nicht krank. Sie braucht nur nachts ihr Fläschchen«, bemerkte Klara unwillig. »Das ist keine Schwierigkeit für mich. Außerdem ist sie sehr niedlich. Sie hat auch rotes Haar. Die Schülerinnen sagen immer aus Spaß, sie sähe aus wie meine Tochter.«

Ihre Mutter blickte Klara erschrocken an. »Hör auf mit solchen Scherzen! Sei froh, dass du in diesen Zeiten kein eigenes Kind versorgen musst!«

Ihr Vater beugte sich über seinen Teller und sah seine Tochter scharf an. »Übernimm dich mal nicht. Du hast wirklich genug mit deinen Mädels zu tun! Was sagt denn eure Oberin zu diesem Fall?«

Klara nahm sich ein weiteres Kuchenstück. »Solange der Staat für das Kind zahlt und ich meine Arbeit schaffe, ist es in Ordnung für sie.« Klara hatte ihre Eltern noch nie angelogen, zumindest konnte sie sich nicht daran erinnern. Doch so erschrocken, wie ihre Mutter und ihr Vater reagierten, blieb ihr gar nichts anderes übrig. Es fühlte sich nicht gut an, hier im Wohnzimmer ihrer Kindheit zu sitzen und ihnen nicht die Wahrheit zu sagen. Doch Klara wollte nicht dafür verantwortlich sein, dass ihre bekümmerten Gesichter noch bekümmerter wurden. Außerdem wollte sie jetzt nicht hören, dass das, was sie tat, falsch war. Was wussten ihre Eltern schon? Hinter ihr schlug die Standuhr. Es war vierzehn Uhr. Ihre Mutter stand seufzend wieder auf. »Ich muss mich um das Essen für unsere Pensionsgäste kümmern. Sie haben mit Frühstück und Abendessen gebucht. Heute wollen sie es aber etwas früher serviert bekommen.«

»Ich helfe dir.« Klara erhob sich und trank den letzten Schluck Kaffee im Stehen aus der Tasse.

»Ach, das wäre schön.« Ihre Mutter verschwand wieder Richtung Küche. Klara folgte ihr. Sie schälten Kartoffeln für den Kartoffelkloß. Dazu sollte es Gulasch geben. Ihre Mutter bemühte sich, nicht zu angeschlagen zu wirken. Sie stand neben Klara an der Spüle. »Ich dachte, du schläfst bei Kurtchen im Zimmer, in deinem alten Bett. Für eine Nacht wird das ja wohl gehen, oder?«

»Natürlich.« Klara sah sie freundlich und auch etwas abwesend an. Endlich würde sie wieder einmal eine Nacht durchschlafen können. Unter diesen Umständen teilte sie sich gerne das Zimmer mit ihrem Bruder. Es war himmlisch, dass Susanne Tolla heute Nacht das Fläschchen geben würde. Hoffentlich ließ Tolla sich das gefallen! Na ja, Susanne würde das schon hinbekommen. Morgen war sie ja wieder da.

»Du bist gar nicht richtig hier«, sagte ihre Mutter plötzlich. »Besorgt dich etwas? Du scheinst mit deinen Gedanken weit weg.«

Klara ließ die geschälte Kartoffel in den Durchschlag fallen. »Ich bin nur ein bisschen müde und hab Halsschmerzen.«

Ihre Mutter nickte. »Hauptsache, du wirst nicht richtig krank. Papa hat alle Tage gelegen. Er hatte keinen Appetit, wenig Schlaf, Schmerzen im Kopf und in den Beinen und hat immer gefroren. Na ja, mir geht es jetzt nicht anders.«

»Leg dich doch hin. Ich kann mich um das Essen für die Gäste kümmern.« Klara liebte ihre Mutter über alles. Aber noch mehr solche niederschmetternden Geschichten wollte sie nicht hören. Mit einem Mal fühlte sie sich sogar wieder besser. Das war reine Notwehr.

Und auch über das Gesicht ihrer Mutter glitt ein entspanntes Strahlen. Ihre Augen glänzten rot umrandet. »Würdest du das für mich tun? Kommst du denn mit allem zurecht?«

Klara lächelte. »Wenn ich mit meinen Schülerinnen für hundertzwanzig Kinder und ein ganzes Kollegium kochen kann, werde ich das wohl für eine Handvoll Leute hinbekommen.«

Sie hatte ihren Satz noch nicht einmal zu Ende gesprochen, da band ihre Mutter schon die Schürze ab, hängte sie an den

Haken und verschwand in Richtung Kammer. »Hab vielen Dank, Klärchen.«

Klara hatte sich ihren Besuch vollkommen anders vorgestellt. Erholsamer. Stattdessen stand sie nun am Herd und kochte für die Pensionsgäste. Die Handgriffe fielen ihr leicht. Sie passierten ganz automatisch. Sie wusste, wo alles zu finden war. Das Fett, die Pfanne, das Salz, die Gewürze. Schließlich war sie ihrer Mutter schon als kleines Mädchen zur Hand gegangen. Gerade als sie die Möhren und den Sellerie kleinschnitt, kam ihr Bruder in die Küche. »Fleißig, fleißig!«, lobte er und ging an ihr vorbei in die verglaste Veranda, wo er sich ein Buch mit hellblauem Leineneinband holte, das dort aufgeschlagen auf dem Tisch lag. Er hielt es hoch. »Sehr bemerkenswert! Solltest du dir mal zu Gemüte führen. Da lernt man was.«

»Was liest du da?«, fragte Klara.

»*Mein Kriegstagebuch* von Benito Mussolini, diesem Diktator aus Italien.«

»Wozu das denn?«

»Er ist ein herausragender Schreiber. Sein Stil ist einzigartig. Sehr amüsant. Polemisch, ständig angriffs- und kampfeslustig. Das imponiert mir. Er ist Realist. Mutig, ohne Angst.«

»Ich dachte, er bringt Leute um, die mit ihm nicht einverstanden sind.«

»Weil irgendwelche Anarchisten versucht haben, ihn umzubringen.«

Viel wusste Klara nicht über diesen Mussolini. Eigentlich gar nichts. Nur, dass er in Italien regierte, Terror verbreitete und die Todesstrafe für politische Gegner eingeführt hatte. Das hatte sie letztes Jahr zu Weihnachten im Radio aufgeschnappt, als sie nebenan zu Besuch bei Tante Anna gewesen war. Italien war weit weg. Umso merkwürdiger war es, dass ihr Bruder sich für diesen Mussolini interessierte.

»Woher hast du das Buch?«

»Das hat mir Herr Ehrlich geschenkt.«

»Herr Ehrlich? Der liest doch gar nicht.« Herr Ehrlich war der laute Mieter, der über ihnen wohnte. Dass er Bücher verschenkte, war neu.

»Dieses hat er aber gelesen.«

Dazu wollte Klara nichts mehr sagen. Sie fand es befremdlich, dass ihr Bruder ein Buch von Mussolini las. Sie merkte, wie sie verbissen dreinblickte, während sie nun auch das Gemüse und das Fleisch in die Pfanne gab und die Gasflamme unter den kochenden Kartoffeln reduzierte. Er klemmte sich das Buch unter den Arm und ließ seine Stimme möglichst lässig klingen.

»Heute Abend ist Stiftungsfest vom Turnverein Askania oben auf dem Stubenberg. Eigentlich wollte mein Turnlehrer, dass ich ein bisschen was vorturne. Aber ich will nicht auf die Bühne vor Publikum. Obwohl ich mich am Stufenbarren ziemlich verbessert habe. Da schwinge ich lieber das Tanzbein, wenn der offizielle Teil vorbei ist.« Er grinste. »Mutter hat mir extra einen Mantel genäht. Es fehlt nur noch ein Gürtel. Den wollte sie mir eigentlich noch machen.« Er war schon auf dem Weg zur Kammertür, als Klara ihn am Arm festhielt. »Lass Mama schlafen. Ich mache das.«

Während das Gulasch im Topf vor sich hin köchelte, deckte sie für die Pensionsgäste den Tisch in der Veranda. Auch wenn sie es aus Oranienbaum gewohnt war, hintereinander wegzuarbeiten, keine Pausen entstehen zu lassen, einen Handgriff in den nächsten übergehen zu lassen, so als führe sie von morgens bis abends einen perfekt eingeübten Tanz auf, fließend und gleichmäßig, blieb sie jetzt für einen Moment am Verandafenster stehen und sah hinaus auf die terrassierte Obstwiese des Bauern Riede. Früher, schon im Mittelalter, war das Gelände ein Steinbruch gewesen, der nun längst wieder bewachsen war. In seinem Grund, auf dem Hof, sah sie Gänse und Puten und noch weiter entfernt weideten Kühe und man konnte den Höhenzug des Bückebergs erahnen. Im Sommer waren die Verandafenster oft so von Kletterrosen umrankt, dass es wirkte, als würde man durch Rosenkränze blicken. Nun aber waren die Ranken zurückgeschnitten und die Sicht war frei.

Nachdem sie den Pensionsgästen Bescheid gegeben hatte, dass das warme Essen auf sie wartete, setzte sie sich in der Stube an die Nähmaschine und schneiderte Kurtchen den passenden Gürtel zum Mantel. Während sie konzentriert die Schnittkanten aufeinanderlegte, merkte sie, dass jemand neben sie getreten war. Sie blickte kurz zur Seite und erkannte die Hosenbeine ihres Bruders. Klara erwartete, dass jetzt wieder einer seiner gönnerhaften Sprüche kommen würde. Was konnte man schon von einem jungen Mann erwarten, der Mussolinis Kriegstagebuch las? Doch stattdessen erklärte er plötzlich: »Wir haben in der Schule ein Mädchen dazubekommen. Ich schätze, sie ist ein Jahr jünger als ich. Also dreizehn. Wir aus der Klasse lassen sie ganz links liegen. Keiner spricht mit ihr.« Er machte eine Pause.

Klara stoppte kurz die Nähmaschine und sah interessiert zu ihm auf. Sie hatte keine Ahnung, was er ihr damit sagen wollte. Sein Gesicht sah ungewohnt besorgt aus. Fast so, als täte ihm das Mädchen leid. Und tatsächlich sagte er jetzt: »Sie tut mir deshalb ordentlich leid. In den Pausen hat sie nur ihre ältere Schwester. Ansonsten steht sie immer allein da. Dabei hat sie niemandem etwas getan.«

Klara zog den Gürtel unter dem Füßchen der Nähmaschine hervor, schnitt die Fäden ab und reichte ihn ihrem Bruder. »Dann sei du wenigstens nett zu dem Mädchen, wenn sie niemandem etwas getan hat.«

Er nahm den Gürtel und ließ ihn durch seine Hände gleiten. Dabei nickte er nachdenklich. »Danke, dass du mir den Gürtel genäht hast. Soll ich dir beim Hagebuttenknipsen helfen?«

Klara stand auf. Bevor sie überhaupt nachgedacht hatte, schüttelte sie den Kopf und sagte: »Lass mal. Ich mach das schon.« Sie war es gar nicht gewohnt, dass ihr Bruder seine Hilfe anbot. Er machte ein erleichtertes Gesicht, drehte sich um und verschwand nach nebenan in sein Zimmer. »Dann werde ich mal meinen Mussolini zu Ende lesen und mich geistig auf den Abend vorbereiten.«

Nun war sie allein im Wohnzimmer ihres alten Zuhauses. Im Flur hörte sie, wie sich die Familie der Balletttänzerin anzog und offenbar dabei war, das Haus zu verlassen. Die Eingangstür schlug zu. Danach war es still. Ihr Vater war bestimmt draußen auf dem Hof, wo es immer irgendetwas zu tun gab. Die Jauchegrube leeren, den Hof fegen oder die Hühner füttern. Die Hagebutten warteten ja auch noch auf sie. Jetzt, wo Klara nur auf sich konzentriert war, spürte sie wieder ihre Halsschmerzen und die schwere Müdigkeit, die sich in ihren Armen und Beinen bis in die Füße ausdehnte. Sie wollte sich hinsetzen, widerstand aber der Versuchung. Wenn sich die Müdigkeit erst einmal in ihr eingerichtet hatte, würde sie gar nicht mehr aufstehen können. In der Küche holte sie sich einen Korb, zog sich im Flur Mantel und Schuhe an und ging dann hinunter in den nachmittäglichen Garten. Die Früchte waren leuchtend rot und fest. Sie stand ganz hinten an der Backsteinmauer, wo die Hecken am Taubenhaus hinaufwucherten. Klara rupfte eine Hagebutte nach der anderen ab und ließ sie in den Korb fallen.

Wie konnte man einen Ort so gut kennen, und sich gleichzeitig an diesem Ort so fremd fühlen? Auch wenn sie inzwischen besser als je zuvor in ihrem Leben an alle Hagebutten heranreichte, sogar an die, die am höchsten hingen, kam es Klara so vor, als bewegte sie sich zurück in ihre Kindheit, aus der sie sich doch gerade erst mit Erfolg befreit hatte, um auf eigenen Beinen zu stehen. Ein Zuhause erzeugte wohl immer diesen Sog zurück in die Kindheit. War es nicht so? Es hatte

Klara viel Anstrengung gekostet, sich aus diesem Zuhause herauszuarbeiten, sich mehr eigene Freiheit zu erkämpfen. Die Hagebuttensträucher, der Himmel über dem weitläufigen Garten, das Taubenhaus, in das immer wieder eine der Tauben ihres Bruders hineinflatterte, Gerlinde und Gertrude, wie sie alle hießen, das Plumpsklo, die Apfel-, Birnen- und Mirabellenbäume, deren herbstliches Laub längst im Gras lag, ihre Eltern, ihr Bruder – sie hatten keine Ahnung, wer sie inzwischen war. Niemand wusste es. Hier war sie wieder das brave Mädchen Klara, das tüchtig mit anpackte. So, als wäre sie für diesen Betrieb geboren worden.

Sie nahm den Korb mit den Hagebutten und ging unter den kahlen Obstbäumen hindurch, an den Stachelbeer- und Johannisbeersträuchern entlang und zwischen den beinahe leeren Gemüsebeeten hindurch. Nur der Kohl war noch nicht geerntet. Am hohen Lattenzaun auf der rückwärtigen Seite des Hauses blieb sie stehen und ließ ihren Blick über die Landschaft schweifen. Die Obstwiese senkte sich vor ihr hinab wie in einen geheimnisvollen Krater. Weiter hinten zog sich der Bückeberg entlang und darüber verschwand das letzte Tageslicht.

Klara war fast erleichtert, dass ihre Mutter sich beim Abendessen in der Küche nur kurz zeigte, um sich gleich wieder ins Bett zu legen. Ihr Fieber war gestiegen und ihr Körper krampfte sich vom Schüttelfrost zusammen. Kurtchen war schon unterwegs zu seiner Turnveranstaltung. Ihr Vater hatte vor sich auf dem Tisch einige Pappmappen ausgebreitet und versuchte sich durch Bankunterlagen zu arbeiten. Er war abwesend und auch ein wenig verzweifelt. Obwohl er das seiner Tochter bestimmt nicht zeigen wollte. Darum fragte Klara besser gar nicht nach. Nachdem sie die Teller abgeräumt hatte, gab sie ihrem Vater einen Kuss auf die Wange und sagte: »Ich lege mich hin.«

»Mach das, Klärchen. Du siehst müde aus. Morgen unternehmen wir einen Gang raus zum Bückeberg.«

In das Zimmer, das sie sich früher mit ihrem Bruder geteilt hatte, passten zwei schmale Betten, ein Kleiderschrank und ein Schreibtisch hinein. Kurtchens Bett war nicht gemacht. Decke und Kissen lagen durchwühlt auf der Matratze. An der Stuhllehne hing sein Sporthemd und unter dem Stuhl standen seine Rennschuhe. Klara hob sie hoch. Aus einem fürsorglichen Impuls heraus. Als wollte sie wissen, ob ihr Bruder gut versorgt war. Die Schuhe hatten offensichtlich schon einiges mitgemacht. Das brüchige Leder war von der Aschebahn rot gefärbt. Die Schuhspitzen bogen sich nach oben, die ehemals weißen Schnürsenkel waren grau und fransten aus. Doch die Nähte schienen zu halten. »Du solltest sie hin und wieder einfetten«, flüsterte Klara und stellte die Schuhe zurück unter den Stuhl. Die Tür sprang einen Spaltbreit auf und Maya kam hereingetrottet. Der kleine Hund schien nicht so recht zu wissen, wohin mit sich. Er blieb vor Klara stehen, legte den Kopf schief und sah sie aus seinen großen Augen an. Klara blickte stumm zurück. Sie konnte nichts dafür, aber die Tierverrücktheit ihres Bruders teilte sie nicht. Er gab seinen Tauben Namen! Er stand um sechs Uhr in der Früh auf, um sie zu Wettbewerben zu bringen. Er kroch oben im Taubenhaus herum und redete mit ihnen. Und nun also auch noch dieser kleine Hund. Klara griff nach dem Mussolini-Buch, das auf seinem Nachtschränkchen lag, und setzte sich damit auf die Kante ihres alten Bettes. Bevor sie das Kriegstagebuch aufschlug, fragte sie zu ihrer eigenen Verwunderung den Hund: »Und, was willst du von mir?« Maya sah sie noch einmal aus großen Augen an und verschwand dann leise durch den Türspalt in den Flur. Interessant, wie schnell Hunde verstanden und akzeptierten, wenn man für sich sein wollte, dachte Klara. Sie klappte das Buch auf, rutschte ganz aufs Bett, sodass sie sich mit dem Rücken anlehnen konnte. Dann begann sie zu lesen. *Jedes Individuum, das in die Weltkatastrophe mit hineingerissen wurde, hatte dort zu kämpfen und seine Pflicht zu tun, wo seine Wiege stand, wo ihn die Volksgemeinschaft oder beschworene Pflicht hingestellt und der Sturm ihn erfasst hatte.*

Sie musste zugeben, das klang natürlich mitreißend. Ohne sich zu fragen, was genau sie da anzog, hing sie an Mussolinis Zeilen, in denen er von seinen Erlebnissen aus dem Schützengraben berichtete. Tatsächlich konnte er wirklich gut schreiben. Sehr bildlich, sprachlich gekonnt rhythmisiert und von einer gewissen Tiefe. *Durch zwei Sandsäcke geschützt kann ich mit relativer Ruhe den Fleck Erde betrachten, um den der Kampf geht. Es ist eine freie Stelle von zirka hundertfünfzig Quadratmetern. Nicht mehr. Der Gipfel hat seine Merkmale verloren. Er ist eingeebnet, vielleicht durch Minen und Bomben. Zerbröckelte Felsen, dicke Blöcke, Drähte, Uniformreste, Tornister, Feldflaschen liegen umher; Zeichen des Gewitters, das da getobt.*

Wusste ihr Vater eigentlich, was Kurtchen hier las? Verstand ihr Bruder, was hier verherrlicht wurde? Der befohlene Kampf, anderen Menschen ihr Fleckchen Erde zu nehmen. Ein Fleckchen Erde, das ihnen gehörte, von dem sie sich nicht vertreiben lassen wollten, wo sie sicher gewesen waren.

Klara legte das Buch zur Seite und sah sich in ihrem alten Zimmer um, dem sie längst entwachsen war. Ihr heimatliches Fleckchen Erde befand sich nun in Oranienbaum, bei Susanne, ihren Schülerinnen und Tolla. Natürlich würde auch sie darum kämpfen, dieses Fleckchen Erde nicht hergeben zu müssen. Wo sollte sie sonst auch hin?

# 10.

Am Montagmorgen war Klara zurück in Oranienbaum. Sie fütterte Tolla, die auf ihrem Hochstuhl am Küchentisch thronte, während einige Schülerinnen nebenan im Speisesaal das Geschirr abräumten. Sie war glücklich, wieder hier zu sein. Auch wenn sie der Besuch zu Hause bei ihren Eltern noch immer bewegte. Kurz nachdem sie am Abend das Licht gelöscht hatte, war Kurtchen von seiner Tanzveranstaltung leise ins Zimmer gekommen. Doch anstatt sich hinzulegen, hatte er sich noch im Mantel neben ihr Bett gekniet, ihr mit seiner eiskalten Hand über die Wange gestreichelt und geflüstert: »Ich hab dich lieb.« Überrascht von der liebevollen Zuneigung ihres Bruders, hatte Klara so getan, als würde sie schlafen.

»Kann ich dich eben sprechen?« Susanne kam durch die Schwingtür geeilt und ihrem Gesicht war anzusehen, dass etwas Furchtbares passiert war.

»Sicher.« Klara hob Tolla aus ihrem Stuhl, wischte ihr rasch mit dem Lätzchen den Mund ab und nahm sie durch die Seitentür mit hinaus in den dämmrigen Flur. Die Tür zur Praxis von Dr. Voigtländer war nur angelehnt, weswegen Susanne die beiden hinter einen der großen Schränke schob und ihre aufgeregte Stimme absenkte. »Ich war gerade drüben im Büro, als ein Anruf kam.«

»Ja?« Klaras Herz pochte. Sie ahnte, was Susanne ihr jetzt sagen würde. Dass Tollas Mutter auf dem Weg zu ihnen war, um endlich ihre Tochter abzuholen. Klara musste sie für die Abreise anziehen und Abschied nehmen, richtig? Das Gitterbett würde in ihrem Zimmer wieder durch das Sofa ersetzt werden. So, als hätte es dieses Kind nie gegeben. Ihre Stimme klang dünn. »Sie wird gleich da sein, nicht wahr?«

»Leider nein.«

»Ja, was dann?« Klara verstand nicht ganz. Sie hielt Tolla auf dem Arm. Die großen Augen des Kindes glänzten im schmalen Lichtbalken, der durch die angelehnte Praxistür fiel.

Susanne machte ein sehr ernstes Gesicht. »Frau Penöter war am Apparat. Tollas Mutter ist aller Wahrscheinlichkeit nach nicht mehr am Leben.«

»Wie bitte? Wie kommt sie darauf?«

Susanne flüsterte: »In Bornum haben sie auf einem Dachboden eine erhängte Frau gefunden, von der sie annehmen, dass es Tollas Mutter ist. Die Identifizierung steht noch aus, aber ...«

»Aber ...« Klara wusste nicht, was sie denken oder fühlen sollte. Das alles war furchtbar und so eigenartig. »Ja ... Und jetzt?«

Susanne zuckte ratlos mit den Schultern. »Nun haben wir hier ein Kind, das keine staatliche Unterstützung bekommt, das keine Mutter mehr hat, dessen Großmutter behauptet, sie habe kein Enkelkind, und von dem die Oberin nichts weiß. Das heißt, wir müssen Tolla in eine andere Einrichtung geben.«

»Du meinst in ein Waisenhaus?«

»Ich wüsste nicht, wohin sonst.«

»Kommt nicht infrage!«, sagte Klara aus einem plötzlichen Impuls heraus, ohne darüber nachzudenken, was das konkret bedeutete.

»So ist aber nun mal die Lage. Uns bleibt gar nichts anderes übrig. Wir können sie nicht hierbehalten.«

»Dann übernehme ich ihre Kosten«, sagte Klara. Das war verrückt! Sie unterstützte doch schon ihre Familie im Harz. Viel blieb da nicht von ihrem Gehalt übrig. Und nun würde sie auch noch für die Kosten dieses Mädchens aufkommen wollen?

Susanne sah sie durchdringend an. »Überleg dir das gut. Frau Penöter kommt morgen mit ihren Papieren und den nötigen Unterlagen vorbei. Dann müssen wir ihr sagen, ob die Kleine bei uns bleiben kann. Ansonsten nimmt sie Tolla gleich mit.«

Bevor Klara noch irgendetwas sagen oder fragen konnte, strömten ihre Schülerinnen in gestärkten weißen Schürzen an ihnen vorbei und den Gang entlang, um quer durch den taubedeckten Garten hinüber zum Nebengebäude in die Waschküche zu gehen. Eine riesige Menge gewaschener Bettbezüge und Laken wartete darauf, von ihnen gemangelt zu werden. Klara rief ihnen nach: »Ich bin gleich bei euch!« Dann drückte sie Susanne das Kind in den Arm und sagte entschlossen: »Heute Abend gehe ich zu Fräulein Martin und erzähle ihr die ganze Geschichte.«

Susanne schaukelte Tolla nervös hin und her. »Und was, wenn die Oberin findet, dass das ein guter Grund ist, uns fristlos zu entlassen?«

Klara zuckte mit den Schultern. Darüber wollte sie nicht nachdenken. »Wir haben nur einem kleinen Mädchen geholfen.«

»Wir haben die Situation ausgenutzt, dass Fräulein Martin krank in ihrem Bett liegt und wir uns hier unten so lange um die Organisation kümmern. Sie wird uns nicht mehr vertrauen.«

»Vielleicht ja doch«, flüsterte Klara. »Immerhin ist sie Leiterin einer Heilstätte für Kinder.«

»Ja, und eine penible Buchhalterin.« Damit drehte sich Susanne mit Tolla auf dem Arm um und verschwand mit ihr Richtung Vestibül und Spielsaal. Klara stand noch für einen Moment in der dunklen Flurnische und sah ihrer Freundin nach. War es leichtsinnig, der Oberin von Tolla zu erzählen? Wäre es nicht viel vernünftiger, das kleine Mädchen in ein Waisenhaus zu geben, ohne dass Fräulein Martin je etwas von ihrem Aufenthalt hier erfuhr? Mit Sicherheit wäre das klüger. Wieso sollte sie ihre und Susannes Zukunft für dieses Kind gefährden, das gar nicht ihre Tochter war? Klara hatte sich doch gerade erst dazu entschlossen, mutig und hartnäckig um ihr Fleckchen Erde zu kämpfen. Jetzt kam es ihr so vor, als würde sie es mutwillig riskieren.

Nach dem Abendessen stieg Klara in die zweite Etage hinauf und klopfte an Fräulein Martins Wohnungstür. Das Klopfen ihres Herzens war wohl mindestens ebenso deutlich zu hören. Anders als sonst konnte sie ihre Aufregung nur schwer kontrollieren. Sie hatte einfach zu große Angst vor dem, was nun passieren würde. Dunkelheit sickerte durch das Fenster am Ende des Flures, von dem rechts und links die Türen abgingen. Klara wusste nicht, ob es schon zu spät war, um die Oberin zu stören. Sie war ihr seit dem unerfreulichen Wäscheleinen-Disput nicht mehr begegnet. Und auch alle anderen hatten die Oberin seit Längerem nicht mehr gesehen. Nur Dr. Voigtländer war bei ihr gewesen, um den Blutdruck zu messen und ihre Bronchien abzuhorchen. Über ihr tatsächliches Befinden war nie etwas aus dem Zimmer gedrungen. Zwar hatte sich Fräulein Martin neulich wieder vom Doktor mit ihrem Dienstwagen nach Dessau ins Krankenhaus fahren lassen. Aber auch zu dieser Gelegenheit hatte sie darauf geachtet, dass sich alle in den Unterrichtsräumen befanden und ihr niemand begegnete. Klara lauschte. Aus der Wohnung war nichts zu hören. Nicht einmal leises Hundekläffen. Sie klopfte noch einmal. Sie schloss die Augen, um besser hören zu können, falls Fräulein Martin sie hereinrief. Und tatsächlich hörte Klara sie von drinnen rufen. »Wer ist da?«

Klara räusperte sich. »Fräulein Möbius.«

»Worum geht es denn?«

»Um ein kleines Mädchen.«

Für einen Moment war im Inneren der Wohnung nichts zu hören. Dann rief Fräulein Martin: »Kommen Sie herein.«

Klara schob die Tür vorsichtig einen Spaltbreit auf. Sie blickte in ein aufgeräumtes Wohnzimmer. Die Vorhänge waren zugezogen, nur die Stehlampe mit dem hübschen Plisseeschirm neben dem Sofa brannte. Das Bücherregal an der Wand gegenüber stand beinahe im Dunkeln. Sofort kamen zwei Dackel schwanzwedelnd aus dem Esszimmer gesaust. Kurz darauf kam noch ein dritter um die Ecke gefegt. Eilig schloss Klara die Tür hinter sich, damit die Hunde nicht entwischten. Sie wedelten und hechelten um ihre Beine herum und einer von ihnen machte sogar Männchen und versuchte, ein wenig an ihr hochzuspringen, was irgendwie witzig aussah. Klara hatte nichts gegen diese Dackel, genau wie sie nichts gegen Maya, den Hund ihres Bruders, gehabt hatte. Trotzdem wollte sie die Tiere nicht unbedingt streicheln. Was fanden nur all diese kleinen Hunde an ihr? Sie lächelte freundlich zu ihnen hinunter und sagte: »Ja, na, ist ja gut. Ist ja gut.«

»Kommen Sie hier herüber!«, hörte sie Fräulein Martin rufen.

Klara folgte der Anweisung und machte ein paar Schritte über den hellbraunen Teppich mit dem feinen Rautenmuster bis zur offenen Flügeltür. Sie blieb im Durchgang stehen und sah zu ihrer Überraschung direkt auf das Bett der Oberin. Offenbar war es vom Hausmeister aus dem kleinen Schlafzimmer ins Esszimmer geholt worden. Dafür waren der Tisch und die Stühle verschwunden. Der Kopf von Fräulein Martin ruhte auf einem Kissenstapel. Ihr dunkles langes Haar lag müde um ihr Gesicht herum. Ihre Haut war bleich, fast grau. Und sie war furchtbar abgemagert. Ihre Arme und Hände lagen wie leblos auf der roten gewebten Überdecke, so, als gehörten sie gar nicht zum restlichen Körper, und ihre Augen schienen tiefer als sonst in ihrem Gesicht zu liegen. Klara hatte damit zu tun, sich ihre Erschütterung nicht anmerken zu lassen. So sahen Menschen aus, die bald starben, nicht wahr? Sie faltete eilig die Hände, um dann wieder eine Hand zu heben und hilflos damit zu winken. »Guten Abend. Ich hoffe …«

»Was ist los?« Die Oberin wirkte noch harscher als bei ihrem letzten Zusammenstoß. So, als hätte sie keine Zeit zu verlieren. Ihre Augen huschten über Klara hinweg, als suchten sie nach irgendetwas, an dem sie sich festhalten konnten.

Klara machte noch einen Schritt hin zum Bett. Ihr Kopf war leer. Sie hatte schlagartig vergessen, warum sie überhaupt hier war. Sie fand keinen Anfang für das, was sie sagen wollte. Ihre Mundwinkel zitterten, als wäre alles verloren. Dabei war noch nicht einmal ein Wort von dem gesagt, was gesagt werden musste. Fräulein Martins Gesicht wurde weicher. Wahrscheinlich war sie sich der Härte in ihrer Stimme bewusst geworden. »Setzen Sie sich.« Sie zeigte kaum merklich hinüber zu einem Hocker, der vor dem zugezogenen Vorhang des Fensters stand. Klara hörte leise, sehr leise den Wind, der draußen im Garten durch das kahle Geäst ging. Gerne hätte sie das Fenster geöffnet. Die Luft hier drinnen war so seltsam schwer. Sie zog sich den Hocker heran und setzte sich mit ein wenig Abstand an die Seite des Bettes. Die Oberin sah sie an. »Kommen Sie ruhig näher. Ich bin nicht ansteckend.« Sie streckte ihre Hand aus, sodass Klara unweigerlich danach greifen musste. Da lag plötzlich die Hand von Fräulein Martin auf ihrem Knie, hell und wächsern, von Adern durchzogen. Klara saß reglos da, während die Oberin ebenso reglos darauf wartete, dass Klara ihr Kommen erklärte. Die Dackel wieselten aufgeregt um das Bett herum, und als sich noch immer niemand für sie interessierte, legten sie sich schließlich in ihr Körbchen am Fußende des Bettes. Dort schienen sie abzuwarten, was als Nächstes passieren würde.

Klara sagte möglichst unbefangen: »Die Polizeifürsorgerin Frau Penöter hat uns ein kleines Mädchen gebracht. Es wird in ein paar Tagen ein Jahr alt und heißt Tolla Lewitan.«

Die Oberin zog die Augenbrauen hoch. »Ein jüdisches Mädchen?«

»In ihren Papieren steht, es ist jüdisch-russischer Herkunft.«

»Wie krank ist das arme Kind?«

Klara lächelte. »Es ist gar nicht krank.«

»Aber warum bringt uns Frau Penöter dann das Kind?« Fräulein Martin richtete sich ein wenig auf. Offenbar merkte sie sofort, dass etwas nicht in Ordnung war.

»Sie hat uns das kleine Mädchen gebracht, weil die Mutter auf Arbeitssuche war und nicht wusste, wo sie es unterdessen lassen sollte.«

»Wie bitte?« Die Oberin hatte plötzlich wieder Farbe im Gesicht. Sie wurde richtig lebendig, als hätte sie auf genau solch eine kleine Aufregung gewartet. Ihre Augen bekamen einen bemerkenswerten Glanz. »Ich hoffe, Frau Penöter hat sich diese eigenartige Idee nicht ohne ordentliche staatliche Bezuschussung geleistet!«

Klara wiegte ihren Kopf und sah hinüber zu den drei Dackelchen im Körbchen, die instinktiv ihre spitzen Nasen hoben. Sie schienen die Anspannung ihres Frauchens zu spüren. Klara zwang sich, zurück zu Fräulein Martin zu sehen. »Leider nicht. Es gibt keine staatliche Bezuschussung.«

Die Oberin lachte auf. »Das wird ja immer doller! Wie lange soll das kleine Mädchen denn bei uns bleiben? Ich hoffe, nur ein paar Tage!«

»Seine Mutter hat sich das Leben genommen.«

Fräulein Martin ließ sich zurück in die Kissen sinken und schloss die Augen. Sie sagte leise: »Ich weiß jetzt schon nicht mehr, wie ich Sie alle bezahlen soll. Und dann bringt mir Frau Penöter auch noch ein Kind hierher, ganz ohne Bezuschussung. Die Dame macht mir Spaß.«

Klara räusperte sich. »Ich werde für das kleine Mädchen aufkommen.«

Die Oberin öffnete überrascht die Augen. »Sie? Wie kommen Sie denn darauf?«

»Na ja, irgendjemand muss ja die Kosten übernehmen.« Sie wollte nicht auch noch sagen, dass Tolla sich bereits seit etlichen Wochen hier im Heim befand und sie eine relativ enge Bindung zu ihr aufgebaut hatte. Obwohl sie das überhaupt nicht vorgehabt hatte.

Fräulein Martin schloss wieder die Augen. Nun klang ihre Stimme müde und die Dackel in ihrem Körbchen hörten auf, mit ihren Schwänzen zu wedeln. Sie rollten sich auf ihrem Kissen zusammen und legten ihre Schnauzen auf ihre Vorderpfoten. »Tun Sie, was Sie nicht lassen können. Doch ich sage Ihnen, Fräulein Möbius, sobald Sie sich entschließen sollten, nicht mehr für dieses Kind aufzukommen, werden wir es in eine andere Einrichtung geben müssen. Die Zeiten sind instabil und ich befürchte, sie werden bald noch viel instabiler werden.«

Klara nickte und stand von ihrem Hocker auf. »Ich verspreche es. Ich werde für Tolla aufkommen. Haben Sie vielen Dank.«

Sie ging in Richtung Durchgang, mit weichen Knien, so als wäre sie einer großen Gefahr entronnen. Als sie schon fast wieder im Wohnzimmer war und sich ein verstecktes glückliches Lächeln gestatten wollte, rief Fräulein Martin: »Fräulein Möbius?«

»Ja?« Klara drehte sich um und machte sofort ein harmloses Gesicht.

»Würden Sie mich bei Gelegenheit wieder einmal besuchen und mir etwas vorlesen?«

»Ich?« Klara dachte für einen Moment, sie hätte nicht richtig gehört.

»Dr. Voigtländer hat mir erzählt, Sie lesen Ihren Schülerinnen mit großem Erfolg vor. Da dachte ich, wenn Sie so eine gute Vorleserin sind, hätten Sie nichts dagegen, mir auch einmal etwas vorzulesen. Nur ein paar Seiten aus Goethes *Faust* oder Tolstois *Weltanschauung.* Ich brauche ein wenig Ablenkung von dem, was man da neuerdings an politischem Irrsinn im Radio hört. Diese Nationalsozialisten mit ihrer ekelhaften Sprechweise machen mich ganz krank. Im Kristallpalast schwingen sie ihre Reden und die Bevölkerung klebt an ihren Lippen.«

»Natürlich«, unterbrach Klara sie. »Ich lese Ihnen gerne etwas vor.« In ein Gespräch über Nationalsozialisten wollte sie wirklich nicht verwickelt werden. Sie hatte keine feste Meinung zu dem, was politisch passierte. Dazu wusste sie einfach zu wenig Bescheid. Überhaupt hatte sie kein Interesse daran, sich über Ereignisse aufzuregen, die sie sowieso nicht beeinflussen konnte. So viel war seit dem Krieg passiert. Gerade noch Kaiserreich, jetzt Weltwirtschaftskrise. Diese ganze Weimarer Republik war ein heilloses Durcheinander. Zehn Reichskanzler hatten bisher ihr Glück versucht. Ständig gab es irgendein Gerangel zwischen den Parteien. Jeder beschuldigte jeden. Und das auf immer wüstere Weise. So viel Gerede. Nichts davon hatte etwas spürbar Positives bewirkt. Was brachte es, sich, so wie ihre Eltern, von all dem verrückt machen zu lassen? Lieber verwendete sie ihre ganze Kraft darauf, dass sich in ihrer kleinen Welt alles zum Guten entwickelte. Tolla. Ihre Schülerinnen. Und ihr eigenes Leben. War das nicht viel wichtiger? Nur wenn man selbst unaufgeregt und vorurteilslos war, konnte einem das Außen nichts anhaben. Bisher hatte das in ihrem Leben jedenfalls recht gut funktioniert.

Nachdem Klara noch einmal freundlich gewunken hatte, schloss sie eilig die Tür hinter sich und ging den inzwischen dunklen Gang hinunter zu Susannes Zimmer. Selbstverständlich könnte sie Fräulein Martin etwas vorlesen, obwohl sie abends sicher zu müde dafür war. Die Oberin könnte ja auch einfach das Radio ausschalten und die Politik Politik sein lassen. Ging es denn in den Nachrichten wirklich nur noch um die Nationalsozialisten? Doch in diesem Augenblick hoffte Klara vor allem, dass sie die richtige Entscheidung getroffen hatte, was Tolla betraf. Langsam wurde ihr bewusst, dass sie die Verantwortung für ein Kind übernommen hatte. Wenigstens war die Kleine nun offiziell im Heim. Außerdem würden Susanne und sie ihre Stellungen behalten. Darauf kam es doch an! Sie blieb vor Susannes Zimmertür stehen, um ihrer Freundin die gute Nachricht zu bringen. Sie hob die Hand und klopfte.

# II.

Klara saß im Esszimmer am Kopfende des Tisches, an dem sie früher mit ihrer ganzen Familie gegessen hatte. Gustav, sie, ihre drei Töchter und ihr Sohn. Vor sich das Mittagessen, bestehend aus ein paar Kartoffeln, einwandfrei geschält, Blumenkohl und Hühnchen. Vorhin war der Lieferdienst vom Supermarkt da gewesen und sie hatte ihre Kassettenaufnahme unterbrechen müssen. Hätte der freundliche Mann nicht an der Haustür geklingelt, würde sie noch immer am Flurtisch in das Handmikrofon sprechen. Inzwischen waren sämtliche Kassetten von Gustav überspielt, bis auf zwei. Die würde sie heute Nachmittag noch besprechen und damit auch das Ende vom *Zauberberg* vom Band löschen. Doch was dann? Sie brauchte neue Leerkassetten, und zwar schnell. Die Stimme in ihrem Kopf hatte zu erzählen begonnen und vor ihren Augen war ihre alte Welt neu entstanden. Je mehr Klara in das Mikrofon sprach, desto mehr erzählte die Stimme in ihrem Kopf. Es war anstrengend, diese Stimme im Zaum zu halten. Damit sie nicht schneller erzählte, als Klara es auf Kassette aufnehmen konnte.

Sie musste Inge anrufen, damit sie ihr noch ein paar Leerkassetten schickte. Am besten gleich zehn oder zwanzig Stück. Klara stellte das Geschirr zusammen und trug es langsam hinüber in die Küche. Sie war so in Gedanken vertieft, dass sie mehr als sonst aufpassen musste, nicht von ihrem gewohnten Pfad zwischen Esszimmer und Küche abzukommen und mit der Schulter gegen den Türrahmen zu stoßen. Wenn das Geschirr herunterfiel, konnte sie die Scherben nicht allein wieder aufsammeln.

Doch genau darum ging es im Leben, oder? Dass jeder seine Scherben allein aufsammelte. Hätte sie verhindern können, was schließlich passiert war? Wäre alles gut ausgegangen, wenn sie andere Entscheidungen getroffen hätte? Wie war es möglich, ein Kind zu retten und gleichzeitig im Stich zu lassen?

Klara stellte das Geschirr vorsichtig auf die Arbeitsfläche und ließ Wasser ins Spülbecken laufen. Sie hatte nicht vorgehabt, Mutter zu werden. Sie hatte irgendwann eine leitende Position im Heim übernehmen wollen, auch wenn sie das erst einmal für sich behalten hatte. Die nächsten eineinhalb Jahre war sie jeden Morgen mit Tolla aufgestanden und hatte ihr in der Küche Brei gekocht. Sie hatte mit ihr im Oranienbaumer Schlosspark die Enten gefüttert. Gemeinsam hatten sie im Ort Pakete für ihre Eltern zur Post gebracht oder in dem kleinen Kurzwarengeschäft für den Unterricht Handarbeitsmaterial gekauft. Klara hatte Tolla im Handwagen durch den Kiefernwald und die wechselnden Jahreszeiten gezogen. Im Sonnenschein, im Schnee und im Regen. Und abends, wenn sie im Licht der Schreibtischlampe wieder einmal für ihren Bruder einen Aufsatz geschrieben oder Stickproben für den Unterricht angefertigt hatte, nahm sie Tolla auf ihren Schoß, bis das Kind so müde war, dass sie es ins Bett legen konnte.

Sobald Tolla eingeschlafen war, hatte sich Klara zu ihren Schülerinnen in den Gemeinschaftsraum gesetzt, um ihnen vorzulesen: *Effi Briest, Die Judenbuche, Gösta Berling.* Anschließend war sie hinauf zu Fräulein Martin gegangen, um ihr nach *Faust eins* auch noch *Faust zwei* vorzulesen. Durch die langatmigen Monologe zahlreicher Figuren aus der griechischen Mythologie war das allerdings kein so großer Lesegenuss wie *Effi Briest* gewesen. Aber die Oberin schien diese Stunden richtig herbeizusehnen.

An diesem Abend im Frühling, Klara hatte gerade das Buch zugeschlagen, war das Gesicht von Fräulein Martin noch grauer als sonst gewesen. Das Fenster war leicht geöffnet und der Himmel war von diesem durchscheinenden Blau gewesen, in das sich die roten Schlieren des nahenden Sommers mischten. Sie hatte ihre Hand nach Klara ausgestreckt, so, wie sie es in der Vergangenheit schon häufiger getan hatte, als wollte sie in dieser Welt festgehalten werden. In all der Zeit hatte Fräulein Martin nie über ihren nahenden Tod gesprochen, so, als wollte sie verhindern, dass er Wirklichkeit würde. Aber ihr Sterben hatte längst begonnen. Sie hatte sehr lange durchgehalten. Länger, als alle gedacht hatten. Klara hatte ihre kühle Hand gehalten und die Oberin hatte leise gesagt: »Das ist wieder eine sehr, sehr schöne Stunde für mich gewesen, Fräulein Möbius.«

Klara drehte den Wasserhahn zu. Sie brauchte einen Moment, bis das Erinnerte nicht mehr wirklicher war als die Gegenwart, hier in der Küche ihres Reihenhauses. Als junges Mädchen hatte sie gar nicht begriffen, was sie da genau für Fräulein Martin getan hatte. Doch jetzt, im späten Nachhinein, fühlte sie Dankbarkeit für diese Abendstunden mit der dahinscheidenden Oberin, in denen sie eine feinsinnige Welt miteinander geteilt hatten, die schon wenig später durch eine erbarmungslose verdrängt worden war.

»Nun ja.« Klara tastete nach der Spülbürste, tauchte das benutzte Geschirr ins Wasser und murmelte: »Es ist ja nun schon sehr lange her.« An diesem letzten gemeinsamen Abend im April 1932 hatte Fräulein Martin sie nach dem Vorlesen gebeten, noch kurz bei ihr sitzen zu bleiben und die Abendnachrichten im Radio zu hören. Sie hatte mit halb geschlossenen Lidern in ihren Kissen gelegen, das offene, inzwischen fast graue Haar hatte sich stumpf um ihre hohlen Wangen gewellt. »Ich möchte nur noch wissen, wie die Landtagswahlen ausgefallen sind. Können Sie uns den Radioapparat anstellen?«

Klara war damals herzlich egal gewesen, wer die Wahl im Freistaat gewonnen hatte. Würde das irgendetwas ändern? Dennoch tat sie Fräulein Martin den Gefallen und drehte den Apparat an, der auf der Kommode gegenüber vom Bett stand. Die drei Dackel lagen träge zusammengerollt in ihrem Hundekörbchen. In den letzten Monaten hatten auch sie an Lebendigkeit verloren. Es knisterte und die Stimme des Nachrichtensprechers rauschte durchs Zimmer. »Im Nordwesten des Reiches wird es bei Temperaturen um zehn Grad wolkig sein. In Schlesien und im Staate Anhalt wird es bedeckt sein.« Kurz horchten die Dackel in ihrem Körbchen auf, als es um den Wetterbericht ging. Als hofften sie auf einen kleinen Spaziergang, weil es nicht regnete. Dann sanken sie wieder zurück in ihre Schläfrigkeit und bekamen nicht mit, dass die NSDAP als stärkste Partei aus den Wahlen hervorgegangen war und Anhalt damit das erste Land mit einer nationalsozialistischen Regierung werden würde. Offenbar waren die Nationalsozialisten nun also die kommende Kraft. Aber das war nicht nur den Dackeln einerlei, sondern auch Klara. Diese neue Partei würde ebenfalls nichts gegen Massenarbeitslosigkeit oder die Weltwirtschaftskrise tun können. Fräulein Martin schien von diesen Neuigkeiten beunruhigt zu sein. Sie tastete nach ihrem Wasserglas und trank einen Schluck, dann stellte sie es zurück auf ihr Nachtschränkchen. »Da sehen Sie es, Fräulein Möbius, wohin uns unsere Geduld gegenüber diesen Extremisten gebracht hat.«

Klara wusste nicht, was Fräulein Martin damit meinte. Darum nickte sie nur zustimmend und die Oberin fuhr mit einiger Anstrengung fort: »Zuerst werden diese Hammel in Dessau das Bauhaus schließen, weil sie Intelligenz und Schönheit nicht begreifen. Und dann zerstören sie auch noch unsere restliche Kultur. Das haben wir alles diesem furchtbaren Abgeordneten Loeper zu verdanken! Kennen Sie ihn? Haben Sie ihn sprechen hören? Solche Menschen sollten besser keine Macht in die Hände bekommen.«

Offenbar erfreut darüber, dass ihr Frauchen plötzlich vitaler wurde, erhoben sich die Dackel eilig aus ihrem Körbchen und wieselten ums Bett herum. Nacheinander sprangen sie auf die rote Überdecke der Oberin und rollten sich neben ihrem Körper zusammen. Klara lächelte angespannt, während Fräulein Martin weiter mit schwacher Stimme schimpfte: »Wir werden noch unser blaues Wunder erleben.«

Dabei kraulte sie abwesend das hellbraune Fell ihrer Dackel. Ihr Blick wanderte hinüber zum Fenster mit dem halb geschlossenen Vorhang. Sie flüsterte: »Die Menschen sind so furchtbar dumm. Sie erkennen nicht das Üble, weil sie das Gute nicht kennen.« Dann rutschte ihr Blick wieder zurück zu Klara und sie lächelte beinahe sanft: »Suchen Sie sich doch nebenan ein paar von meinen Büchern heraus. Sie lesen doch gerne etwas Kunstgeschichtliches. Ich bin froh, wenn ich weiß, dass sie bei Ihnen landen.«

Klara nickte benommen. »Danke schön.«

»Und das nächste Mal kommen Sie am Nachmittag zu mir, Fräulein Möbius. Und bringen Sie Ihr kleines Mädchen mit. Damit ich es endlich einmal kennenlerne. Was für ein Glück, dass es Sie hat.«

Aus einem plötzlichen Gefühl der tiefen Zuneigung und des Abschiedsschmerzes heraus fasste Klara nach ihrer weißen Hand. »Das mache ich.« Sie hielt diese kalte, wächserne Hand mit den goldenen Ringen in ihren Händen und wunderte sich, wie Fräulein Martin sich derart über etwas aufregen konnte, das für sie gar nicht mehr von Belang sein würde. Vielleicht kämpfte auch sie bis zum Letzten um ihr kleines Fleckchen Erde, das so bleiben sollte, wie sie es kannte? Auch wenn sie oft streng mit sich und allen anderen gewesen war, war die Oberin eine Frau mit ausgeprägter Herzensbildung und einem Sinn für das Richtige. Klara blickte Fräulein Martin in die noch sehr klaren Augen im müden Gesicht und versprach: »Susanne und ich werden uns um dieses Heim kümmern. Was auch immer passiert.«

Als der Teller und das Besteck abgewaschen waren, trocknete Klara sich die Hände ab und tastete sich eilig durch den Flur zur Telefonbank, um ihre Tochter anzurufen. Mit zitternder Hand griff sie nach dem Hörer, brauchte einige Anläufe, um mit der Drehscheibe Inges Nummer zu wählen. Ihre aufgeregten Finger fanden nicht wie sonst die richtigen Löcher. Ihre Tochter sollte ihr neue Leerkassetten schicken. Endlich tutete es. Am anderen Ende der Leitung war besetzt. Klara legte den Hörer wieder auf. Sie saß aufrecht da. Sie atmete tief ein und schloss die Augen. Sie durfte nicht vergessen, was sie gleich in das Mikrofon erzählen wollte.

# 12.

Nachdem Fräulein Martin Anfang des Sommers gestorben war, schien es, als würde das Kinderkurheim nach und nach an Farbe und Lebendigkeit verlieren. Nicht, dass Fräulein Martin allein das Haus mit Leben geflutet hätte, doch es kam allen so vor, als würde mit ihrem Abschied alle Sicherheit verschwinden. Nun waren die Angestellten sich selbst überlassen. Klara und Susanne kümmerten sich im Büro wie selbstverständlich weiterhin um alles Organisatorische und mit einem Mal lag die gesamte Verantwortung bei ihnen. Sie sahen, wie an vielen Stellen der Putz von den Wänden bröckelte und sich der Lack hier und da von den Tür- und Fensterrahmen löste. Die Fliesen und die Waschbecken in den Bädern hätten erneuert werden müssen. Ebenso der Boiler, dieses riesenhafte Ding in der Küche. Doch es war kein Geld da, die städtische Kasse war leer und der Hauptverein zur Bekämpfung von Schwindsucht im Freistaat Anhalt konnte auch nur noch eingeschränkt seine Wohlfahrtsaufgaben wahrnehmen. Susanne und Klara lebten mit ihren Schülerinnen auf ihrer Insel, in einem Haus, aus dem die meisten Kinder inzwischen hatten entlassen werden müssen. Die Fürsorgerinnen brachten nur noch selten hilfsbedürftige oder kranke Kinder, sodass bis auf die Jugendleiterin Erna und Schwester Ilse alle anderen Krankenschwestern und kleinen Tanten ebenfalls schweren Herzens hatten gehen müssen. Tagsüber kümmerte sich Susanne um ihre geschrumpfte Spielgruppe, während Klara ihren Schülerinnen alles über ausgewogene Ernährung und Haushaltsführung beibrachte, mit ihnen für die kleine Kindergruppe kochte und ihnen zeigte, wie man Kleidungsstücke nähte oder Ausbesserungen vornahm. Abends, wenn Schwester Ilse den Schlaf der übrig gebliebenen Kinder bewachte und sich die Jugendleiterin Erna um die letzte kleine Patientin auf der Isolierstation kümmerte, brüteten Klara und Susanne im Büro über der Buchhaltung. Der Fortbestand des Heimes lag jetzt tatsächlich in ihren Händen, und es war keine Frage, ob sie sich diese Aufgabe zutrauten. Sie mussten Entscheidungen treffen, wollten sie nicht gleich aufgeben.

»Das sieht ja richtig düster aus«, sagte Susanne und klappte den Aktenordner zu. »Bald sitzen wir hier allein in dem großen Haus, können jede Nacht in einem anderen Bett schlafen und uns aus alten Kleidern neue nähen.«

»Hör auf!« Klara stand auf und räumte die Ordner zurück in den Aktenschrank. »Noch haben wir unsere Schülerinnen, für die wir Schulgeld bekommen. Und ein paar erholungsbedürftige Kinder, die unsere Fürsorge brauchen, wird es auch immer geben. Irgendwann muss es ja wieder aufwärtsgehen. Oder willst du lieber zurück nach Berlin?«

Susanne tippte sich an die Stirn. »Um meinen Eltern zu beweisen, dass sie recht damit hatten, dass aus mir nie etwas wird? Eher fresse ich aus Hunger die Blumen im Garten.«

»Ich hoffe, so weit wird es nicht mit uns kommen«, seufzte Klara.

Als sie kurz vor Mitternacht endlich oben in ihrem Bett lag, war es eigentlich schon zu spät, um noch in *Der Spieler* zu lesen. Seitdem sie das Buch damals in Dessau gekauft hatte, war sie tatsächlich nicht weiter als bis Seite dreiundneunzig gekommen. Natürlich hätte sie es ihren Mädchen vorlesen können, aber dieses Buch wollte sie ganz für sich allein. Egal, wie lange es dauerte, bis sie es durchgelesen hatte. Außerdem war das Thema, die Blütezeit des Glücksspiels, nicht ganz passend für ihre Mädchen. Auch sie selbst hatte ihre Schwierigkeiten damit. Es ging um Spielsucht, Geld, Abhängigkeit und vergebliche Liebe. Der darin beschriebene Kurort *Roulettenburg* war ihrem so fern. Dennoch war es, wann immer sie im Licht der Schreibtischlampe las, als wäre sie dem jungen Mann im zerknitterten Mantel wieder nahe. Als könnten sie sich über Dostojewski miteinander verbinden. Hatte er inzwischen sein Abitur nachgeholt oder war er sogar verlobt? Es war eine eigenartig behagliche Träumerei, sich vorzustellen, wie sie ein wenig miteinander plänkelten. Das war ohne Risiko und angenehmer, als sich tatsächlich mit einem Mann zu treffen. Von draußen strömte die warme Sommerluft durchs halb geöffnete Fenster. Der Vorhang regte sich kaum merklich in der Brise. Tolla schlief in ihrem Kinderbett. Der Zeitpunkt, an dem Klara sich noch einmal hätte fragen können, ob es tatsächlich vernünftig war, dieses kleine Mädchen wie eine eigene Tochter aufzuziehen, war längst verstrichen. Nicht einmal Tolla wusste, wie es wirklich war. Vor allem nicht Tolla.

Irgendwann demnächst würde Klara ihren Eltern einen Brief schreiben und ihnen diese merkwürdige Entwicklung so gut es ging erklären. Nur nicht jetzt. Nicht heute Nacht. Nicht morgen Nacht. Demnächst. Sie wusste ziemlich genau, was für Reaktionen von zu Hause zu erwarten waren. Ihre Mutter würde sich Sorgen machen, dass Klara sich überforderte. Ihr Vater würde es für unklug halten, sich in diesen unsicheren Zeiten an ein Kind zu binden, das in ein Waisenhaus gehörte. Und ihr Bruder? Würde er es verstehen? Oder eifersüchtig werden? Schließlich war er es doch, der von Klara umhegt wurde.

Als sie am nächsten Morgen mit dem kleinen Mädchen auf dem Arm die Treppe herunterkam, stand Elfriede schon in der Halle und wartete. Ihr langes aschblondes Haar war rechts und links zu Schnecken geflochten. Sie sah aus, als hätte sie damit geschlafen, denn eine Menge Haarsträhnen hatten sich gelöst und standen wirr um ihr Gesicht, das von rotem Hautausschlag überzogen war. »Fräulein Möbius, bitte helfen Sie mir.«

Und bevor Klara überhaupt fragen konnte, was los war, fing sie furchtbar an zu weinen. »Ich kann nicht mehr.«

Wie Klara jetzt sah, hatte sich Elfriede an den Armen, am Hals und im Gesicht blutig gekratzt. Sie ließ ihren Blick über den Körper des Mädchens streifen. Das weiße Kittelkleid hatte auf den Schultern dunkle Blutsprengsel. Weiter unten am Saum entdeckte sie ebenfalls kleine, dunkle Blutflecken. Die Knöchel des Mädchens schienen auch aufgekratzt zu sein.

»Ich will nicht mehr!«, schluchzte Elfriede, die hilflos und unglücklich im eigenen Körper steckte. »Ich halte dieses Jucken nicht mehr aus, Fräulein Möbius. Bitte! Wissen Sie nicht, was ich tun kann? Es juckt so entsetzlich, dass ich mir am liebsten die Haut runterreißen würde.«

»Warte, ich bin gleich zurück.« Klara brachte Tolla eilig in die Küche, um sie bei ihren Schülerinnen abzugeben. Sie setzte sie in den Hochstuhl und bat Fritzchen, ihr Haferbrei zu kochen. Dann verschwand sie wieder zu Elfriede ins Vestibül. Es war kein Wunder, dass das Mädchen so litt. Anstatt seine vegetarische Diät einzuhalten, hatte es in letzter Zeit ungebremst Wurst gegessen. »Komm, wir gehen zu Dr. Voigtländer.« Klara nahm Elfriede an der Hand und zog sie mit sich in Richtung seiner Behandlungsräume. Vielleicht hatte der Arzt noch eine andere Idee, die für das Mädchen leichter umsetzbar war. Da die Praxistür nur angelehnt war, klopfte Klara nicht, sondern schob sie ein Stück weiter auf. »Hallo? Dr. Voigtländer?«

Der Raum war leer und die Fenster waren sperrangelweit geöffnet, sodass es einen ziemlichen Durchzug gab. Ebenso standen die Schranktüren an der rechten Längsseite des Zimmers auf. Das Skelett am Ständer sah ihnen erstaunt entgegen, als würde es sich fragen, was die beiden hier zu suchen hatten. Klara machte ein paar Schritte in den Raum hinein. Die Aktenschränke und die Vitrinen mit den Medikamenten waren ausgeräumt. Vom Schreibtisch waren der Stiftbecher und die grünen Aktenmappen verschwunden, dafür standen da zwei aufgeklappte Pappkartons.

»Wo ist der Doktor?«, fragte Elfriede heiser hinter ihr.

»Ich weiß es nicht.« Klara ging, dicht gefolgt von ihrer Schülerin, an der Untersuchungsliege vorbei und blieb im Durchgang zum Röntgenraum stehen. »Hallo? Dr. Voigtländer?«

Wieder kam keine Antwort. Klara und Elfriede schlängelten sich an Schaltpulten und Röntgenapparaten vorbei in den letzten Raum der Praxis. Dort standen vier im Kreis angeordnete Stative mit Höhensonnen, vor denen normalerweise die schmächtigen Erholungskinder, nur mit schwarzen Sonnenbrillen bekleidet, ihre Bestrahlungen bekamen. Der Arzt kam hinter der Stellwand hervor, die das Waschbecken vom restlichen Raum abtrennte. Er trocknete sich die Hände ab. »Fräulein Möbius? Was kann ich für Sie tun?«

Er trug nicht wie gewohnt seinen weißen Arztkittel und auch das Stethoskop hing nicht um seinen Hals. Sein hageres Gesicht wirkte noch freudloser als sonst. Er zog die Augenbrauen hoch. Klara war so erstaunt, dass sie für einen Moment nicht wusste, was sie sagen sollte. Irgendetwas schien hier ganz und gar nicht in Ordnung zu sein. Hinter ihr fragte Elfriede mit zittriger Stimme: »Herr Doktor, können Sie mir helfen?«

»Kommt drauf an.« Dr. Voigtländer verschwand noch einmal kurz hinter dem Sichtschutz, um das Handtuch aufzuhängen. Dann kam er wieder hervor und ging, gefolgt von Klara und Elfriede, durch die Räume, bis sie alle wieder im vorderen Zimmer angelangt waren, wo durch die geöffneten Fenster die Frischluft zu ihnen hereinströmte. Draußen im Garten standen die Sträucher in grüner Blätterpracht. Die blauen Sternhyazinthen blühten und Dr. Voigtländer verschränkte die Arme vor der Brust. Als Arzt hätte er wirklich etwas mehr Anteilnahme zeigen können. »Worum geht es denn?«

Nun hatte sich Klara auch wieder gefangen. »Elfriede leidet

unter einem sehr stark juckenden Hautausschlag. Können Sie sich den einmal ansehen und uns sagen, was sie dagegen tun kann?«

»Na, dann setz dich mal da drüben auf die Liege.« Der Doktor schloss die Tür zum Flur und zog einen Hocker unter der Liege hervor. Er nahm Elfriedes Hände und besah sich ihre Unterarme. Er drehte sie hin und her. »Eigentlich bin ich schon nicht mehr im Dienst. Hast du diesen Ausschlag auch an den Beinen?«

Elfriede nickte und zog ihre Kittelschürze hoch bis zu den Oberschenkeln. »Auch auf dem Rücken und im Nacken.«

Was meinte er damit, dass er eigentlich nicht mehr im Dienst war? Der Arzt hatte doch hier seine Praxis! Aber diese Angelegenheit wollte Klara lieber unter vier Augen besprechen. Was immer der Grund für seine sonderbare Bemerkung war, sie sollte unter den Schülerinnen nicht zu Unruhe führen. Dr. Voigtländer stand von seinem Hocker auf, ging hinüber zum Schreibtisch, kramte in einem der Kartons und zog einen Rezeptblock hervor. Darauf schrieb er *Hefe – morgens vor dem Essen in Wasser aufgelöst trinken.* Das Rezept reichte er dem Mädchen. »Das sollte helfen.« Dann klappte er die Kartons zu. »Tja, das war es nun in diesem Haus für mich.«

Elfriede nahm das Rezept. »Danke.« Sie stand unschlüssig im Raum. Klara gab ihr ein Zeichen, dass sie schon zum Frühstück gehen sollte. »Ich komme gleich nach.«

Das Mädchen verschwand und Klara fragte mit angespannter Stimme: »Was soll das heißen? Verlassen Sie uns?«

»So sieht es aus.« Der Doktor nahm seinen Mantel, der hinter der Tür an einem Garderobenständer hing, und zog ihn an.

»So plötzlich?« Klara spürte, wie nackte Verzweiflung in ihr aufstieg. »Sie können doch nicht einfach gehen! Wir sind immer noch eine Kinderheilstätte zur Bekämpfung der Schwindsucht. Was ist mit unseren Kindern, die dringend ihre Bestrahlung brauchen?«

»Sagen Sie das nicht mir! Seit Wochen bekomme ich weder vom Hauptverein noch vom Staat ausreichend Geld für die Behandlung der Kinder. Wenn ich also nicht selbst untergehen will, bleibt mir nichts anderes übrig, als mich mit Hausbesuchen über Wasser zu halten.«

»Aber ohne Sie geht das Heim unter!« Am liebsten hätte sich Klara an dem Arzt festgeklammert, dessen kalte Entschlossenheit sie erschreckte. Was für ein unmenschliches Vorgehen; und das als Arzt! Niemandem ein Wort zu sagen! Warum sollten die Fürsorgerinnen überhaupt je wieder ein Kind nach Oranienbaum bringen, wenn es im Heim gar nicht mehr medizinisch versorgt werden konnte? Gab es nicht so etwas wie einen hippokratischen Eid?

»So sind die Zeiten.« Dr. Voigtländer setzte sich seinen Hut auf und machte den Eindruck, als hätte er sich innerlich längst von diesem Ort verabschiedet.

Klara öffnete den Mund, aber es gab nichts mehr zu sagen. Der Arzt schien seine Entscheidung unwiderruflich getroffen zu haben. Nun war es also so weit. Das war Klaras entsetzte Erkenntnis. Um sie herum löste sich alles auf. Sie hatten keine Oberin mehr. Und keinen Arzt. Die Kinder mussten nun schnell in anderen Heimen untergebracht werden. Doch ohne Kinder brauchten ihre Schülerinnen kein Essen mehr zu kochen, keine Betten mehr zu beziehen, keine Kinderpflege zu lernen. Der Haushaltungsschullehrgang machte keinen Sinn mehr unter diesen Umständen. Susanne und sie würden nicht nur ihre letzten beiden Kolleginnen entlassen müssen, sie selbst hatten keine Arbeit mehr. Ihr Fleckchen Erde zerbröckelte unter ihren Füßen. Der Doktor stapelte seine Kartons übereinander und ging damit an Klara vorbei in den Flur hinaus. Kurz drehte er sich noch einmal um und sah sie durchdringend an. »Machen Sie sich nicht zu viele Hoffnungen. Sie werden das Heim nicht retten können. Retten Sie lieber sich selbst.«

Klara blieb fassungslos in der ausgeräumten Praxis stehen. Ihr Magen krampfte sich zusammen. Mit einem Mal wirkte das Haus um sie herum dreimal so groß. Wie ein riesiger Organismus, der mächtigen Hunger hatte, für den es aber nicht genug Essen gab. Benommen ging sie durch den Flur und blieb für einen Augenblick in der Eingangshalle stehen. Ihrem Vestibül. Sie musste sich sammeln. Vor ihren Schülerinnen durfte sie sich ihre Verzweiflung auf keinen Fall anmerken lassen. Aufgeregte Mädchen in Weltuntergangsstimmung konnte sie jetzt nicht gebrauchen. Sie würden furchtbar viele Fragen stellen, die sie alle nicht beantworten konnte.

Als Klara zurück in die Küche kam, saßen die Schülerinnen in ihren gestärkten weißen Schürzen um den Küchentisch. So als wäre alles wie immer. Mitten unter ihnen thronte Tolla in ihrem Hochstuhl, das Lätzchen um den Hals, vor ihrem leer gegessenen Teller. Fritzchen erhob sich sofort, als Klara hereinkam. »Die Kleine hat brav alles aufgegessen!«, meldete sie, nahm Tollas Teller und das umstehende Geschirr und räumte es beinahe lautlos in die Spüle. Die anderen Mädchen taten es ihr nach. Bestimmt hatte Elfriede ihnen schon erzählt, was in der Praxis vorgefallen war. Sie alle waren auffallend stumm, als wüssten sie längst, wie ernst die Lage hier im Heim war. Nur es auszusprechen traute sich glücklicherweise keine von ihnen. Klara musste sich zuerst mit Susanne beraten. Sie nickte den Mädchen lobend zu und machte ein möglichst unbekümmertes Gesicht. »Heute kochen wir Kirschen ein. Wenn ihr hier fertig seid, geht bitte schon mal hinüber zum Schuppen, da stehen die Stiegen. Ich komme gleich nach.«

Damit hob sie Tolla aus dem Hochstuhl auf den Arm und trug sie aus der Küche in das Spielzimmer, wo Susanne mit ihrer kleinen Kinderschar an einem niedrigen Tisch saß und malte. Klara setzte Tolla dazu und flüsterte Susanne ins Ohr: »Wir müssen reden.«

Kurz darauf standen sie wieder in ihrer Nische im Flur, in der sie in letzter Zeit häufiger wichtige Unterredungen führten, die nur sie beide etwas angingen. Klara wisperte: »Dr. Voigtländer hat sich gerade selbst entlassen. Wusstest du das?«

»Wie bitte? Was soll das heißen?«

»Er hat seine Siebensachen gepackt und ist gegangen. Die Bezuschussung für seine Praxis wurde schon vor Wochen ausgesetzt.«

»Du meinst, wir haben keinen Arzt mehr?« Susanne lachte kurz auf. »Das soll wohl ein Witz sein!«

»Leider nicht.«

»Er kann doch nicht einfach seine Praxis räumen! Er hat eine ethische Verantwortung.«

»Er meint, wir sollen uns keine Hoffnungen machen. Das Heim sei nicht mehr zu retten.«

»Der macht mir Spaß! Und nun?«

»Ich weiß es nicht.« Aber natürlich wusste Klara, was das bedeutete. Genau wie Susanne es wusste. Es war vorbei. Und langsam sickerte in ihr Bewusstsein, was das in letzter Konsequenz hieß. Sie würde Tolla in ein Waisenhaus geben müssen. Sie würden ihre Schülerinnen ohne ordentlichen Abschluss ins Ungewisse entlassen. Sie würde keine Arbeit mehr haben, kein geregeltes Einkommen. Sie würde zu ihrer Familie zurückkehren und sich wie früher mit ihrem Bruder ein Zimmer teilen müssen, bis ihren Eltern die Hypothek über den Kopf wuchs und sie alle miteinander auf der Straße standen.

Susanne atmete angespannt aus. »Ich will aber das Heim nicht aufgeben.«

»Und ich werde das Heim nicht aufgeben«, sagte Klara entschlossen, wobei ihre Stimme zitterte. Ihre Hände waren kalt. Plötzlich spürte sie furchtbare Angst. Seit der Nachricht, dass Tollas Mutter tot war, hatte sie nicht mehr daran gedacht, dass sie sich irgendwann von Tolla würde trennen müssen. Doch der einzige Ort, an dem sie zusammenbleiben konnten, war dieses Heim. Ihre Eltern würden wohl kaum erlauben, dass sie auch noch ein dreieinhalbjähriges Mädchen mitbrachte. Außerdem hatte sie Fräulein Martin versprochen, dass sie sich um das Heim kümmern würde.

Susanne sah Klara abwartend an. »Was denkst du gerade?«

»Dass wir uns schleunigst etwas einfallen lassen sollten.« Aber besonders viel Fantasie für die Rettung ihres Heimes brauchte es nicht. Es gab nur eine Möglichkeit. Sie mussten einen Geldgeber finden, der bereit war, das Heim zu übernehmen und den Betrieb fortzuführen.

Susanne machte ein süffisantes Gesicht. »Wie man hört, soll die neue Regierung großes Interesse daran haben, Ausbildungsstätten einzurichten, in denen junge Mädchen nach ihren Überzeugungen erzogen werden.«

»Du meinst, wir sollten uns der neuen Regierung einmal vorstellen?«, fragte Klara leise.

»Das war ein Scherz! Mit diesen Gestalten wollen wir nichts zu tun haben.«

»Auch nicht, wenn sie uns helfen können, das Heim zu retten? Es geht doch nur um die finanzielle Absicherung, den Rest machen wir.«

Susanne sah Klara abwesend an. Bis sie schließlich mit fast harter Stimme bemerkte: »Du machst dir keine Vorstellung von diesen Leuten. Die folgen einer ganz verworrenen politischen Einstellung. Die werden uns mit ihren Ideen in alles hineinreden.«

»Es wird bald nichts mehr zum Hineinreden geben, wenn wir nichts unternehmen.«

»Ich habe aber trotzdem keinen Bedarf an Diktatur. Da schaufle ich lieber Kohlen, als bei denen mitzumischen. Lies bei Gelegenheit mal Zeitung! Fang mal an, dich für Politik zu interessieren! Immerhin haben wir Frauen inzwischen das Wahlrecht.

So reinen Herzens und edlen Willens sind die nicht. Diese Nationalsozialisten gehen gegen alle vor, die nicht ihrer Meinung sind. Das sind Faschisten!«

»Genau wie du!«, entfuhr es Klara. »Du lässt auch keine andere Meinung gelten!«

Susanne gab ein verächtliches Geräusch von sich. »Ich will uns nur vor dem Untergang bewahren, während du uns mit deiner Ahnungslosigkeit hineinreiten möchtest. So, und jetzt muss ich wieder zu meinen Kindern.« Damit drehte sich Susanne um und verschwand kopfschüttelnd zurück in den Spielsaal.

Klara sah Susanne überrascht nach. Dieser Mussolini nannte sich Faschist und seine Kampfbünde unterdrückten jeden Widerstand. Das war Terror. Aber so weit waren sie hier doch noch nicht! Strammen Schrittes marschierte sie den Flur hinunter Richtung Garten. Sie ging über die weite Rasenfläche, an der Liegehalle entlang, in der nur noch ein paar Kinder hinter der holzvertäfelten Brüstung auf den Pritschen lagen, um die heilende Sonne und die frische Luft abzubekommen. Heute winkte Klara ihnen nicht wie sonst zu. Sie war wütend auf Susanne. Und zwar richtig! Wie konnte man in dieser Situation auch noch Ansprüche stellen? Hauptsache, es half überhaupt erst mal jemand! Susanne war die Ahnungslose, nicht sie! Susannes Vater war irgendein wichtiger Chef bei Siemens. Ihre Eltern lebten in einer Villa in Berlin-Grunewald. Garantiert hatte sie ihren Eltern noch nie bei den fälligen Steuerzahlungen aushelfen müssen. Mit gestopften Strümpfen brauchte sie ebenfalls nicht herumzulaufen. Musste Susannes Mutter bis spät in die Nacht schuften, damit ihre Pensionsgäste am nächsten Morgen ein Frühstück auf dem Tisch hatten, die Bettwäsche und die Handtücher gewaschen und die Räume geputzt waren? Susanne bekam stattdessen ordentlich Taschengeld von zu Hause. Und genau aus diesem Grund meinte sie offenbar auch, sich aussuchen zu können, von wem man sich beim Erhalt des Heims unterstützen ließ. Das war lächerlich und weltfremd. Vielleicht hatte Klara keine Ahnung von Politik, aber Susanne hatte definitiv keine Ahnung vom Leben und davon, wie hart es werden konnte. Klara wollte nicht das Feld räumen müssen, nur weil Susanne verhätschelt wurde. Bei einer Schließung des Heims würde Susanne selbstverständlich keine Kohlen schaufeln, sondern in ein wohliges Zuhause zurückkehren. Klara hingegen würde ihren Eltern sagen müssen, dass sie nun alle miteinander am Ende wären.

Sie ging auf die Mädchen zu, die schon vor dem Schuppen auf sie warteten. In ihren Schürzen, Kniestrümpfen und geflochtenen Zöpfen standen sie in der Sonne und plauderten. Als sie ihre Lehrerin bemerkten, verstummten sie augenblicklich. »Ist alles in Ordnung, Fräulein Möbius?«, fragte Lotte.

Klara versuchte unbekümmert zu lächeln. »Aber sicher.« Ihre Mädchen konnten schließlich nichts dafür, dass sie sich über Susanne ärgerte und sich Sorgen machte. Bevor jemand noch eine Nachfrage stellen konnte, schlängelte sie sich eilig zwischen den Schülerinnen hindurch zur Schuppentür. Sie steckte den Schlüssel ins Schloss und drehte drinnen das Licht an. Neben Kisten mit Kartoffeln und Eiern standen mehrere Obststiegen übereinander. Sie sagte: »Jede von euch nimmt sich eine Kiste und trägt sie hinüber in die Küche. Heute lernen wir, Kirschen zu verwerten.«

Ein Mädchen nach dem anderen griff sich eine Kiste und im Gänsemarsch liefen sie zurück über die Wiese. In der Küche stellten die Mädchen ihre Kisten auf den Stühlen ab und warteten, welche Anweisungen Klara ihnen als Nächstes geben würde. »Zuerst breiten wir alte Zeitungen auf dem Tisch aus. Anschließend wäscht Fritzchen die Kirschen. Elfriede und Lotte, ihr entkernt sie, und Gertrud und Ursel, ihr holt die Zwei-Liter-Gläser aus dem Schrank und füllt etwas heißes Wasser hinein.«

Die Mädchen legten emsig los und holten die alten Zeitungen hervor, die gestapelt unter der Spüle lagerten. Eine Zeit lang war es geschäftig still in der Küche. Die Mädchen hatten von Klara gelernt, sich auf ihre Aufgaben zu konzentrieren und zügig zu arbeiten. Fritzchen schüttete die gewaschenen Kirschen auf die ausgebreiteten Zeitungen, Gertrud und Ursel stellten die Zwei-Liter-Gläser dazu, nur Lotte und Elfriede vergaßen für einen Augenblick, mit dem Entsteinen loszulegen.

Ihre Blicke hafteten an einer Schlagzeile, die teilweise von den Gläsern verdeckt wurde, die sie jetzt zur Seite schoben. Dort stand in großen Buchstaben *WARNUNG!* Und darunter: *Wer mit dem Faschismus spielt, der spielt mit Deutschlands Untergang!* Die Mädchen beugten sich über den Artikel und wollten gerade zu lesen beginnen, als Klara mit einer raschen Handbewegung die feuchten Kirschen darüber ausbreitete. Sie wusste nicht genau, warum sie das tat. Es war wie ein Reflex. Die Mädchen sahen sie erstaunt an. Lotte sagte: »Wir wollen doch nur wissen, ob es wieder Krieg gibt!«

»Wieso sollte es Krieg geben?« Klara sah die Mädchen streng an. »Dafür gibt es überhaupt keine Veranlassung.«

»Weil da etwas von Deutschlands Untergang steht«, sagte Gertrud mit Unruhe in der Stimme.

Klara machte ein strenges Gesicht. »Beim Arbeiten wird nicht gelesen. Das könnt ihr später machen.«

»Aber dann ist die Zeitung durchgeweicht«, versuchte es Ursel. Die Mädchen machten einen alarmierten Eindruck. »Da steht, Hitlers Privatsoldaten sengen und brennen an allen Ecken und Enden des Reichs!«

»Und wenn schon. Es ist nicht unsere Aufgabe, uns darum zu kümmern. Dafür haben wir die Gesetze.«

Klara konnte sich über diese Zeitungsgeschichten keine Gedanken machen. Dafür brauchte sie einen klaren Kopf. Sie musste selbst erst einmal verstehen, was vor sich ging. In ihrem Unterricht war es wichtig, dass ihre Schülerinnen lernten, sich bei ihrer Tätigkeit durch nichts aus der Ruhe bringen zu lassen. Auch nicht durch beunruhigende Nachrichten. Klara trug die Verantwortung für die Ausbildung dieser Mädchen. Und genau darum kümmerte sie sich jetzt. So gut es unter den Umständen ging. Wer schleppte überhaupt diese Zeitungen hier ins Heim? Klara schob unauffällig ein paar Kirschen zur Seite, die oben links auf der Zeitungsseite lagen. Die *Berliner Volkszeitung Vorwärts.* Also hatte Susanne sie von ihrem letzten Besuch in der Hauptstadt mitgebracht. Wenn sie so ein Zeug las, war es kein Wunder, dass sie gegen die Unterstützung durch die neue Regierung war.

Klara arbeitete mit ihren Schülerinnen still in der Küche. Es war so, als würden die Mädchen genau wie sie über die zufällig entdeckte Schlagzeile nachdenken. Glücklicherweise weichten die Zeitungslagen immer weiter auf und mit jeder entsteinten Kirsche färbte sich das Papier röter und schließlich wanderte es in den Müll.

Als Ursel den Hefeteig für den Kuchen knetete, fing Elfriede an zu singen. Und nach und nach stimmten die anderen Mädchen mit ein, so als hätte sich die dunkle Wolke, die über ihnen gehangen hatte, endlich aufgelöst. Nachdem die eingekochten Kirschen in die Gläser gefüllt und in den Einkochbehälter gestellt waren und die Kuchen im Ofen standen, wuschen sich die Mädchen über der Spüle die rot gefärbten Hände.

# 13.

Am Abend stieg Klara mit Tolla Stufe für Stufe die Treppen hinauf zu ihrem Zimmer. Die Kleine hatte ein Ärmchen ausgestreckt, um sich ganz allein am Handlauf festzuhalten, während sie einen Schritt nach dem anderen machte, was natürlich länger dauerte, als wenn Klara sie einfach hinaufgetragen hätte. Von oben kamen ihr Lotte und Fritzchen entgegen, die ihre Schreibblöcke geholt hatten, um unten im Gemeinschaftsraum Briefe an ihre Familien zu schreiben. Sie streichelten dem kleinen Mädchen im Vorbeilaufen über den Kopf. »Schlaf gut. Und träum was Schönes.«

Endlich waren sie oben und Tolla ging an Klaras Hand den Flur hinunter. Weiter vorne sah sie, wie Susanne in ihrem eleganten Morgenmantel aus dem Badezimmer kam und quer über den Gang in ihrem Zimmer verschwand. Sie hatte nicht einmal aufgesehen oder gewunken. Offenbar war sie noch immer böse. Aber warum eigentlich? Sobald Tolla schlief, würde Klara zu ihr hinübergehen und sie fragen. Am liebsten wäre sie gleich zu ihr gegangen. Sie wollte mit Susanne nicht in Unfrieden sein. Wenn sie beide nicht zusammenhielten, würde sowieso alles auseinanderfallen. Aber dieses drängende Bedürfnis, sich wieder zu vertragen, musste leider warten. Viele Dinge und Bedürfnisse mussten warten, wenn man die Verantwortung für ein kleines Kind trug. Das hatte Klara in den letzten eineinhalb Jahren verstanden.

Im Zimmer schloss sie die Vorhänge, zog Tolla die Nachtsachen an und stellte sie dann auf den Hocker am Waschtisch, während das kleine Mädchen hellwach vor sich hin plauderte, anstatt sich die Zähne zu putzen. Über die Ameisen im Garten. Über ihre Puppe und wie groß sie schon war. Klara gab sich alle Mühe, nicht gehetzt zu wirken. Tolla hatte ein feines Gespür für innere Unruhe; wenn Klara es eilig hatte, wurde sie besonders quirlig. Als sie schließlich in ihrem Schlafsack im Bett lag, streichelte Klara ihr über den Kopf und sang mit leiser, leiernder Stimme Schlaflieder, in der Hoffnung, dass das energiegeladene Kind irgendwann müde werden würde. Dabei überlegte sie, wie sich Susannes festgefahrene Sichtweise würde aufweichen lassen und welche Argumente für ein staatlich geführtes Heim sie überzeugen könnten. Als Tolla gleichmäßig und ruhig atmete, hörte Klara auf dem Flur unterdrücktes Mädchengekicher. Dann war es wieder still. Sie wartete noch ein Weilchen ab, bevor sie sich vorsichtig von ihrem Hocker erhob und auf Zehenspitzen das dunkle Zimmer verließ.

Sie ging den Flur hinunter, an der Tür vorbei, hinter der sie so viele Abende bei Fräulein Martin und ihren drei Dackeln gesessen und vorgelesen hatte. Sie erinnerte sich, wie sie im Frühling das Radio eingeschaltet hatte und sich die Oberin so fürchterlich über die neue Regierung aufgeregt hatte. Ausgerechnet für diese Leute musste Klara Susanne jetzt erwärmen. Vielleicht schlossen die Nationalsozialisten ja tatsächlich das Bauhaus, weil ihnen die kommunistischen Studenten dort nicht passten. Aber dies war ein Heim für kranke Kinder und junge Mädchen, die eine Ausbildung brauchten. Was war falsch daran, dafür um Unterstützung zu bitten? Klara blieb vor Susannes Zimmertür stehen und klopfte leise an. Als von drinnen keine Reaktion kam, klopfte sie ein wenig lauter. Als dann immer noch nichts passierte, drückte sie einfach die Klinke herunter. »Susanne?«

Die Tür war abgeschlossen. Das war eigenartig. Vielleicht war sie wieder nach unten ins Büro gegangen und grübelte über der Buchhaltung? Oder sie klönte mit den Schülerinnen im Gemeinschaftsraum.

Aber weder wussten die Mädchen dort, wo sie war, noch wälzte Susanne im Büro die Aktenordner. Klara ging den dunklen Flur hinunter und stand für ein paar Augenblicke unschlüssig im stillen Vestibül. Das Haus machte einen seltsam verlassenen Eindruck. Von draußen drang das violette Licht des Abends durch die Fenster. Schließlich ging sie zur Vordertür hinaus in den noch sommerlich warmen Garten, wo die letzten Amseln zwitscherten. Vielleicht saß Susanne mit Herrn Strahler, dem jungen Hausmeister, hinten auf den Schaukeln? Klara lief am Erker vorbei um das Gebäude herum. Die hohen Kiefern hoben sich scharf gegen den Nachthimmel ab. Ihre Kronen schwebten wie wunderliche schwarze Schirme über ihr. Der Rasen lag weit und dunkel vor ihr. Susanne war nirgendwo zu entdecken. Gerade als Klara ratlos durch den Hintereingang zurück ins Haus gehen wollte, roch sie Zigarrenqualm. Unwillkürlich musste sie lächeln und folgte dem Geruch quer über den Rasen. Tatsächlich saß Susanne in ihrem Morgenmantel hinter dem Schuppen auf der Türschwelle im matten Licht und paffte die teure Zigarre aus Nicaragua. Sie rutschte zur Seite und bemerkte trocken: »Man erkennt dich schon von Weitem an deinem strammen Schritt.«

Klara setzte sich neben sie. »Ich habe dich überall gesucht.«

Susanne hielt ihr die glühende Zigarre entgegen. »Ich dachte, es ist mal an der Zeit, sich ein bisschen was zu gönnen.«

Klara nahm das teure Ding zwischen Daumen und Zeigefinger. »Und? Schmeckt sie wirklich nach Leder?«

»Allerdings. Die Investition hat sich gelohnt. Der Lötkolben hat kein bisschen an Geschmack eingebüßt.«

Klara zog vorsichtig an der Zigarre und gab sie hustend an Susanne zurück. »Etwas gewöhnungsbedürftig.«

Die Zigarre schmeckte tatsächlich nach Leder. Die beiden jungen Frauen reichten sie tapfer zwischen sich hin und her, bis Klara schwindlig und ein bisschen schlecht war. »Ich habe keine Ahnung, wie manche Leute so etwas jeden Tag rauchen können.«

»Frag mal meinen Vater«, grinste Susanne. »Wenn er könnte, würde er sogar im Schlaf paffen. Aber da hat meine Mutter etwas dagegen.« Sie zog noch einmal an der Zigarre, warf den Rest vor sich ins Gras und trat die Glut mit ihrem Absatz aus. »Bevor wir uns noch übergeben müssen!«

Im Gras lagen nun mindestens sieben zertretene Reichsmark. Aber egal, wie jammerschade Klara es fand, dass diese teure Zigarre frühzeitig ihr Ende gefunden hatte, sie hätte keinen noch so winzigen Zug mehr davon nehmen können.

Susanne stieß sie sacht mit dem Ellenbogen an. »Und jetzt willst du mich wohl von deinem fantastischen Plan überzeugen, mit der Regierung gemeinsame Sache zu machen?«

Klara nickte. Ihr ging es gar nicht gut. Ihr Mund war trocken, sie hustete: »Zumindest wollte ich mit dir darüber sprechen.«

»Ich bin dagegen, das weißt du.« Ihre Freundin schien so viel robuster als sie zu sein. Ihr machte nicht einmal der Zigarrentabak etwas aus.

»Ich brauche diese Arbeit.« Klara versuchte, ihre Stimme ruhig klingen zu lassen. »Und die Schülerinnen und die Kinder brauchen uns. Wer soll sich sonst um sie kümmern? Du weißt, was sie erwartet, wenn wir sie jetzt einfach alle nach Hause schicken.«

»Und dafür lassen wir uns mit diesen furchtbaren Leuten ein?« Susanne schnippte die ausgetretenen Tabakblätter in die Büsche, während über ihnen die Tauben des Hausmeisters hinwegflatterten und in ihren Taubenschlag zurückkehrten.

»Wir wissen doch gar nicht, ob alle Regierungsvertreter furchtbar sind. Wir wissen ja gar nichts über sie. In diesen unbeständigen Zeiten, in denen alle unsere Sicherheiten zusammenbrechen, haben sie auch keine leichte Aufgabe. Es ist doch klar, dass sie versuchen, Ordnung in das Durcheinander zu bringen. Und dass sie sich dabei Gegner machen, ist auch klar.«

»Wer's glaubt.«

»Bitte, Susanne! Lass uns wenigstens mit den zuständigen Leuten treffen, um uns einen Eindruck zu verschaffen. Wenn wir sie entsetzlich finden, wissen wir wenigstens, wogegen wir uns entscheiden.«

»Das weiß ich jetzt schon!« Susannes Stimme klang bockig. »Die werden alles auf ihre Linie bringen wollen. Sie schließen das Bauhaus, weil ihnen das Freie daran nicht gefällt. Sie verprügeln Kommunisten und liefern sich Saalschlachten mit jedem, der anderer Meinung ist.«

Die Glocke der Kirchturmuhr schallte von Oranienbaum herüber. Es war zehn Uhr. Klara stand auf und machte ein paar Schritte. »Die Kommunisten müssen bei deren Versammlungen ja auch nicht ständig auftauchen und Ärger machen.«

»Wenn ich doch nur so unpolitisch sein könnte wie du!«, seufzte Susanne.

»Ich habe eben keine andere Wahl. Im Gegensatz zu dir. Offenbar kannst du es dir leisten, politisch zu sein.«

Susanne winkte ab. »Fang nicht wieder damit an! Wenn du denkst, dass ich es leichter habe, hast du dich getäuscht. Ich kann nicht einfach nach Hause fahren und alles ist in Butter. Von meinem Vater will ich nämlich keine Unterstützung. Seine politischen Ansichten finde ich überaus fragwürdig. Ständig redet er vom raffenden jüdischen Kapital und von seinem wunderbaren schaffenden Kapital als Industrieller. Und dass in der Zeitung neuerdings unter den Artikeln dick gedruckt steht: *Kauft nicht bei Juden!*, findet er auch ganz famos.«

»Das ist einfach dummes Zeug. Man muss sich ja nicht daran halten.«

Susanne gab ein verächtliches Geräusch von sich. »Wenn du meinst, dass man da einfach so darüber hinwegsehen kann.

Auf dem Kurfürstendamm in Berlin hat es sich die SA zum Sport gemacht, sonntags Passanten anzugreifen, die jüdisch aussehen. Wo soll das enden? Fragst du dich das nicht?«

»Ich finde das auch entsetzlich. Ich kann mir nur nicht vorstellen, dass alle in der neuen Regierung so sind. Aber wenn wir nicht mit ihnen sprechen, bekommen wir das nie heraus. Immerhin geht es um unsere Zukunft.«

Susanne schwieg für einen Moment. Sie stocherte mit einem Ast im Rasen herum, so, als suche sie dort zwischen den Grasbüscheln nach der richtigen Antwort. Schließlich nickte sie: »Na gut. Ich kann dir jetzt schon sagen, was dabei herauskommt: ein Haufen Größenwahnsinniger, die sich durch unser Haus wälzen und ...«

Klara stand auf und lächelte: »Danke.«

Sie reichte Susanne die Hand und half ihr beim Aufstehen. Gemeinsam gingen sie schweigend über den Rasen zum Hintereingang ins matt erleuchtete Haus hinein. Im Vestibül blieben sie vor der Anrichte stehen, auf der ein Blumenstrauß langsam verwelkte. Susanne fasste mit beiden Händen nach Klaras Hand und sagte: »Ich will nur nicht auf der falschen Seite stehen.«

Klara sah ihr fest in die Augen. »Das werden wir nicht. Wir machen unsere eigene Sache. Ich verspreche es dir.«

# 14.

An diesem Morgen Mitte August beeilte Klara sich, in die Küche zu ihren Schülerinnen zu kommen. Es gab noch einiges zu tun, bevor der Ministerialdirigent Dr. h. c. Müller von der Abteilung Inneres mit seinem Gefolge bei ihnen auftauchte. Seine Vorzimmerdame im Ministerium meldete sich grundsätzlich mit: »Hier ist das Vorzimmer von Dr. h. c. Staatsminister außer Dienst Müller. Ich verbinde …« Woraufhin ihr Vorgesetzter den Hörer abnahm und noch einmal sagte: »Hier ist Dr. h. c. Staatsminister außer Dienst Müller.« Das fand Klara immer reichlich albern. Doch was viel wichtiger war: Herr Dr. h. c. Müller hatte versprochen, endlich aus Dessau zu ihnen zu kommen, um zu prüfen, ob er irgendetwas zu ihrer Unterstützung tun konnte. Das war nur überhaupt nicht das, was Klara anstrebte. Ein wenig Unterstützung brachte ihnen gar nichts. Das Heim musste vom Staat übernommen werden. Aber das würde sie dem Herrn Ministerialdirigenten schon klarmachen, sobald er hier bei ihnen im Gemeinschaftsraum auf dem Kanapee saß. So zumindest hatte sie sich mit Susanne abgesprochen. Erst einmal kam es darauf an, dass das Haus einen tadellosen Eindruck machte. Frische Blumensträuße würden in allen Räumen stehen, kleine Speisen sollten angeboten werden und natürlich war es wichtig, dass sich die Schülerinnen höflich benahmen und ordentlich aussahen. Das Gleiche galt für die Schlafsäle und Duschräume. Doch bevor das große Räumen und Putzen losging, musste sich Klara noch um Elfriede und ihre Hefekur kümmern, die ihr Dr. Voigtländer als letzte Tat verschrieben hatte. Sie hatte nämlich mitbekommen, dass das Mädchen ihren Hefetrunk einfach in die Küchenspüle kippte, anstatt ihn zu trinken. Daraufhin hatte Klara ungläubig gefragt: »Was machst du denn da?«

Und Elfriede hatte gesagt: »Ja, wenn Sie das trinken müssten, Sie würden das bestimmt auch nicht runterkriegen.« Seitdem tat Klara nicht nur Elfriede jeden Morgen Hefe in die Tasse, sondern auch sich selbst. Doch die Einzige, die ihre Hefe tapfer trank, war Klara.

Als sie zur Küchentür hereinkam, standen ihre Schülerinnen in frisch gestärkten Schürzen und mit geflochtenen Haarkränzen um den Tisch herum. Die Küche war blitzsauber aufgeräumt und Fritzchen polierte gerade noch die Glastüren des Geschirrschrankes. Elfriede hielt ihre Tasse hoch und rief: »Fräulein Möbius, sehen Sie? Ich trinke meine Hefe freiwillig.« Außerdem hatte sie sich sogar ein Halstuch umgebunden, um ihre wunden Stellen etwas zu verdecken. Klara war sehr stolz auf ihre Mädchen, die offenbar spürten, dass die Zukunft des Heimes auch von ihnen abhing.

Die Zeit verging viel zu schnell bis zum frühen Nachmittag. Klara und ihre Schülerinnen schafften es gerade eben, durch alle Räume zu putzen, die Betten in den Zimmern und Schlafsälen frisch zu beziehen und ihre gebundenen Blumensträuße im Haus zu verteilen. Als Klara den Mädchen in der Küche zeigte, wie sie die Butterkuchenstücke auf den Servierplatten appetitlich anrichten konnten, hörten sie auch schon Lotte aufgeregt aus der Halle rufen: »Sie kommen! Sie kommen!«

Eilig hängte Klara ihre Schürze hinter der Küchentür an den Haken und stellte sich zu Susanne in den offenen Eingang. Freundlich lächelnd strichen sie ihre Röcke und Blusen glatt, während draußen vor dem Heim ein großer schwarzer Regierungswagen vorfuhr, aus dem zwei Herren ausstiegen. Susanne stieß Klara unauffällig an und murmelte verwundert: »Nur zwei Herren?«

Klara flüsterte zurück: »Ist das ein gutes oder ein schlechtes Zeichen?« Tatsächlich hatte auch sie mit einer Art Delegation gerechnet, die ihr Heim genauestens unter die Lupe nehmen würde. Aber es tauchten keine weiteren Regierungswagen aus dem Kiefernwald auf.

»Dann werden wir uns die nächsten Tage wohl vom übrig gebliebenen Butterkuchen ernähren müssen«, bemerkte Susanne trocken. »Es sei denn, der wuchtige Herr hat ordentlich Appetit mitgebracht.«

»Das muss der Abteilungsleiter Dr. h. c. Staatsminister außer Dienst Müller sein«, flüsterte Klara. Er und sein junger Paladin hatten sich aus dem Wagen gearbeitet und kamen durch die flimmernde Augusthitze auf sie zu. Dr. h. c. Müller marschierte in seinem Dreiteiler voran, der Assistent, der seine prall gefüllte Aktentasche trug, folgte ihm etwas gehetzt. Klara atmete tief durch. Auf keinen Fall wollte sie sich ihre Nervosität anmerken lassen. Susanne schien hingegen ganz entspannt, fast fröhlich. Als die Herren die Stufen zu ihnen heraufkamen, winkte sie plötzlich und rief munter: »Heil Hitler!«

Damit hatte Klara nicht gerechnet. Verblüfft winkte auch sie und grüßte ebenfalls: »Heil Hitler.« Das war ja nun die übliche Grußform in den nationalsozialistischen Kreisen, und für nichts anderes als einen Nationalsozialisten hielten sie Dr. h. c. Staatsminister außer Dienst Müller. Wie sonst hätte er im Ministerium eine Abteilung leiten können?

Die beiden Herren lüfteten allerdings nur ihre Hüte und sagten knapp: »Guten Tag.« Das war's. Schon verschwanden sie im kühlen Haus und ließen sich von Susanne und Klara hinüber in den Gemeinschaftsraum führen, wo auf den Fensterbänken hübsche kleine Blumensträuße standen. Klaras Schülerinnen hatten außerdem Teller mit belegten Schnitten hergerichtet, die auf den Beistelltischen rechts und links des Kanapees standen. Das Nachmittagslicht flutete den Raum und tauchte alles in eine sommerliche Stimmung, die aber keinen allzu großen Eindruck auf die Gäste aus Dessau machte. Auch die Schülerinnen, die sich auf Klaras Anweisung hin draußen im Garten auf ein paar Picknickdecken drapiert hatten, erregten in keiner Weise größere Aufmerksamkeit. Dabei lasen die Mädchen so fleißig in ihren aufgeklappten Büchern, genau wie Klara es ihnen gesagt hatte. Sie sollten einen möglichst interessierten und beschäftigten Eindruck vermitteln, falls der Ministerialdirigent bei Gelegenheit doch noch zu ihnen hinausschaute. Aber er schaute nur auf die belegten Brote, während er sich mit seinem Taschentuch den Schweiß von der breiten Stirn tupfte.

Klara lächelte. »Bitte, nehmen Sie Platz.«

Die Herren setzten sich auf das mit filigraner Lehne gearbeitete Kanapee. Links der schmale Assistent, während Dr. h. c. Müller schwer und groß in der Mitte saß. Er ergriff sofort das Wort, sodass gar keine angespannte Stimmung entstehen konnte. Allerdings redete er nicht über die Auflagen, die ein vom Staat übernommenes Heim zu erfüllen hatte, sondern sehr ausufernd davon, dass seine Familie seit Generationen den gesamten Landstrich mit Weihnachtsbäumen versorgte. Er machte eine kurze Pause, um das Gesagte bei Susanne und Klara wirken zu lassen, die sich auf die beiden Sessel ihm gegenüber gesetzt hatten. Das war nun wirklich ein kurioses Thema bei diesen hochsommerlichen Temperaturen! Klara lächelte höflich. »Ja, Weihnachtsbäume kann man nie genug haben.«

Und auch Susanne machte große, überraschte Augen. »Das ist ja mal ganz fantastisch!«

Er nickte ein paarmal selbstvergessen und erklärte dann: »Bis 1928 war ich noch Staatsminister.«

Das schien dem Ministerialdirigenten ebenfalls sehr wichtig zu sein. Dabei wussten Susanne und Klara das ja nun längst. Klara warf mitfühlend ein: »Das war bestimmt eine interessante Zeit für Sie.«

Er seufzte: »Ach ja, aber als Politiker spielt man eben ständig Bäumchen wechsle dich.« Dazu machte er ein etwas bedauerndes Gesicht, als hätte er zu diesem Thema noch wesentlich mehr zu sagen. Doch stattdessen schwenkte er plötzlich um und erklärte: »Außerdem habe ich noch einige Bücher über die Geschichte Anhalts veröffentlicht. Ich glaube, ich kann sagen, dass ich die heimatliche Kulturgeschichte erheblich vorangetrieben habe.«

Für Klara und Susanne spielte auch das momentan keine so großartige Rolle. Trotzdem gaben sie sich alle Mühe, weiterhin bewundernde Gesichter zu machen, in der Hoffnung, dass es nun endlich mal um die Zukunft des Heims gehen würde. Susanne sagte freundlich: »Wir hatten ja keine Ahnung, welch vielseitigen Gast wir hier heute bei uns empfangen.«

»Und hier sind auch viele Seiten drin«, bemerkte der schmale Assistent plötzlich und hievte die schwere Aktentasche auf seine Knie, die er neben dem Kanapee auf dem Boden abgestellt hatte. Eilig zog er einige Aktenbündel hervor und klopfte mit der flachen Hand darauf. Offenbar hatte er ebenfalls ein gewisses Interesse daran, dass sie zur Sache kamen. Zumindest machte er ein verkniffenes Gesicht und wirkte, als hätte er die Memoiren seines Vorgesetzten bereits einige Male gehört und langsam etwas über.

Und tatsächlich fragte der Ministerialdirigent, während er sich im Raum umsah: »Ja, wo sind denn eigentlich ihre Angestellten? Denen möchte ich doch schon gerne mal Guten Tag sagen.« Er sah Klara durchdringend an. »Es wäre gut, wenn die Damen hereinkommen würden, damit wir uns kennenlernen und alle eine Idee davon bekommen, auf welche Besonderheiten bei einer staatlichen Einrichtung zu achten wären.«

Bevor Klara überhaupt etwas sagen konnte, lächelte Susanne gnädig und erklärte: »Es tut uns leid, aber die Kindergärtnerinnen und Schwestern haben gerade alle Hände voll zu tun.

Wir würden heute Abend eine umfassende Besprechung mit allen machen, sobald die Kinder ...«

Doch der Herr Dr. wischte das Gesagte mit einer ungeduldigen Handbewegung weg. »Davon habe ich nichts. Ich möchte, dass wir uns jetzt hier alle kennenlernen. Das werden Sie doch bestimmt organisieren können. Ich will nicht umsonst den ganzen Weg aus Dessau hierhergekommen sein.«

Er machte eine strenge Miene und Klara sprang von ihrem Sessel auf und beeilte sich, die Jugendleiterin Erna und Schwester Ilse zusammenzutrommeln. Mehr Angestellte hatten sie schließlich gar nicht mehr! Die beiden augenblicklich in den Gemeinschaftsraum zu holen, war natürlich nicht ganz unkompliziert. Die Kinder konnten ja nicht einfach sich selbst überlassen werden. Also holte Klara rasch auch noch ein paar Schülerinnen von den Picknick-Decken im Garten. Fritzchen schickte sie in den Spielsaal und Ursel hoch auf die Kinderstation. Das Schifferkind Lotte nahm sie am Arm und zog sie durch den Flur Richtung Gemeinschaftsraum. »Du bist jetzt einfach eine Kindergärtnerin.«

»Warum?«

»Damit der Ministerialdirigent Dr. Müller nicht denkt, dass wir ein kleiner armseliger Haufen sind, der sich kaum noch über Wasser halten kann. Wir müssen kraftvoll und potent wirken.«

Überrascht, dass sie bei solch einer entscheidenden Besprechung eine wichtige Rolle einnehmen sollte, marschierte Lotte fröhlich grinsend in den Gemeinschaftsraum und stellte sich breitbeinig neben Schwester Ilse und die Jugendleiterin Erna, die sich schon vor dem Bücherregal aufgebaut hatten und reichlich freundlich lächelten. Nun machte Dr. h. c. Müller einen sehr zufriedenen Eindruck und erzählte noch einmal in aller Form, welche Persönlichkeit er war. Sogar eine Stiftung zur Förderung von Geisteswissenschaften hatte er ins Leben gerufen. Er nickte: »Und zwar im Namen von Moses Mendelssohn. Der Ihnen sicherlich allen als wichtiger Intellektueller ein Begriff sein dürfte.« Das traf zumindest auf Klara zu. Sie war einigermaßen erstaunt, dass sich ein so hoher Beamter der neuen Regierung ausgerechnet für das jüdische Erbe von Dessau interessierte. Nun ja, an Dr. h. c. Müller war einiges merkwürdig. Als er dafür ausreichend bewundert worden war, ließ er sich von seinem Assistenten auf einen Wink hin verschiedene Aktenstücke heraussuchen, um mit großer Geste zu erläutern, was er sich unter einem gut geführten Kinderkurheim mit angeschlossener Schule zur Mädchen- und Frauenbildung vorstellte. Es wurde schnell klar, dass er von Kinderheimen und Frauenbildungseinrichtungen überhaupt keine Ahnung hatte. Trotzdem wollten seine Erklärungen und Ausführungen kein Ende finden. In einer kurzen Atempause wagte sich Klara vor und unterbrach ihn: »Dürfen wir Ihnen ein belegtes Brot anbieten?«

Für einen Moment herrschte Totenstille im Raum. Alle sahen Klara erschrocken an.

Doch dann atmete der Ministerialdirigent erleichtert auf. »Ich hatte schon Sorge, Sie fragen gar nicht mehr!« Er klappte sein Aktenbündel zu und schob es seinem Assistenten zurück auf die Knie, um jetzt die Hände für die belegten Brote frei zu haben. Er langte ordentlich zu, sodass Lotte in die Küche laufen musste, um noch die Servierplatten mit dem Butterkuchen zu holen.

Als sich draußen im Garten der Abend auf die Wiese herabsenkte, die Mädchen von ihren Picknickdecken längst wieder im Haus verschwunden waren und Klara und Susanne inständig hofften, der Amtsbesuch würde sich nun endlich, endlich dem Ende zuneigen, hob Dr. h. c. Müller plötzlich den Zeigefinger und bemerkte: »Nun will ich mir doch noch einen kurzen Eindruck vom Haus machen und unbedingt ihre Schülerinnen kennenlernen, die uns diesen Gaumenschmaus bereitet haben.«

Die Schülerinnen hatten sich allerdings schon auf ihre Zimmer verteilt und rechneten nicht mehr damit, dass sie noch würden repräsentieren müssen. Sie hatten ihre gestärkten Schürzen ausgezogen und Elfriede hatte ihr Halstuch abgelegt. Doch was blieb Klara anderes übrig, als ihrem Besuch auch noch diesen Wunsch zu erfüllen? Bereits etwas erschöpft vom ständigen Lächeln und Zuhören, lief sie die Treppen hinauf und die Flure hinunter, klopfte an Türen, blickte in Zimmer und scheuchte ihre Mädchen auf, die auf ihren Betten lagen und lasen, im Licht der Schreibtischlampen Briefe nach Hause schrieben oder kleine Handarbeiten tätigten. Schnell warfen sich die Schülerinnen ihre Schürzen wieder über und sogar Elfriede hatte ihr Halstuch um, als sie sich mit müden Augen in der Küche um den langen Tisch gruppierten und Klara sie anwies: »Jede von euch poliert jetzt einfach einen Topf!«

Damit verschwand sie und tauchte kurz darauf wieder mit Dr. h. c. Müller durch die Schwingtür auf. Eingekeilt zwischen Geschirrschrank und Dampfkochtopf lobte er die Mädchen für ihren unermüdlichen Fleiß, ihre Backkünste und die fein belegten Brote. »So guten Butterkuchen habe ich zuletzt bei meiner Großmutter gegessen.«

Die Mädchen bekamen vor Stolz rote Wangen und packten dem wohlbeleibten Ministerialdirigenten gleich noch ein paar Stücke als Proviant ein. »Dann lassen Sie sich den mal ordentlich schmecken«, bemerkte Lotte, als sie ihm das Paket überreichte. »So sind wir Mädels und kleinen Tanten hier. Unter Fräulein Möbius' Anleitung backen wir ständig guten Kuchen.«

Klara war nur froh, dass Lotte dem Ministerialdirigenten im Überschwang nicht noch zutraulich auf die Schulter klopfte und verriet, dass sie gar keine kleine Tante war.

Die anschließende Hausbesichtigung endete glücklicherweise bereits im ersten Obergeschoss, da Dr. h. c. Müller nicht noch eine weitere Treppe hinaufsteigen wollte. Mit seinem mächtigen

Körper und dem Kuchenpaket in der Hand blieb er schwer atmend neben der Seifenkammer stehen und bemerkte: »Ich sehe, die Kinder und Schülerinnen sind bei Ihnen sehr gut aufgehoben. Nur die bunte Wandfarbe im Flur, im Speisesaal und in den Schlafsälen müssen Sie ändern, wenn daraus ein staatlich geführtes Heim werden soll. Ich persönlich habe ja nichts gegen diese bolschewistische Farbenfreude. Aber der Geschmack geht momentan doch in eine eher beige-braune Richtung. Wenn Sie verstehen, was ich meine.«

Klara und Susanne nickten nur noch freundlich. Der Ministerialdirigent, das hatten sie inzwischen gemerkt, hatte gar kein allzu großes Interesse daran, dass jemand anderes sprach als er selbst. Er war eben eine ganz besondere Persönlichkeit, die davon ausging, dass alle anderen das genauso sahen. Als er Stufe für Stufe wieder unterwegs ins Erdgeschoss war, drehte er sich plötzlich, mit einer Hand am Geländer, zu Susanne und Klara um. Sein volles, rosiges Gesicht wirkte mit einem Mal seltsam grau und eingefallen. Als wäre aus ihm aller Elan entwichen. Seine Stimme hatte jetzt einen überraschend harten Unterton. »Und noch ein gut gemeinter Rat: Sollten Sie tatsächlich den Wunsch hegen, vom Staat übernommen zu werden, hängen Sie sich eine Hakenkreuzfahne vors Haus und gehen Sie zu diesen SA-Festen. Das gehört jetzt einfach dazu.« Er nickte, als hätte er nun wirklich sein Soll erfüllt, und stieg die letzten Stufen hinunter. Beinahe wirkte er erschöpft.

Unten im Vestibül reichte er Klara seine kräftige Hand und in seinen Worten lag leises Bedauern, als er sagte: »Wir alle müssen mit der Zeit gehen, wenn wir die Dinge retten wollen, die uns am Herzen liegen. Ob wir wollen oder nicht. Ich wünsche Ihnen viel Glück.«

Dr. h. c. Staatsminister außer Dienst Müller hob kurz seinen Hut und verschwand mit dem Kuchenpaket hinaus. Er ging über das grasbewachsene Rondell zu seinem schwarzen Regierungswagen, gefolgt von seinem Assistenten und der schweren Aktentasche. Als die Männer eingestiegen waren, schloss Klara die Haustür und starrte zu Susanne hinauf, die auf dem Treppenabsatz stehen geblieben war. Sie brauchte einen Moment, um diesen eigenartigen Besuch zu sortieren. Susanne kam langsam die Stufen herunter und wiederholte kopfschüttelnd seinen gut gemeinten Rat: »Hängen Sie sich eine Hakenkreuzfahne vors Haus und gehen Sie zu den SA-Festen?!«

Auch Klara wusste nicht so recht, wie sie den Herrn Ministerialdirigenten und seine Äußerungen einzuordnen hatte. »Wollte er damit sagen, dass das Heim übernommen wird, wenn wir diese beiden Sachen machen und die Wände streichen? Dafür hätte er sich unser Haus überhaupt nicht ansehen müssen!«

Susanne zuckte nachdenklich mit den Schultern. »Ist dir aufgefallen, dass er gar nicht ›Heil Hitler‹ gesagt hat und nirgendwo an ihm ein NSDAP-Abzeichen steckte?«

Klara zog die Augenbrauen hoch. »Und was hat das zu bedeuten?«

»Dass er gar keiner von denen war.«

Klara lächelte unsicher. »Das ist doch gut, oder nicht?«

Susanne machte kein sehr überzeugtes Gesicht. »Ich glaube eher, dass unser Dr. h. c. Müller außer Dienst gar nichts für unser Heim tun kann. Wir haben den Falschen angesprochen. Er hat uns freundlicherweise einen Hinweis gegeben, was wir tun müssten, um Interesse bei jenen Leuten zu wecken, die wirklich etwas zu entscheiden haben. Und das sind dann die, mit denen wir nichts zu tun haben wollen. Du wirst schon sehen.«

# 15.

Bereits wenige Wochen später gab es drei neue Kurkinder zu verzeichnen, für die der Staat die Erholungskosten übernehmen wollte. Für das kommende Schuljahr wurden sogar fünfzehn neue Mädchen erwartet, sobald Klaras Schülerinnen ihren Abschluss gemacht hatten. Diese Entwicklung war mit Sicherheit Dr. h. c. Müller zu verdanken. Er hatte sein Möglichstes für das Kinderkurheim getan und Klara erkannte, dass er trotz seiner ausgeprägten Selbstbezogenheit ein großes Herz hatte und nicht vergaß zu helfen. Nur leider reichten seine Bemühungen und die vorläufigen staatlichen Zuschüsse für die Kinder und die Schülerinnen hinten und vorne nicht aus, um die laufenden Kosten zu decken, die der Betrieb des großen Heims verursachte.

Klara sah keinen anderen Ausweg, als dass Susanne und sie sich noch einmal an das anhaltische Staatsministerium wendeten, um sich für eine baldige Übernahme einzusetzen. Doch Susanne sträubte sich vehement dagegen, die Parteifahne mit dem Hakenkreuz vors Haus zu hängen. Und auch zu einem Besuch bei einer der SA-Veranstaltungen in Oranienbaum war sie nicht zu bewegen, obwohl beide Maßnahmen bestimmt hilfreich gewesen wären, um der neuen Regierung so etwas wie Interesse zu signalisieren.

»Bitte! Komm mit!« Klara stand an diesem Augustnachmittag im leeren Spielsaal, als Susanne aus dem Garten zurückkehrte, wo sie gerade mit ihrer Kindergruppe Gymnastik gemacht hatte. »Der Oberregierungsrat Dr. Hiller aus Dessau soll heute Abend auch bei dieser Veranstaltung sein. An ihn müssen wir uns wenden, hat mir Dr. h. c. Müller am Telefon gesagt.«

Susanne sammelte ein paar verstreute Bauklötze in die Körbe. »Guck dir mal die Wochenschau an, was dieser Hitler für absurde Dinge über die Zukunft Deutschlands sagt! Der ist größenwahnsinnig und steckt damit alle an. In München hat er neulich sogar einen eigenen Hitlertag feiern lassen. Zu Tausenden sind junge SA-Männer in ihren Uniformen im Gleichschritt zur Blasmusik durch die Straßen marschiert, als wären sie seine Privatarmee. Wie ferngesteuert! Und zu denen willst du hin?«

»Bitte!«, flehte Klara und faltete ihre Hände. Es fühlte sich entsetzlich an, immer wieder aufs Neue zu versuchen, Susanne zu etwas zu bewegen, was sie absolut nicht wollte. »Die Gemeinschaft gibt ihnen eben Hoffnung und Halt. Das ist doch gut, oder nicht?«

»Gut? Stell dir mal vor, dieser Wahnsinnige wird hinterher noch Reichskanzler! Wie der immer mit seiner Hand herumfuchtelt!« Trotzdem hatte Susanne auch keine bessere Idee, als dorthin zu gehen. Und genau das schien sie so wütend zu machen. Polternd schlug sie den Deckel des Klaviers zu und schimpfte: »Meinetwegen.«

Klara atmete erleichtert aus. »Danke! In einer Stunde geht es los!«

Um genau sechs Uhr kam Susanne auffallend elegant frisiert und angezogen die Terrazzotreppe in die Eingangshalle heruntergeschwebt, als würde es zu einer Filmpremiere gehen. Klara und die Mädchen machten große Augen. So schillernd hatten sie das Fräulein Stettin noch nie gesehen! In einem weißen Kleid, mit weißen Strümpfen und weißen Schuhen, auf dem Kopf ein weißes Hütchen. Sie lächelte gnädig, als wäre an ihrer Erscheinung absolut nichts Besonderes. »Wollt ihr hier noch ewig herumstehen? Oder können wir los?«

Sie waren nun schon ziemlich spät dran, als Klara, die Mädchen und Susanne durch den Kiefernwald und weiter die Hauptstraße entlang nach Oranienbaum liefen. Über den kleinen Bürgerhäusern, die sich alle zum barocken Schlösschen hin ausrichteten, flimmerte noch immer die spätsommerliche Nachmittagshitze. Wegen Susannes hohen Schuhen kamen sie allerdings nur sehr langsam voran.

»Wozu hast du diese Absatzschuhe angezogen?«, fragte Klara kopfschüttelnd. »Ich denke, du pfeifst auf die armen, ferngesteuerten SA-Männer.«

Susanne stöckelte ungerührt neben ihr her. »Nun ja, vielleicht sind ja auch ein paar Querschläger dabei. Mit solchen hat man meistens mehr Spaß.«

Klara hakte sich bei ihrer Freundin unter. »Du bist unglaublich.«

Susanne warf Klara einen kurzen Blick zu und lächelte verwegen. »Schließlich trifft man nicht häufig auf eine derartig große Anzahl junger Männer.«

Klara hätte wirklich gerne Susannes Begabung gehabt, jeder Situation etwas Erfreuliches abzugewinnen, wenn sie schon nicht zu ändern war. Solange Susanne an ihrer Seite blieb, konnte ihnen gar nichts passieren. Da war sie sich sicher. Sie gingen die schmalen Straßen von Oranienbaum hinunter, an den holländisch anmutenden Häuschen vorbei, die einst für die niederländische Prinzessin von Oranien-Nassau errichtet worden waren, damit sie sich hier in Anhalt-Dessau, dem Ländchen ihres Gemahls, möglichst heimisch fühlte.

Als sie schließlich am Gasthof *Gardehusar* ankamen, waren ihre Schuhe einigermaßen staubig. So waren Klara, Susanne und ihre Mädchen erst einmal damit beschäftigt, sie mit ihren Taschentüchern sauber zu putzen, bevor sie eintreten mochten.

Im Vorraum stand ein einzelner Herr in Anzug vor der getäfelten Tür, die in den großen Saal führte, und schaute durchs Schlüsselloch. Als Klara, Susanne und die Schülerinnen näher kamen, richtete er sich eilig auf und rückte seine Nickelbrille zurecht. »Die Veranstaltung hat schon angefangen«, erklärte er. »Aber ein paar freie Plätze gibt es noch.« Dann legte er sein Ohr an die Tür und horchte. »Da trägt gerade Herr Erfurt ein paar von seinen selbst geschriebenen Gedichten vor.«

»Hier werden Gedichte vorgetragen?«, fragte Klara erstaunt und zog sich ihre Handschuhe aus. »Ich dachte, hier werden Vorträge darüber gehalten, wie unsere wirtschaftlichen Probleme zu lösen sind.«

Der Mann lachte. »Das haben Sie aber schön ausgedrückt.«

Klara verstand nicht, was es daran zu lachen gab. »Wer ist denn dieser Herr Erfurt?«

»Ein guter Freund von mir.«

»Ist er auch so ein Propagandaredner?«, fragte Susanne jetzt mit unüberhörbarer Ablehnung in der Stimme.

»Um Himmels willen! Er möchte den aufrührerischen Reden ein wenig Poesie entgegensetzen und diesen Menschen helfen, wieder zu sich zu finden.«

»Das ist ja sehr löblich. Und wer sind Sie?«, fragte Susanne interessiert, weil der Mann sich jetzt eifrig ein paar unleserliche Notizen in ein kleines Büchlein machte. Offenbar wollte sie feststellen, ob es sich bei ihm um einen Querschläger handelte.

»Gerhart Seger, Reichstagsabgeordneter der SPD und Pazifist.« Er reichte ihr die Hand. »Außerdem noch Redakteur vom *Volksblatt für Anhalt*. Und wer sind Sie?«

»Keine Reichstagsabgeordnete und ebenso wenig Redakteurin, dafür aber eine umso größere Pazifistin. Sehr erfreut.« Susanne setzte eine betörende Miene auf, während sie sich ihre hellblonden Wasserwellen neckisch vors Gesicht rutschen ließ und ihm die Hand reichte. Gerade wirkte sie sehr unwiderstehlich. Das bemerkte sogar Klara. Und auch ihre Schülerinnen starrten sie begeistert an. Klara hörte, wie Lotte Fritzchen zuraunte: »Fräulein Stettin ist so selbstbewusst!«

Der junge Mann griff freudestrahlend nach Susannes Hand. »Hier nun schütteln sich zwei Pazifisten die Hände. Das ist doch eine wunderbare Sache, die ich an diesem Ort zuletzt erwartet hätte. Was wollen Sie bei solch einer plumpen Veranstaltung, die vermutlich in einer Saalschlacht enden wird?« Er steckte sein Büchlein in die Innentasche seines Jacketts und sah Susanne abwartend an, die nun auf Klara zeigte.

»Wir kommen vom Kinderkurheim. Meine Kollegin möchte mit Herrn Dr. Hiller von der Regierung ins Gespräch kommen. Er soll heute Abend auch anwesend sein. Es geht um Berufliches. Und danach verschwinden wir sofort wieder.«

»Dann passen Sie mal auf, dass Ihre Mädchen nicht von den Braunhemden am Ende noch zum Tanz aufgefordert werden. Sonst kommen Sie hier nicht mehr weg.« Herr Seger lächelte den Schülerinnen und Klara süffisant zu.

Da Susanne nicht vorhatte, weiter darauf einzugehen, fragte sie: »Und was machen Sie hier als Pazifist? Sind Sie gelangweilt und wollen sich prügeln?«

Da lachte der junge Mann schon wieder sehr herzlich. »Ja, das wäre was! In diesem Fall bin ich als Berichterstatter für unser *Volksblatt* da. Ich werde einen Kommentar über den heutigen Abend schreiben. Worum es in den Reden ging und wie ich das Propagierte ethisch und moralisch einordne.«

Mit einem Mal öffneten ein paar braun gekleidete junge Männer mit Hakenkreuzbinde, rasiertem Nacken und schneidigem Scheitel die Saaltür von innen. Gespannt drängten die Mädchen an Herrn Seger vorbei in den großen Gastraum, dessen Wände mit Hakenkreuzfahnen behängt waren. Die Tische waren zur Seite geräumt, dafür waren Stuhlreihen vor der Bühne aufgebaut. Die Leute im Saal schienen aus der Gegend zu kommen und auf ein bisschen Unterhaltung zu hoffen. Susannes neue Bekanntschaft verschwand nach ganz hinten in die letzte Stuhlreihe, wo noch niemand saß, und zündete sich entspannt eine Zigarette an. Das war eigentlich im Saal verboten. Vorne, am anderen Ende des Saales, stieg unterdessen sein poetischer Freund, von verhaltenem Applaus begleitet, von der Bühne, vor der sich Schulter an Schulter Männer der Sturmabteilung in Stiefelhosen und breiten Gürteln aufgebaut hatten. Verbissen und ernst beobachteten sie die Zuschauer, bereit, jeden Störenfried sofort aus dem Saal zu werfen. Insgesamt machten diese Männer mit ihren Hakenkreuzbinden keinen sonderlich sympathischen Eindruck. Deren Aufmerksamkeit wollte Klara lieber nicht auf sich ziehen, weswegen sie ihre aufgeregten Schülerinnen dazu anhielt, sich zügig auf die letzten freien Plätze nahe der Bühne zu setzen. Susanne rutschte auf einen der Stühle neben Klara. Im Gegensatz zu den Mädchen hatte sie inzwischen vollkommen ihre kokette Körperspannung verloren, als wäre ihr schlagartig der Spaß vergangen. An ihr war gar nichts mehr schillernd. Sie beugte sich zu Klara hinüber und wisperte: »Diese armen Jungen sind so uninspirierend, als hätten sie ihre Persönlichkeit an der Tür abgegeben.«

In diesem Moment kam Herr Erfurt mit seinem Gedichtbändchen und heiterem Gesichtsausdruck aus Richtung Bühne den Mittelgang herunter. Für einen Moment blieb er stehen und blickte Klara überrascht an. Ebenso überrascht sah Klara ihn an. Als er sich gleich darauf wieder in Bewegung gesetzt hatte und vorbeigegangen war, griff sie aufgeregt nach Susannes Hand und flüsterte: »Weißt du, wer das war?«

Susanne sah Klara leicht verwirrt an. »Oberregierungsrat Dr. Hiller?«

»Nein! Der Mann aus dem Zug nach Dessau, von dem ich dir damals erzählt habe. Mit dem ich mich über Bücher unterhalten hatte und der so stark nach Parfüm roch!« Niemals, niemals hätte Klara damit gerechnet, ihn je wieder zu treffen. Und schon gar nicht hier!

»Was? Der Poet war das?« Susanne drehte sich neugierig um. Herr Erfurt steuerte am Ende des Saales direkt auf den Pazifisten Gerhart Seger zu, setzte sich neben ihn und zündete sich ebenfalls ungeniert eine Zigarette an.

»Der scheint ja genauso unkonventionell zu sein wie unser Pazifist!« Susanne grinste zufrieden. Kuriose Gestalten sorgten bei ihr grundsätzlich für eine spontane Gemütsaufhellung.

»Es kann nicht gesund sein, so viel zu rauchen«, flüsterte Klara.

»Das kostet ja auch«, wisperte Susanne.

»Vielleicht isst er nicht so viel«, gab Klara zu bedenken.

»Vielleicht trinkt er nur«, kicherte Susanne und beide lachten kurz auf, sodass die Herren in der letzten Reihe ihre Köpfe hoben, um herauszufinden, was da vorne so witzig war. Susanne und Klara drehten sich eilig wieder um und guckten angestrengt zur Bühne, die inzwischen ein paar junge Frauen und Männer in Trachtenkleidung betreten hatten. Sobald die Marschmusik zu hören war, drehten sich die Paare walzend im Kreis, bevor sie sich losließen und sich klatschend in entgegengesetzter Richtung bewegten. Die Tänze in Verbindung mit der Marschmusik schienen bei den Zuschauern wesentlich mehr Anklang zu finden als die Gedichte von Herrn Erfurt. Es wurde im Takt geklatscht, gejohlt und gepfiffen. Klara lehnte sich zu Susanne hinüber und flüsterte: »Ich hätte nicht gedacht, dass er zu solch einer Veranstaltung geht. Ich dachte eher, er sei einer von den freigeistigen Typen.«

»Ich hätte auch nie gedacht, dass ich zu so einer hirnlosen Veranstaltung gehe.« Susanne zog die Augenbrauen hoch und lächelte freundlich den SA-Männern am Bühnenrand zu. »Wie angespannt diese Holzköpfe gucken. Die kommen sich richtig wichtig vor. Nur, weil sie diese geschmacklose Uniform anhaben.«

Oben auf der Bühne schwangen die verschiedenfarbigen Röcke, und Klaras Schülerinnen machten den Eindruck, als würden sie am liebsten aufstehen und mittanzen. Besonders Lotte und Elfriede reckten begierig ihre Hälse und klatschten in die Hände. Genau wie alle anderen hier im Saal: Ältere Männer in abgetragenen Anzügen. Frauen, deren erschöpfte Gesichter wieder etwas Farbe bekamen. Junge Mädchen, junge Männer. Sie alle schienen vom erhebenden Gefühl durchtränkt, Teil einer gleich gesinnten Gemeinschaft zu sein, die ihnen neue Kraft und Zuversicht schenkte.

»Ich hoffe, ich entdecke Dr. Hiller irgendwo«, sagte Klara. »Diese Herren mit ihren Seitenscheitel-Frisuren ähneln sich alle so stark.« Sie erhob sich kurz von ihrem Stuhl und tat so, als würde sie sich nach dem Oberregierungsrat umsehen. Stattdessen linste sie unauffällig wieder zur letzten Stuhlreihe, wo der Pazifist mit dem Poeten saß. Sie rauchten, flüsterten miteinander und machten sich ein paar Notizen. Drei Jahre war es her, dass sie sich im Zug begegnet waren, und doch empfand Klara eine gewisse Innigkeit mit diesem Herrn Erfurt. Sein Gesicht, seine Gesten, sein Körper in seinem Anzug, alles an ihm kam ihr vertraut vor. Das war schon etwas seltsam. Vielleicht lag es nur daran, weil sie sich immer wieder vorgestellt hatte, wie sie sich miteinander unterhielten. Und das wirklich Schöne war, dass ihre Erinnerung an ihn genau mit seiner jetzigen Erscheinung übereinstimmte. Sie hatte ihn sich nicht verklärt. Nicht männlicher. Nicht stärker. Sondern genauso, wie er war: Nicht besonders groß. Mit fröhlichem Gesichtsausdruck und etwas ramponiert. Die Ellenbogen seines Jacketts hatten Aufnäher. Ob er auch ab und zu an sie gedacht hatte? Klara ließ ihren Blick weiter schweifen, bis sie meinte, Herrn Dr. Hiller tatsächlich an der gegenüberliegenden Raumseite entdeckt zu haben.

Ganz wie Dr. h. c. Müller ihn beschrieben hatte, sah er aus wie ein mittelalter, hagerer, prächtig geschmückter Weihnachtsbaum. An seiner Uniform hingen eine ganze Menge militärische Verdienstorden. Außerdem das Parteiabzeichen mit dem Hakenkreuz und das Eiserne Kreuz. Sie setzte sich wieder hin und wisperte: »Ich glaube, ich habe den Oberregierungsrat Dr. Hiller entdeckt.«

»Ach, schade!« Susanne machte kein besonders begeistertes Gesicht. »Ich hatte gehofft, dass er sich den Magen verdorben hat und zu Hause bleiben musste.«

Klara seufzte nur. Was sollte sie auch zu Susannes spitzen Bemerkungen sagen? Immerhin war sie mitgekommen. Für diese Art der Unterstützung war Klara ihr sehr dankbar. Das Vorstellungsgespräch mit Dr. Hiller würde sie auch ohne ihr Beisein hinbekommen.

Als auf der Bühne für die nächste Darbietung umgebaut wurde und Klara gerade zu Dr. Hiller aufbrechen wollte, kamen Herr Seger und sein Freund Herr Erfurt plötzlich vom Ende des Raumes zu ihnen nach vorn. Mit den nach hinten gekämmten Haaren, ihren Jacketts und weiten Hosen hoben sie sich ziemlich deutlich von den anderen Männern im Saal ab. Der Pazifist fand hinter ihnen einen Platz. Herr Erfurt rückte sich einfach einen freien Stuhl zwischen Susanne und Klara. »So sieht man sich wieder. Sind das alles Ihre Schülerinnen?« Er zeigte auf die Mädchen, die sich aufgeregt wispernd und kichernd auf ihren Plätzen unterhielten und rote Wangen bekommen hatten. »Die sind ja schon richtig aufgeputscht von dem ganzen Rummel.«

»Ja.« Klara lächelte, wobei sie es nicht einmal schaffte, den jungen Mann anzusehen. Hauptsache, er merkte nichts von ihrer Nervosität. »Meiner Kollegin Fräulein Stettin und mir wurde geraten, uns hier sehen zu lassen, um unsere Chance auf staatliche Übernahme zu erhöhen. Unser Heim braucht dringend Unterstützung.«

Herr Erfurt nickte. »Dann wünsche ich Ihnen mal das Beste. Ich für meinen Teil hoffe allerdings, dass sich diese kulturlosen Flegel nicht lange in der Regierung halten können. Diesen Leuten fehlt jegliche Grundlage, Poesie zu verstehen.«

»Und da konnten Sie mit ihren Gedichten gar nichts ausrichten?«

Er zuckte mit den Schultern. »Dass es so traurig um deren Herzensbildung bestellt ist, hätte ich nicht gedacht. Wen wundert's, wenn der Anführer dieser Banausen keine intellektuelle Erziehung wünscht, weil Wissen die Jugend verdirbt.«

»Hitler?«

»Ganz recht. Oder sind Sie etwa seiner Meinung?«

»Um Gottes willen, nein!« Klara warf ihm einen entsetzten Blick zu.

»Dann ist es um Ihre Herzensbildung also nicht so schlecht bestellt.« Er grinste.

Und plötzlich wussten sie beide nichts mehr zu sagen, bis Klara vor lauter Verlegenheit heiser bemerkte: »Die Zigarre von Karlchen Schulze hat übrigens sehr gut geschmeckt. Vielleicht etwas zu stark nach Leder.«

»Das freut mich.« Der junge Mann guckte sie fasziniert von der Seite an, als hätte sie die Zigarre gegessen.

Damit war das Thema auch schon wieder erledigt und beide lächelten nervös.

»Haben Sie inzwischen Ihr Abitur?«, fragte Klara schließlich. Das klang ja furchtbar! Es war ihr so herausgerutscht! Eigentlich hatte sie ihn auf Dostojewski ansprechen wollen, um ihm zu sagen, dass sie seit drei Jahren *Der Spieler* las.

Aber er antwortete ungerührt: »Ich bin jetzt kaufmännischer Lehrling in einer Verlagsbuchhandlung in Dessau.«

Bevor Klara ihn fragen konnte, was er da genau zu tun hatte, ging es vorne mit dem Auftritt eines Reichsredners weiter. Der korpulente Mann am Pult brauchte nur ein paar Sätze, da regte er sich schon furchtbar über die politischen Zustände auf. Er brüllte: »Ist je ein Volk so erbärmlich regiert worden wie in den letzten dreizehn Jahren? Hat man jemals in einer so kurzen Spanne Zeit so viel verwirtschaftet, verludert und verschachert? Hundert Jahre deutscher Fleiß, deutsche Arbeitsamkeit, deutsche Sparsamkeit haben kaum das schaffen können, was dreizehn Jahre Luderwirtschaft restlos verwirtschaftet haben.«

Seine Kopfhaut schimmerte rot unter dem kurz rasierten Haaransatz, als er fortfuhr: »Es kam der Sozialdemokratie nicht auf die Rettung des deutschen Volkes, nicht auf die soziale Befreiung des Arbeiters an, sondern einzig und allein auf die Verwirklichung ihrer internationalen Idee. Und dafür müssen wir nun alle zahlen! Den letzten Notgroschen haben sie uns genommen!«

Die Leute im Saal jubelten und klatschen Beifall. Ganz verkehrt lag der Herr da vorne nicht mit seiner Analyse, wie es um die Wirtschaft stand, fand Klara. Immerhin standen sie mit dem Heim nun ebenfalls vor dem Ende. Da aber ihr Sitznachbar und auch Susanne nicht applaudierten, hielt sie ihre Hände lieber fest im Schoß zusammen. Kopfschüttelnd hörte Herr Erfurt dem Redner zu, der nun mit erhobenem Zeigefinger seinen Worten Nachdruck verlieh.

»Aus unserem Fanatismus und der gläubigen Inbrunst kommt eines Tages die Kraft, die das Reich der Größe, Kraft und Stärke einer wirklichen Herrlichkeit zimmert, das einmal das Vaterland für alle sein wird. Diesem unserem Deutschland Sieg Heil!«

Wieder brandete Jubel auf und dieses Mal sprangen die Zuhörer von ihren Stühlen. Im Taumel der Begeisterung hoben sie ihre rechten Arme und es war ein großartiges mehrstimmiges Bejubeln und Bejahen der versprochenen, glorreichen Zukunft. Die nahende Herrlichkeit war förmlich schon zu spüren. Auf Herrn Erfurt hatte das Ganze allerdings gar keine Wirkung.

Bei Gelegenheit würde sie ihn gerne einmal fragen, was eigentlich so falsch daran war, die Gemeinschaft zu beschwören. Mit ihren Reden gaben die neuen Machthaber Millionen Menschen neue Zuversicht, große Hoffnung und die Aussicht auf ein besseres Leben. War das nicht wichtig nach der jahrelangen Schwere? Nach dem verlorenen Krieg, der Arbeitslosigkeit und dem Hunger? Auch Susanne, die gerne von den Zwanzigerjahren schwärmte, hatte bisher keine stichhaltigen Gründe nennen können, was an der neuen Regierung so verkehrt war. Abgesehen davon, dass sie sich gegen die Angriffe von Kommunisten wehrte und Hitler komisch mit seiner Hand herumwedelte. Weder der jetzige Reichskanzler noch seine elf Vorgänger hatten es in den letzten dreizehn Jahren geschafft, die Krise zu vermeiden. Es war wirtschaftlich einfach immer alles nur schlimmer und konfuser geworden. Es machte doch Mut, dass jetzt jemand da war, der offenbar wusste, wie alle Probleme zu lösen waren.

Sobald *Die Fahne hoch!* angestimmt wurde, standen Klaras Schülerinnen mit allen anderen Anwesenden ergriffen Schulter an Schulter. Besonders Elfriede sang mit Feuereifer und geballten Fäusten feierlich, aber noch nicht ganz textsicher mit. Sogar Herr Erfurt stand auf. Nur Susanne und Klara blieben sitzen. Susanne aus Überzeugung, Klara, weil sie es nicht nötig fand, aufzustehen. Herr Erfurt warf ihr beunruhigte Blicke zu, Klara blickte irritiert zurück. Der gesamte Saal schien zu vibrieren. Die vielen Stimmen verbanden sich zu einer mächtigen Stimme, die schließlich überwältigt die letzten Takte schmetterte. *»Kam'raden, die Rotfront und Reaktion erschossen, marschier'n im Geist in unser'n Reihen mit.«* Als ihr Sitznachbar wieder saß, machte er große Augen. »Na, Sie trauen sich ja was. Einfach beim Horst-Wessel-Lied sitzen zu bleiben! Bei der Hymne des Nazi-Märtyrers!«

Klara guckte ihn ebenfalls mit großen Augen an. »Wieso?«

»Ich dachte, wenn man sich in diesen Raum begibt, stellt man zumindest nicht öffentlich zur Schau, dass man von der ganzen Sache nichts hält, sondern macht gute Miene zum bösen Spiel. Besonders, wenn man von den Leuten Unterstützung wünscht.«

Klara zuckte mit den Schultern. »Es muss doch reichen, dass wir überhaupt hier waren.« Sie wollte vor ihm nicht zugeben, dass sie nichts von dieser Regel gewusst hatte. Und so wichtig war das bestimmt nicht.

»Denken Sie daran, wie der SA-Führer Horst Wessel geendet ist! Die Kommunisten haben ihn erwischt. Er war genauso alt wie ich jetzt, als sie ihm ins Gesicht geschossen haben. Zweiundzwanzig Jahre! Er hat ja nicht einmal mitbekommen, zu was für einer Legende er mit seinen Versen geworden ist. Nicht, dass uns diese SA-Typen kaltmachen, weil sie in uns ihre Gegner erkennen!« Er lachte, als hätte er einen Scherz gemacht. Dennoch sah er alles andere als fröhlich dabei aus. »Eigentlich wollte ich noch ein paar Gedichte vortragen. Diesmal von Tucholsky. Das lasse ich wohl.«

Im Saal wurde es immer lebendiger, über ihren Köpfen schwebte lautes Stimmengewirr. Klara sah nur das flüchtige Lächeln von Herrn Erfurt, der sich unruhig nach seinem Freund umsah. Inzwischen wurden die Stühle zur Seite geschoben, sodass eine Tanzfläche entstand. Die Mädchen drehten sich unschlüssig herum, als warteten sie schon darauf, von ein paar jungen Männern zum Tanz aufgefordert zu werden. Susanne zog eilig ihren Mantel an. »Kommt, Mädels! Es wird Zeit, nach Hause zu gehen!«

»Was? Aber wir wollen doch noch tanzen, Fräulein Stettin!« Ursels Blick flog ruhelos hin und her.

Auch ihre Zwillingsschwester Gisela schien darauf zu hoffen, gleich angesprochen zu werden. »Wir haben uns extra hübsch gemacht!«

»Bitte, Fräulein Möbius! Nur einen Tanz!«

Klara und Susanne warfen sich kurze Blicke zu. Es war Susanne anzusehen, dass sie nicht vorhatte, zu bleiben. In ihrem vornehmen Kleid schien sie sich plötzlich sichtlich unwohl zu fühlen. Sie hielt ihren Mantel vorne fest zusammen, als hoffte sie, dadurch verhindern zu können, dass eines dieser Braunhemden mit ihr tanzen wollte. Klara hingegen wäre auch gerne noch für einen kleinen Plausch mit Herrn Erfurt geblieben. Gerade als Gisela tatsächlich von einem uniformierten jungen Mann angesprochen wurde, kam Lotte quer durch den Raum auf sie zu. Für ihre sonst so unerschütterliche Art sah sie einigermaßen beunruhigt aus. Sie winkte und rief: »Fräulein Möbius, ich glaube, es wäre vernünftiger, wenn wir jetzt gehen! Draußen braut sich ordentlich was zusammen. Der ganze Vorplatz steht voller Männer mit Schiebermützen. Die sehen aus, als wollten sie gleich das Gasthaus stürmen.«

Susanne schob die Mädchen mit ausgebreiteten Armen vor sich her Richtung Ausgang. »Oh, das ist gar nicht gut. Das sind bestimmt die Kommunisten. Dann sollten wir aber wirklich los, bevor das hier so endet wie seinerzeit im Kristallpalast.«

Klara blickte sich suchend um. Herr Erfurt war verschwunden. Sie hätte sich gerne noch von ihm verabschiedet. Susanne trieb die aufgekratzten Mädchen weiter zum Saal hinaus. Auch Klara sah zu, dass sie in ihren Mantel kam. Sie trug die Verantwortung für die Sicherheit ihrer Mädchen. Doch als sie Susanne und den Schülerinnen schnell nach draußen hinterherlaufen wollte, hielt sie jemand von hinten am Arm fest. »Werde ich Sie wiedersehen?«

Überrascht drehte sie sich um. Herr Erfurt stand plötzlich wieder da und lächelte sie an. Sollte dies eine Art Verabredung werden, kurz bevor hier eine Saalschlacht losging? Sie bewegte die Lippen, wusste aber nicht, was sie sagen sollte. Er lächelte: »Sie scheinen nicht sehr überzeugt von der Idee.«

»Doch!« Sie zuckte gehetzt mit den Schultern. »Ich weiß nur nicht …« Ein Mann stieß sie von hinten kräftig mit der Schulter an. Von draußen waren Rufe zu hören.

»Wovor haben Sie Angst?«, fragte er, so als wären sie ganz allein im Raum. »Sie haben ja nicht einmal Bedenken, beim Horst-Wessel-Lied sitzen zu bleiben. Die Konsequenzen könnten viel übler aussehen als die eines Wiedersehens mit mir.«

Klara lächelte. »Wie heißen Sie eigentlich mit Vornamen?«

»Gustav.«

Susanne rief über alle Köpfe hinweg nach ihr.

»Ich muss zu meinen Schülerinnen.« Klara winkte ihm flüchtig zu und drängte zwischen den Leuten eilig aus dem Gastraum, während ihr die ersten jungen Männer von draußen mit ihren Schiebermützen und kampfbereiten Gesichtern entgegenkamen. Sie meinte, Gustav noch von hinten rufen zu hören: »Vielleicht mal ins Theater?« Aber da ging hinter ihr auch schon das Poltern und Prügeln los.

# 16.

Klara drückte die Stopptaste des Kassettenrekorders und erhob sich von ihrem Stuhl im Flur. Unentschlossen stand sie auf den hellen Steinfliesen, ihre kribbelnden Oberschenkel berührten die Kante des Tisches. Seit heute früh um neun hatte sie hier gesessen und in ihr Mikrofon gesprochen. Sie hörte, wie die Post durch den Briefschlitz in der Haustür fiel. Ihr Brustkorb hob und senkte sich. Nun war es bestimmt kurz vor Mittag und die letzte von Gustavs Kassetten war mit ihrer Stimme überspielt.

Wie war es möglich, dass Geschehnisse, die so weit zurücklagen, so lebendig werden konnten, als passierten sie gerade noch einmal? Klara ging mit ausgestrecktem Arm langsam hinüber ins Wohnzimmer, weiter über das Parkett. Sie blieb dicht an den Gardinen stehen und fühlte die Mittagswärme, die durch die bodentiefen Fenster drang. Wie konnte ein Mensch so viel Vergangenheit in sich anhäufen? So viele Gesichter, Räume und Geschehnisse in sich ansammeln und sie allein durch die Erinnerung wieder in die Gegenwart zurückholen? Obwohl es die meisten von ihnen gar nicht mehr gab. Gerade noch hatte sie zwischen all diesen Menschen im Gasthaus in Oranienbaum gestanden. Verliebt, verbohrt und ahnungslos. Nun stand sie hier mit dreiundneunzig Jahren. Blind und allein in einem Reihenhaus, am Ende eines Lebens, das so oft seine Richtung gewechselt hatte.

Im Spätsommer hatten ihre lieb gewonnenen Mädchen mit sehr guten Schulabschlüssen Oranienbaum verlassen. Ihr Schifferkind Lotte, ihre Sängerin Elfriede, die Zwillingsschwestern Gertrud und Ursel und all die anderen hatten vor dem Haus neben dem mit Koffern und Kisten beladenen Leiterwagen gestanden und auf Fritzchen gewartet, damit sie zusammen zum Bahnhof gehen konnten. Doch Fritzchen hatte am Morgen ihrer Abreise etwas für sie sehr Untypisches getan. Sie war einfach in ihrem Bett liegen geblieben und hatte steif und fest behauptet: »Ich bin krank.« Ihre Mitschülerinnen hatten schließlich verwundert um sie herumgestanden und immer wieder gesagt: »Fritzchen, wir müssen los! Unser Zug fährt ab!« Aber sie wollte nicht und jammerte: »Ich habe entsetzliche Kopfschmerzen.« Es war ziemlich schnell klar, warum Fritzchen sich weigerte, aus dem Bett aufzustehen. Trotz ihres bestandenen Schulabschlusses wollte sie lieber im Heim bleiben. Das war das erste und einzige Mal, dass Fritzchen sich widersetzte. Nichts und niemand konnte sie an diesem Morgen umstimmen. Also blieb sie, anstatt zu ihren Stiefeltern ins nahe Vockerode zurückzukehren, um von dort aus in ihre ungewisse Zukunft aufzubrechen.

Bevor die neuen Schülerinnen nach den Sommerferien eintrafen, hatten Susanne und Klara, Ilse, Erna und Fritzchen das gesamte Heim renoviert: Schlafsaal für Schlafsaal, Flur für Flur, Treppengeländer für Treppengeländer. Sie hatten helle Vorhänge für den Gemeinschaftsraum und die Schlafsäle genäht. Der Hausmeister Strahler hatte die Zimmerdecken und Wände mit Leimfarbe getüncht und anschließend die Sockel, die Türen, die Fenster und die Heizkörper mit Ölfarbe gestrichen. Sogar die blutroten Wände im Speisesaal waren nun, wie alle anderen Räume, in gelblichen und sandigen, etwas bräunlichen Tönen gehalten. Mit dem wenigen Geld, das Fräulein Martin in der Renovierungskasse angespart hatte, wurde der Fliesenleger bezahlt, der die Duschräume erneuerte.

Susanne hatte Klara den lästigen Schriftwechsel mit der zuständigen Behörde in Dessau überlassen, um weiterhin für eine staatliche Übernahme zu werben. Sie sagte immer: »Bei mir merken die Leute gleich, dass sich mit mir die nationalsozialistische Frauenbildung nicht verwirklichen lässt. Du wirkst da viel entschlossener und vertrauenswürdiger. Du kannst dich so gut ausdrücken und hast dieses diplomatische Geschick.« Sie hatte Susannes süffisanten Unterton gehört, war aber nicht weiter darauf eingegangen. Klara konnte nicht mehr sagen, wie oft sie im Büro am Telefon gesessen und umständliche Gespräche mit den unterschiedlichsten Beamten geführt hatte. Nur an den für ihr Anliegen maßgeblichen Oberregierungsrat Dr. Hiller war sie nicht herangekommen.

Ende September, ein paar Wochen nachdem sie Gustav auf der SA-Veranstaltung wiedergesehen hatte, war sie mit Tolla nach Dessau gefahren. Sie hatte ihrem kleinen Mädchen bei Mayer Reich ein Paar schöne neue Schuhe kaufen wollen, da die alten inzwischen zu klein geworden waren. Auf dem Weg zum Schuhgeschäft war sie mit Tolla nicht ganz unbeabsichtigt am Friedrich-Theater vorbeigegangen. Vielleicht hatte sie ja Glück und Gustav stand dort herum. Einfach, weil sie beide sich wieder treffen sollten. Weil sie es sich dieses Mal wirklich wünschte. Und tatsächlich! Direkt vor dem Eingang hatte Gustav rauchend und in seinem knittrigen Mantel gestanden. Wie hingezaubert! Als hätte er auf sie gewartet. Das war natürlich lächerlich. Ihr Zusammentreffen war selbstverständlich reiner Zufall. Aber ein ganz wunderbarer Zufall. So wunderbar, dass Klara vor Schreck überlegt hatte, ob sie nicht doch besser kehrtmachen und mit Tolla so schnell wie möglich in die entgegengesetzte Richtung verschwinden sollte. Plötzlich hatte sie sich unsicher und nackt gefühlt, als würde es auf jeden Fall entsetzlich peinlich werden, wenn Gustav und sie sich miteinander unterhielten.

Doch da war es auch schon zu spät gewesen. »Junges Fräulein!«, hatte er ihr erfreut zugerufen und mit der Zigarette zwischen den Fingern gewunken. »Na, das ist ja mal eine Überraschung! Ausgerechnet vor dem Theater begegnen wir uns. Ist das nicht ein eigenwilliger Wink des Schicksals? Oder sogar ein Wunder?«

Klara hatte ein trockenes »Ja« hervorgepresst und nervös genickt. Wie kam es, dass sie, wann immer sie auf diesen für sie viel zu jungen Mann traf, so sonderbar verwirrt war? Kein Wort, kein Gedanke waren mehr in ihrem Kopf vorhanden. Sie fühlte Tollas warme Hand in ihrer. Ihr kleines Mädchen sah zu ihr auf und fragte: »Wer ist das?«

Klara lächelte verspannt. »Das ist ein Dichter.« Dass er ein Lehrling war, brachte sie nicht über die Lippen.

»Und wie heißt der Dichter?«

»Ich weiß es nicht«, stammelte sie, weil ihr auch noch schlagartig sein Name entfallen war.

»Gustav«, sagte er und lüftete leicht seinen Hut. »Und Sie, junges Fräulein?« Dabei sah er allerdings nicht Tolla an, sondern Klara. Trotzdem antwortete Tolla. »Sie heißt Klara, wissen Sie das denn nicht?«

Er schüttelte den Kopf. »Bisher wurde mir dieser herrliche Name noch nicht verraten.« Er lächelte Klara an. »Ich weiß nur, dass deine Mutter eine tollkühne Frau ist, die sitzen bleibt, wenn alle anderen strammstehen und *Die Fahne hoch!* singen.« Er blickte Klara direkt in die Augen und es fühlte sich eigenartig an, dass dieser Mann offenbar dachte, dass sie eine Mutter war. Vor ihm wollte sie gar keine Mutter sein. Nun musste er ja glauben, sie wäre verheiratet. Dabei war sie sogar noch Jungfrau! Nur würde sie ihm diese Tatsache bestimmt nicht entgegenschmettern.

Er zog an seiner Zigarette und sagte übergangslos: »Als Lehrerin haben Sie doch bestimmt schon den Rassen-Unsinn von unserem Ministerpräsidenten Freyberg gelesen? Seine Ergüsse wurden gestern bei uns an der Berufsschule als Unterrichtsmaterial verteilt.«

»Bitte?« Klara sah ihn verständnislos an. Während sie noch damit beschäftigt war, zu verstehen, dass sie für Gustav nun eine verheiratete Frau und Mutter war, schien ihn eine ganz andere Sache aufzuwühlen.

»Dieser Freyberg versucht, die völkische Rassenhetze in alle Schulen zu tragen und unsere Jugend zu einer scharfen Abgrenzung gegenüber Juden zu erziehen. Ich verliere wirklich gerade jegliches Vertrauen in die Gattung Mensch.«

Sie schüttelte den Kopf. »Davon haben wir nichts mitbekommen.«

»Da können Sie froh sein. Dieser Freyberg ist ganz offenbar ein furchtbarer Mensch. Jüdische Kinder sollen mit sofortiger Wirkung von deutschen Schulen ausgeschlossen werden.«

Klara nickte benommen, während Gustav gleich weiterredete: »Sein Schulerlass über *Die Pflege des völkischen Gedankens* soll in diesen Tagen an alle höheren Lehranstalten, Mittel- und Volksschulen gehen. Seit wann sind die anhaltischen Lehrer dazu da, ihren armen Schülern die unausgegorenen Ansichten eines nationalsozialistischen Ministers einzuimpfen?«

Klara griff fester um Tollas Hand. Sie wusste nicht, was es mit dem völkischen Gedanken auf sich hatte. Es klang so, als würde gegen jüdische Kinder vorgegangen, die gerade noch gemeinsam mit allen anderen zur Schule gegangen waren. Ihr Kopf war noch leerer als zuvor oder so voller Angst, dass sie Gustav nur noch hilflos ansehen konnte.

»Tja, das macht Sie sprachlos, nicht wahr? Der Kampf der NSDAP gegen das Judentum soll uns Anhaltinern so richtig in Fleisch und Blut übergehen. Schließlich sind die Juden, genau wie die Sozialdemokraten und die Kommunisten, Schuld daran, dass wir den Krieg verloren haben. Wären Sie selbst in den Genuss dieses Schreibens gekommen, hätten Sie es mit Ihrem aufrührerischen Wesen garantiert zerrissen und postwendend an Herrn Freyberg zurückgeschickt.« Gustav beugte sich zu

Tolla hinunter und sagte feierlich: »Du hast Glück! Deine Mutter ist nämlich eine reichlich unbeugsame Dame.«

Und zu Klara gewandt fügte er bedauernd hinzu: »Mit unserem gemeinsamen Theaterbesuch wird es ja nun auch nichts mehr.« Er schnippte seine Zigarette auf den Gehweg und trat das kleine glühende Fünkchen aus.

Klara flüsterte: »Nein.« Sicherlich wurde nichts daraus. Er dachte ja nun, sie wäre verheiratet und Mutter. Aber das schien Gustav weniger zu bekümmern. Er nickte hinüber zu den Plakaten, die das neue Stück ankündigten. *Der Mustergatte* mit Heinz Rühmann.

»Dank unseres Ministerpräsidenten Freyberg ist daraus ja jetzt eine vorbildliche Spielstätte im deutschvölkischen Sinn gemacht worden. Ganz ohne jüdische Künstler und Mitarbeiter. Jetzt gibt es kein Bühnenbild mehr von Wassily Kandinsky, keine *Dreigroschenoper*, keine realistischen Aufführungen mit Wasserabschlagen auf der Bühne. Fast alle alten Schauspieler mussten umgehend entfernt werden.«

In Klaras Kopf rauschte es. Offenbar war tatsächlich etwas Übles im Gange. So wie es Susanne schon mehrmals gesagt hatte. Aber vielleicht war das alles vorübergehend, bis sich die politische oder wirtschaftliche Lage wieder beruhigt hatte. In jedem Fall war der leichte Anflug von aufgeregter Verliebtheit in ihrem Herzen schlagartig verflogen. Sie hielt Tollas Hand ganz fest. Bis jetzt hatte sie geglaubt, dass es nicht nötig war, sich im Einzelnen mit dem politischen Weltbild der Nationalsozialisten zu beschäftigen. Ehrlich gesagt hatte sie gar nicht genau wissen wollen, was ihre Ansichten dazu waren. Sie hatte nur auf ihrer kleinen Insel im Wald ein sozial engagiertes Leben mit geregelter staatlicher Unterstützung führen wollen. Doch mit einem Mal war ihr sehr kalt.

Sie sah, wie sich Gustavs Mund bewegte, er sprach mit ihr, aber sie konnte ihn plötzlich nicht mehr hören. Tolla fragte sie etwas, mit in den Nacken gelegtem Köpfchen, sodass ihre roten geflochtenen Zöpfe nach unten baumelten. Klara blickte zu ihr hinunter, sie konnte auch ihre Stimme nicht mehr hören. In diesem Augenblick vor dem Theater, an diesem Nachmittag im September, verstand Klara mit einem Schlag, dass die neue Regierung Menschen gezielt beseitigte, die sie am Umsetzen ihrer Vision vom Deutschen Reich hinderten. Tolla gehörte mit ihrer jüdischen Herkunft also zu jenen, die schädlich waren? Ein kleines Mädchen! Keine jüdischen Kinder mehr in deutschen Schulen? Das war doch abstrus! Und sicherlich nicht lange durchsetzbar. Bestimmt würden sich bald allerhand Leute, die vom Staat nicht so abhängig waren wie sie, öffentlich dagegen zur Wehr setzen. Und dann würde sie sich auch dagegen zur Wehr setzen. Bis dahin war es vernünftiger, wenn Tollas Herkunft erst einmal geheim blieb. Nur sicherheitshalber. Klara lächelte freundlich: »Es tut mir leid. Meine Tochter und ich müssen weiter.«

Gustav sah sie überrascht an. »Ich dachte, wir stehen politisch auf der gleichen Seite. Ich wollte nicht ...«

Klara lächelte hilflos immer weiter. Sie merkte, wie ihr Tränen in die Augen stiegen. Es war, als müsste sie sich in diesem Moment von etwas verabschieden, das noch gar nicht richtig begonnen hatte. Sie mochte Gustav gerne. Seine Unerschrockenheit und Neugier, seine Offenheit und Widersprüchlichkeit, all das fand sie schön. Aber bevor er anfing, persönliche Fragen zu ihrem Leben und zu Tolla zu stellen, war es besser, sich zurückzuziehen. Anlügen wollte sie ihn bestimmt nicht. Sie schluckte: »Ich hätte gerne mal mit Ihnen einen Kaffee getrunken.«

Er nickte irritiert. »Hätte? Das können wir doch jederzeit machen! Ich wohne mit meinen Eltern und meiner Schwester gleich hier in der Muldstraße ...«

Er verstummte und sie sahen sich an, während um sie herum der übliche Straßenbetrieb unbeeindruckt weiterging. Die Fußgänger, die Mütter mit Kinderwagen und die Radfahrer machten einen kleinen Bogen um sie, während Tolla sie interessiert beobachtete. Schließlich hielt Klara Gustav die Hand hin und sagte tapfer: »Schön, dass wir uns wiedergesehen haben.«

Sie lächelte ihn ein letztes Mal an. Dann drehte sie sich mit ihrem kleinen Mädchen um und Hand in Hand liefen sie eilig zum Schloßplatz und zur Zerbster Straße, um die Schuhe einzukaufen und dann möglichst bald zurück nach Oranienbaum zu fahren.

Am Abend, als Tolla eingeschlafen war, setzte sich Klara an ihren Schreibtisch und schrieb einen langen Brief an ihre Eltern, in dem sie ihnen alles von Tolla erzählte. Nicht nur andeutungsweise, so wie damals bei ihrem letzten Besuch. Sondern die ganze Wahrheit: wie das Baby ins Heim gekommen war, dass seine Mutter sich umgebracht und sie die Fürsorge übernommen hatte, um das Kind vor dem Waisenhaus zu bewahren. Sie schrieb ihnen, dass Tolla glaubte, sie wäre ihre Mutter. Und sie schrieb ihnen, dass Tolla jüdisch war. Vielleicht wollte Klara von ihren Eltern hören, dass sie ein guter Mensch war und genau richtig gehandelt hatte. Aber es war klar, dass genau diese Reaktion niemals von ihren Eltern kommen würde. Sie würden sagen, dass sie eine leichtsinnige und unüberlegte Entscheidung getroffen hatte, die sie schnellstmöglich revidieren musste, um sich nicht selbst zu schaden. Sie würde sich das alles mutig und tapfer anhören und dabei wissen, dass sie immer wieder genau diesen Weg eingeschlagen hätte.

Nachdem die Tinte getrocknet war, hatte sie die Briefbögen sauber gefaltet und in den Umschlag gesteckt. Sie hatte ihn zugeklebt, auf die Vorderseite ihre Heimatanschrift geschrieben und war damit hinunter ins Büro gegangen, um den Brief zu frankieren. Sie wollte ihn gleich am nächsten Morgen abschicken. Im ganzen Haus war es still gewesen, als wären alle anderen in eine Art tiefen Dornröschenschlaf gefallen.

Im Büro knipste Klara das Deckenlicht an und stellte sich an ihren Schreibtisch, auf dem sich rechts und links grüne Aktenmappen stapelten. Ihr Blick blieb an einem aufgerissenen Umschlag auf ihrer Schreibtischunterlage hängen. Die Papierbögen lagen offen da, als hätte Susanne sie bereits gelesen. Oben rechts auf der ersten Seite entdeckte sie sofort den Briefkopf des Anhaltischen Staatsministeriums und links daneben ihren Namen. Was hatte das zu bedeuten? Klara knipste nun auch noch die Schreibtischlampe an und setzte sich an ihren Tisch, um in Ruhe lesen zu können. Wurden sie tatsächlich übernommen?

»Das ist Dreck.«

Klara hob erschrocken ihren Kopf. Susanne stand mit ernstem Gesichtsausdruck in der Tür. »Das Schriftstück kam heute mit der Post. Du kannst es als erfreuliches Zeichen werten, dass deine ununterbrochenen Bemühungen, die Regierung für unser Heim zu interessieren, gefruchtet haben. Es scheint, als könnten wir nun endlich von der großen staatlichen Gleichschaltung partizipieren. So wie du es dir gewünscht hast.«

»Was ist das?«, fragte Klara mit Anspannung in der Stimme, obwohl sie es längst ahnte.

Susanne kam langsam näher und lächelte süffisant. »Oh, das ist die erste infame Einmischung unserer neuen Regierung. Sämtliche Schulen werden vom Ministerpräsidenten Dr. Freyberg dazu aufgerufen, jüdische Kinder aus deutschen Einrichtungen auszuschließen.«

Die Briefbögen zitterten in Klaras Händen. Jetzt war Freybergs Rassen-Unsinn, von dem ihr Gustav am Nachmittag erzählt hatte, also auch bei ihnen eingetroffen. Der Schulerlass war direkt an Klara Möbius, Leiterin des Heimes, adressiert worden. Susanne hatte sich auf ihre Tischkante gesetzt. »Nun ist es offiziell. Jetzt bist du bei denen als Leiterin unserer Einrichtung verbucht! Das hast du mit deiner Hartnäckigkeit wenigstens schon mal erreicht!« Sie machte ein bittersüßes Gesicht. »Von dir kann man wirklich etwas lernen, was Durchsetzungswillen und Entschlusskraft anbelangt.« Dann wurde Susanne wieder ernst. »Du weißt, was dieses Schreiben bedeutet, nicht wahr?«

Klara blickte sie stumm an. Schließlich flüsterte sie: »Was bedeutet es denn deiner Meinung nach?«

Susanne zuckte schwach mit den Schultern. »Ich sage es mal ganz ungeschönt. Wenn wir ein staatliches Heim werden, kann Tolla nicht hierbleiben. Beides zusammen geht nicht. Wenn wir beim Staat angestellt sind und einer von diesen NSDAP-Leuten erfahren sollte, dass bei uns ein jüdisches Mädchen ungemeldet mitläuft, sind wir geliefert. Und zwar richtig.«

Klara stand von ihrem Stuhl auf, stellte sich ans Fenster und sah hinaus in den schwarzen Garten. Sie spiegelte sich in der Scheibe, hinter ihr saß Susanne noch immer auf der Tischkante im Licht der Schreibtischlampe. »Es wird niemand davon erfahren.«

»Ich wusste, dass wir uns nicht auf diese Leute einlassen. Wir dürfen uns denen nicht unterwerfen.«

»Das werden wir auch nicht.« Klara drehte sich zu Susanne um und sah sie entschlossen an. »Du, Schwester Ilse, Frau Penöter, Fritzchen, Erna und Herr Strahler, ihr seid die Einzigen, die wissen, dass Tolla nicht meine Tochter ist. Niemand sonst.«

»Ja, und?«

Klara ging hinüber zu dem hohen Aktenschrank. Sie zog die mittlere Schublade auf und suchte darin nach Tollas Unterlagen. Als sie die Mappe gefunden hatte, ging sie damit zurück zum Tisch, schlug sie auf, nahm die Geburtsurkunde heraus und wollte sie zerreißen. »Also werde ich sie in Zukunft auch offiziell als meine Tochter ausgeben.«

Im nächsten Augenblick war Susanne bei ihr und hielt ihre Handgelenke fest. »Was um alles in der Welt ist in dich gefahren? Du kannst doch nicht einfach die Geburtsurkunde von dem armen Mädchen zerreißen. Das ist alles, was sie mit ihrer Herkunft verbindet.«

»Genau darum«, sagte Klara.

»Aber sie ist nicht dein Kind und sie wird auch nie dein Kind sein.«

»Das stimmt vielleicht. Aber wenn keine Urkunde da ist, muss erst einmal jemand beweisen, dass sie nicht mein Kind ist.«

»Ich halte das für keine gute Idee«, sagte Susanne noch. Aber da zerriss Klara schon die Urkunde, nahm entschlossen die komplette Mappe mit in den Garten und zündete sie vor dem Hintereingang an. Der weiße Mond stand direkt über ihnen, die Septemberluft war mild und warm. Die Kiefern rauschten sanft und heimelig über ihnen. Susanne stand auf der Stufe zur Hintertür und beobachtete perplex das Treiben. In ihren schwarzen Augen flackerte das flüchtige Feuer. Schließlich schüttelte sie den Kopf und flüsterte: »Du bist wirklich ungeheuerlich, Klara Möbius.« Damit verschwand sie im Inneren des Hauses und Klara blieb draußen beim verglühenden Papier, bis alles zu Asche geworden war. Vielleicht war sie doch, wie Gustav es gesagt hatte, eine tollkühne Frau!

Klara machte ein paar tastende Schritte am Klavier vorbei in den kühlen Flur hinaus. Es war, als wäre sie noch immer Mitte zwanzig, ein junges, entschlossenes Mädchen, das nicht wusste, was es tat. Ein junges Mädchen, das gedacht hatte, den Lauf der Zeit und der Geschehnisse mitbestimmen zu können, ohne dass sie dafür irgendwann würde bezahlen müssen. An diesem Abend war sie endgültig zu Tollas Mutter geworden. Sie selbst hatte keine Schwierigkeiten mit dieser Version der Geschichte gehabt. Nur war es wichtig gewesen, dass alle, die davon wussten, auch keine Probleme damit hatten. Sie hatte nicht darüber nachdenken wollen, dass immer die Gefahr bestand, irgendjemand würde Tollas wahre Identität verraten können. Wann immer sie ihre Version der Geschichte laut ausgesprochen hatte, hatte sie selbst ein bisschen mehr daran geglaubt: »Tolla ist meine Tochter.«

Klara setzte sich auf das schmale Telefonbänkchen. Die Sonnenstrahlen kamen nun nicht mehr durch die Oberlichter. Der Tag neigte sich langsam seinem Ende zu. Wie sich alles irgendwann seinem Ende zuneigte, nicht wahr?

# 17.

Klara stand mit Susanne und Tolla in der Vordertür, als Herr Strahler im schwarzen Dienstwagen mit silbernem Adler auf dem Kühler durch das offene Tor und ums Rondell gebraust kam und direkt vor ihnen am Fuß der Treppe anhielt, sodass es staubte. Der Hausmeister fuhr grundsätzlich zu schnell, was Klara auf dem Grundstück des Kinderheimes absolut unangebracht fand. Beim nächsten Mal würde sie ihn noch einmal darauf hinweisen. Jetzt lief sie die Stufen hinunter, um ihrer Mutter beim Aussteigen zu helfen. Sie war extra mit dem Zug nach Oranienbaum gereist, um das kleine jüdische Mädchen kennenzulernen, von dem Klara in ihrem Brief geschrieben hatte. Herr Strahler war schon aus dem Wagen gesprungen. Sportlich, mit hochgekrempelten Hemdsärmeln, grinste er Susanne über die Kühlerhaube hinweg an und Susanne machte ein zweideutiges Gesicht. Das bekam Klara allerdings nur beiläufig mit. Ihre Konzentration war ganz auf ihre Mutter gerichtet, die ihre Füße aus dem Wagen auf das Trittbrett schob. Als sie stand, musste sie sich für einen Moment an Klaras Hand festhalten. »Das ist mein Kreislauf«, lächelte sie.

Als der Schwindel vorüber war, stiegen sie gemeinsam die Treppe hinauf, wo Tolla in weißem Spielkittel und mit geflochtenen Zöpfen artig wartete. Herr Strahler winkte ihr zu und rief: »Da ist ja die kleine Tolla Sawyer.« Das rief er in letzter Zeit immer, wenn er sie sah. Klara verstand nicht genau, was er damit sagen wollte. Vermutlich, dass er nicht vergessen hatte, dass sie, genau wie Tom Sawyer, ein Waisenkind war. Das sollte er besser lassen! Er stieg wieder in den Wagen und brauste davon. Klaras Mutter blickte staunend an der mit Rosen überwucherten Gebäudefassade hinauf zu den Balustraden und Balkonen und den drei kleinen Türmchen auf dem Dach. Sie wirkte ausgelaugt. Ihre Haut war fahl und die zum Dutt gebundenen dunkelblonden Haare hatten graue Strähnen bekommen. Der Mantel und die Schuhe waren abgetragen. »Schön haben Sie es hier. So ruhig und auch ein wenig abgelegen.«

»Ja, wem sagen Sie das.« Susanne lächelte bedrückt. Klara sah ihr an, dass der kärgliche Anblick ihrer Mutter sie erschreckte. Als würde Susanne jetzt erst klar, wie unterschiedlich die finanzielle Situation ihrer beiden Familien tatsächlich war. Vielleicht verstand sie Klaras Sorge, dass das Heim geschlossen würde, jetzt besser. »Entschuldigen Sie mich. Ich muss wieder nach drinnen, zu meinen Kindern in den Spielsaal«, erklärte sie und verschwand eilig im Haus.

Klara legte Tolla kurz die Hand auf die schmächtige Schulter und ihre Stimme zitterte angespannt, als sie sagte: »Das ist mein kleines Mädchen.«

Ihre Mutter betrachtete Tolla aufmerksam und freundlich und stellte schließlich verwundert fest: »Mit ihren roten Haaren sieht sie genauso aus wie du, als du vier Jahre alt warst.«

Klara schluckte. Hieß das, sie empfand das kleine Mädchen nicht als fremd und konnte wenigstens ein bisschen nachvollziehen, warum sie sich dieses Kindes angenommen hatte? Ihre Mutter reichte Tolla die Hand. »Zeigst du mir, wo ihr alle wohnt?«

Tolla nickte. »Ja, gerne.« Ganz selbstverständlich fasste sie die Besucherin bei der Hand. Als wäre sie ihre Großmutter. Das hatte Klara ihr auch zuvor gesagt: »Deine Großmutter kommt uns heute besuchen.« Tolla plapperte fröhlich drauflos: »Das hier ist unser Vestibül und da vorne geht es gleich in unsere Küche.« An der Schwingtür drehte sie sich flink herum, so wie sie es immer tat, und gab ihr mit dem Po einen kräftigen Schubs, dass sie aufsprang.

»Das sind ja drei riesige Herde!«, rief Klaras Mutter und klatschte in die Hände. »Mit diesen großen Kellen, die ihr da hängen habt, könnte ich gar nicht umgehen!«

»Ach, daran gewöhnt man sich«, sagte Klara. »Du hast dich ja auch daran gewöhnt, auf deinem kleinen Herd für eure vielen Pensionsgäste zu kochen.«

»Wenn wir denn überhaupt noch welche hätten.« Klaras Mutter seufzte, doch dann lachte sie gleich wieder und beugte sich zu Tolla herunter: »Und wo spielst du mit den anderen Kindern?«

»Komm, ich zeig es dir.«

Als sie die Tür des Spielsaals öffneten, las Susanne gerade im Erker, umringt von kleineren und größeren Kindern, aus *Die Häschenschule* vor. Klaras Mutter ließ ihren Blick über die Bilderleiste oberhalb der eingebauten Wandschränke gleiten, auf der Illustrationen von spielenden Kindern zu sehen waren. Weiter hinten stand das Klavier. Vor den Fenstern waren noch ein paar kleine Möbel gruppiert.

Als die Geschichte zu Ende war, klappte Susanne das Buch zu und stand von ihrem Platz auf. »Kommen Sie herein.«

Klaras Mutter schüttelte irritiert den Kopf, als sie den Stuhl sah, auf dem Susanne gerade noch gesessen hatte. »Was ist das denn für eine merkwürdige Sitzgelegenheit? Da sind ja gar keine Hinterbeine dran!«

»Probieren Sie den Stuhl ruhig aus. Man sitzt sehr bequem darauf. Das ist ein Freischwinger.«

Vorsichtig ließ sich Klaras Mutter auf dem Lederstreifen nieder, der als Sitzfläche diente. »Hält er mich denn? Er sieht so wenig stabil aus.«

Susanne lachte: »Aber sicher.«

»Woher haben Sie diese luftigen Stühle?«, fragte Klaras Mutter verwundert, immer noch unsicher, ob das Stahlgestell nicht gleich mit ihr nach hinten umkippte.

»Die hat unsere Oberin Fräulein Martin besorgt, als es das Bauhaus noch gab. Dort standen sie sogar in langen Reihen in der Aula für die Zuhörer von Lichtbildvorträgen. Mit dieser Epoche ist es ja nun vorbei.«

»Ja«, sagte Klaras Mutter. Ihr war anzusehen, dass sie gar nicht verstand, was Susanne da gerade erzählte. Vorsichtig erhob sie sich wieder vom Stuhl und lächelte hilflos. »Sehr schön und merkwürdig.«

Nach einer Runde durch den herbstlichen Garten und einem Blick in die Waschküche saßen sie oben in Klaras Zimmer auf der Bettkante. Ihre Mutter konnte die Augen nur schwer von Tolla lösen, die auf dem Boden saß und versuchte, ihrer Stoffpuppe das Kleid auszuziehen. »Mit ihren roten Haaren könntest du wirklich als ihre Mutter durchgehen.«

»Das bin ich ja auch«, unterbrach Klara sie schnell und gab ihr mit stummen Blicken zu verstehen, dass sie vor dem kleinen Mädchen aufpassen musste, was sie sagte. Auch wenn es noch nicht einmal vier Jahre alt war.

Doch für Klaras Mutter war es offenbar nicht möglich, das Thema einfach ruhen zu lassen. »Wie lange willst du denn bei dieser Behauptung bleiben?«

»Solange es notwendig ist.«

»Und was hast du Tolla gesagt, wo ihr Vater ist?«

»Der ist weggelaufen.«

»Ach, Klärchen! Hast du das denn wirklich bis zum Ende durchdacht? Die Leute von der Fürsorge wissen doch über die ganze Sache Bescheid, oder nicht?«

Klaras Stimme klang härter als eigentlich beabsichtigt. »Nein, die Leute von der Fürsorge wissen nicht über die ganze Sache Bescheid. Nur eine einzige Dame und die hat die Angelegenheit wahrscheinlich längst vergessen.«

»Bist du dir sicher?« Ihre Mutter machte einen beunruhigten Eindruck.

»Was soll ich denn tun?« Jetzt senkte Klara ihre Stimme ab und flüsterte ärgerlich: »Jüdische Kinder dürfen nicht mehr in deutschen Einrichtungen untergebracht werden. Soll ich sie in ein jüdisches Waisenhaus geben?« Sie hatte ihren Eltern die Situation doch ganz genau in ihrem Brief erklärt. So schwer war das doch nicht zu verstehen.

Ihre Mutter nickte und flüsterte nun ebenfalls: »Entschuldige, es ist nur so neu für mich.« Sie hielt die Teetasse, die Klara ihr gereicht hatte, auf den Knien und starrte für einen Moment hinüber zum Hocker, wo Tolla für ihre Puppe selbstvergessen einen Kaffeetisch gedeckt hatte, um dann erneut mit dem Thema anzufangen. »Und du glaubst nicht, dass es trotzdem vernünftiger wäre, die Kleine ... Ich meine, die Zeiten sind schwierig und du weißt nicht, wie lange du noch diese Anstellung hast.«

Klara setzte sich auf ihren Schreibtischstuhl. Sie verstand, dass ihre Mutter sich Sorgen machte. Aber was half es? Tolla wusste ja nicht einmal, dass sie nicht ihre Mutter war. »Deshalb bemühen wir uns ja, dass das Heim verstaatlicht wird.«

»Und was passiert, wenn beim Ministerium herauskommt, dass sie gar nicht deutsch und auch nicht deine Tochter ist? Dann bekommst du entsetzlichen Ärger. In Annaberg haben sie Kunden, die aus jüdischen Geschäften kamen, Stempel ins Gesicht gedrückt, auf denen stand: *Wir Verräter kaufen bei Juden.*«

»Das war in Annaberg«, unterbrach Klara sie. Sie wollte nichts mehr davon hören. Sie hatte ihre Entscheidung längst und unwiderruflich getroffen. Es blieb ihr gar nichts anderes übrig, als davon auszugehen, dass alles gut ging. Tolla legte ihre Puppe ins Kinderbett, deckte sie fürsorglich zu und kletterte dann auf Klaras Schoß. Obwohl sie erst dreieinviertel Jahre alt war, hatte sie jetzt schon zu viel von dieser Unterhaltung mitbekommen. Kinder verstanden erstaunlich gut, worüber sich Erwachsene unterhielten. Besonders, wenn sie flüsterten. Wirklich erstaunlich gut.

»Auf jeden Fall meint Papa, dass du in die Partei eintreten solltest, damit du schon drin bist, wenn sie das Heim übernehmen«, fuhr ihre Mutter fort. »Dann können sie dich schwerer loswerden. Wichtig ist doch, dass sie nicht denken, du bist bisher Sozi oder Kommunistin gewesen.«

Klara atmete tief ein. »Und, wie geht es euch in Lieberode?« Sie wollte sich nicht länger all die guten Ratschläge und Überlegungen anhören, die immer vom Schlimmsten ausgingen. Die Sache war ohnehin schon ernst genug.

Ihre Mutter stellte die Teetasse vorsichtig auf den Schreibtisch. »Kurtchen hat mit seiner Truppe bei den Kreisjugendwettkämpfen den Staffellauf gewonnen. Dank der Rennschuhe, für die du ihm neulich Geld geschickt hast. Und mit seinen Tauben hat er auch noch einen Preis geholt.«

Klara nickte und bemerkte halb abwesend: »Das hat ihn bestimmt stolz gemacht.«

»Ja.«

Und dann sahen sie Tolla gedankenverloren zu, wie sie ihrer Stoffpuppe wieder Kleid und Jacke anzog und so tat, als würde sie über die Bettdecke spazieren. Klaras Mutter richtete sich schließlich auf und sagte mit belegter Stimme: »Klärchen, wir müssen dich leider noch einmal um etwas finanzielle Hilfe bitten.« Es war ihr sichtlich unangenehm, dieses Thema anzuschneiden. In ihrer Hilflosigkeit lächelte sie Tolla abwesend an, die ihr die Puppe hinhielt. »Kannst du ihr Zöpfe flechten?«

Klaras Mutter fing mit unruhigen Fingern an, aus den Wollfäden Zöpfe zu flechten, wobei ihr die Puppe immer wieder wegrutschte. »Wir liegen mit den Raten für die Hypothek zwei Monate im Rückstand. Wenn das so weitergeht, verlieren wir das Haus.«

Klara nahm ihr endlich die Puppe ab, flocht die Wollzöpfe zu Ende und band rote Schleifen darum. »Wie viel braucht ihr denn?«

»Eine ganze Menge.« Ihre Mutter wischte sich mit einem Taschentuch über die Augen und versuchte, nicht zu weinen. »Fünfzig Reichsmark. Es tut mir so leid, mein Kind. Wir zahlen dir alles zurück.«

»Ich weiß.« Klara stand von ihrem Stuhl auf und gab Tolla die Puppe. Sie hatte Mitleid mit ihrer Mutter, die all die Jahre so hart gearbeitet hatte, um die Pension am Laufen zu halten. Sie hatte bestimmt niemals vorgehabt, sich von ihrer Tochter immer wieder Geld borgen zu müssen. Die Zeiten waren eben so. Ihre Mutter rieb sich erschöpft über die Augen. »Entschuldige, Klärchen. Ich bin nur so durcheinander. Dein Bruder soll heute Abend zu einer Begutachtung bei der SA gehen, ob er Krampfadern hat und sein Herz, die Lunge und die Nieren in Ordnung sind. Ich hoffe, sie nehmen ihn nicht in ihrem Verein auf mit seinem fehlenden Finger.«

»Ich weiß.« Klara stand vor ihrer Mutter. »Ich weiß.« Was konnte sie auch sonst sagen?

»Warum fehlt ihm ein Finger?«, fragte Tolla plötzlich von ihrem Bett aus.

»Als kleiner Junge hat er aus Versehen in die Häckselmaschine gefasst«, sagte Klara halb in Gedanken.

»Was ist eine Häckselmaschine?«, wollte Tolla wissen.

»Darin zerkleinert man Rüben für die Tiere«, antwortete Klaras Mutter knapp, und dann zu ihrer Tochter gewandt: »Klärchen, so kann das doch nicht weitergehen!«

»Das wird es auch nicht, Mama.« Sie zog die obere Schublade von ihrem Schreibtisch auf und reichte ihr fünfzig Reichsmark, die sie aus einem Briefumschlag zog.

Ihre Mutter nahm das Geld. »Aber hast du denn dann noch genug zum Leben? Das ist ja bestimmt die Hälfte deines Monatsgehalts.«

»Hier im Heim habe ich doch alles, was ich brauche.«

Als ihre Mutter das Geld in ihrer Tasche verstaut hatte, hob sie den Kopf und sagte mit bemüht heiterem Gesichtsausdruck: »Ach Klärchen, mir erscheint dein Leben hier ganz wunderbar. Ich habe immer davon geträumt, so unabhängig zu sein. Achte bloß darauf, dass dir die Leute von der Regierung nicht vorwerfen können, du wärest nicht nationalsozialistisch.«

Es klopfte an die Tür und Fritzchen steckte ihren Kopf ins Zimmer. Sie sah beunruhigt aus. »Fräulein Möbius, unten ist ein großes schwarzes Polizeiauto mit mindestens sechs Sitzen vorgefahren. Ich glaube, Sie sollten besser kommen.«

Klara nickte angestrengt. »Ich komme.« Ihr Herz klopfte.

Ihre Mutter sah erschrocken zu ihr auf. »Was hat das zu bedeuten?«

»Ich weiß es nicht, Mama. Bleib mit Tolla auf jeden Fall hier oben im Zimmer. Ich komme so schnell ich kann wieder zu euch.«

»Warum hat denn dein Bruder in die Häckselmaschine gefasst?«, fragte Tolla.

Klara gab ihr einen flüchtigen Kuss auf die Stirn. »Frag Oma.«

Sie lief aus der Tür und den Gang hinunter. Nicht zu eilig, dennoch schnell genug, um möglichst zügig herauszufinden, was los war. Kam die Polizei wegen Tolla? Hatte sie jemand dabei beobachtet, wie sie neulich ihre Geburtsurkunde im Garten verbrannt hatte? Oder war es nur ihr schlechtes Gewissen, das ihr Angst machen wollte? Sie hatte etwas getan, was sie als vorläufige Heimleiterin niemals hätte tun dürfen. Sie hätte Tolla längst als Waise melden müssen. Klara lief die Treppe hinunter ins Vestibül, wo Susanne schon an der offenen Eingangstür mit einer dunkelhaarigen, elegant gekleideten Dame redete. Klara hatte sie noch nie zuvor gesehen. War sie von der Regierung? Hatte Frau Penöter doch mitgeteilt, dass sich hier ein jüdisches Waisenkind aufhielt? Gerade als sie unten ankam, spazierte die Dame durchs Vestibül direkt auf sie zu und fragte umstandslos: »Wie viele Kinder haben Sie hier? Und was sind das für Kinder?«

Klaras Mund war trocken, sie konnte nichts sagen. Sie wusste ja gar nicht, worum es hier ging. Glücklicherweise übernahm Susanne das Reden, wenn auch etwas stockend. So als habe sie ebenfalls gewisse Befürchtungen, was diesen unangemeldeten Besuch anbelangte. »Wir haben hier nur erholungsbedürftige Kinder im Alter von vier bis acht Jahren. Sie machen gerade im Garten Gymnastik.«

»Wir haben gehört, Sie haben keinen behandelnden Arzt mehr im Heim?«

»Das stimmt. Aber Dr. Voigtländer kommt regelmäßig auf seiner Runde über die umliegenden Orte bei uns zur Visite«, erklärte Susanne und machte ein harmloses Gesicht. »Wir haben ja keine Kinder mehr hier, die an Tuberkulose erkrankt sind. Die meisten leiden an Mangelernährung.«

»Aha.« Die Besucherin mit den dunklen Haaren runzelte die Stirn und drehte sich weiter um die eigene Achse, als wollte sie alles ganz genau unter die Lupe nehmen. »Und wo ist die Heimleiterin?«

Klara kam die letzte Stufe herunter. »Das bin ich.« Sie hatte keine Ahnung, wer diese Dame war und was sie wollte. Sie streckte ihre Hand aus. »Fräulein Möbius.«

Die Dame hatte einen überraschend festen Händedruck. »Referentin Kohlmann von der Abteilung Volksbildung. Ministerialrat Dr. Raabe schickt mich zu Ihnen, um mich mit Ihnen über die Zukunft Ihres Heimes zu unterhalten.«

»Ministerialrat Dr. Raabe?« Klara sah sie irritiert an. »Was ist mit Herrn Dr. h. c. Müller? Mit ihm habe ich ...«

»Nein, nein, nein. Dr. h. c. Müller ist nicht mehr bei uns.« Frau Kohlmann schüttelte pikiert den Kopf und bewegte sich ganz selbstverständlich den Gang hinunter, als würde sie sich hier schon sehr gut auskennen.

Klara und Susanne warfen sich verwunderte Blicke zu, bevor sie der eigenartigen Dame folgten, die am Büro vorbei zur

Hintertür in den Garten hinaustrat. »Unser Ministerialrat Dr. Raabe hat als Leiter der Abteilung Volksbildung in diesem Fall die Entscheidungsgewalt. In Zukunft werden Sie im Ministerium nur noch mit ihm zu tun haben. Oder mit mir!«

»Und worum geht es?«, fragte Klara. Offenbar war Frau Kohlmann nicht wegen Tolla und der verbrannten Geburtsurkunde hier.

Die Referentin lächelte ergeben, während sie sich draußen auf die Rasenfläche stellte und begeistert der kleinen Kindergruppe zusah, die unter Anleitung der Jugendleiterin Erna in ihren Kittelkleidchen fleißig Kniebeugen machte. »Sie haben bestimmt schon von unserem Oberregierungsrat Dr. Hiller gehört?«

Klara nickte. Oh ja! Von ihm hatte sie schon gehört! Das war der Herr, der für sie bei der Behörde nie zu sprechen gewesen war.

Frau Kohlmann legte den Kopf schief, löste den Blick von der Gymnastikgruppe und strahlte von einem Ohr zum anderen. »Dr. Hiller hat sich überlegt, dass er etwas für junge Mädchen schaffen möchte, das ganz und gar dem neuen Geist unserer Regierung entspricht. Wir wollen etwas ganz Feines aus ihrer Einrichtung machen. Ein ländliches Frauenbildungsheim. Die Mädchen, die hier ausgebildet werden, sollen lernen, dass ein Leben in Natur, Luft und Sonne inmitten einer großen Kinderschar unendlich glücksbringend ist. Und Sie müssen uns dabei helfen.«

Klara und Susanne wechselten wieder möglichst unauffällig ein paar Blicke. Normalerweise hätten sie Frau Kohlmann für solch ein offizielles Gespräch ins Büro bitten müssen. Doch da sich die Referentin bereits dazu entschieden hatte, sich überall umzusehen, fragte Klara rundheraus: »Das heißt, der Staat wird das Heim übernehmen?«

»Ganz genau! Wir machen aus Ihrem Haus eine ländliche

Ausbildungsstätte, die Vorbild für alle weiteren nationalsozialistischen Ausbildungsstätten werden soll. Wo Sie doch von diesem herrlichen Gartenreich umgeben sind. Das wird eine ganz wunderbare Sache. Unsere Mädel müssen wissen, dass unser Volk nur leben wird und leben kann, solange es bäuerlich denkt, handelt und fühlt. Ab jetzt tragen Sie dafür die Verantwortung, dass wir das hinbekommen.«

Klara konnte dem Gesagten gar nicht so schnell folgen. Susanne wirkte auch etwas überrollt. Sollte aus ihrem Heim eine Art landwirtschaftlicher Betrieb werden? Da Susanne gar nichts mehr sagte, bemerkte Klara nur: »Wir freuen uns.«

Frau Kohlmann klemmte sich ihre flache Lederhandtasche unter den Arm und schritt die Blumenrabatten ab. »Damit wir fleißig planen können, werden Sie mich in Zukunft häufig sehen. Im kommenden Frühjahr, am 5. Mai, soll die Eröffnung sein. Es werden einige ranghohe Funktionäre und andere Persönlichkeiten kommen, um sich unseren Feldversuch anzusehen. Dr. Hiller und Dr. Raabe werden sich bis dahin in regelmäßigen Abständen über Ihren Fortschritt informieren.«

Klara und Susanne hatten noch nicht genau verstanden, wer nun von den vielen Doktoren das Sagen hatte.

»Außerdem müssen wir uns noch über die Leitung des Heimes unterhalten«, bemerkte Frau Kohlmann. »Wir brauchen eine mit den Umständen vertraute, selbstbewusste Person.«

Susanne bemerkte rasch: »In Fräulein Möbius haben Sie die beste Heimleiterin, die Sie sich vorstellen können. Sie kann sich diplomatisch sehr geschickt verhalten und kennt sich mit allem hervorragend aus.«

Die Referentin war ausgesprochen zufrieden. »Ach, ist das idyllisch hier.« Versonnen beobachtete sie die Kinder aus der Turngruppe, die sich nun an den Händen hielten und im Kreis marschierten. Dann ging sie wieder zurück ins Haus und weiter ins Vestibül. Susanne und Klara folgten ihr.

»Allerdings habe ich vor dem Eingang keine Hakenkreuzfahne gesehen. Wo ist die?«, fragte Frau Kohlmann.

»Die ist in Arbeit«, sagte Susanne zu Klaras Verwunderung ganz souverän. »Die Mädchen nähen gerade ganz fleißig daran.«

Frau Kohlmann klatschte in die Hände. »Das wird den Oberregierungsrat sicher sehr freuen. Sie sind doch schon im NS-Lehrerbund?«

Susanne und Klara lächelten höflich, ohne zu gestehen, dass sie mit dem NS-Lehrerbund nichts zu tun haben wollten. Das machte aber nichts, denn Frau Kohlmann redete gleich weiter: »Unsere Schülerinnen sollen unbedingt eine gleichmäßige Kleidung tragen. Rot, blau oder grün karierte Waschkleider in Dirndlform mit einfarbiger Schürze in betreffendem Ton. Wie echte Mädel vom Land. Das wird recht munter und nett aussehen. Was halten Sie davon?« Sie strahlte Susanne und Klara an. Die beiden nickten und versicherten: »Sehr schön.«

Plötzlich war oben auf der Treppe eine Kinderstimme zu hören, die fröhlich vor sich hin plapperte: »Aber wusste denn Mamas Bruder gar nicht, dass er seinen Finger nicht in die Häckselmaschine stecken darf?«

Im nächsten Augenblick kam Tolla die Treppe herunter. Eine Hand am Geländer, sprang sie in ihrem weißen Kittelkleid und den roten Zöpfen eine Stufe nach der anderen herunter. Hinter ihr beeilte sich Klaras Mutter, sie einzuholen. »Bleib hier, Tolla!«

Aber da hatte Frau Kohlmann sie schon entdeckt. »Wer ist denn dieses putzige Engelchen?« Die Referentin blinzelte verzückt. »Was für hübsches rotes Haar! Sie sieht ja aus wie Sie in klein, Fräulein Möbius!«

Als Klaras Mutter Tolla auf der letzten Stufe endlich eingeholt hatte, fasste sie schnell nach ihrer Hand. »Entschuldigen Sie bitte! Sie ist mir einfach entwischt! Komm, Tolla, wir gehen wieder nach oben.« Sie wollte mit ihr gleich wieder die Treppe hinauf in Klaras Zimmer verschwinden. Doch das kleine Mädchen blieb stehen und stemmte ihre Beinchen fest in den Boden. Mit ihrem Blick fixierte sie die Referentin.

Klara räusperte sich. »Frau Kohlmann, das ist meine Mutter.«

Frau Kohlmann nickte höflich. »Und dieses kleine Persönchen da? Wer ist das?«

»Das ist meine Enkelin«, erklärte Klaras Mutter plötzlich ganz selbstverständlich mit unüberhörbarem Stolz in der Stimme. »Entschuldigen Sie, dass wir Sie bei Ihrer Besprechung gestört haben.«

»Aber das haben Sie doch gar nicht! Ich wusste nur nicht, dass Sie gerade zu Besuch sind.« Frau Kohlmann lächelte verwundert, ohne eine weitere Frage zu stellen. Ganz offenbar hatte sie nicht damit gerechnet, dass die Heimleiterin Familie hatte. Sie winkte noch einmal Klaras Mutter, die Tolla jetzt unter einiger Kraftanstrengung die Treppe wieder hinaufbugsierte, und wandte sich zum Gehen. »Gut, dann sehe ich Sie in der kommenden Woche wieder und wir planen unser schönes Vorhaben.«

Schweigend folgten Susanne und Klara der Referentin durchs Vestibül. Sie hingen wohl alle ihren Gedanken nach. Frau Kohlmann schien sich zu fragen, wie sie die Tatsache beurteilen sollte, dass die Leiterin ihres ersten ländlichen Frauenbildungsheimes ein Kind hatte. Klara fragte sich, ob diese Geschichte, dass sie Tollas Mutter war, jemals Bestand haben würde, und Susanne überlegte wahrscheinlich, was es für sie alle bedeutete, wenn Frau Kohlmann sich für die staatliche Übernahme des Heims entscheiden würde.

An der Eingangstür verabschiedeten sie sich höflich voneinander und versicherten sich, dass sie sich alle drei außerordentlich auf die enge Zusammenarbeit freuten. Dann ging Frau Kohlmann. Susanne und Klara sahen ihr durchs Fenster nach, wie sie sich in ihrem eleganten Kostüm in ihr sechssitziges schwarzes Polizeiauto setzte. Unter der roten Herbstsonne ließ sie sich durchs Tor in den Kiefernwald chauffieren.

»Nun ist es wohl amtlich«, sagte Susanne, als der Wagen zwischen den Kiefernstämmen verschwunden war.

»Dass das Heim übernommen wird?«, fragte Klara mit dünner Stimme.

»Nein. Dass Tolla deine Tochter ist.« Susanne zog die Augenbrauen hoch. »Deine Mutter wirkte sehr glaubhaft als Großmutter.«

»Nun ja, Frau Kohlmann denkt ja jetzt auch, dass unsere Mädels fleißig an einer Hakenkreuzfahne nähen«, grinste Klara. »Danke.«

Susanne sah sie für einen Moment durchdringend an. »Karierte Kleider in Dirndlform mit farblich passender Schürze! Wir sind hier doch nicht in Österreich. Wer denkt sich denn so etwas Albernes aus?«

Klara öffnete den Mund. »Das kann doch hübsch aussehen …«

»Was ich aber eigentlich sagen wollte: Du hattest recht.«

»Womit?« Sie sah Susanne überrascht an.

»Ich weiß nicht, wie es ist, die eigenen Eltern finanziell unterstützen zu müssen. Ich habe kein Recht, deine Bemühungen zu behindern. Ich werde meine Abneigung gegen all diese Leute, so gut ich es kann, für mich behalten. Bis das Heim vom Staat übernommen ist, werde ich dir helfen. Dann verschwinde ich.«

Klara brauchte einen Moment, bis sie begriffen hatte, was Susanne da gerade von sich gegeben hatte. Doch als sie das Gesagte in seinem ganzen Ausmaß verstanden hatte, umarmte sie ihre Freundin und drückte sie, glücklich und traurig zugleich, an sich. »Danke!«

# 18.

Am frühen Morgen des 5. Mai 1933 saß Klara in ihrem Zimmer am Tisch. Der große Tag war gekommen. Heute sollte das erste Frauenbildungsheim des Deutschen Reiches eröffnet werden. Sie hatte die Vorhänge etwas zur Seite geschoben, sodass die helle Frühlingssonne einen schmalen Lichtbalken auf das Buch in ihren Händen warf. Gerade so viel, dass Tolla nicht von der einfallenden Helligkeit geweckt wurde. Klara atmete tief ein und aus. Sie wollte ein paar Seiten in *Der Spieler* lesen und Ruhe finden. Sie wollte nicht darüber nachdenken, welche »hochkarätigen Gäste«, wie Frau Kohlmann sie ehrfurchtsvoll bezeichnete, schon bald in ihren schwarzen Regierungswagen vorfahren würden. Der Ministerpräsident, der Ministerialrat, der Oberregierungsrat, der Gauleiter und andere Funktionäre. Einflussreiche Herren, die ihr zutrauten, diese staatliche Bildungseinrichtung für junge Mädchen allein leiten zu können. Sie hatte für diese Übernahme so hart gearbeitet. Nun hatte sie es geschafft.

Für einen Moment blickte sie auf den Buchdeckel und strich darüber. *Der Spieler.* Vor einem halben Jahr hatte sie Gustav zum letzten Mal gesehen. Aber natürlich dachte sie noch an ihn. Im Nachhinein kam es ihr falsch vor, dass sie damals einfach weggelaufen war, ohne sich mit ihm wenigstens zu einem Kaffee zu verabreden. Vielleicht war er jemand, dem sie vertrauen konnte. Gleichzeitig war in den letzten Monaten so viel zu tun gewesen, dass sie ohnehin keine Zeit für solch ein Treffen gehabt hätte. Frau Kohlmann hatte sich regelmäßig in ihrem schwarzen Polizeiauto nach Oranienbaum chauffieren lassen, um ihr erstes ländliches Frauenbildungsheim zu planen. Sie hatte geplant und geplant und Klara und Susanne hatten eifrig mitplanen sollen. Manchmal hatten sie ihren Ohren nicht trauen können, wenn Frau Kohlmann in ihrem eleganten Kostüm bei ihnen im Büro gesessen und begeistert erklärt hatte: »Wir bauen einen Hühnerstall und natürlich einen Viehstall! Ohne Kühe, Schweine und Hühner ist es ja kein echtes ländliches Frauenbildungsheim! Das gehört jetzt einfach dazu.«

Es war vollkommen egal gewesen, wenn Susanne oder Klara bemerkt hatten, dass sie in der Viehzucht keine Erfahrung hatten. Frau Kohlmann hatte fröhlich abgewunken: »Sie bekommen das schon hin.«

Klara klappte das Buch auf und versuchte zu lesen. Lesen half immer, um sich zu entspannen. Doch heute Morgen war sie so angespannt, dass sie nun bereits zum fünften Mal den gleichen Satz las. *Die Polizisten sitzen unter den Zuschauern im Saal, tragen Zivil und sind daher nicht zu erkennen.* Heute durfte kein Fehler passieren. Keiner von den Entscheidungsträgern sollte etwas zum Bemängeln finden oder Zweifel an ihren Fähigkeiten haben. Klara sah auf ihre Armbanduhr. Es war kurz vor halb acht. Gleich würde Fritzchen an die Tür klopfen und sich um Tolla kümmern, bis die Einweihungsfeier vorüber war und die Gäste wieder verschwunden waren.

Das Heim war inzwischen wieder voll belegt mit schmächtigen, schlecht genährten Kurkindern. Neue Kindergärtnerinnen, Jugendleiterinnen und Krankenschwestern waren eingestellt worden und Klaras Schülerinnen, Annie, Erika, Elisabeth und wie sie alle hießen, hatten bald den ersten Ausbildungsabschnitt hinter sich.

Es tat Klara leid, dass sie ausgerechnet an diesem Tag auf Fritzchen würde verzichten müssen. Längst hatte sie sich als ihre beste Kraft mit der meisten Übersicht entpuppt und es war ein Glück, dass sie bei ihnen im Heim geblieben war. In den letzten Wochen hatte Fritzchen die neuen Mädchen erfolgreich darauf eingestimmt, auf was sie heute beim Bedienen der Gäste zu achten hatten. »Alles in Ruhe! Und kein Geräusch darf zu hören sein.« Es würde schon alles gut gehen.

Klara klappte das Buch zu. Es war zwecklos, sich mit Lesen beruhigen zu wollen. Als sie aufsah, saß Tolla im Nachthemd auf der Kante ihres Kinderbettes und guckte sie verwundert an. »Bist du schon lange wach, Mama?«

»Ein wenig.« Klara stand von ihrem Stuhl auf, nahm die Haarbürste vom Waschtisch und setzte sich neben das kleine Mädchen. »Heute ist doch das große Einweihungsfest, zu dem all die wichtigen Leute kommen und sehen wollen, ob wir das Haus schön geputzt und aufgeräumt haben.« Sie fing an, Tollas Haare zu kämmen und rechts und links in Zöpfe zu flechten.

»Warum darf ich denn nicht bei den anderen Kindern unten in der Spielgruppe sein?«

Klara zuckte mit den Schultern. »Weil du meine Tochter bist.«

»Ja, und?«

Klara wusste nicht, was sie darauf antworten sollte. Die Fürsorgerin, Frau Penöter, würde auch unter den geladenen Gästen sein, und die würde Tolla womöglich wiedererkennen. Das musste unbedingt vermieden werden. Außerdem wollte Klara die Lüge, dass sie Tollas Mutter war, so selten wie möglich vorbringen. Besser, niemand bekam überhaupt etwas von ihr mit. »Manche Leute finden es vielleicht etwas eigenartig, wenn ein Kind keinen Vater hat.«

»Aber ich habe einen Vater.«

»Das wissen die Leute ja nicht. Sie fangen an, seltsame Fragen zu stellen, die wir dann alle beantworten müssen.«

»Aber das macht doch nichts. Du kannst ihnen doch sagen, dass wir nicht wissen, wo dein Mann ist.«

»Das finden die Leute noch eigenartiger, wenn die Mutter nicht weiß, wo der Vater ihres Kindes ist.«

»Du kannst ja nichts dafür, dass er plötzlich verschwunden ist.« Tolla sah sie mit großen Augen an. Ihre hellen Wimpern zitterten sacht. »Das kannst du ihnen doch sagen.«

Klara lächelte. »Ja, das könnte ich den Herrschaften sagen. Aber nicht heute. Heute möchte ich ihnen nichts von mir und dir erzählen. Heute möchte ich nur, dass niemandem Kaffee über die Uniform gegossen wird oder jemandem der Kuchen nicht schmeckt.«

Sie stand vom Bett auf. Tolla hielt ihre Hand fest. »Mach dir keine Sorgen, Mama. Auch wenn dir dein Mann weggelaufen ist.«

Klara drückte sie fest an sich. Am liebsten hätte sie ihr kleines Mädchen gar nicht mehr losgelassen. Irgendwann würde sie ihr die Wahrheit sagen. Irgendwann, wenn sie groß genug war und es niemanden mehr interessierte, dass ein jüdisches Kind von der Leiterin eines nationalsozialistischen Frauenbildungsheimes als ihr eigenes ausgegeben wurde. Sie schloss die Knöpfe auf der Rückseite von Tollas Kleid. Es klopfte und Fritzchen schaute ins Zimmer. »Ich bin da!«

Sie trug ein Tablett mit einer Schüssel Haferbrei und Tee herein. Klara kniete sich vor Tolla hin. »Du frühstückst mit Fritzchen hier oben und dann macht ihr einen Spaziergang in den Ort und kauft neues Briefpapier, damit wir deinen Großeltern heute Abend schreiben können, wie die Eröffnungsfeier gelaufen ist.«

Tolla sah Fritzchen, die neben dem Schreibtisch stand, aus den Augenwinkeln an. Sie flüsterte: »Ich finde ihre Nase komisch.«

Jetzt lächelte Fritzchen, als hätte sie nichts gehört.

Klara stellte sich wieder hin. »Ihre Nase ist überhaupt nicht komisch. Du kennst doch ihre Nase. Sie hatte einen Unfall.«

»Was denn für einen Unfall?«

Fritzchen räusperte sich und sah Tolla etwas hilflos an, als wüsste sie nicht, was sie auf die Frage antworten sollte. Da Klara aber auch nichts sagte, erklärte Fritzchen schließlich: »Meine Mutter war nicht so lieb wie deine.«

»Was hat das denn mit deiner Nase zu tun?«

»Sie hat nicht so gut auf meine Nase aufgepasst wie deine Mutter auf deine.«

Tolla nickte. »Versprich mir, dass du heute gut auf meine Nase aufpasst.«

Fritzchen lachte. »Das verspreche ich.«

Klara ging aus der Tür und den Gang hinunter. Sie nutzte den kurzen Weg, um sich darauf einzustellen, dass sie nun nicht mehr Klara war, die heimlich ein kleines jüdisches Mädchen in diesem Haus aufzog und Angst hatte, dass jemand etwas davon mitbekam. Jetzt war sie Fräulein Möbius, die Leiterin des ersten ländlichen Frauenbildungsheims im nationalsozialistischen Deutschland, die ihre Schülerinnen, ihre Angestellten und sich selbst fest im Griff hatte. Als sie unten ankam, kreiselten die jungen Mädchen schon aufgeregt in ihren karierten Kleidern und bunten Schürzen durch die Küche, kochten Kaffee und deckten im Speisesaal die Tische. Überall standen Blumensträuße und die Sonne flutete das Vestibül mit milder Helligkeit. Nur Susanne war nirgendwo zu entdecken. Weder im Spielsaal noch im Speisesaal. Auch die anderen kleinen Tanten hatten sie bisher nicht gesehen. Das war recht merkwürdig. Schließlich fand Klara sie im Büro, wo sie vor ihrem Schreibtisch stand. In bodenlangem Morgenrock und ungekämmt. An den Füßen trug sie Puschen.

»Was ist los?«, fragte Klara. Ihre Stimme klang ungeduldig. Viel Zeit blieb nicht mehr, bis die Gäste aus Dessau kamen.

Ohne aufzusehen, schichtete Susanne die grünen Aktenstapel von links nach rechts, so als würde sie etwas suchen. »Hast du schon Herrn Strahler mit seiner neuen Frisur gesehen?«

»Nein.« Der Hausmeister interessierte Klara gerade überhaupt nicht. Schon gar nicht seine Frisur, solange sie ordentlich aussah. Was sollte das?

»Er sieht aus wie ein Idiot.« Susanne lachte überreizt, während sie weiter in den Aktenstapeln herumsuchte. »Wie Mussolini. Dazu trägt er jetzt auch dieses seltsame Käppi.«

»Wie bitte?« Klara verstand gar nichts. Schon gar nicht, warum Susanne sich darüber aufregte. Hauptsache, sie zog sich ganz schnell etwas Vernünftiges an.

Endlich ließ Susanne die Aktenmappen in Ruhe und setzte sich auf die Tischkante, sodass ihr Nachthemd unter dem Morgenmantel hervorlugte. »Bisher dachte ich, er wäre ein netter Mensch. Seinetwegen hätte es mir sogar ein bisschen leidgetan, diesen Ort hier zu verlassen. Aber nun zeigt sich, dass meine Menschenkenntnis nicht sonderlich weit reicht. Unser Hausmeister ist kein netter Mensch. Er ist ein Idiot!«

Klara kam ein paar Schritte in den Raum und schloss die Tür. Susanne sprach in erbittertem Ton und nicht gerade leise. Dabei war es heute doch besonders wichtig, dass sie bester Stimmung war. Das allerdings schien sie ganz und gar nicht sein zu wollen. Klara musste dringend zu ihren Schülerinnen in die Küche und kontrollieren, ob noch irgendetwas fehlte. Der Kaffee, der Tee, das Gebäck, alles sollte fertig sein, wenn die Gäste eintrafen. Susanne zog ihre Füße auf den Schreibtischstuhl und schlug die Beine übereinander, so als hätte sie vergessen, welch entscheidender Tag heute war. »Dir ist sicherlich nicht entgangen, dass Herr Strahler und ich uns recht gut verstanden haben. Nicht, dass er ein ernsthafter Kandidat für mich gewesen wäre, aber ich würde sagen, wir waren ganz gute Freunde, die sich nicht nur etwas zu erzählen hatten.«

»Aha?« Klara war nicht klar gewesen, dass es zwischen den beiden so ernst geworden war, geschweige denn, dass Susanne viel für ihn empfand. Sie hatte immer mal wieder von Herrenbekanntschaften in Berlin erzählt. Dass der Hausmeister eine Sonderrolle für sie spielte, war neu.

»Und nun erzählt er mir gestern Abend, dass er der SA beitreten will. Was für ein Dummkopf! Er findet, Hitler und sein Gefolge strahlen Stärke aus. Also hat er sich wohl gedacht, da kann er gleich auch noch Stärke ›ausstrahlen‹, wenn er schon ›Strahler‹ mit Nachnamen heißt.«

Beinahe hätte Klara über den Wortwitz gelacht, wenn sie nicht selbst so unter Druck gestanden hätte. Susanne machte eine finstere Miene und zog sich ein paar Haarsträhnen ins Gesicht. »Es ist so lächerlich, wie unser Reichskanzler von all seinen Plakaten auf die Straße stiert. Ganz Oranienbaum ist voll davon. So düster und strafend. Egal, wohin man geht, hat einen dieser Hitler im Blick. Gruselig ist das! Und jetzt dient sich Herr Strahler diesem Egozentriker und seinem Gefolge auch noch an. Das ist wirklich armselig.«

»Herr Strahler will sich vielleicht nur seine Anstellung hier im Heim sichern, jetzt, wo der Staat es übernimmt. Aus ihm wird ja dadurch nicht gleich ein anderer Mensch.«

Susanne schüttelte wütend den Kopf. »Träum weiter, Klara! Wir leben nicht mehr auf unserer Insel, wo wir harmlos und ungetrübt weiter an unseren Werten und Idealen festhalten können. Die Nazis sind bereits mitten unter uns. Ihre menschenverachtenden Gedanken sickern überall ein. Jetzt sind sie schon bei unserem Hausmeister ins gläubige Hirn gesickert. Pass bloß auf, dass du nicht die Nächste bist.«

»Wie meinst du das?« Klara sah sie warnend an.

Susanne zuckte selbstherrlich mit den Schultern, wehte an Klara vorbei, öffnete die Bürotür und stolzierte in ihrem seidenen Morgenmantel den Flur hinunter. Klara folgte ihr ins Vestibül, sie musste sich sehr zusammenreißen, Susanne nicht einfach am Arm zu packen und vor allen anderen scharf zurechtzuweisen. Es reichte ihr. Und das würde sie Susanne nach dieser Einweihung, die ihr alles bedeutete und die sie ihr gerade mutwillig zerstörte, auch sagen. Es reichte ihr. »Du kannst gehen!«, hätte ihr Klara am liebsten hinterhergerufen. Es war unerträglich. Susanne war, genau wie der Reichskanzler, eine ungeheure Egozentrikerin. Es gab nur ihre Welt. Ihre Gesetzmäßigkeiten. Ihre Regeln. Doch Klara musste sich beruhigen, es blieb ihr gar nichts anderes übrig. Die Eingangstür stand offen und ihre Schülerin Annie kam aufgeregt von draußen hereingelaufen. »Es geht los! Sie kommen!«

Die ersten schwarzen Wagen tauchten aus dem Kiefernwald auf, einer nach dem anderen. Klara warf Susanne einen bitterbösen Blick zu. Hinter ihnen drängten die Schülerinnen in ihren karierten Kleidern und den bunten Schürzen aus der Küche und liefen kichernd an ihnen vorbei, um die ankommenden Gäste feierlich zu empfangen. Wie zuvor eingeübt, bauten sie sich flink rechts und links vom Eingang im Sonnenschein vor den Kletterrosen auf, wo Herr Strahler die extra angefertigte Hakenkreuzfahne angebracht hatte. Zwischen den großen Mädchen, so war es geplant, sollten sich die Heimkinder in ihren weißen Kittelkleidern positionieren. Nur die Allerkleinsten blieben drinnen im Spielsaal. Alles klappte ganz wunderbar, abgesehen davon, dass Susanne noch immer in Nachthemd und Morgenmantel in der Eingangshalle stand.

»Gut.« Sie lächelte gequält. »Dann werde ich mich mal dem Anlass entsprechend zurechtmachen, um unsere Gönner bei uns willkommen zu heißen.« Sie drehte sich um und rauschte die Treppe hinauf. Klara sah ihr für einen Moment nach, dann drehte sie sich wieder zur offenen Tür.

Draußen sprang Frau Kohlmann gerade aus einem der ersten Wagen. Sie trug ein apartes dunkelblaues Kostüm und winkte aufgeregt. »Fräulein Möbius, wir sind da!«

Sie kam die Stufen heraufgelaufen, gefolgt von einigen Damen und Herren, die aus den nachfolgenden Wagen ausgestiegen waren. »Ist das nicht ein wunderbares Wetter für unsere Einweihungsfeier?« Frau Kohlmann lachte in einem fort. Sie umarmte Klara und auch einige der kleinen Tanten und Krankenschwestern, als wüsste sie nicht, wohin mit ihrer angestauten Euphorie oder Anspannung.

Sie hatte Rouge aufgelegt. Aber das hätte sie sich eigentlich sparen können, denn sie war so aufgeregt, dass sie bestimmt auch ohne Rouge rot gewesen wäre.

Sie lief voran ins Vestibül, wo sie sich in die Mitte der kleinen Halle stellte und immer wieder rief: »Nein, wie haben Sie es schön gemacht! Alles sieht so freundlich aus! Und die Blumensträuße, die hier überall stehen. Und die Papiergirlanden! Ganz wunderbar.«

Die anderen Gäste folgten ihr nach und sahen sich interessiert um. Frau Kohlmann redete ununterbrochen auf die kleinen Tanten und auf andere Personen ein, die ihr gerade entgegenkamen. Als Klara auf Frau Penöter zugehen wollte, um sie besonders herzlich zu begrüßen, zog Frau Kohlmann sie allerdings am Arm zu sich heran.

»Der dort ist unser Reichsstatthalter Herr Loeper.« Unauffällig wies sie auf einen hellhäutigen, untersetzten Herrn in Uniform, der in diesem Moment das Haus betrat. »Aus dem Ersten Weltkrieg ist er mit üblen Verwundungen zurückgekommen. Er hat einen Arm und ein Auge verloren.«

Sofort erinnerte sich Klara wieder an Fräulein Martins letzte Worte vor ihrem Tod, die diesem Herrn gegolten hatten. Sie hatte ihn richtig entsetzlich gefunden. Er hatte das Bauhaus schließen lassen. Aber die Referentin Kohlmann war ganz aufgekratzt und wisperte weiter: »Mit seinen Reden gewinnt er viele Anhänger für die NSDAP. Er wirkt sehr sympathisch, finden Sie nicht?«

Klara nickte. Obwohl sie anderer Meinung war. Der Reichsstatthalter Loeper war ihr alles andere als sympathisch. Seine ganze Erscheinung wirkte kalt. Sein sehr kurz geschnittenes Haar verlieh ihm etwas Brutales.

»Er redet sich wirklich in die Herzen vieler Anhaltiner hinein. Ich habe ihn schon ein paarmal in Dessau und Umgebung gehört. Er ist der einzige von den Rednern, der immer wieder etwas Neues bringt und nach dessen Vorträgen ich ernsthaft nachdenken muss«, schwärmte Frau Kohlmann. Und schon entschwebte sie in Richtung des Herrn Loeper. Klara suchte die Gäste, die um den Reichsstatthalter standen, ab, ob sie irgendwo den Oberregierungsrat Dr. Hiller entdecken konnte, dem sie ja bisher noch nicht persönlich begegnet war. Ihn sollte sie auf jeden Fall begrüßen. Schließlich hatten sie ihm die Rettung ihres Heimes zu verdanken. Ihrer Einschätzung nach musste er jemand sein, der mindestens genauso lebhaft gestikulierte und redete wie Frau Kohlmann. Aber sie fand zwischen den vielen fremden Gesichtern niemanden, der vergleichbar auf sich aufmerksam machte. Auf einmal kam, dicht an der Wand entlang, ein hagerer Mann mittleren Alters in Uniform und mit einer Menge bunter Orden auf sie zu und reichte ihr ganz selbstverständlich die Hand. »Fräulein Möbius? Ich wollte mich Ihnen gerne vorstellen. Ich bin Ihr Oberregierungsrat Dr. Hiller.«

Ja! Das war er! Der prächtig geschmückte Weihnachtsbaum, den sie im Gasthaus bei der SA-Veranstaltung am Rand hatte stehen sehen! Klara strahlte ihn an. Weil man das doch so machte, wenn man auf seine Gönner und Retter traf, nicht wahr? »Ich freue mich sehr, Sie kennenzulernen.«

»Sehr schön ist es hier, wo Sie schalten und walten.«

Klara bedankte sich mehrfach, und Dr. Hiller betonte wiederum mehrfach, wie sehr ihm die Erziehung der Jugend am Herzen läge und dass er vorhabe, in Anhalt drei weitere Frauenbildungsheime für Mädchen zu gründen. »Mit Ihrem Heim wollen wir wichtige Erfahrungen sammeln, von denen dann die nachfolgenden Heime profitieren können.« Er machte ein freundliches Gesicht, dem Klara ansah, dass es nicht immer so freundlich aussah. »Sie müssen jetzt als gutes Beispiel vorangehen. Mit Ihrer Hilfe, Fräulein Möbius, werden wir ganz schnell die schädliche liberalistisch-marxistische Lebensauffassung beseitigen. Die sogenannte Gleichberechtigung der Frau mit dem Mann ist eine Fehlentwicklung, unsere Mädchen sollen sich vom geistig-abstrakten Gebiet fernhalten.«

Klara versprach es mit begeistertem Lächeln, und je mehr sie Herrn Dr. Hiller zuhörte und versprach, es genauso zu machen, wie er es sich wünschte, beschlich sie die Erkenntnis, dass sie ihre Schülerinnen niemals nach diesen Idealen würde anleiten und erziehen können. Die karierten Kleider mit den hübschen Schürzen waren nur der harmlose Anfang.

Sie machte ein Gesicht, als fände sie alles ganz richtig, was dieser Nationalsozialist da redete. Dabei war es entsetzlich. Was sollte das überhaupt heißen? Dass ihre Mädchen nicht lesen, nicht diskutieren und sich nicht für Poesie, Musik und Kunst interessieren sollten? Dass sie sich dem Mann unterordnen sollten und ihnen ihre gerade erblühende Freiheit und Selbstbestimmung genommen werden sollte? Während Klara eine begeisterte Miene zog und dabei innerlich tobte, gesellte sich noch ein weiterer Herr im Dreiteiler dazu, der sich als Ministerialrat Raabe vorstellte. Er betonte immer wieder: »So habe ich es mir gedacht. Ein volles Haus voller tatkräftiger junger Mädchen.«

Klara lächelte beipflichtend. Glücklicherweise hielt sich der Ministerialrat mit Wünschen und Vorstellungen, was die Erziehung der Mädchen anbelangte, etwas zurück. Dafür dozierte Dr. Hiller unbeirrt weiter. »Das hinter uns liegende Zeitalter der Aufklärung und des Liberalismus hat mit verhängnisvollem Erfolg die Frau ihrer naturgewollten Stellung und Berufung entfremdet. Die Folge ist, dass wir ein sterbendes Volk geworden sind. Unser Volk braucht nun umgehend gesunden und zahlreichen Nachwuchs!«

»Ganz recht.« Dr. Raabe nickte bedauernd. »Ich hätte auch gerne Enkelkinder.«

Klara konnte gar nichts mehr sagen. Wie kamen diese beiden Herren darauf, dass sie als Frau und Lehrerin gleicher Ansicht war? Sie erkannten gar nicht, wie grotesk das war. Oder war ihnen das egal?

»Entschuldigen Sie, dass ich unterbreche, meine Herren.« Plötzlich stand Frau Kohlmann mit ihren roten Wangen zwischen ihnen. »Das Begrüßungszeremoniell beginnt jetzt im Speisesaal. Ich muss Ihnen Fräulein Möbius für einen Moment entführen, damit sie an unsere Gäste ein paar Worte richten kann.«

Klara winkte den beiden Herren freundlich lächelnd, drehte sich um und eilte zwischen den Gästen hindurch, die sich langsam und plaudernd in Richtung des Speisesaals aufmachten. Während ihr Lächeln erstarb, lief sie über den Flur ins Büro, gefolgt von Frau Kohlmann, die ununterbrochen weiterredete: »Ich frage mich, wo der Ministerpräsident Freyberg bleibt? Er sollte schon längst hier sein. Er ist ein sehr gütiger und netter, immer ausgeglichener und wohlwollender Mensch. An ihm ist nichts von Fanatismus und nichts von Überspanntheit. Sie müssen ihn kennenlernen.«

Klara warf hinter sich die Tür mit einem kleinen Knall zu, als Frau Kohlmann im Flur dankenswerterweise von einer Dame in feinem Kleid und Hut aufgehalten wurde. Der Ministerpräsident Freyberg war mit Sicherheit kein gütiger und wohlwollender Mensch. Genauso wenig wie dieser Dr. Hiller da draußen! Das waren alles ganz furchtbare Menschen mit entsetzlichen Ansichten. Ihr war kalt, gleichzeitig schwitzte sie. Die eingenähten Schweißblätter unter ihren Achseln fühlten sich schon feuchtwarm an. Auf ihren Armen bildete sich Gänsehaut und ihr Hals war wie zugeschnürt. Ihr Herz pochte. Benommen tastete sie sich zu ihrem Schreibtisch. Einige Aktenmappen rutschten herunter und lose Papiere flatterten über den Boden. Klara setzte sich. Jetzt war sie wach. Weshalb hatte sie all das nicht kommen sehen? Wie hatte sie so naiv sein können? Sie hatte sich mit Menschen eingelassen, die darauf vertrauten, dass sie ihren Schützlingen ihr abscheuliches Weltbild einbimste. Hatte sie tatsächlich geglaubt, dass sie sich dem einfach so widersetzen könnte? Hatte sie geglaubt, sie würde dieses Doppelleben ohne Schwierigkeiten fortführen können? Susanne hatte es längst vorhergesehen. Sie war nicht egozentrisch, sondern klug.

Klaras Kopf war leer. Die Rede, die sie für die Eröffnungsfeier vorbereitet, die sie wieder und wieder vor sich hingesagt hatte, um vor all den Leuten frei, fröhlich und kraftvoll sprechen zu können - nichts davon war mehr da. Alles gelöscht und vergessen. Sie wusste nicht einmal mehr, wie sie hieß. Sie bekam kaum noch Luft. Wie sollte sie irgendetwas sagen, was auch nur im Geringsten zu dem passte, was dieser Oberregierungsrat Dr. Hiller da so freimütig und überzeugt von sich gegeben hatte? Niemals würde sie ihre Schülerinnen, ihre Mädchen, nach seinen hinterwäldlerischen Prinzipien erziehen. Sie hatte doch keine Ausbildung mit sehr gutem Abschluss gemacht und war mit nicht einmal Mitte zwanzig die Leiterin eines Frauenbildungsheims geworden, um junge Mädchen vom geistig-abstrakten Lernen fernzuhalten! Sahen diese Männer nicht die Schizophrenie an der Sache? Dachten sie tatsächlich, eine engagierte, eigenständig arbeitende Lehrerin würde ihren Schülerinnen beibringen, wie sie Hausfrauen und Mütter wurden? Nur, weil sich das ein paar Männer so schön ausgedacht hatten? Die Herren bestimmten den Weltenlauf und die Frauen sollten eine riesige Kinderschar fürs deutsche Volk gebären? Das war lächerlich. Und doch war es die Realität, der sie ab jetzt zu folgen hatte. Es klopfte an der Tür, die vorsichtig aufgedrückt wurde.

»Fräulein Möbius?« Frau Kohlmann steckte ihren Kopf mit den geröteten Wangen zur Tür herein. »Ja, was ist denn los? Sie waren plötzlich weg. Ich suche Sie überall. Die Gäste warten schon sehnsüchtig, dass Sie eine kleine, anregende Begrüßungsrede halten. So war das doch abgesprochen.«

Klara strich sich mit zittriger Hand über ihre Haare, die sie zu einem Kornkranz geflochten hatte. »Ich komme. Ich komme sofort.«

Frau Kohlmann kam besorgt näher heran. »Ja, was ist denn? Sie haben doch kein Lampenfieber?«

Klara lächelte matt. »Doch. Ganz offenbar. Mir ist gerade ein wenig schwindelig geworden.«

»Sie müssen Wasser trinken.« Frau Kohlmann fand ein Glas auf der Fensterbank, lief damit eilig hinüber in die Küche, kam wieder und stellte es gefüllt vor Klara auf den Schreibtisch. »Ich verstehe Sie nur zu gut. Die ganzen Vorbereitungen, die Aufregung und nun diese Verantwortung! Aber ich weiß, dass Sie das alles ganz wunderbar meistern werden, und die Herrschaften von der Regierung sind nur froh, wenn Sie ein paar Worte sagen. Ganz aus der Überzeugung und aus Ihrer eigenen Erfahrung heraus.«

Klara trank einen Schluck Wasser. Und Frau Kohlmann machte ihr weiter Mut, wobei ihre Wangen immer röter leuchteten. »Reden Sie über die Verbindung zwischen Haushaltsschule und Kinderkurheim. Wie Sie das Miteinander zwischen den Schülerinnen und der zu versorgenden großen Kinderschar erleben. Über die besondere Liebe und mütterliche Zuwendung zum Kinde, wie sie in Ihrem Heim durchgeführt wird. Sie ist ein unentbehrliches Erziehungs- und Ausbildungsmittel für die Mädchen. Ist es nicht so?«

Klara nickte. »Ja, so ist es.«

»Na, dann sprechen Sie darüber!« Frau Kohlmann griff nach Klaras Hand und zog sie hinter sich her aus dem Büro und in den Speisesaal hinein. Die Gäste hatten bereits an den langen Tischen Platz genommen und sahen neugierig hinüber zum kleinen Podest, auf dem Klara gleich stehen würde. Mit höflichem Lächeln lief sie an den Tischen entlang und machte einen Schritt hinauf aufs Podest. Nun stand sie erhöht. Hier, an diesem Tag, war sie die nationalsozialistische Rednerin. Sie ließ ihren Blick durch den gefüllten Raum schweifen. Viele fremde Gesichter von Frauen in teuren Kostümen und Männern in Uniformen blickten ihr abwartend entgegen. Ganz unauffällig in einer Nische stand Dr. Hiller wie die graue Eminenz. Dr. Raabe hatte hingegen ganz vorne Platz genommen. Nur Susanne war nirgendwo zu entdecken. Wahrscheinlich war sie oben in ihrem Zimmer geblieben. Da wäre Klara in diesem Moment auch am liebsten gewesen. Nie hatte sie sich gleichzeitig so fehl am Platz gefühlt und so richtig. Sie liebte diesen Ort, die Mädchen, ihre Arbeit. Aber sie war erschrocken über das, was daraus werden sollte. Susanne hatte es ihr immer gesagt. Und sie hatte recht gehabt. Entschlossen lächelte Klara in die Menge der erwartungsvoll blickenden Gäste hinein. Sie war die Leiterin dieses Heims und als solche würde sie jetzt die Anwesenden begrüßen. Ganz offen und absolut aufrichtig.

Auch wenn Susanne den Inhalt ihrer Ansprache vielleicht nicht so verstehen würde, wie er gemeint war, hätte sie ihre kluge, treue Freundin doch gerne in ihrer Nähe gewusst. Die ganze Veranstaltung kam Klara so unwirklich vor, als steckte sie in einem seltsamen Traum fest. Sie bemühte sich gleichmäßig zu atmen, um in Ruhe das sagen zu können, was sie vorhatte. Gerade, als sie loslegen wollte, huschte Susanne noch schnell herein. Unauffällig winkte sie Klara zu. Und Klara winkte unauffällig zurück. Voller Dankbarkeit, dass sie bei dieser Aufgabe, die sie zu erfüllen hatte, nicht allein war.

»Heil Hitler! Meine sehr geehrten Damen und Herren. Die Verbindung zwischen Haushaltsschule und Kinderkurheim ist bei uns in Oranienbaum eine ganz besondere«, begann sie und sah ernst in den Raum hinein. »Hier lernen wir alle, was es heißt, füreinander da zu sein, sich umeinander zu kümmern und zu sorgen. Seitdem ich hier vor knapp vier Jahren angefangen habe zu unterrichten, war der tägliche Umgang mit Kindern aller Altersstufen nicht nur für mich als ungebundene Frau wirkungsvoll und anregend, sondern auch für unsere Schülerinnen. Das enge Zusammenleben mit den Pflegekindern weckte in mir sehr schnell einen schlummernden mütterlichen Instinkt und ließ mich unbewusst und auf zwanglose Weise in den Pflichtenkreis der Mutter hineinwachsen. Ich kann also aus eigener Erfahrung und von ganzem Herzen sagen: Das Erziehungskonzept unseres ersten ländlichen Frauenbildungsheimes wird bei unseren Mädchen nicht weniger Erfolg haben als bei mir.« Klara strahlte zuversichtlich und ihr Blick blieb ausgerechnet an Frau Penöter hängen, die ein sehr aufmerksames Gesicht machte. Sie schien überhaupt nicht argwöhnisch. Die Gäste lachten und klatschten Beifall. Beflügelt von der wohlwollenden Begeisterung, holte Klara tief Luft. »Denn was nutzt unserem Volke die Frau, die wohl in der Haushaltung gut bewandert ist, die aber nicht den Willen zum Kinde hat?«

Noch einmal gab es bestätigenden Applaus und Klara erfuhr zum ersten Mal in ihrem Leben, wie erhebend es war, derart bejubelt zu werden. So als wäre sie eine ganz erstaunliche Person. Es war ein überraschendes Gefühl. Sie lächelte immer weiter. Sie wünschte allen einen wunderbaren Vormittag, anregende Gespräche und einen guten Appetit. Das war das Stichwort für ihre Schülerinnen, die vorbereiteten kalten Platten aus der Küche hereinzutragen. Sie strömten hintereinander aus der Schwingtür und verteilten in ihren karierten Kleidern und mit hübschen Flechtfrisuren die köstlich hergerichteten Häppchen. Vom vielen Lächeln taten Klara schon die Wangen weh! »Lassen Sie es sich schmecken!«, rief sie noch. Dann guckte sie von ihrem Podest hinüber zu Susanne, die sie bleich und entgeistert ansah. Sofort erstarben Klaras Lächeln und auch dieses herrliche Triumphgefühl. Hatte Susanne denn gar nicht verstanden, dass sie gerade nur von Tolla und sich gesprochen hatte? Doch Susanne schien überhaupt nicht richtig zugehört zu haben. Nervös hielt sie die zusammengefaltete Ausgabe der *Anhaltinischen Tageszeitung* hoch, so als hätte sie darin eine erschütternde Nachricht entdeckt.

# 19.

Nachdem die Eröffnungsfeier vorüber war und alle Gäste in ihren Wagen abgefahren waren, setzten sich Klara und Susanne auf die Treppenstufen vor dem Haus. Die Kletterrosen rankten sich um den Eingang und der Nachmittagshimmel schwebte hell und mild über dem sie umgebenden Kiefernwald. Durch die geöffneten Fenster hörten sie die vielen Kinderstimmen und das Geschirrklappern in der Küche und im Speisesaal, wo die Schülerinnen gerade aufräumten.

Sie zogen ihre Röcke eng um ihre Knie. Obwohl es ein ungewöhnlich warmer Maitag war, fröstelten sie vor innerer Anspannung. Susanne sah Klara von der Seite an, die beinahe abwesend auf einen der Büsche starrte, in dessen Geäst eine Amsel herumhüpfte. Sie legte ihr die Hand auf den Arm. »Mir hat deine Rede sehr gut gefallen. Aufrichtiger hättest du vor diesen Menschen nicht sein können.«

»Ich habe nur von Tolla und mir gesprochen«, sagte Klara leise.

»Ich weiß.«

»Aber du hast so ein erschrockenes Gesicht gemacht.« Sie wandte sich Susanne zu, sodass sie ihr in die Augen sehen konnte.

»Weil ich das hier gefunden hatte.« Sie legte Klara die zusammengefaltete *Anhaltinische Tageszeitung* auf die Knie. »Irgendjemand von unseren Gästen muss sie im Vestibül liegen gelassen haben. Ich wollte sie gerade zu den alten Zeitungen legen, da habe ich diese Überschrift gelesen.« Susanne tippte auf den großen Artikel auf der ersten Seite. »Sie haben unseren Pazifisten, den wir letztes Jahr bei der SA-Veranstaltung in Oranienbaum getroffen haben, ins Gefängnis in Dessau gesteckt. Er soll in ein sogenanntes Konzentrationslager nach Oranienburg gebracht werden.«

»Wohin wird er gebracht?« Klara hatte das Wort Konzentrationslager noch nie gehört.

»In ein Konzentrationslager«, wiederholte Susanne. »Das sind offenbar Inhaftierungsstätten, die gerade überall im Land von der SA aufgebaut werden.«

»Aber wozu? Der Pazifist ist doch kein Verbrecher!« Klara konnte sich nicht vorstellen, dass der junge, feine Mann mit der Nickelbrille irgendjemandem etwas getan hatte. Sie faltete die Zeitung auseinander und überflog den Artikel.

»Das sehen die Nationalsozialisten anders«, sagte Susanne. »Leute, die sie öffentlich kritisieren oder gegen sie arbeiten, werden ab jetzt in Schutzhaft genommen. So nennen sie es zumindest. Die Verhaftung von Gerhart Seger wurde wohl durch Reichstatthalter Loeper veranlasst. Dieser unangenehme Typ mit den kurz geschorenen Haaren, der bis eben noch hier war. Unser Pazifist hat ihn offenbar in einem seiner Artikel als geistesgestörten Flegel bezeichnet.«

»Frau Kohlmann findet Herrn Loeper recht sympathisch.« Klara schüttelte angewidert den Kopf.

»Er hat einen Mann festnehmen lassen, der Generalsekretär der deutschen Friedensgesellschaft war! Wie hier steht, hat er eine Frau und ein kleines Kind!«

Klara gab Susanne die Zeitung zurück. »Dürfen die Nationalsozialisten das denn so einfach machen?«

»Was weiß denn ich? Sie machen es eben. Nach dem Reichstagsbrand gehen sie doch gegen alle Sozialdemokraten und Kommunisten vor. Offenbar dürfen sie das also.« Susanne sah hinüber zu den Kiefernwipfeln. Die Stimmung war friedlich.

Wie war es möglich, dass nur ein Stück von ihnen entfernt furchtbare Dinge passierten? Auch wenn mit der Einweihungsfeier endlich das erreicht war, was sie sich gewünscht hatte, war Klara nicht feierlich zumute. Die Welt wurde zu einem abgründigen, nicht mehr zu verstehenden Ort voller Fremdheit, Feindschaft und Misstrauen. Sie räusperte sich. Sie wollte etwas sagen, blieb aber stumm. Susanne sah sie von der Seite an.

»Du weißt, warum unser Pazifist diesen Loeper einen geistesgestörten Flegel nennt, oder?«

»Nein«, sagte Klara mit brüchiger Stimme.

»Hast du das nicht mitbekommen?«

Sie warf Susanne einen erschöpften Blick zu und schüttelte matt den Kopf. Sie las eben nicht jeden Tag Zeitung. Auch wenn es sie mittlerweile interessiert hätte. Sie hatte keine Zeit dazu.

»Herr Loeper hat ein 11-Punkte-Programm aufgestellt, wie die Juden wirtschaftlich und gesellschaftlich ruiniert werden sollen. Und wer bei dieser Hetzjagd nicht mitmacht und sein Volk im Stich lässt, den notieren sich die Ortsgruppen zu gleicher Behandlung für die Zukunft.«

Klara war so müde. Sie war müde. Sie wollte all die widerlichen Einzelheiten nicht hören. Die Hilflosigkeit, an diesen Entwicklungen nichts ändern zu können, war schwer zu ertragen. Fräulein Martin hatte recht gehabt, als sie damals gesagt hatte: »Die Menschen sind furchtbar dumm. Sie erkennen nicht das Üble, weil sie das Gute nicht kennen.«

»Auf jeden Fall musst du wegen Tolla aufpassen«, sagte Susanne. »Streng genommen bist du jetzt auch eine Oppositionelle. Auch wenn du dich für unpolitisch hältst. Du bist es nicht.«

Klara schob mit ihrem Schuh ein kleines Steinchen von der Stufe. Sie schwiegen. Jede ging ihren Gedanken nach. Gerne hätte Klara einfach darüber nachgedacht, was als Nächstes auf der Tagesordnung stand. Mit diesen praktischen Dingen wollte sie sich beschäftigen. Diese Dinge hatte sie im Griff. Über die Zukunft und darüber, dass sie etwas sehr Riskantes tat, wollte sie nicht nachdenken. Sie hatte keine Ahnung von dem, was sie zu erwarten hatte, wenn ihr Vergehen ans Licht kam. In den Augen ihrer nationalsozialistischen Arbeitgeber war sie damit wohl eine Verräterin.

»Fritzchen weiß davon.« Susanne schob nun auch mit ihrer Schuhspitze ein Steinchen von der Stufe.

»Fritzchen wird niemals, niemals irgendjemandem etwas über Tollas Herkunft verraten«, flüsterte Klara heiser. »Und das weißt du.«

»Und was ist mit Frau Penöter?« Susanne sah sie durchdringend an. »Die ist ja nun wirklich im Bilde.«

»Sie hat doch gar keine Ahnung, dass Tolla noch hier ist.«

»Und was ist mit unserem Hausmeister, der neuerdings als Mussolini-Verschnitt bei der SA sein Mütchen kühlen will? Dem traue ich keinen Millimeter mehr. Die Zeiten ändern sich und mit ihnen die Menschen. Jedes Geheimnis fliegt irgendwann auf.«

Klara stand von den Stufen auf. Sie hatte genug. Ihre Stimme zitterte nervös. »Willst du mir Angst machen?«

»Ich erinnere dich nur daran, dass dir als Beamtin des nationalsozialistischen Staates jeder persönliche Verkehr mit Juden untersagt ist. Es ist gefährlich, was du tust, und ich frage mich, ob dir das klar ist.«

»Mit jeder Geschichte, die du mir erzählst, wird es mir klarer. Mach dir da mal keine Sorgen. Vielleicht hast du ja eine Idee, was ich tun soll, um Tolla zu beschützen?« Inzwischen zitterte Klara am ganzen Körper. Am liebsten wäre sie einfach auf und davon gelaufen, durch den Kiefernwald, ganz weit zurück in ihre Kindheit, als das Leben noch in Ordnung gewesen war.

»Ich weiß nicht, was du tun sollst. Ich glaube nur, dass die Lösung nicht sein kann, ein NS-Frauenbildungsheim zu leiten, in dem die Schülerinnen gelehrt werden, Mutter zu sein, dem Reich Kinder zu gebären, Juden, Kommunisten und Sozialdemokraten zu verabscheuen, während du hier heimlich ein jüdisches Mädchen aufziehst und als deine Tochter ausgibst. Mit jedem Tag wird sich deine Lage mehr zuspitzen.«

»Susanne, bitte hör auf.« Klara setzte sich wieder zurück auf die Stufe. Tränen liefen über ihre Wangen. Sie hielt sich am Arm ihrer Freundin fest. Ihre Hände waren kalt. In ihren Ohren rauschte es. Sie flehte fast: »Bitte, Susanne!«

»Du wirst es erleben! Es werden immer neue Delegationen von Nazis durch den Kiefernwald zu uns herauskommen. Aufgeblasene Funktionäre, die sehen wollen, ob du hier alles genau nach deren Grundsätzen und Bestimmungen tust. Weder du noch ich wollten eine Hakenkreuzfahne vor dem Haus wehen haben, jetzt sitzen wir direkt darunter.« Plötzlich entwand sich Susanne ihrem Griff, stand auf und verschwand im Haus. Einfach so. Als würde sie Klaras Gegenwart nicht mehr ertragen. Klara blieb wie betäubt auf den Stufen zurück. Ihr Blick hing an der zusammengefalteten Zeitung, deren Blätter sanft in der Brise flatterten.

In den darauffolgenden Tagen sprachen Klara und Susanne nur das Nötigste miteinander. Wenn sie sich zufällig auf dem Flur oder im Speisesaal begegneten, sahen sie aneinander vorbei. Wenn sie zusammen im Büro saßen, vertieften sie sich in ihre Akten oder tippten verhalten auf ihren Schreibmaschinen herum. Sie waren nicht wütend aufeinander. Sie waren nur ratlos. Sie wussten nicht, wie sie sich verhalten sollten. Susanne hatte mit allem recht. Das war das Schlimme.

Abends, wenn Tolla schlief, widmete sich Klara den riesigen Haushaltsbüchern, mit denen Frau Kohlmann kurz nach der Einweihungsfeier angekommen war. »Wir benötigen eine ganz genaue Buchführung über den Verbrauch in der Küche«, hatte sie erklärt und Klara die sperrigen Dinger in den Arm gedrückt. Die Bücher waren so groß, dass sie im Büro in kein Fach passten. Klara konnte sie nicht auf ihrem Schreibtisch aufklappen, sondern nur auf dem Bett sitzend. Es war unmöglich zu entziffern, was in Miniaturschrift oben auf den Seiten stand. Dafür hätte sie ein Fernglas gebraucht. Außerdem fraß die neue Buchführung sehr viel Zeit. Sie hatte Frau Kohlmann versucht zu erklären, dass es Unfug sei, aufzuschreiben, wie viele Eier in jedem Gericht verbraucht wurden. »Reicht es denn nicht aus, zu notieren, wie viele Eier wir am Tag verbraucht haben?« Aber Frau Kohlmann hatte davon nichts hören wollen. »Nein. Nein. Nein. Diese detaillierte Buchführung wird jetzt in allen staatlichen Einrichtungen eingeführt. Das gehört jetzt einfach dazu.« Das war der Lieblingssatz der neuen Regierung: *Das gehört jetzt einfach dazu!*

Es war erstaunlich, wie alles immer komplizierter wurde. Angefangen bei der Buchführung über die riskante Situation mit Tolla bis hin zu ihrer uneingelösten und doch nicht vergessenen Bekanntschaft mit Gustav und ihrer verstummten Freundschaft zu Susanne. Klara hielt es kaum noch aus, sich nicht mit ihrer Freundin ausgesprochen zu haben. Sobald sie die Buchführung gemacht und den Unterricht für den nächsten Tag vorbereitet hatte, würde sie über den Flur zu ihr gehen.

Es war fast Mitternacht, als sie zaghaft an Susannes Tür klopfte. Wahrscheinlich schlief sie schon längst. Doch sofort erklang ein: »Herein!«

Klara schob die Tür auf. Nur die Lampe auf dem Schreibtisch brannte. Susanne saß in ihrem seidenen Morgenmantel davor. Das Kinn auf die Hände gestützt, starrte sie auf den braunen Volksempfänger vor ihr auf der Tischplatte.

Klara drückte die Tür hinter sich zu. »Was hörst du da?«

»Pst!« Susanne rutschte auf ihrem Stuhl zur Seite, damit Klara sich neben sie setzen konnte.

Aus dem kleinen Gerät dröhnte eine Männerstimme: »Deutsche Männer und Frauen! Das Zeitalter eines überspitzten jüdischen Intellektualismus ist nun zu Ende und der Durchbruch der deutschen Revolution hat auch dem deutschen Weg wieder die Gasse frei gemacht.« Im Hintergrund war begeistertes Grölen zu hören.

»Wer spricht da?«, fragte Klara leise.

»Herr Dr. phil. Goebbels«, erklärte Susanne rasch und hielt ihr Ohr noch näher an das Gerät, aus dem ihnen der Reichspropagandaminister entgegenbrüllte: »Übergebt alles Undeutsche dem Feuer!« Wieder brandeten im Hintergrund laute Jubelchöre auf.

»Was passiert da?«

»Irgendwelche hirnlosen Studenten in SA-Uniformen verbrennen in Berlin auf dem Opernplatz Tausende von Büchern«, flüsterte Susanne. »Tausende Bücher, die nicht dem neuen deutschen Geist entsprechen.«

Im Hintergrund brüllte eine andere, ebenfalls enthusiastische Männerstimme: »Ich übergebe dem Feuer die Schriften von ...« Es rauschte und die Stimme brach ab.

»Von wem?« Klara rückte dichter an Susanne heran, die entsetzt das Gerät fixierte und mit den Schultern zuckte.

»Ich glaube von Tucholsky.«

Dann brüllte ihnen die Stimme auch schon die nächsten Namen bedeutender Schriftsteller durchs Gerät entgegen. »Heinrich Mann, Karl Marx, Carl von Ossietzky und Sigmund Freud.« Sogar Bücher von Erich Kästner waren unter den Werken, die begleitet vom Gejohle der Massen auf den nächtlichen Scheiterhaufen kamen und vernichtet wurden.

»Eins muss man ihnen lassen«, wisperte Susanne in das Zwielicht des Zimmers. »Die Nazis haben wirklich keine Angst davor, sich als geistlose Idioten zu entlarven.« Sie drehte das Radio aus, schob es von sich weg und sagte: »Es wäre besser, wenn das überhaupt nicht im Rundfunk übertragen würde.«

»Was? Wieso nicht? Es ist doch wichtig, dass die Menschen hören, was da vor sich geht.« Klara stand auf und sah Susanne irritiert an.

»Das ist doch keine Aufklärung. Das ist Propaganda, die Menschen dazu anstacheln soll, noch schlimmere Dinge zu tun. So ein Irrsinn ist ansteckend. Wie eine sehr schlimme Krankheit. Und mein Vater hilft denen auch noch dabei, alle mit ihrer furchtbaren Geisteskrankheit zu infizieren.«

»Wieso dein Vater?«

»Weil seine Firma Siemens den Volksempfänger baut! Das Ding macht es überhaupt erst möglich, dass diese absurde Begeisterung an der Zerstörung mühelos in jedes Wohnzimmer gelangt. Und mein Vater verdient bestimmt auch noch ordentlich daran.« Susanne stand nun auch auf und legte ihre Armbanduhr auf den Tisch, dann ihre goldene Kette mit dem kleinen Herzanhänger. Sie zog ihre Hausschuhe und ihren Morgenmantel aus. Nun stand sie im Nachthemd da und sah aus wie ein Engel, der bisher gut von seinen Eltern versorgt worden war. Sie ließ sich auf ihrer Bettkante nieder und lachte bitter. »Es ist ein Albtraum.«

Klara hockte sich vor sie auf den Boden und legte ihr Kinn auf die Knie ihrer Freundin. »Soll doch die Hakenkreuzflagge da draußen wehen. Mir bedeutet sie gar nichts. Und wäre ich eine Schriftstellerin, ich würde darum betteln, dass sie meine Bücher verbrennen. Gäbe es denn einen schöneren Beleg dafür, dass ich reinen Herzens bin?«

# 20.

Klara lag in ihrem Bett. Auf dem Nachtschränkchen standen Pillendosen und ein Wasserglas. Sie hörte Tollas Stimme, die durch all die vergangenen Jahrzehnte hindurch in den gegenwärtigen Morgen hinein fragte: »Mama, was machen wir heute?« Klara schlug die Augen auf. Obwohl die Dunkelheit blieb, sah sie ihr kleines Mädchen deutlich vor sich, wie es jetzt im frühen Licht des Herbsttages barfuß und im Nachthemd aus dem Bett zu ihr unter die Decke gekrabbelt war. Es fühlte sich so an, als würde Tollas rotes Haar gerade über ihr Gesicht streichen. »Ich habe dich lieb, Mama.«

Sie zog das kleine Mädchen zu sich heran und flüsterte: »Ich habe dich auch lieb.« Ein paar Augenblicke lagen sie so und hingen ihren schläfrigen Gedanken nach, bevor es Zeit war aufzustehen, um sich wieder vom Heimalltag verschlucken zu lassen.

Seit das Kinderkurheim vom Anhaltischen Staat übernommen und zum Frauenbildungsheim geworden war, war Frau Kohlmann regelmäßig mit Leuten von der Regierung zu ihnen in den Kiefernwald gekommen. Der Gauleiter der Nationalsozialistischen Volkswohlfahrt Krüger oder die Gaufrauenschaftsführerin Witte vom Gau Magdeburg-Anhalt. Außerdem war Klara mehrfach aufgefordert worden, bei den Frauenschaftsabenden in Oranienbaum hauswirtschaftliche Vorträge zu halten. Das hatte ihr sogar richtig Spaß gemacht. Die Frauen aus dem Ort waren für alles dankbar gewesen, sie hatten recht gut zugehört und kein Stuhl war frei geblieben. Mit ihren Schülerinnen besuchte sie regelmäßig die Versammlungen vom Bund Deutscher

Mädel und alle hatten sich schnell daran gewöhnt, dass nun mit »Heil Hitler« gegrüßt wurde. Wenn bei den SA-Festen *Die Fahne hoch!* gesungen worden war, war Klara inzwischen ganz selbstverständlich aufgestanden.

Mit Frau Kohlmann war sie zum internationalen Kongress für Haushaltung und hauswirtschaftliche Erziehung nach Berlin, in die Reichshauptstadt, gefahren. In einem großen Hotelsaal hatten sie den Fachrednerinnen gelauscht. Über Kochtöpfe, das Material, die Form und was es sonst noch dazu zu sagen gab. Sogar die Reichsfrauenführerin Gertrud Scholtz-Klink hatte eine Ansprache gehalten und stolz bemerkt, dass die jungen Nationalsozialistinnen dem Ausland beweisen würden, dass sie in ihrem ganzen Sein dem Vaterland gehörten und Deutschland daher in der Pflege der Volksgemeinschaft weltweit an der Spitze stünde. Und in der letzten Woche war die Reporterin einer überregionalen Zeitung extra nach Oranienbaum gekommen, um mit Klara ein langes Interview über ihre Verantwortung als Leiterin dieser neuen Ausbildungsstätte für Frauen zu führen. Auch dabei hatte Klara erfolgreich die Illusion genährt, dass sie bereitwillig das neue Regime stützte.

Klara schlug die Decke zurück. Sie schob zuerst ihr linkes Bein, dann ihr rechtes Bein über die Bettkante. Ihre nackten Füße tasteten nach den Hausschuhen. Sie standen so, wie sie sie gestern Abend hingestellt hatte. Ordentlich, dicht nebeneinander, schnell zu finden. Für einen Moment blieb sie auf der Matratze sitzen. Sie blickte in ihre schwarze Welt. Dabei färbte sich ihr Garten gerade in den prächtigsten herbstlichen Farben, nicht wahr? Doch von dieser Gegenwart sah sie nichts.

Es war auch 1934 wieder Herbst geworden und die meisten Schülerinnen waren über das Wochenende nach Hause zu ihren Familien gefahren. Susanne hatte ihre alte Schulfreundin Evelyn Löwenstern in Berlin besucht, mit der sie zusammen im Pestalozzi-Fröbel-Haus zur Erzieherin ausgebildet worden war und die jetzt als Kindergärtnerin im Auerbach'schen Waisenhaus für jüdische Kinder im Prenzlauer Berg arbeitete, und Klara hatte mit Tolla einen Ausflug in den nahe gelegenen Wörlitzer Park machen wollen. Als sie am Sonntag aus der Haustür getreten waren, um zum Bahnhof zu gehen, war ein großer schwarzer Wagen ziemlich schnell aus dem schattigen Kiefernwald direkt durch das offene Tor gekommen und ums Rondell gebraust. Eine der hinteren Türen war aufgeflogen, Frau Kohlmann war herausgesprungen und eilig die Stufen hinaufgekommen. »Fräulein Möbius. Wo wollen Sie denn heute Vormittag hin?«

Fünfundsechzig Jahre später hörte Klara diese ungewöhnlich harte Stimme in ihrem Schlafzimmer. Sie fühlte noch immer Tollas Hand in ihrer. So als läge sie seit damals in ihrer Hand.

»Kommen Sie, kommen Sie!«, hatte Frau Kohlmann gesagt. Ohne zu erklären, was sie am Wochenende hier wollte, war sie an ihnen vorbei ins Vestibül marschiert und von da aus einfach ins Büro. Klara war ihr mit Tolla und klopfendem Herzen gefolgt. Sie hatte die Stuckleisten der Eingangshalle überdeutlich wahrgenommen. Und auch die Kommode, auf der ein hübscher Trockenblumenstrauß stand. Die Stille, die Kühle, ihre Schritte auf den roten Bodenfliesen. Als sie mit Tolla ins Büro getreten war, hatte Frau Kohlmann schon ungeduldig an Susannes Schreibtisch gestanden. Ihre Wangen waren nicht wie sonst vor Aufregung gerötet. »Schließen Sie die Tür.«

Klara hatte ihre Anweisung befolgt, ohne Tolla loszulassen. Wie betäubt hatte sie sich auf ihren Schreibtischstuhl gesetzt und ihr kleines Mädchen auf den Schoß gezogen.

Frau Kohlmann hatte sofort den Kopf geschüttelt. »Es wäre passender, wenn das Kind kurz den Raum verlassen würde.«

»Aber warum denn?«, hatte Klara heiser geflüstert. Sie hatte Schwierigkeiten gehabt zu atmen. Ihre Lunge und ihr Hals hatten sich wie zugeschnürt angefühlt. Sie hatte nur noch wissen wollen, was los war. War die Wahrheit ans Licht gekommen? War Frau Kohlmann hier, um ihr Tolla wegzunehmen? Die Sekunden hatten sich in die Ewigkeit gezogen. Tolla war brav von ihren Knien gerutscht und hatte freundlich gesagt: »Ich gehe solange in den Garten.«

Klara hatte sie noch einmal fest umarmt, als wäre dies ein Abschied für immer. Sie hatte Tolla einen Kuss auf die Stirn gegeben und mit rauer Stimme versprochen: »Ich bin gleich bei dir.«

Klara sah noch immer den Kinderkörper im blauen Kleidchen und mit den geflochtenen Zöpfen vor sich. Sie sah, wie Tolla um die Tischkante schwenkte, hinüber zur Tür lief, den Arm ausstreckte, um die Klinke herunterzuziehen, durch die Tür und im dämmrigen Flur verschwand. Dann war die Tür sachte von außen ins Schloss gezogen worden. So wie Tolla es von ihr gelernt hatte. Sachte. Alles in Ruhe und mit Bedacht. Klara hatte Frau Kohlmann direkt angesehen und abgewartet, was sie nun erfahren würde. Dabei hatte sie sich fest vorgenommen, nicht impulsiv zu reagieren, egal, welche Vorwürfe, Urteile und Entscheidungen die Referentin hervorbringen würde. Auf jeden Fall musste sie ruhig bleiben, überlegt antworten, nichts eingestehen. Tolla und sich bloß nicht verraten.

Frau Kohlmann stellte sich mit vor der Brust verschränkten Armen ans Fenster und sah hinaus in den Garten, in dem Tolla jetzt auftauchte und sich vor die Schuppentür in die Oktobersonne setzte. Schließlich drehte sie sich wieder zu Klara und sagte: »Wo wollten Sie denn gerade hin?«

»In den Wörlitzer Park.«

Ihre Vorgesetzte nickte und sah wieder hinaus in den Garten, wo Tolla sich aus Grashalmen ein kleines Deckchen zu weben schien. »Ein niedliches kleines Geschöpf haben Sie da.«

Klara versuchte, locker auf ihrem Stuhl zu sitzen, wie jemand, der unbekümmert war. Wie jemand, der für alle ein offenes Buch sein wollte und nichts zu verbergen hatte. Sie lächelte, wobei ihre Knie von unten gegen die Tischplatte schlotterten. Sie blickte flüchtig zum Fenster hinüber, während sie damit beschäftigt war, weiterzulächeln. Das konnte sie inzwischen wirklich gut. Frau Kohlmann lächelte nicht. »Der Wörlitzer Park ist zu dieser Jahreszeit sehr einladend. Die herbstliche Farbenpracht der unterschiedlichen Büsche und Bäume …«

Klara nickte. »Ich wollte Tolla das klassizistische Schlösschen zeigen. Wie es so hübsch und zauberhaft daliegt, umgeben von den Wasserflächen.«

Frau Kohlmann lachte kurz begeistert auf. »Auf der Kettenbrücke bekomme ich immer Angst. Sie schwankt bei jedem Schritt. Aber die Roseninsel mit all den Rosensträuchern und kleinen Rosenbäumchen ist wunderschön. Das ist ein herrliches Stückchen Erde. Und jetzt verderbe ich Ihnen diesen märchenhaften Ausflug.«

Klara machte eine schlackernde Bewegung mit der Hand. »Das macht doch nichts. Am nächsten Wochenende wird das Schlösschen auch noch dastehen.«

»Nun ja, das vielleicht schon. Aber ich kann Ihnen sagen, dass Sie am nächsten Wochenende nicht dort sein werden.«

»Wie bitte?« Klara bekam kaum noch Luft. Obwohl sie es eigentlich nicht wollte, fragte sie laut und ängstlich: »Was geht hier vor?«

Ihre Vorgesetzte räusperte sich und ihr Gesicht wurde schmal und grau. Sie setzte sich auf Susannes Schreibtischkante, was Klara befremdlich fand. Doch Frau Kohlmann schien überhaupt nicht bei sich zu sein. Fast so, als hätte sie ihrerseits vor etwas Angst. Sie senkte ihre Stimme ab. »Sie erinnern sich noch an den Ministerialrat Dr. Raabe? Meinen Vorgesetzten? Sie haben sich bei der Eröffnungsfeier mit ihm unterhalten.«

»Ja, selbstverständlich.« Klaras Herz klopfte heftig. Hatte der Ministerialrat mit Frau Penöter gesprochen? Hatte die Polizeifürsorgerin ihm erzählt, dass Tolla eine jüdische Waise war?

Klara hielt sich an der Tischkante fest. Gleich würde ihr gesamtes Lügengebilde zusammenstürzen. Susanne hatte es ihr prophezeit. Ihre Eltern hatten sie davor gewarnt. Sie alle waren klüger gewesen als sie selbst. Klaras Hände waren nass vor Schweiß. Aus dem Augenwinkel sah sie, wie Tolla aus dem Garten zu ihr hereinwinkte.

Ihre Vorgesetzte stand von der Schreibtischkante auf und öffnete den Mund. Sie sagte: »Dr. Raabe hat eine Tochter. Sie heißt Hermine.«

»Ja, und?«, flüsterte Klara, wobei sie weiter versuchte zu lächeln. Was hatte Dr. Raabes Tochter mit all dem zu tun?

»Sie ist Säuglingsschwester. Und der Ministerialrat wünscht sich, dass sie Ihren Haushaltungsschülerinnen ein wenig theoretischen Säuglingspflegeunterricht erteilt.«

»Hier im Heim? Wozu?«, fragte Klara benommen, während ihr langsam dämmerte, dass Frau Kohlmanns Besuch gar nichts mit Tolla zu tun hatte, sondern mit der Tochter von Dr. Raabe. »Wir haben doch momentan gar keine Säuglinge hier.«

Frau Kohlmann zog die Augenbrauen hoch und seufzte schwer. Jetzt erst erkannte Klara, dass der Referentin der Grund für ihren Besuch entsetzlich unangenehm war. Daher kam die Härte! Sie versuchte ihre Scham zu unterdrücken. »Hermine soll ein wenig Anschluss bekommen. Darum wäre es gut, wenn Sie sich besonders um sie kümmern könnten. Damit sie gut in den Betrieb hineinfindet.«

»Ja, sicherlich.« Klaras Stimme klang noch immer dünn. Sie stand von ihrem Stuhl auf und hatte zumindest das Gefühl, wieder etwas mehr zu den Lebenden zu gehören. »Natürlich kümmern wir uns um sie.« Sie kam um ihren Tisch herum, denn sie hoffte, das Gespräch wäre hiermit beendet. Sie wollte nur noch raus und wieder frei durchatmen können. Aber Frau Kohlmann blieb sitzen und sagte ernst. »Fräulein Möbius. Es ist wichtig, dass Sie Hermine im Auge behalten.«

»Wie bitte?«

»Sie ist sehr depressiv gewesen und hat schon einen monatelangen Aufenthalt in einem Sanatorium für Nervenkranke hinter sich. Und so ganz ist dieser Zustand wohl noch nicht vorbei. Wenn Sie wissen, was ich meine?«

Klara blickte ihre Vorgesetzte irritiert an.

»Sie müssen Sorge tragen, dass sie keine Dummheiten begeht.«

»Ich verstehe.«

»Das ist nun noch eine Aufgabe mehr für Sie. Das tut mir leid. Sie haben hier wahrlich genug zu tun. Aber Dr. Raabe und seine Frau denken, wenn ihre Tochter erst einmal eine geregelte Arbeit hat und selbst Geld verdient, wird das alles schon besser werden. Sie hat offenbar ein wenig den Lebenssinn verloren.«

Kein Wunder bei der Zukunft, die das Land für deutsche Mädchen vorsah, dachte Klara. Interessant, dass ihr eigener nationalsozialistischer Vater sich darum kümmerte, dass sie eine Anstellung bekam, anstatt sie dazu zu bringen, ihm die gewünschten Enkelkinder zu gebären und darin den Lebenssinn zu finden.

»Weder Sie noch ich haben hier die Freiheit, Nein zu sagen. Das gehört jetzt einfach dazu.« Frau Kohlmann reichte Klara die Hand, was sie normalerweise nie tat. »Das ist eben das Schicksal der Besten und Eifrigsten. Jeder möchte daran partizipieren.«

Klara konnte gar nichts mehr sagen. Inzwischen schmerzten ihre Wangen von der Anstrengung, die Mundwinkel nach oben zu ziehen.

Frau Kohlmann legte ihre linke Hand auf Klaras und sagte leise: »Seien Sie vorsichtig mit den Geschichten, die Sie erzählen.« Dann sah sie noch einmal kurz in den Garten hinaus, wo Tolla ein Gänseblümchensträußchen gepflückt hatte und damit zurück zum Haus lief. Klara nickte benommen. Ihre Vorgesetzte ahnte etwas, nicht wahr? Sie wusste Bescheid. Wie konnte das sein? Sie versuchte, ruhig zu atmen und sich ihren inneren Aufruhr keinesfalls anmerken zu lassen. Als sie gemeinsam in den Flur hinaustraten, kam Tolla ihnen mit dem Sträußchen entgegengehüpft. Sie gab es der Referentin. »Das ist für Sie.«

»Wenn du nicht schon die Tochter deiner Mutter wärst, würde ich dich jetzt einfach mitnehmen.« Frau Kohlmann strich Tolla über den Kopf und dann ging sie mit den Gänseblümchen durchs Vestibül, aus der Tür, hinüber zu ihrem Wagen, der auf sie wartete. Klara hatte nach Tollas Hand gegriffen. Sie hatte sie ganz fest gehalten. Ihr kleines Mädchen hatte zu ihr aufgeblickt und gefragt: »Was meinte Frau Kohlmann damit, dass sie mich einfach mitnehmen würde?«

Klaras Stimme war brüchig, während sie nicht die Wahrheit sagte: »Dass sie dich auch sehr gerne als Tochter hätte.«

Nachdem Frau Kohlmann wieder in ihrem Wagen davongebraust war, hatte Klara eine tiefe Erleichterung darüber gespürt, dass sich ihre Ängste, zumindest an diesem Tag, als grundlos erwiesen hatten. Mit einem Mal hatte sie sich sicher gefühlt. Vielleicht war es nicht nötig, bei jedem Regierungswagen, der zu ihnen herauskam, in Unruhe zu verfallen. Für den Rest des Sonntags hatte sie jedenfalls das erhebende Gefühl gehabt, dass womöglich wirklich niemand hinter ihr Geheimnis um Tolla kommen würde.

Klara stand langsam von ihrer Bettkante auf. Sie griff dahin, wo ihr Morgenmantel lag. Sie zog ihn über und ging Schritt für Schritt Richtung Badezimmer. Es war Gewohnheit, dass sie sich nicht die Schulter am Türrahmen stieß. Ihr Körper fand sich in diesem Haus gut zurecht. Sie wusste, wo alles lag und stand. Sie wusste, wo die Lichtschalter waren, wie lang der Flur war, wann sie ins Badezimmer abbiegen musste, wo das Handtuch hing und die Seife lag. Sie wusch sich, putzte sich die Zähne, ging wieder langsam zurück in ihr Schlafzimmer und zog sich an. Um sie herum war es still. Es war auch Gewohnheit gewesen, dass sie all die Jahre nicht mehr an diese längst vergangenen Tage gedacht hatte. Doch diese Gewohnheit hatte sie hinter sich gelassen. Jetzt war es plötzlich so, als könnte Tolla jede Minute hereinkommen und fragen: »Mama, was machen wir heute?«

# 21.

Klara stand in der offenen Tür des Zimmers, das direkt neben ihrem lag. Die Vormittagssonne kam durch das Fenster und floss über den gewebten Läufer. Fritzchen hatte den kleinen Raum hübsch zurechtgemacht. Auf dem Schreibtisch stand eine Vase mit Zweigen aus dem Garten. Das Bett war frisch bezogen und auf Klaras ehemaligem Sofa mit den kupferroten Streifen lagen sogar Kissen. Es behagte ihr überhaupt nicht, dass die Tochter von Dr. Raabe ausgerechnet nebenan wohnen würde. Doch ein anderes freies Zimmer hatte es nicht mehr gegeben. Obwohl Hermine noch gar nicht da war, hatte Klara in der letzten Nacht schon schlecht geschlafen. Das Mädchen kam ihr wie eine Spionin vor. Alles, was sie sehen oder hören oder erahnen konnte, würde sie bestimmt direkt an ihren Vater, den Ministerialrat, weitergeben. Was auch immer es war. Ab jetzt würde Klara darauf achten müssen, dass hier zu jeder Zeit, bei jeder Gelegenheit nationalsozialistische Begeisterung gezeigt wurde. Was manche Aspekte davon anbelangte, war das nicht weiter schwer. Die propagierte Heimatliebe hatte durchaus etwas für sich. Ihre Schülerinnen fanden großen Gefallen an den regelmäßigen Ausflügen, die eine positive Haltung gegenüber der heimischen Natur fördern sollten. Die Mädchen erfreuten sich an der Auenlandschaft von Elbe und Mulde mit ihren alten Eichen, den Alleen und Dämmen und dem Dessau-Wörlitzer Gartenreich. Genauso war der unbedingte Gemeinschaftsgedanke etwas Schönes. Der war den Schülerinnen natürlich auch schon durch den Bund Deutscher Mädel geläufig. Die karierten Dirndlkleider mit den farblich abgestimmten Schürzen aus Baumwollsatin, die je nach Lichteinfall hübsch glänzten, taten ihr Übriges. Sie verwischten die unterschiedliche Herkunft. Der allererste Eindruck, den die Mädchen vielleicht voneinander gehabt hatten, war sofort vergessen. Im Ort waren sie längst als »die karierten Mädchen« bekannt.

Wann immer Klara und Susanne sich allerdings über ihre Zweifel und ihren Abscheu austauschten, mussten sie zukünftig sehr vorsichtig sein. Niemals durfte auch nur der Verdacht aufkommen, dass hier Lehrerinnen ihre Schülerinnen nicht nur zu Hausfrauen und Müttern erzogen, sondern sie ebenso dazu ermutigten, ihren eigenen Weg zu gehen und in ein für sie erfreuliches Berufsleben zu finden. Mit Hermine im Haus musste Klara enorm aufpassen, dass ihr kein Fehler unterlief, jetzt noch viel mehr als vorher. Außerdem war ihr nicht wohl bei dem Gedanken, ein offenkundig lebensmüdes Mädchen hier zu haben. Was, wenn Hermine auf dumme Gedanken kam? Die ganze Angelegenheit konnte nur übel enden.

»Meinen Sie, es wird ihr gefallen?« Plötzlich tauchte Fritzchen in ihrem blau karierten Kleid hinter Klara auf und beide sahen in das aufgeräumte Zimmer.

»Das hoffe ich.« Klara zog die Tür zu und ging Richtung Treppe. In ihr wurde der Widerwille immer größer.

Fritzchen folgte ihr. »Sollte sie nicht eigentlich schon gestern Abend kommen?«

»Zumindest war das verabredet.« Klara lief die Stufen hinunter in die Eingangshalle und von dort weiter ins Büro. Immer dicht gefolgt von Fritzchen, die wohl spürte, dass ihrer Chefin so einiges an der Sache missfiel.

»Sollte Hermine bis zum Mittagessen nicht aufgetaucht sein, werde ich Frau Kohlmann in Dessau anrufen müssen, um nachzufragen, was los ist.« Klara sah auf ihre Armbanduhr. Es war kurz nach zehn. Sie hatte noch Verschiedenes zu organisieren.

Ein Besuch der Kinderpflegerinnenschule in Eisleben war mit der Leiterin zu vereinbaren. Der Stundenplan war dringend auf die neuen Lehrpläne abzustimmen und in einer Stunde musste sie schon wieder in der Küche stehen, um mit den Schülerinnen das Tagesmenü zu besprechen. Außerdem hatte sie noch einen wichtigen persönlichen Brief zu schreiben. Dafür brauchte sie Ruhe. Nur leider fand sie keine Ruhe, weil sie seit dem gestrigen Abend die Ankunft von Dr. Raabes Tochter vorbereitet hatte, die aus unerfindlichen Gründen noch nicht eingetroffen war. Was Klara furchtbar ärgerte. Solch ein Verhalten konnte und wollte sie gar nicht tolerieren, es sei denn, es lag ein Notfall vor. Und bisher hatte sie nichts von einem Notfall gehört.

Fritzchen zog die Augenbrauen hoch. »Sie kommt bestimmt gleich.«

»Hoffen wir es.« Ohne sich weiter um ihre Angestellte zu kümmern, setzte sich Klara abwesend an ihren Schreibtisch. Diese Hermine brachte schon jetzt ihren gewohnten Tagesablauf und ihr inneres Gleichgewicht durcheinander. Sie warf Fritzchen einen flüchtigen Blick zu. »Gib mir gleich Bescheid, sollte Fräulein Raabe auftauchen.«

»Das mache ich.« Fritzchen verschwand. Für einen Moment ließ Klara ihr Gesicht in die Hände sinken. Sie konnte sich nicht erinnern, dass sie sich jemals so überfordert gefühlt hatte. Niemals durfte sie die Kontrolle verlieren. Und es war nicht absehbar, dass sich das in Zukunft ändern würde. Nachdem sie einen neuen Stundenplan aufgestellt und mit Fräulein Syffert, der Leiterin der Kinderpflegerinnenschule in Eisleben, telefoniert hatte, hob sie die schwere Schreibmaschine etwas an. Darunter lag ein Brief, den ihr Susanne vor ein paar Tagen mit einer flotten Geste auf den Schreibtisch geworfen hatte: »Sieh mal einer an! Der Herr Erfurt kann dich nicht vergessen!«

Tatsächlich hatte Gustav ihr einen Brief geschrieben. Vollkommen unerwartet und doch sehnlichst herbeigewünscht.

Seitdem er angekommen war, hatte Klara ihn bestimmt zwanzigmal gelesen. Und jedes Mal überraschte es sie wieder, dass sie im Besitz dieses Schatzes war. Sie zog das Papier aus dem Umschlag und faltete es vorsichtig auseinander.

*Liebe Klara, ich habe einen letzten Versuch gewagt, das Abitur an der Friedrichs-Oberrealschule in Dessau abzulegen. Leider bin ich trotz einem Gut in Deutsch, Geschichte und Erdkunde durchgefallen (Mathematik und Chemie ungenügend). Also habe ich mich zum Arbeitsdienst gemeldet. Vorher habe ich aber noch eine Beschwerde bei der Regierung eingelegt – zuständig war als oberster Erzieher ein Herr Dr. Hiller – mit dem Hinweis auf den bestehenden Lehrermangel und dass an mir ein herrlich staatstreuer Volksschullehrer verloren ginge, wenn ich meinen Abschluss nicht bekäme. Und siehe da: Neulich erhielt ich vom Prüfungsausschuss das zurückdatierte Reifezeugnis mit den besten Wünschen für meine Zukunft. Natürlich habe ich sofort meinen Arbeitsdienst abgebrochen, ich war für die Flussregulierung der Biese zuständig – Wind, viel Wind – und kann endlich meine Volksschullehrerausbildung am Pädagogischen Institut der Universität Leipzig beginnen. Ich muss nur noch den Nachweis erbringen, dass ich der deutschen Volksgemeinschaft zugehörig bin. Nun tun wir hoffentlich beide bald das Beste für den Nachwuchs.*

Ja, nun taten sie beide hoffentlich das Beste für den Nachwuchs. Klara wusste natürlich, was er ihr damit sagen wollte: Er würde nichts unversucht lassen, seine zukünftigen kleinen Volksschüler auf die Spur zu setzen und ihnen die Poesie näherzubringen. Klaras Blick wanderte über die feine, gleichmäßige Tintenschrift bis ans Ende des Briefes. *Nun will ich schließen für heute. Du, meine Liebe, ich denke an Dich. Dein Gustav.*

Es war ihr ein Rätsel, weshalb Gustav ihr so überraschend diesen Brief geschrieben hatte. Es schien ihm wichtig gewesen zu sein, dass sie über sein Fortkommen im Bilde war. Sie dachte ja auch an ihn. Sie sah ihn vor sich. Sie sah sein Lächeln, sein

Gesicht, seine Heiterkeit. Seinen Hut, der ihm im Nacken saß. Nichts an ihm war ihr fremd.

Draußen im Flur hörte Klara ein paar aufgeregte Mädchenstimmen. Sie lauschte. Für einen Augenblick befürchtete sie, Hermine Raabe wäre endlich eingetrudelt und sie käme nun wieder nicht dazu, Gustav zu schreiben. Doch dann verebbten die Stimmen im Flur und es war wieder still. In Gedanken hatte Klara bereits unzählige Male ihren Antwortbrief begonnen, doch weiter als über die erste Zeile war sie nie hinausgekommen, irgendjemand hatte sie immer unterbrochen. Die Schülerinnen. Die Jugendleiterinnen. Der Hausmeister. Klara schob die Schreibmaschine ein Stück von sich weg, holte einen Briefbogen aus der Schublade und legte ihn vor sich auf die Tischplatte. Dann nahm sie ihren Füller. *Lieber Gustav.* Schon jetzt waren ihre Finger vor Aufregung so kalt und weiß, dass ihre Schrift so aussah, als hätte sie gerade erst schreiben gelernt. Klara nahm sich einen neuen Briefbogen und flüsterte: »Es ist doch egal, wie meine Schrift aussieht. Einfach schreiben!« Sie setzte neu an. *Lieper Gustov.* Klara starrte auf die beiden Worte. Ihre Hand gehorchte ihr nicht mehr. Es konnte doch nicht sein, dass sie schlagartig nicht einmal mehr die einfachsten Worte schreiben konnte! Es nützte auch nichts, dass sie sich damit beruhigte, dass es Gustav erst mit vierundzwanzig Jahren geschafft hatte, sein Abitur zu machen. So jemandem musste es doch egal sein, wie ihre Schrift aussah! Wenn nur seine Schrift nicht so wunderschön gleichmäßig und unangestrengt gewesen wäre. Ihre Hand zitterte. Nachdem sie endlich, endlich ihre zwei Zeilen geschrieben hatte – *Lieber Gustav, ich hoffe, dass wir uns bald einmal wiedersehen. Du, mein Lieber, ich denke an Dich. Deine Klara* –, faltete sie das Blatt, steckte es in einen Umschlag, klebte ihn zu und schrieb seine Adresse darauf.

Irgendeines der Mädchen sollte den Brief sofort nach Oranienbaum bringen, bevor sie es sich anders überlegte und doch einen förmlicheren Ton anschlug. Wohin sollte so ein Treffen eigentlich führen? War ihr Leben denn nicht schon kompliziert genug? Glücklicherweise liefen gerade ein paar ihrer Schülerinnen den Flur entlang, als sie mit der fertigen Briefpost aus dem Büro kam. Annie, Walli und die schlaksige Elisabeth. Klara hielt Elisabeth, die als Letzte an ihr vorbeirauschte, am Arm fest. »Du musst etwas für mich erledigen.«

Das Mädchen blieb überrascht stehen, während ihre beiden Kameradinnen nach kurzem Zögern weiter die Stufen hinaufliefen. »Was denn, Fräulein Möbius?«

»Bitte bring die Tagespost zum Postamt in die Mittelstraße.«

»Jetzt?« Elisabeth sah sie verwundert an. Obwohl sie sogar die Hochschulreife hatte, wirkte sie manchmal unerfahren und unreif. Dafür war sie über alle Maßen freundlich und hilfsbereit.

»Ja, jetzt.« Klara machte ein etwas ungeduldiges Gesicht. Sie wollte nicht, dass Susanne oder irgendjemand anderes mitbekam, dass sie Elisabeth während der Unterrichtszeit zur Post schickte.

»Gerne, Fräulein Möbius. Ich werde vielleicht nicht pünktlich zum Kochunterricht zurück sein. Sie wollten uns doch heute beibringen, wie man eine klümpchenfreie Mehlschwitze hinbekommt.«

»Da mach dir mal keine Sorgen. Das werden wir noch oft genug üben.« Sie reichte ihr den Briefstapel. »Nimm dir ein Fahrrad und verlier nur keinen der Umschläge.«

»Niemals. Sie können sich auf mich verlassen.« Elisabeth verschwand zur Vordertür hinaus in die Sonne, als ihr von draußen ein pummeliges Mädchen mit Koffer entgegenkam.

»Heil Hitler!«, sagte das Mädchen fröhlich, wedelte etwas unbeholfen mit der freien Hand und blieb in der Mitte des Vestibüls stehen.

»Heil Hitler!«, antwortete Klara und faltete ihre Hände. Das musste Hermine Raabe sein. Sie trug einen Mantel, einen schief sitzenden längeren Rock und staubige Schnürschuhe. Ihr krauses Haar war kurz geschnitten und rahmte ihr rundes Gesicht.

»Herzlich willkommen bei uns im Frauenbildungsheim. Sie sind sicher unsere neue Säuglingsschwester«, sagte Klara streng, um gleich klarzumachen, dass Hermine sich in Zukunft keine Ausnahmen würde herausnehmen können.

»Was auch immer.« Das Mädchen lachte kurz nervös auf.

»Wir haben gestern Abend schon mit Ihnen gerechnet. Ist etwas dazwischengekommen?«

»Ach.« Hermine winkte ab. »Ich war plötzlich so müde, dass ich mich nicht mehr mit dem Rad auf den Weg machen wollte. Es ist ja auch immer etwas unheimlich, so allein durch den dunklen Kiefernwald. Wer weiß, wer da hinterm Baum hervorspringt!«

»Sie sind von Raguhn mit dem Rad hierhergekommen?«

»Na ja, mit dem Rad und zu Fuß. Auf der Hälfte der Strecke hatte ich einen Platten, aber keine Luftpumpe dabei. Sonst wäre ich schon viel früher hier gewesen.«

»Dann gehen Sie erst einmal auf Ihr Zimmer und erholen sich.« Klara musste sich sehr zusammenreißen, ihr Missfallen für sich zu behalten. Das fing ja gut an mit dieser Hermine Raabe! Ihr fehlten Disziplin und Ordnung. Das war offensichtlich. Klara winkte Fritzchen heran, die gerade aus der Küche kam. »Fräulein Wolter wird Ihnen alles zeigen.«

»Herzlich willkommen«, sagte Fritzchen freundlich und nahm Hermine den Koffer ab. »Schön, dass Sie bei uns sind.«

»Heil Hitler«, sagte Hermine wieder und sah Fritzchen ungläubig an. »Was um alles in der Welt ist denn mit Ihrer Nase passiert? Ist da ein Laster drübergerollt?«

»Nein, da hat meine Mutter mit dem Feuerhaken zugeschlagen«, antwortete Fritzchen nüchtern und ging straffen Schrittes Richtung Treppe.

Hermine hielt sich erschrocken die Hand vor den Mund und

folgte ihr. »Was haben Sie denn getan, dass Ihre Mutter so böse auf Sie werden musste?«

»Ich war einfach ein Kind«, hörte Klara Fritzchen antworten. Und Hermine sagte gar nichts mehr. Schweigend stiegen die beiden jungen Frauen die Stufen hinauf und Klara blieb in der Eingangshalle im einfallenden Herbstlicht stehen. Na, das konnte ja heiter werden!

Eigentlich war geplant gewesen, dass Fräulein Raabe sich erst einmal zu Susanne in den Spielsaal setzte, um ihr ein wenig bei den Kindern zur Hand zu gehen. Aber sobald Hermine Susanne mit »Heil Hitler!« begrüßen würde, wäre der Ofen aus. Also würde Klara das Mädchen zu sich in die Küche mitnehmen müssen, um sie in hauswirtschaftliche Abläufe einzubinden. Säuglinge hatten sie hier im Moment sowieso nicht zu versorgen. Und auch wenn sie Säuglinge gehabt hätten, wäre Hermine die Letzte gewesen, der Klara solch ein wehrloses Wesen in den Arm gedrückt hätte. Die Tochter des Ministerialrats wirkte derart unkonzentriert und fahrig, dass es gut war, sie mit risikoarmen Aufgaben zu betrauen. Eine klümpchenfreie Mehlschwitze war da genau das Richtige.

Klara trat über die Türschwelle, hinaus in die Vormittagssonne. Sie atmete ein paarmal tief die kühle Luft ein und aus, wobei sie ihren Blick über das Rondell, den Zaun und die Kiefern dahinter schweifen ließ. Es war nichts Besonderes an dieser Umgebung. Alles sah aus wie immer zu dieser Jahreszeit. Der Winter kündigte sich schon in dem Luftzug um ihre Knöchel an. Und doch war das, was sie sah, so lieblich und strahlend wie lange nicht. Als stünde sie hier wieder zum allerersten Mal. Morgen oder übermorgen würde ihr Brief bei Gustav sein. Er würde ihn öffnen und lesen. Ab jetzt würde sie sehnsüchtig auf seinen Antwortbrief warten.

Als Klara in die Küche kam, standen ihre Schülerinnen in ihren Kochschürzen rund um den Tisch und lauschten Hermine

Raabe, die auf einem Hocker saß und munter drauflosplapperte. »Ich finde es ja sehr schade, dass wir hier nur deutsche Mädels sind. Wäre ich Politikerin, wäre ich mit der Rassentrennung nicht ganz so streng. Aber mein Vater hat kein Interesse, das mit mir zu besprechen. Er sagt, ich soll mich um meine Angelegenheiten kümmern. Aber es ist meine Angelegenheit! Meine beste Freundin Esther ist jüdisch und ganz plötzlich darf ich mich nicht mehr mit ihr treffen, obwohl wir uns kennen, seitdem wir drei Jahre alt sind. Das ist doch Käse!« Hermine lachte auf, als wäre die ganze Sache furchtbar komisch. »Letztes Jahr hat unser Ort einfach die Apotheke ihres Vaters boykottiert und ihm wurde die Konzession entzogen. Seitdem leben Esther und ihre Eltern von der Armenfürsorge. Kann man sich das vorstellen?« Sie griff nach den Händen von Annie und Eva und drückte sie ganz fest. »Wir Menschen müssen zusammenhalten.«

Die Mädchen nickten feierlich. »Das sagt Fräulein Möbius auch immer.«

Klara stand sprachlos neben dem Geschirrschrank. Hermine redete vollkommen ungeniert. Sie schien überhaupt keine Angst zu haben, dass sie Ärger für das bekam, was sie in großer Runde von sich gab. Vielleicht war sie verrückt? Hermine strahlte die Mädchen an. »Ihr seht so hübsch in euren karierten Dirndlkleidern und den passenden Schürzen aus. Herr Hitler hätte seine helle Freude an euch. Er mag ja so gerne das Bayerische. Er hat sogar oben auf dem Obersalzberg ein Feriendomizil. Wir waren einmal zu Besuch bei ihm und da hat er einen so lustigen Tanz aufgeführt!«

Klara brachte es einfach nicht fertig, das Geplauder von Hermine zu unterbrechen und mit dem Kochunterricht anzufangen. Zu gerne wollte sie wissen, wohin das noch führen würde und wie kritisch Hermines Anwesenheit tatsächlich einzuschätzen war. Sie fing Fritzchens fröhlichen Blick ein, der zu sagen schien: »Diese Hermine scheint ein putziges Haus zu sein.«

Klara hob skeptisch die Augenbrauen. Sie war gespannt, was Susanne zu diesem Fall meinen würde.

Die Schülerinnen hatten ganz vergessen, dass ihre Lehrerin bereits in der Küche stand und sie eigentlich das Mittagessen zubereiten mussten. Sie rückten sich die Stühle und Hocker heran, um es sich rund um Hermine gemütlich zu machen. Nur Fritzchen begann schon einmal an der Spüle die Kartoffeln zu schälen. Allerdings möglichst geräuschlos. Auch sie war offenbar gespannt, wie Hermines Monolog weitergehen würde. Als wäre sie eine Alleinunterhalterin, stand sie plötzlich von ihrem Hocker auf und setzte sich auf die Tischkante. Die Mädchen hielten den Atem an und schauten nun doch entsetzt zu Klara, denn sie wussten: Es war verboten, sich auf irgendwelche Tische zu setzen! Erst recht nicht auf den Küchentisch, an dem das Essen zubereitet oder gegessen wurde! Aber Klara sagte nichts und die Blicke der Schülerinnen gingen sofort wieder zu Hermine zurück. Sie hatte eindeutig eine Begabung, alle Aufmerksamkeit auf sich zu ziehen. Sie senkte ihre Stimme, wobei sie die Augen neckisch aufschlug. »Letztes Jahr waren mein Vater und ich auf einem Ball in Berlin eingeladen. Fragt mich nicht, welcher wichtige Anlass es war. So etwas vergesse ich immer sofort wieder. Jedenfalls war auch Herr Hitler zugegen. In einem schicken Frack lief er da über das Parkett und wirkte fast wie ein kleiner, verlorener Junge. Er schien sich gar nicht wohlzufühlen.« Sie warf ihren Kopf in den Nacken und lachte. »Köstlich! Besonders, als er dann auch noch an der Tanzfläche Platz nehmen sollte und ihm etwas von kostümierten Damen vorgehüpft wurde.« Hermine lachte immer lauter. »Es hat ihn wirklich viel Kraft gekostet, ein höfliches Gesicht zu ziehen. Dabei wäre er am liebsten im Boden versunken.« Hermine liefen Tränen der Freude über die Wangen. Sie fächelte sich Luft zu. »Den Vorfall haben unsere deutschen Zeitungen natürlich verheimlicht. Solch eine Ikone darf man ja nicht beschädigen! Aber ich war dabei. Den Abend werde ich nie vergessen! Genau wie der Herr Hitler! Er hat so liebenswürdig reagiert und mit allen anwesenden Gästen herzlich applaudiert. Das war vielleicht eine Stimmung!«

Die Schülerinnen und auch Klara waren sprachlos. Sie alle starrten Hermine mit offenem Mund an. Wer war da in ihre Küche geraten? Fritzchen ließ eine geschälte Kartoffel in den Topf fallen und fragte in die Stille hinein: »Fräulein Möbius, zeigen Sie uns jetzt, wie man eine klümpchenfreie Mehlschwitze zubereitet?«

## 22.

Ihr kleines Mädchen wäre heute einundsiebzig Jahre alt geworden. Und niemand erinnerte sich noch an sie. Klaras Kinder wussten nicht einmal, dass es sie je gegeben hatte. Und Klara wusste nicht, wo Tolla war. Wahrscheinlich war sie schon lange tot. Aber genau wusste Klara es nicht. Damals hatte sie sich dazu entschieden, Tolla zu vergessen, sie in ihrer Erinnerung zurückzulassen und nie wieder zu ihr zurückzukehren. Nur so hatte sie mit dem Verlust umgehen können. Doch nun besprach sie seit Wochen Kassette für Kassette und alles war wieder da. Sie wollte ihrem kleinen Mädchen nahe sein, sie wollte Tolla wiederfinden. Dazu musste sie in ihrer Erinnerung so weit zurückgehen, bis sie den entscheidenden Hinweis fand, der ihr sagte, was aus ihr geworden war. Mit jeder besprochenen Kassette würde sie der Antwort näher kommen. Sie stellte das Paket mit den neuen Leerkassetten, das gestern angekommen war, auf den Stuhl am Flurtisch. Inge hatte den Karton fürsorglich verschnürt, sodass Klara die Schnur leicht ertasten und aufschneiden konnte.

Sie nahm die Leerkassetten heraus und stapelte sie vor sich auf dem Tisch. Sie fuhr mit dem Finger an den Türmen entlang und zählte: »Fünf. Zehn. Fünfzehn. Zwanzig.« Zwanzig neue Kassetten hatte ihre Tochter geschickt und gefragt: »Wofür brauchst du nur all die Kassetten?« Und Klara hatte gesagt: »Ich vertreibe mir die Zeit damit, indem ich aufnehme, woran ich mich erinnere.« Inge fand das gut. »Schön, dass du etwas hast, was dir Freude macht.« Ihre Tochter hatte ja keine Ahnung. Wie sollte sie? Klara hatte schließlich alles dafür getan, dass niemand eine Ahnung hatte.

Sie stand auf und tastete sich hinüber in die Küche, an der Küchenzeile entlang zum Hochschrank und nahm die Rührschüssel und das Handrührgerät heraus. Im Unterschrank neben dem Herd suchte sie die Gugelhupfform zwischen den anderen Backformen. Als sie schließlich alle Zutaten mithilfe ihrer sprechenden Küchenwaage abgewogen hatte, schaltete sie das Rührgerät an. Von ihrer jüngsten Tochter Gitta bekam sie ab und zu solche technischen Sperenzchen, die ihr das blinde Leben erleichtern sollten. Der Griff surrte, rüttelte in Klaras Hand und vermischte die Eier, die Milch, das Mehl und den Zucker.

Zu Tollas sechstem Geburtstag war Klara nicht dazu gekommen, einen Kuchen zu backen. Wieder einmal hatte Frau Kohlmann wichtigen Besuch angekündigt. Wieder einmal hatte das gesamte Haus besonders penibel geputzt und geschmückt werden müssen. So als würden sie seit Wochen noch immer das Erntedankfest feiern, standen auf den Fensterbänken und Kommoden in der Eingangshalle und im Gemeinschaftsraum hübsch dekorierte Körbe mit Kürbissen, Quitten und Äpfeln aus dem Garten.

Der einzige Unterschied zu den bisherigen Besuchen höherer Regierungsvertreter bestand darin, dass der Betrieb dieses Mal einfach weiterlaufen sollte. Alle sollten genau das tun, was sie immer taten. Allerdings auf höchstem Niveau. Es kam darauf an, einen vortrefflichen Eindruck zu machen. Da Susanne Urlaub hatte und mit ihrer Freundin Evelyn an die Ostsee gefahren war, hatte Klara einiges mehr zu tun gehabt. Wenigstens hatte Susanne Oranienbaum noch nicht für immer verlassen. So, wie sie es eigentlich vorgehabt hatte. Ihr war klar geworden, dass es so gut wie keine Einrichtung mehr gab, die nicht nationalsozialistisch geprägt war. Wo sollte sie also hingehen? Ihre einzige, sehr knappe Erklärung war: »Ich bin lieber hier als bei meinen politisch verirrten Eltern.« Danach hatte sie nie wieder darauf angesprochen werden wollen.

Die Schülerinnen lernten draußen in der Novemberfrische von der Landwirtschaftslehrerin Fräulein Schellenberger Kühe zu melken, Hühner von Milben zu befreien und den neuen Schweinestall auszumisten. Tolla saß mit den jüngeren Schulkindern im Unterricht und würde unter ihnen gar nicht als Klaras Tochter auffallen. Sie war alt genug, um eins unter vielen Heimkindern zu sein.

In der Küche holte Klara das Quittenbrot aus dem Ofen und erhitzte Wasser für den Tee. Der Besuch war noch nicht da. Für ein paar Augenblicke war sie nicht in Eile. Alles war erledigt und vorbereitet. Sie musste niemanden erziehen, ermahnen oder im Auge behalten. Nichts verlangte ihre Aufmerksamkeit oder Verantwortung. Vor ein paar Tagen hatte sie wieder einen Brief von Gustav bekommen. Längst schrieben sie sich regelmäßig, auch wenn sie noch keine Gelegenheit gehabt hatten, sich zu sehen. Inzwischen studierte er am Pädagogischen Institut in Leipzig und wohnte dort im Kameradschaftsheim. Am vergangenen Sonntag hatten er und seine Kommilitonen die Übertragung der Wochenschau in der Aula der Institutsschule ansehen müssen. Gezeigt wurde die feierliche Überführung der Gefallenen des Hitlerputsches von 1923 in die beiden Ehrentempel auf dem Königsplatz in München. *Es gab wohl niemanden, der nicht ergriffen war von der propagandistisch wirkungsvollen NS-Veranstaltung. Und es gab wohl niemanden, der an Hitler und seiner Sendung zweifelte*, schrieb er. Über die Funktionäre und ihr Auftreten in der Öffentlichkeit werde viel diskutiert. Nur die lästige Anwesenheitspflicht bei sämtlichen Gemeinschafts- und Großveranstaltungen gefalle den wenigsten. Am Schluss seines Briefes wollte er noch von Klara wissen, ob sie sich Anfang des Jahres endlich in Dessau treffen könnten. *Du, meine Liebe, ich denke an dich. Dein Gustav.*

Klara lächelte. Die große Küche mit den drei Kochherden und Arbeitsflächen, der Spüle, den Geschirrschränken, Kellen, Töpfen und Pfannen gehörte in diesem Augenblick nur ihr und ihrer Vorfreude auf Gustav. Gerade als sie das Teewasser aufgießen wollte, hörte sie draußen das wütende Hupen eines Autos. Immer und immer wieder. Das klang nach einem Notfall! Klara lief in ihrer Schürze aus der Küche ins Vestibül und riss die Eingangstür auf. Hinter dem Zaun stand Frau Kohlmann neben ihrem sechssitzigen Polizeiauto und winkte wild. »Fräulein Möbius! Das Tor ist verschlossen!«

Klara hatte der Stimme sofort angehört, dass ihre Vorgesetzte sehr, sehr ärgerlich war, sich aber Mühe gab, das nicht allzu deutlich zu zeigen. »Die Reichsfrauenführerin Frau Scholtz-Klink sitzt im Wagen, sie kommt gerade aus London. Machen Sie uns das Tor auf.«

Klara sah Frau Kohlmann noch immer vor sich, wie sie aufgeregt am Gartenzaun gestanden hatte. Knallrote Wangen, dunkles, vornehm frisiertes Haar, fassungsloser Blick. Ausgerechnet vor der Reichsfrauenführerin hatte Klara ihr diese Erniedrigung zuteilwerden lassen. Im Vorhinein hatte Frau Kohlmann doch extra mehrfach telefonisch darauf gedrungen, dass das Tor auf jeden Fall geöffnet sein müsse, wenn sie mit dieser bedeutenden Frau angebraust kam. Alles hatte für die Reichsfrauenführerin tadellos vorbereitet sein sollen. Frau Kohlmann war nicht müde geworden, am Telefon zu betonen, dass Frau Scholtz-Klink die ranghöchste Frau in der Hierarchie des nationalsozialistischen Deutschlands war und sogar beim Reichsparteitag in Nürnberg direkt nach Adolf Hitler zu den deutschen Frauen gesprochen hatte. »Ihr ist es zu verdanken, dass sich die Mehrheit der deutschen Frauen der Volksgemeinschaft unterordnet und bereitwillig unser Reich stützt.«

Trotzdem hatte Klara über der gründlichen Vorbereitung dieses Besuchs und der Freude über Gustavs Brief versäumt, auf das Tor zu achten. Wie hatte ihr das nur passieren können? Es war ein schlimmer Verstoß gewesen! Frau Kohlmann war entsetzlich beleidigt gewesen. Klara hatte sich gar nicht deutlich genug entschuldigen können. Was für eine furchtbare Peinlichkeit! Die Reichsfrauenführerin hatte sich allerdings überhaupt nicht weiter mit der Geschichte belasten wollen. In ihrem sehr gut sitzenden dunkelblauen Kostüm und mit dem zu einem beachtlichen Kornkranz geflochtenen Haar hatte sie Klara strahlend mit einem raschen Hitler-Gruß begrüßt und ihr dann noch herzlicher die Hand geschüttelt. In ihr überwogen Freundlichkeit und Güte. Das bemerkte Klara sofort.

Frau Kohlmann war indes vor Groll verstummt, sodass Klara sich sehr zusammennehmen musste, sich davon nicht beeindrucken zu lassen, während sie der Führerin aller deutschen Frauen die Schlafsäle, den Gemeinschaftsraum, die Unterrichtsräume, den Handwerksraum und die Küche zeigte und ihr allerhand zum Alltag im Frauenbildungsheim erzählte. Frau Scholtz-Klink hörte aufmerksam zu und schien voller Wertschätzung dafür zu sein, was für eine gut funktionierende Haushaltungsschule mit Kinderheim sie zu sehen bekam. »Vorbildlich«, sagte sie mit mildem Lächeln, als hätte es den Vorfall am geschlossenen Tor nie gegeben. Sie schien eine selbstsichere Frau Anfang dreißig zu sein, die wusste, dass sich Frauen ohnehin schon permanent über die eigenen Kräfte einsetzten und es bei all der Verantwortung nur natürlich war, dass hin und wieder kleine Fehler passierten. Ihre Hand lag sogar einmal wohlwollend auf Klaras Arm. Eine Geste der Anerkennung, hinter der Klara aber auch eine Art Angebot zu spüren meinte. Als sie schließlich zu dritt im Büro standen und die Reichsfrauenführerin aus dem Fenster hinüber zu den fleißig arbeitenden Mädchen im Gemüsegarten sah, sagte sie mit ihrer sanften, aber sicheren Stimme: »Aus der guten Masse der deutschen Frauen müssen wir einen Apparat bilden, ein Instrument, das auf jeden Wink bereitsteht.«

Klara nickte beipflichtend. Dabei verstand sie nicht einmal genau, was Frau Scholtz-Klink damit meinte. Es war das übliche Gerede, aber ganz anders vorgetragen. Daher lächelte Klara freundlich und goss ihrer Besucherin eine Tasse Tee ein. Aber zu ihrer eigenen Überraschung war ihr Lächeln nach langer Zeit einmal wieder anstrengungslos in Gegenwart einer ranghohen, politisch engagierten Persönlichkeit. Es war echt.

Nachdem Frau Scholtz-Klink einen Schluck Tee getrunken hatte, sagte sie: »Unser Volk braucht Frauen wie Sie, die unsere Mädchen anleiten, damit sie zu ihren Wurzeln zurückfinden, von denen sie durch die sogenannte Gleichberechtigung abgeschnitten wurden.«

Jetzt war Klaras Lächeln nicht mehr ganz so echt. Sie hatte nichts gegen Gleichberechtigung. Und erst recht nichts gegen Frauen, die gut ausgebildet waren, sich auf dem geistig-abstrakten Feld betätigten und Wissen aneigneten. Frau Scholtz-Klink wirkte selbst auch nicht wie eine Frau, die sich ausschließlich mit ihrer Mutterrolle zufriedengeben wollte.

Offensichtlich gab es in diesem Staat Menschen, die ausgenommen waren von den Regeln, die für alle galten. Das Angebot, das Klara vorhin zu spüren gemeint hatte, war das Angebot, einer dieser Menschen zu werden. Oder war sie das schon längst? Dachte und lebte sie nicht ganz gegen die Werte, die sie ihren Schülerinnen beibringen sollte?

Als sie draußen im Garten standen, schien sich Frau Kohlmann endlich von dem geschlossenen Tor erholt zu haben. Langsam, aber sicher erwachte in ihr wieder der Stolz, bei dieser wichtigen Begehung dabei zu sein. Natürlich sollte nicht nur Klara geehrt werden, sondern auch sie als Referentin. Schließlich war sie am Entstehen und Gelingen dieses Heimes maßgeblich beteiligt gewesen. Beinahe andächtig schritt sie hinter der Reichsfrauenführerin durch den Garten, an den trockenen Blumenrabatten, am Viehstall und dem Hühnerstall vorbei, hinüber zu den Mädchen. Unter der Anleitung der Landwirtschaftslehrerin Fräulein Schellenberg arbeiteten sie im vergrößerten Gemüsegarten, für den einige Sträucher und Büsche hatten gefällt werden müssen. Elisabeth, die gerade zwei Kohlköpfe zur voll beladenen Schubkarre tragen wollte, blieb ergriffen stehen, als sie die herannahenden Frauen bemerkte. Natürlich war Frau Scholtz-Klink keine Unbekannte. Eilig stieß sie ihre Freundin Tonie und die danebenstehenden Schülerinnen an, bis alle Schülerinnen in ihren karierten Kleidern und Strickjacken aufrecht standen und die Reichsfrauenführerin mit großen Augen ansahen. Sie waren von Frau Kohlmann vorher ausgiebig auf diesen Besuch eingestimmt worden, als wäre in der Reichsfrauenführerin keine Geringere als die Erlöserin zu sehen. Frau Kohlmann trat an den staubigen Rand des Gemüsebeetes. »Unsere Reichsfrauenführerin, unter deren Führung alles zusammenläuft, was die Frauenbelange von heute angeht, würde gerne ein paar Worte an euch richten. Sie kommt direkt aus London, wo sie für unsere nationalsozialistische Frauenpolitik geworben hat.«

Frau Scholtz-Klink stand ruhig neben ihr, in ihrem gut sitzenden Kostüm und den hochhackigen Schuhen. Sie hob kurz ihren rechten Unterarm zum Gruß. »Für uns Frauen besteht die herrliche Aufgabe, durch unser Leben einen solchen Nationalsozialismus zu verwirklichen, dass die noch Zögerlichen gar nicht anders können, als ihn nachzuleben.«

Fräulein Schellenberg, die ihr Kopftuch abgenommen hatte und schnell ein paar Schritte näher gekommen war, hatte vor Aufregung mindestens genauso rote Wangen wie Frau Kohlmann und applaudierte. Die Mädchen machten es ihr nach. So hoher Besuch war doch etwas Schönes. Gespannt horchten sie, was ihnen von dieser außergewöhnlichen Frau alles gesagt wurde. »Mögen wir deutschen Frauen nie kleiner sein als die Aufgaben, die vor uns stehen; gehen wir nicht als Zwerge durchs Leben, sondern seien wir immer bereit zum höchsten Einsatz unserer Selbst und unserer Kräfte. Wir müssen die seelischen Betreuerinnen und die heimlichen Königinnen unseres Volkes werden, dann werden wir wieder berufen sein vom Schicksal.«

Nach kurzem andächtigen Schweigen klatschten die Mädchen noch einmal Beifall und Frau Kohlmann bemerkte begeistert: »Hier hat eine Frau zu Frauen gesprochen und uns alle, kraft ihrer hohen Einstellung, mitgerissen.«

Klara schob die Gugelhupfform in den Ofen. Für den Bruchteil eines Augenblicks konnte sie, wie damals, diese warme Welle spüren, die durch ihre Körper geströmt war. Es war ihren Schülerinnen anzusehen gewesen, dass sie am liebsten alle von der Reichsfrauenführerin in den Arm genommen worden wären. Sie verfügte über die Fähigkeit, in jedem einzelnen Mädchen Zuversicht und Begeisterung zu wecken. Als warte eine glorreiche Zukunft auf sie alle. Es war kein Wunder, dass Frau Scholtz-Klink solch eine bedeutende Rolle in der damaligen Zeit eingenommen hatte.

Als sie am Ende des Besuches gemeinsam um das Haus herumgegangen waren und sie den hohen Besuch um das grasbewachsene Rondell zurück zu seinem Polizeiwagen begleitet hatte, war plötzlich Tolla aus der Vordertür herausgelaufen. Sie war die Stufen heruntergesprungen und direkt auf Klara zugelaufen. »Mama, wir haben heute ein Nadelkissen genäht!«

Es war still über dem Heim gewesen. Ganz still. Es war still um Klara, die Reichsfrauenführerin und Frau Kohlmann gewesen. Der Himmel über ihnen war still gewesen. Nur die Kiefernkronen hatten sanft gerauscht und das Rauschen war in ihren Ohren immer lauter geworden. Es war unerträglich angeschwollen zu einem wütenden, wilden Brüllen und sie hatte nur noch warten können. Darauf, dass nun alles herauskam. Zumindest, dass sie hier mit einem unehelichen Kind lebte. Vielleicht würde es Nachforschungen geben. Sehr schnell würde sich zeigen, dass es keine Geburtsurkunde für dieses Kind gab. Frau Kohlmann hatte sie gewarnt. Sie hatte gesagt, sie solle vorsichtig sein mit den Geschichten, die sie erzählte.

Klara lächelte, wie sie seit Jahren lächelte. Doch innen war sie mit einem Mal aus hauchdünnem Glas, das jeden Moment in tausend Scherben zerspringen konnte. Die Zuversicht, die Wärme, die Begeisterung waren weg. Frau Scholtz-Klink beugte sich in ihrer Kostümjacke ein wenig vor, als Tolla vor ihnen stehen blieb. »Wer bist du denn?«

Bevor sie überhaupt antworten konnte, sagte Frau Kohlmann schon möglichst beiläufig: »Die Tochter von Fräulein Möbius.«

Frau Scholtz-Klink zog die Augenbrauen hoch. »Sie haben eine Tochter?« Und zu dem kleinen rothaarigen Mädchen gewandt fragte sie: »Wie heißt du denn?«

»Tolla«, antwortete Klara heiser, um irgendetwas zu sagen. Eine Hand fasste nach ihrer. Dieses kleine Mädchen spürte deutlich, dass etwas nicht stimmte. Frau Scholtz-Klink machte weiter ein erstauntes Gesicht, wobei sie Tolla nicht aus den Augen ließ. »Das klingt osteuropäisch. Und wie ist dein Nachname?«

»Erfurt«, sagte Klara plötzlich mit klarer Stimme. Dabei hielt sie Tolla fest. »Sie heißt Erfurt, genau wie ihr Vater. Doch der ist nicht da.«

Frau Kohlmann nickte beipflichtend. Obwohl sie es besser wusste, hatte sie in diesem Moment die Geschichte bestätigt. Klara warf ihr einen dankbaren Blick zu, doch die Referentin tat so, als ob sie davon nichts mitbekäme.

»Ist dies ein uneheliches Kind?«, brachte es die Reichsfrauenführerin auf den Punkt.

»Ja«, antwortete Klara angespannt, während sich die Herbstsonne golden und behaglich über das Dach auf ihre Seite schob. Sie hatte tatsächlich behauptet, Tolla würde Erfurt mit Nachnamen heißen. So wie Gustav! Wie kam sie dazu, solche Dinge zu behaupten?! Nun hatte sie auch noch diesen ahnungslosen Mann mit in ihr Geheimnis hineingezogen. Wo sollten ihre Lügengeschichten enden?

»Nun ja«, sagte die Reichsfrauenführerin. »Machen Sie sich nichts daraus. Nachdem mein Mann das Zeitliche gesegnet hatte, war ich allein mit unseren vier kleinen Kindern. Und nun sehen Sie, wo ich stehe! Wir Frauen sind stark genug, um die Herausforderungen, die uns das Leben stellt, mutig anzunehmen.«

Klara lächelte. »Mögen wir deutschen Frauen nie kleiner sein als die Aufgaben, die vor uns stehen.«

Frau Kohlmann nickte nun noch etwas heftiger. »Ganz wie Frau Scholtz-Klink es eben gesagt hat: Wir sollten nicht als Zwerge durchs Leben gehen.« Ihre Wangen waren inzwischen mit hektischen roten Flecken übersät und mit einem Mal platzte es aus ihr heraus. »Es ist ein arisches Kind.«

»Von nichts anderem bin ich ausgegangen«, bemerkte Frau Scholtz-Klink milde. Und zu Klara gewandt. »Sie haben bereits einen Weg gefunden, sich mit ihrem Kind selbst zu versorgen. Zu solch großer Kraftanstrengung ist nicht jede Frau in der Lage. Daher ist es wichtig, dass alleinerziehende Mütter von unserem Staat unterstützt werden, solange ihre Kinder reinen Blutes sind, nicht wahr?«

Klara starrte die beiden Frauen an und umklammerte Tollas Hand. Wie gut, dass ihr kleines Mädchen nicht verstand, was hier geredet wurde. Doch genau darum fragte Tolla plötzlich interessiert nach: »Was bedeutet reinen Blutes?« Sie machte ein fröhliches Gesicht, so als gäbe es etwas ganz Wunderbares zu erfahren.

Die beiden Frauen strichen ihr über den Kopf und versprachen: »Das wird dir deine Mutter erklären, so wie deine Mutter es all ihren Schülerinnen hier im Heim erklärt. Habt ihr das denn noch nicht im Unterricht gelernt?«

Tolla schüttelte den Kopf. »Nein.«

Und Klara sagte schnell: »Aber sicher! Du weißt doch, was wir euch immer wieder sagen: dass wir auf unsere Erbanlagen achten müssen.«

Tolla machte ein verwundertes Gesicht, so als hätte sie von der Sache mit den Erbanlagen noch nie gehört. Aber weil Klara ihre Hand sehr fest drückte, blieb sie stumm. Es war so klug, ihr kleines Mädchen. Auch die Reichsfrauenführerin war mehr als zufrieden und bemerkte entschieden: »Unser Führer hat es in seiner Rede auf dem Reichsparteitag in Nürnberg gesagt: Die Frau hat auch ihr Schlachtfeld. Jedes Kind, das sie zur Welt bringt, ist eine Schlacht, die sie besteht für Sein oder Nichtsein ihres Volkes.«

Klara räumte den Eierkarton, die Milch und die Butter zurück in den Kühlschrank. Sie brauchte einen Moment, um zu begreifen, dass sie nicht mehr vor Angst schwitzend mit Gertrud Scholtz-Klink im aufkommenden Wind vor dem Heim stand, während sie Tollas Hand drückte. Es war, als würde die Vergangenheit sie kompromisslos aus der Gegenwart verdrängen.

# 23.

Im Januar 1936, als die Büsche, die Rasenflächen und die Kiefernkronen im Garten mit Schnee bedeckt waren, ging Klara am späten Vormittag mit Tolla aus der Haustür die kleine Strecke hinüber zum Gartentor. Dort wollten sie, eingepackt in ihre Wintermäntel, trotz der Eiseskälte auf das gelbe Postauto warten. Manchmal war zur großen Freude von Tolla ein Paket von den Großeltern dabei. Klara war froh, sich für kurze Zeit aus der Betriebsamkeit des Hauses hinaus in die frische Luft gerettet zu haben. Während Tolla auf der unteren Querlatte des großen Tores stand und sich hin- und herschwingen ließ, tauchten die Bilder des vergangenen Abends in Klaras Erinnerung wieder auf.

Endlich hatten Gustav und sie sich in Dessau getroffen. Obwohl seit ihrem letzten Zusammentreffen viel Zeit vergangen war, hatten sie sich zur Begrüßung wie selbstverständlich umarmt. Die anfängliche Nervosität war schnell in Fröhlichkeit umgeschlagen. In sanftem Schneegestöber hatten sie sich zuerst einen Platz im Café Altmann gesucht und waren dann untergehakt durch die winterliche Stadt geschlendert, vorbei an der riesigen Baustelle auf dem Hauptmann-Loeper-Platz, wo gerade das neue Theater gebaut wurde. In der dunkelblauen Luft des Januarabends war Gustav auf dem Kopfsteinpflaster stehen geblieben und hatte mit seiner Hand eine präsentierende Geste in Richtung der Baugerüste gemacht: »Hier sehen wir Hitlers Herzensprojekt. Die größte Bühne nördlich der Alpen. Wenn Reichsstatthalter Loeper wüsste, dass ihm auf seinem Platz tatsächlich so ein toller Kasten im neoklassizistischen Stil hingesetzt wird, wäre er bestimmt mächtig stolz. Aber nun ist Herr Loeper ja leider tot.«

Und mit einem Mal klang seine Stimme nicht mehr ganz so fröhlich, als er sagte: »Loepers letzte Tat bestand ja darin, nach Oranienburg ins Konzentrationslager zu fahren, um dem dortigen Lagerkommandanten ein paar hinter die Ohren zu geben, weil er die Flucht meines Freundes Gerhart nicht verhindert hatte.«

»Woher weißt du das?« Klara sah ihn überrascht von der Seite an.

»Aus dem Bericht, den Gerhart verfasst hat, nachdem er sich nach Prag gerettet hatte. Heinrich Mann hat ihm sogar ein Geleitwort geschrieben. Im Ausland haben Gerharts Schilderungen über seine Zeit im KZ und darüber, wie die sozialdemokratischen und kommunistischen Häftlinge dort behandelt wurden, für ziemliches Entsetzen gesorgt. Nur nicht bei uns.«

Gustav setzte sich wieder in Bewegung, mit gesenktem Kopf und klopfendem Herzen lief Klara neben ihm her. Offenbar quälte ihn die gleiche Frage wie sie. Gustav sagte, die Hände tief in die Manteltaschen gegraben und den Kragen hochgeschlagen: »Aber was sollen wir armen Bürger machen, wenn wir nicht wie Gerhart enden wollen?«

Darauf gab es nur eine Antwort. Doch die wollte Klara nicht laut aussprechen. Auch Gustav schien das nicht tun zu wollen. Es war zu entsetzlich. Wenn sie nicht so enden wollten wie der Pazifist, mussten sie sich anpassen und ihren inneren Widerstand für sich behalten. Laut ausgesprochen würde es furchtbar klingen. Sogar Susanne machte es nicht anders: Längst sagte sie nicht mehr laut, was sie dachte. Sie alle passten sich an, machten heimlich ihre kleinen Witze oder schimpften, wenn niemand zuhörte. Doch keiner von ihnen tat etwas gegen das, was so klar als Unrecht gegen die jüdische Bevölkerung und politisch Andersdenkende zu erkennen war. Der Zeitpunkt, an dem sie oder andere gleich gesinnte Menschen noch einmal ihre Stimme hätten erheben können, um den Anfängen zu wehren, war längst vorbei. Sie alle hatten diesen Moment verpasst und waren nun Teil der großen, die Macht stützenden Volksgemeinschaft. Doch wann genau war dieser entscheidende Moment gewesen? Ließen die Erfolge Hitlers schon so klar erkennen, dass etwas kurz davor war, ins unabwendbar Böse zu kippen? Klara wusste es nicht. Sie zog ihren Hut tiefer ins Gesicht. Ihre Ohren und ihre Nasenspitze brannten vor Kälte. »Als er damals ins Konzentrationslager gebracht werden sollte, habe ich in der Zeitung gelesen, dass er eine Frau und eine kleine Tochter hat«, sagte sie. Und obwohl sie es lieber gar nicht wissen wollte, fragte sie trotzdem nach: »Was ist mit ihnen passiert?«

»Die Gestapo hat sie festgenommen.«

Klaras Herz schlug noch heftiger. Mit Sicherheit würde das Gleiche mit ihr passieren, wenn herauskam, welche Art von Doppelleben sie seit Jahren führte. Oder etwa nicht?

Sie schwiegen eine ganze Weile. Lauschten nur ihren quietschenden Schritten im Schnee. Eigentlich hatte es doch ein romantischer Abend werden sollen. Immerhin war dies ihre erste richtige Verabredung. Klara hatte Gustav sagen wollen, dass sie nicht verheiratet war. Das sollte er wissen. Wenigstens einen Teil ihrer Wahrheit sollte er erfahren. Nicht die ganze, aber das für sie beide Entscheidende. Sie wollte endlich seine Freundin sein. Plötzlich blieb sie stehen, sodass ein Mann, der hinter ihnen lief, einen raschen Bogen um sie machen musste.

»Ich möchte noch etwas richtigstellen.« Ihr Atem stand als kleines weißes Wölkchen in der Luft.

Gustav sah sie erstaunt an. »Das klingt aber bedrohlich.« Sein Hut war ihm wieder in den Nacken gerutscht und sein Lächeln bekam etwas Unsicheres. Zum ersten Mal bemerkte Klara, dass unter seiner fröhlichen Unerschrockenheit eine wache Vorsicht lauerte, die sie bisher übersehen hatte.

»Ich weiß nur nicht, wie ich es aufklären soll.« Sie klammerte sich an ihrer schmalen Handtasche fest. Ihre Augen wanderten unruhig umher. Sie schaffte es einfach nicht, Gustav anzusehen, der hilflos versuchte, einen Scherz zu machen.

»Du bist eine Bewunderin vom Reichsstatthalter Wilhelm Friedrich Loeper und findest es unangemessen, wie ich posthum über ihn rede? Ist es das?«

Klara schüttelte heftig den Kopf. »Nein.«

Seine Gesichtszüge entspannten sich etwas. »Da bin ich aber beruhigt.«

Sie lächelte verlegen. »Es hat nichts mit Politik zu tun.«

»Sondern?« Er sah sie abwartend an.

»Ich wollte dir sagen, dass ich nicht verheiratet bin.« Jetzt schaffte sie es sogar, ihn anzusehen. Zumindest flüchtig. »Ich dachte, dass du das wissen solltest.«

»Ich bin davon ausgegangen, dass du nicht verheiratet bist.«

»Wieso?«

»Du trägst keinen Ehering. Außerdem benehmen sich verheiratete Frauen anders.«

»Aha.« Gustav schien sich recht gut mit verheirateten Frauen auszukennen. Sie sah ihn direkt an. Nun wollte sie ganz genau erfahren, mit wem sie es hier zu tun hatte. »Und du? Was ist mit dir?«

Aber anstatt ihr zu antworten, fragte er: »Und wer war dann das kleine Mädchen, mit dem ich dich damals vor dem Friedrich-Theater getroffen habe? Ihr habt so einen vertrauten Eindruck gemacht.«

»Das ist meine Tochter«, sagte Klara etwas zu schnell.

Gustav schüttelte den Kopf. »Wenn du nicht verheiratet bist, hast du auch keine Tochter. So ein Missgeschick würde dir nie passieren. Warum sagst du mir nicht die Wahrheit?«

»Das kann ich nicht.« Sie sah in seine dunklen Augen, die im Licht der Straßenlaternen glänzten. »Es tut mir leid.«

Er zuckte mit den Schultern. »Du wirst deine Gründe haben.«

»Ich werde es dir irgendwann erzählen. Versprochen.«

Da ihr Zug bald fuhr, hatte sie nach seiner Hand gegriffen und ihn mit sich Richtung Bahnhof gezogen. Aus dem Waggon hatte sie hinaus auf den erleuchteten Bahnsteig gesehen, wo Gustav gestanden und ihr zum Abschied zugewunken hatte.

»Mama!«, rief Tolla. »Schubs mich bitte noch mal an!« Klara gab dem Tor einen Schubs, sodass es zuschlug. Sie sah Gustav vor sich, sie hörte seine Stimme, fühlte ihre Hand in seiner und sein flüchtiger Abschiedskuss war auch noch auf ihrer Wange zu spüren.

»Noch mal, noch mal!«, rief Tolla. Sie hielt sich an den Längslatten fest und ihr Mantel und ihre geflochtenen Zöpfe flogen. »Bitte noch mal, Mama!«

Klara gab dem Gartentor einen letzten Schubs und es schwang zurück ins Schloss. Langsam tat ihr der Arm weh. Der Himmel stand neblig über dem Heim, dem Garten und dem Kiefernwald, aus dem eine frostige, klirrende Kälte zu ihnen in den Garten schlich. Das Sonnenlicht drückte sich allmählich durch den Nebel und breitete sich über dem schneebedeckten Rondell aus. Über dem Eingang flatterte inzwischen nur noch die Hakenkreuzfahne. Die bisher gehisste schwarz-weiß-rote Reichsflagge hatte Herr Strahler an Führers Geburtstag abgehängt und umringt von den staunenden Heimkindern neben dem Schuppen feierlich verbrannt.

Als das gelbe Postauto zwischen den Kiefernstämmen auftauchte, sprang Tolla vom Tor ab und zog es auf. Sobald das Auto hereingefahren war, lief sie über die Rasenfläche hinterher. Geduldig stand sie neben der Hecktür, bis der Bote die Post zusammengesucht hatte. Klara kam langsam näher.

»Oma hat etwas geschickt!« Tolla lief ihr über die weiße Schneefläche entgegen. Zwischen Kinn und Paket klemmten noch ein paar Briefe. Klara griff danach und blätterte sie durch. »Das Paket machen wir hinten im Garten auf.«

Nebeneinander gingen sie um das große Haus herum. Ein Brief kam von Klaras alter Schulfreundin Margarete, von der sie damals die Stelle übernommen hatte und die in Dessau mit ihrem Chefpiloten verheiratet war. Ab und zu schrieb sie, wie es ihr als verheiratete Frau und Mutter ging. Klara hätte nicht mit ihr tauschen mögen. Es klang recht dröge. Der andere Brief enthielt die monatliche Abrechnung des Kolonialwarenhändlers in Oranienbaum. Klara legte Tolla den Arm um die schmalen Schultern. »Was Oma uns wohl geschickt hat?«

»Bestimmt hart gekochte Eier.«

»Aber wir haben doch auch Hühner, die Eier legen.«

»Oma schickt uns trotzdem immer Eier, weil ihre so gut schmecken.«

Klara schob Tolla vor sich her in den hinteren Garten, wo sie sich auf die verwaisten Pritschen in der Liegehalle setzten. Im Paket waren ein Früchtebrot, sorgfältig verpackte Äpfel, ein Brief und ein Paar rote Strickstrümpfe. Tolla hielt sie glücklich in die Höhe. »Die sind aber sehr schön!«

Klara hob das Früchtebrot aus dem Karton und ihr abwesender Blick blieb an der kleinen Kindergruppe hängen, die im hinteren Teil des Gartens unter der Anleitung der Jugendleiterin Erna warm eingepackt im Schnee einen Volkstanz einstudierte. Dazu sangen die Kleinen: »*Winter, ade. Scheiden tut weh. Aber dein Scheiden macht, dass mir das Herze lacht.*« Die Welt auf ihrer Insel im Wald schien so unschuldig und unberührt von all den Umwälzungen um sie herum. Aber so würde es nicht bleiben.

»Holst du uns ein Messer aus der Küche?«, fragte Klara. »Aber nicht damit laufen. Und die Klinge nach unten halten.«

»Das weiß ich doch.« Tolla lief über die schneebedeckte Wiese hinüber zum Hintereingang, aus dem gerade Fritzchen und

Hermine Raabe kamen. Obwohl Klara den Brief von Margarete lesen wollte, beobachtete sie die beiden gespannt. Die Art und Weise, wie Fritzchen und Hermine sich untergehakt hatten, hatte etwas Beunruhigendes an sich. Sie konnte nicht einmal sagen, was sie daran beunruhigte. Sie mochte Fritzchen, genau wie sie Hermine mochte. Bisher hatte die Tochter von Dr. Raabe weder depressiv noch antriebslos gewirkt. Und schon gar nicht lebensmüde. Im Gegenteil. Sie hatte eine Menge Abenteuerliches zu berichten. Und vielleicht war es genau das, was Klara beunruhigte. Hermine Raabe plauderte ungebremst drauflos und dachte sich nichts weiter dabei. Fritzchen war genau das Gegenteil von ihr. Kontrolliert, vorsichtig und überlegt. Und doch schienen die beiden einander geradezu gefunden zu haben. Jede freie Minute des Tages verbrachten sie miteinander und redeten und redeten. Klara konnte dieses schwelende Gefühl, auf der Hut sein zu müssen, nicht mehr abstellen. Zunehmend witterte sie überall Gefahr.

Die beiden spazierten hinüber zum Schuppen, wo sie sich nebeneinander in die weiße Wintersonne setzten. Sie saßen genau da, wo Susanne und Klara damals in der Abenddämmerung gesessen und die teuerste Zigarre von Karlchen Schulze geraucht hatten. Klara senkte ihren Blick und faltete zuerst den Brief ihrer Eltern auseinander, in dem sie schrieben, dass die mitgeschickten Äpfel die letzten vom vergangenen Jahr waren und dass es in Lieberode sehr kalt war und sie sich abends immer etwas Feuer machten. Von Kurtchen, der inzwischen das Abitur bestanden hatte und nun stolzer Inhaber des silbernen SA-Sportabzeichens war, war auch eine Passage dabei:

*25 Kilometer Gepäckmarsch, Kleinkaliberschießen im Liegen oder freihändig. Außerdem Keulen-Zielwurf. Na ja, Du kannst Dir denken, dass ich den Prüfern in regelmäßigen Abständen immer wieder beweisen muss, dass ich dieser Auszeichnung auch weiterhin würdig bin. Das ist natürlich bitter. Aber was tut man nicht al-*

*les, um seine Ruhe zu haben. Und damit Du es weißt: Mutter und ich planen, bald zu Dir zu Besuch zu kommen. Schließlich möchte ich doch endlich das »Ziehkind« einmal kennenlernen. Du bringst es ja nie mit nach Hause.*

Kurtchens süffisanter Unterton war nicht zu überlesen. Sollte er doch kommen und ihr seine Meinung direkt sagen. Klara steckte das zusammengefaltete Papier in ihre Manteltasche, als Tollas Schatten auf den Umschlag fiel.

»Und was schreibt Oma?«

»Sie kommt uns bald mit deinem Onkel Kurt besuchen.«

»Wie schön! Dann lerne ich ihn endlich einmal kennen.« Ihr kleines Mädchen setzte sich neben sie und zeigte hinüber zu Hermine und Fritzchen. »Soll ich sie fragen, ob sie auch ein Stück von Omas Früchtebrot probieren wollen?«

»Aber sicher.«

Kurz darauf saßen nicht nur die beiden jungen Frauen, sondern auch noch Susanne bei Klara und Tolla auf den Pritschen. Hermine schluckte den letzten Bissen herunter und sagte: »Fräulein Stettin, Sie singen doch den Kindern im Spielsaal gerne die Lieder von Lilian Harvey vor, nicht wahr?«

Susanne machte ein erstauntes Gesicht. »Ja, hin und wieder.«

Hermine nickte bekümmert. »Das sollten Sie jetzt besser lassen. Das ist nur mein gut gemeinter Rat unter Frauen.«

»Ach ja?« Susanne guckte perplex. Und auch Klara und Fritzchen hielten den Atem an, was jetzt gleich als Erklärung kommen würde. Bisher hatten sie nichts Negatives über Lilian Harvey gehört. Was war mit ihr?

Hermine senkte ihre Stimme ab und klang geheimnisvoll. »In ihrem Haus in Berlin empfängt sie noch immer ihre jüdischen Freunde. Das weiß ich aus allererster Hand. Darum wurde sie von der Gestapo verhört.«

Tolla fragte: »Was ist die Gestapo?«

»Die Geheime Staatspolizei.« Hermine lächelte freundlich. »Das sind richtig üble Herren. Mit denen will man nicht unbedingt in Kontakt kommen. Darum hat sich Lilian Harvey auch gleich bei Herrn Goebbels beschwert. Mein Vater meint, das war keine sonderlich gute Idee von ihr, denn der Herr Reichspropagandaleiter hat gerade erst wieder verkündet, dass die Kennzeichnungspflicht für Juden kommen wird. Das heißt, diese wunderbare Schauspielerin wird sehr bald das Land verlassen müssen.«

Susanne, Klara und auch Fritzchen sagten gar nichts. Sie sahen Hermine nur sprachlos an. Dafür war Tolla mehr als interessiert. »Was ist denn mit den Juden? Warum sollen sie gekennzeichnet werden? Sind sie krank?«

Die Frauen wechselten stumm Blicke, während über ihnen die Kieferkronen unruhig in der Brise des noch jungen Jahres wehten. Wie sollte man auf diese Fragen einfache Erklärungen finden? Hermine klopfte Tolla zufrieden aufs Knie: »Ich freue mich, dass du das fragst. Es zeigt, dass in diesem staatlich geführten Heim offenbar niemand etwas gegen Juden hat. Sonst hättest du das schon mitbekommen. Leider glauben große Teile unserer Bevölkerung, dass Juden böse Menschen sind. Viele von unseren Mitbürgern reden sehr schlecht über sie und behaupten, dass sie eine Weltverschwörung betreiben. Andere verhauen sie. Außerdem ist es verboten, in ihren Geschäften einzukaufen. Auf Parkbänken, an Lokalen, überall sind Schilder angebracht, auf denen steht *Juden unerwünscht*. Manche Leute wollen sogar, dass Juden getötet werden.«

»Die armen Juden.« Tolla sah erschrocken von Hermine zu Klara. »Kann man ihnen nicht helfen?«

Wieder wechselten Susanne, Fritzchen und Klara Blicke. Aber noch bevor eine von ihnen etwas sagen konnte, legte Hermine den Kopf schief und seufzte. »Es ist verboten, meine Kleine. Und genau das macht mich wahnsinnig. Besonders welchen

Blödsinn man ihnen vorwirft. Aber wenn ich etwas dagegen sage, behaupten meine Eltern, ich sei nervenkrank.«

Fritzchen stand eilig auf. Dabei sah sie auf ihre Armbanduhr. »Ich sehe mal nach, ob die Schülerinnen die Küche ordentlich aufgeräumt haben.«

Susanne erhob sich auch. »Und ich muss die Kleinen aufwecken, sonst können sie heute Abend nicht einschlafen.«

Bevor Hermine aufstand, fasste sie nach Tollas Hand. »Wenn du groß bist, wirst du das tun, was du für richtig hältst. Egal, was die Welt um dich herum sagt. Versprich mir das.«

»Das ist doch klar! Versprochen.«

Susanne, Hermine und Fritzchen gingen hintereinander über die Wiese zum Hintereingang. Kurz bevor sie nach drinnen verschwanden, drehte sich Susanne noch einmal zu Klara um, die mit Tolla auf den Pritschen sitzen geblieben war, und warf ihr einen alarmierten Blick zu. Was, wenn Hermine ihrem Vater die Wahrheit über diesen Ort erzählte? Klara lächelte hilflos und zuckte mit den Schultern. Was sonst konnte sie tun, als mit den Schultern zu zucken? Sie waren keine Insel mehr. Nichts war mehr in Ordnung.

# 24.

»In einer halben Stunde fliegen meine Brieftauben dreißig Kilometer.« Kurtchen warf mit Schwung die hintere Wagentür zu, sodass Klara dachte, das Auto müsse auseinanderfallen. Offenbar hatte er sich auf der Fahrt vom Bahnhof hierher mit dem Hausmeister über seine Taubenzucht unterhalten. Da hatten sich zwei gefunden! Herr Strahler holte aus dem Kofferraum ein Paket und legte es Kurtchen in die Arme. »Wenn du nachher zu mir kommst, zeig ich dir meine Exemplare.«

»Gerne!« Kurtchen marschierte in seinem hellen Flanellanzug mit schräg aufgesetztem Hut und dem Paket unterm Arm an Klara und Tolla vorbei ins Haus, als wäre das sein Anwesen. Von drinnen hörte sie ihn rufen: »Na, das hättest du mir ja mal ruhig früher schreiben können, dass euer Hausmeister auch ein leidenschaftlicher Taubenzüchter ist. Dann hätte ich ihm ein Paar von meinen mitgebracht.«

Klara reagierte nicht darauf, sondern half ihrer Mutter, die Eingangsstufen heraufzukommen. Sie schien Schmerzen in der Hüfte zu haben, sagte aber nichts dazu. Von hinten hörte sie dafür Herrn Strahler wieder rufen: »Da ist ja die kleine Tolla Sawyer!« Beinahe hätte sich Klara zu ihm umgedreht und ihn bitterböse angesehen. Er sollte das endlich lassen!

Oben in ihrem Zimmer setzte Kurtchen sich gleich auf die Bettkante. Seitdem sie sich im Winter in Lieberode gesehen hatten, war er kräftiger und männlicher geworden. Das lag bestimmt an seinen sportlichen Aktivitäten. Er nahm sich ein Stück von dem Käsekuchen, den Klara hingestellt hatte, und sah sich mit hochgezogenen Augenbrauen um. »Wäre schön, wenn hier noch Platz für ein Sofa wäre.«

Klara und ihre Mutter tauschten kurz Blicke. Sie beide schienen zu hoffen, dass sich Kurtchens selbstgefälliges Benehmen im Laufe des Nachmittages etwas beruhigen würde. Im Gegensatz zu seiner Mutter in ihrem Alltagskleid war er in seinem hellen Anzug recht adrett gekleidet. Plötzlich hob er einen Fuß hoch und bemerkte stolz. »Vorigen Sonntag war Preisflug. Solche Schuhe kann man sich leisten, wenn man mit seinen Tauben den ersten Platz belegt!«

»Gratuliere zum Schuh!«, sagte Klara trocken und setzte sich mit Tolla an den Schreibtisch, um das mitgebrachte Paket auszupacken. Darin war das Puppenbett, mit dem sie früher gespielt hatte. Tolla holte gleich ihre Puppe, legte sie hinein und deckte sie mit der geblümten Decke zu, die ihre Großmutter für sie genäht hatte.

Klaras Mutter streichelte dem Mädchen über den Kopf und fragte in Kurtchens Richtung: »Ist sie unserem Klärchen nicht wie aus dem Gesicht geschnitten?«

»Wohl kaum.« Er verschränkte die Arme vor der Brust und streckte die Beine in seinen Anzughosen aus, sodass seine neuen Schuhe gegen das Kinderbett stießen.

Tolla sah ihn verwirrt an und wendete sich dann ab, um auf dem Boden mit dem neuen Puppenbett zu spielen.

»Lass das!«, flüsterte Klara.

Aber er tat ahnungslos. »Was denn? Sie kann dir eben nicht aus dem Gesicht geschnitten sein. Das ist alles.«

Am liebsten hätte sie sofort gesagt: »Verschwinde!« Aber sie hielt sich zurück. Was war denn mit ihrem Bruder los? Er war ja schon immer etwas jugendlich überheblich gewesen, aber nun schwang in seinen Äußerungen diese leichte Verachtung mit. Man konnte nur hoffen, dass sich das ganz schnell wieder änderte, wenn er irgendwann einmal Bekanntschaft mit

Rückschlägen, Notsituationen und schweren Entscheidungen machte.

Ihre Mutter legte beruhigend die Hand auf Klaras. »Das ist ja nur ein Sprichwort. In Wirklichkeit ist es natürlich unmöglich, aus dem Gesicht eines anderen geschnitten zu sein.« Sie lächelte Tolla zu, die für einen kurzen Moment ihren Blick hob. »Trotzdem siehst du mit deinem roten Haar aus wie deine Mutter.«

»Das kann ich mir nicht länger mit anhören!« Kurtchen stand von der Bettkante auf, drängte sich an der spielenden Tolla vorbei und zog die Zimmertür auf. »Ihr findet mich bei Herrn Strahler und seinen Tauben.«

Klara rief: »Wehe, du sprichst mit ihm über Tolla!«

Ohne zu antworten, warf er die Tür hinter sich zu.

»Wie gut, dass unsere Heimkinder schon ihren Mittagsschlaf gemacht haben, sonst wären sie jetzt aufgewacht.« Klara atmete tief durch und lächelte ihre Mutter an. »Danke, dass du mein altes Puppenbett mitgebracht und so eine hübsche Decke genäht hast.«

»Mach dir nichts aus dem, was Kurtchen über die Angelegenheit denkt. Er ist eifersüchtig und will seine große Schwester eben mit niemandem teilen.«

Klara gab ein verächtliches Geräusch von sich. »Er hat jetzt sein Abitur. Langsam sollte er mal auf eigenen Beinen stehen.«

Klaras Mutter tätschelte schon wieder die Hand ihrer Tochter. »Er ist noch auf der Suche, was aus ihm werden soll.«

»Na, hoffentlich kein Hornochse.« Klara zog ihre Hand weg und gab dem Kuchenteller einen kleinen wütenden Schubs, sodass er gegen die Teetassen klirrte.

Tolla stand erschrocken auf. »Warum guckst du so böse, Mama?«

»Weil ich mich über deinen Onkel Kurt ärgere.«

»Warum soll er denn mit Herrn Strahler nicht über mich

sprechen?« Sie kam näher heran und strich das Kleid ihrer Puppe glatt. In ihrer Stimme lag Unsicherheit und gleichzeitig die Klarsicht eines Kindes, das längst wusste, dass ihm irgendetwas verheimlicht wurde.

»Weil dich Herr Strahler immer Tolla Sawyer nennt und ich das nicht mag.«

»Mich stört es nicht«, sagte Tolla. »Er findet das eben lustig.«

»Du bist ein kluges Kind.« Klaras Mutter sah die Kleine stolz an, so als hätte sie über die letzten Besuche hier in Oranienbaum längst vergessen, dass sie gar nicht ihr leibliches Enkelkind war. Klara stellte die Tassen ineinander, obwohl sie noch gar nicht mit Teetrinken fertig waren. Sie wollte nur irgendetwas tun. »Was hat denn Kurtchen jetzt vor mit seinem Leben?«

Ihre Mutter zuckte mit den Schultern. »Irgendetwas Besonderes. Hoffentlich wählt er das Richtige. Er hilft Papa viel im Garten und beim Dachausbau. Wir haben sehr dreckige Tage hinter uns. Dafür gehen die Geschäfte besser, als wir dachten. Für den Sommer sind wir schon ausgebucht.«

Als Klara mit ihrer Mutter und Tolla am Nachmittag einen Gang durch den rückwärtigen Garten machte, kam ihnen Kurtchen aus Richtung des Nebengebäudes über die Wiese entgegen und winkte fröhlich. Das Auftrumpfende, das er vorhin noch gehabt hatte, war glücklicherweise verschwunden. Nun wirkte er eher wie ein enthusiastischer Junge. »Herr Strahler hat mir empfohlen, eine Ausbildung bei der Luftwaffe zu machen, wenn mich das Fliegen so begeistert. Er sagt, Deutschlands Luftwaffe braucht Nachwuchs! Wer die Jugend hat, hat die Zukunft. Und dass selbst die hervorragendsten Flugzeuge wertlos sind, wenn sie nicht von Männern mit unerschrockenem Herzen und fester Hand bedient werden.«

»Da hat mein Bruder ja jetzt etwas ganz Besonderes gefunden«, murmelte Klara und sah ihre Mutter an, die ein Gesicht machte, als würde sie gleich anfangen zu weinen. Offensichtlich war es überhaupt nicht das, was sie sich für ihren Sohn wünschte. »Der Fliegerberuf ist sehr gefährlich, Kurtchen.«

»Im Zeitalter der Technik kann man sich dem nicht entziehen! Außerdem wird da sehr übertrieben, sagt Herr Strahler. Die Offizierslaufbahn in der Luftwaffe steht allen offen, besonders denen, die sich durch Kühnheit und Einsatzbereitschaft auszeichnen.«

Am frühen Abend begleitete Klara ihren Besuch durch den Kiefernwald zurück zum Bahnhof. Ihre Mutter hakte sich bei ihr unter, und obwohl sie ihr linkes Bein etwas nachzog, wirkte sie jugendlich wie lange nicht mehr. Offenbar tat es ihr gut, hin und wieder von zu Hause wegzukommen. Unterdessen redete Kurtchen in seinem hellen Dreiteiler ununterbrochen davon, was Herr Strahler alles zu ihm gesagt hatte. Es war um die Taubenzucht gegangen, um Taubenwettflüge, um Hermann Göring, die Luftwaffe und darum, dass Hitler für Deutschland Zukunft und Stärke bedeutete. »Es gibt schon viel weniger Arbeitslose!« Kurtchen gestikulierte mit den Händen herum und erklärte: »Herr Strahler meint, eine Mitgliedschaft bei der Partei würde sich lohnen.« Die Mutter blieb stumm. Klara schwieg auch. Nur weil ihr Bruder Brieftauben züchtete, musste er doch nicht gleich zur Luftwaffe! Sie gingen hinter Kurtchen her, der mit großer Begeisterung seine Worte in die Stille des Waldes hineinrief, ohne dass sie zwischen den hohen Stämmen ein Echo fanden. »Herr Strahler glaubt an eine Gesundung der völkischen Kräfte durch Säuberung von faulen, aber gerissenen Elementen.«

Mit einem Mal hatte seine Mutter doch etwas zu sagen: »Halt den Mund!«

Sofort war Kurtchen still. Eine derartige Reaktion hatte Klara von ihrer Mutter noch nie erlebt. Sogar sie wirkte von sich selbst ein wenig überrascht und erschrocken. Sie presste die Lippen aufeinander und starrte auf den mit Kiefernnadeln bedeckten Boden. Auf dem letzten Stück des Weges sagte keiner mehr etwas. Dafür versuchte Klara ihrer Mutter das Gehen zu erleichtern, indem sie sie stützte. Als sie aus dem Wald kamen, hing das leuchtende Blau des frühen Märzabends über dem Bahnhofsgebäude. Klara sah unauffällig auf ihre Armbanduhr. Sie musste sich beeilen, wenn sie noch den Zug nach Dessau auf dem gegenüberliegenden Gleis bekommen wollte. Sie war mit Gustav verabredet. Das hatte sie ihrer Mutter und ihrem Bruder allerdings noch nicht gesagt. Sie befürchtete, die Neuigkeit, dass sie sich mit einem Mann traf, würde bei Kurtchen für zusätzlichen Ärger sorgen. Gustav war allein ihre Sache. Sie hatte keine Lust, sich Kurtchens dumme Vorwürfe anzuhören. Aber noch weniger wollte sie ihrer Mutter eine Rückfahrt nach Lieberode bescheren, die von seinen Schimpfereien erfüllt war. Sie überquerten den sandigen Bahnhofsvorplatz und gingen in die Schalterhalle hinein. Als ihre Mutter und ihr Bruder sich Fahrkarten gekauft hatten, kaufte Klara sich ebenfalls kommentarlos eine. Nachdem sie gezahlt hatte und sich ihnen wieder zuwandte, sah sie in zwei erstaunte Gesichter. Plötzlich ärgerte sie sich. Warum sollte sie denn kein eigenes Leben abseits des Heimes haben? Da half nur die Flucht nach vorne. Nüchtern erklärte sie:

»Ich kann leider nicht mehr mit euch auf den Zug warten. Ich bin noch mit jemandem in Dessau verabredet. Und muss schnell aufs andere Gleis.«

Ihr Bruder sah sie sprachlos an. Er brauchte einen Moment, bis er verstand, was sie gesagt hatte. Seine Miene verdüsterte sich. »Du willst Mutter und mich hier einfach so stehen lassen? Hast du etwa nur so getan, als wolltest du uns zur Bahn bringen, bist aber eigentlich wegen eines Rendezvous mitgegangen?«

Ihre Mutter stand hilflos daneben. »Das ist doch gar nicht schlimm. Lass Klärchen gehen. Sie hat sich schon den ganzen Nachmittag für uns freigenommen.«

»Wir fahren den weiten Weg hierher und dann hat sie nicht

einmal die Klasse, zu warten, bis unser Zug abgefahren ist? Aber das Puppenbett und die genähte Decke kamen ihr gerade recht für dieses fremde Kind.«

Klara schnappte nach Luft. Sie wollte etwas gegen diese furchtbare Ungerechtigkeit sagen, doch ihr Bruder war schneller. »Denkst du gar nicht an deine Familie?«

»Was?«

»Du bist undankbar!«

Undankbar! Klara war kurz davor zu weinen. Aber sie hatte gelernt, nicht zu weinen. Das lernte man als junges Mädchen sehr schnell. Es war, wie Madame d'Aiglemont es in *Die Frau von dreißig Jahren* gesagt hatte. Gebildete Menschen, und besonders Frauen, verrieten ihre Gefühle nur durch kaum wahrnehmbare Zeichen, an denen aber alle, die Ähnliches erlitten hatten, die Zuckungen ihres Herzens erkennen konnten. Davon war ihr Bruder weit entfernt! Im Augenwinkel sah Klara das mitfühlende Gesicht ihrer Mutter, die sich nicht traute, ihren eigenen Sohn ein weiteres Mal in die Schranken zu weisen. Und auch Klara ließ es bleiben. Er würde sich nicht ändern. Dann hielt er sie eben für undankbar. Vielleicht war sie aber nur ein wenig verliebt.

Draußen auf dem Gleis fuhr ihr Zug ein, sie musste sich beeilen. Doch vorher wollte sie noch etwas loswerden. Während die Reisenden an ihnen vorbei durch die Schalterhalle aus dem Gebäude drängten, sah sie ihren Bruder an. Entschlossen griff sie nach seinen Händen und sagte ganz ruhig: »Ich habe mich lange genug um dich gekümmert, Kurtchen. Jetzt musst du dich um dich kümmern. Finde etwas, das dich glücklich macht. Genau wie ich es gefunden habe. Ich lebe mein Leben. Leb du deins. Und genau wie du dich nicht in meins einzumischen hast, werde ich mich nicht in deins einmischen. Sogar wenn ich deine Entscheidungen falsch finde.« Klara gab ihm einen Kuss auf die Wange. »Und damit du es weißt: Ich hab dich lieb.«

Bevor ihr Bruder etwas erwidern konnte, umarmte sie schnell ihre Mutter. »Gute Fahrt! Und grüß Papa von mir!« Dann drehte sie sich um und lief hinaus auf den Bahnsteig, um als Letzte auf die Plattform zu springen, bevor sich ihr Zug ruckend in Bewegung setzte.

In Dessau lief sie in der blauen Stunde über das Kopfsteinpflaster, die breite Straße hinunter, in die Stadt hinein. Je näher sie ihrem Treffpunkt kam, desto mehr drosselte sie ihre Geschwindigkeit. Sie wollte nicht, dass Gustav sie sah, wie sie rannte, um ja nicht zu spät zu kommen. Endlich bog sie in die Muldstraße ein und sah ihn schon von Weitem vor dem alten Friedrich-Theater stehen. Wie immer hatte er den Hut in den Nacken geschoben und wie immer war sein Mantel zerknittert. Gab es in seinem Leben denn niemanden, der ihm seine Kleider ordentlich aufbügelte? Sie wusste nur, dass seine Eltern und seine ältere Schwester Selma hier in dieser Straße wohnten. Mehr nicht.

Klara verlangsamte ihre Schritte und es brauchte einige Disziplin, nicht breit zu lächeln, als sie aufeinander zukamen. Gustav schien nichts dabei zu finden, von einem Ohr zum anderen zu grinsen. Er winkte ihr und die letzten Meter rannte er auf sie zu. Er nahm sie fest in den Arm und wirbelte sie herum. Dabei war Klara nun wirklich keine Person, die herumgewirbelt werden wollte. Auch das war ihm egal. »Wie schön, dass wir uns endlich wiedersehen!« Und schon drückte er ihr einen Kuss dicht an die Lippen. Das war nun doch überraschend. Bisher hatten sie sich nur auf die Wange geküsst und dieser Kuss war auf jeden Fall nicht mehr nur freundschaftlich. Als Klara wieder stand, fragte sie: »In welchem Haus wohnen eigentlich deine Eltern?«

»In dem dort unten. Ein paar Häuser vor dem herrschaftlichen Gebäude der NSDAP-Gaugeschäftsstelle.« Er wies lapidar die Häuserreihe hinunter, in die Richtung, aus der sie soeben gekommen war. »Aber über meine Familie will ich gerade lieber nicht reden. Ständig wollen sie einem sagen, was zu tun ist. Soll das so weitergehen, bis man hundert ist?« Sein Gesicht bekam einen ärgerlichen Ausdruck. Doch er bemühte sich um Heiterkeit und fragte: »Und wie geht es dir?«

Klara nickte. Sie wusste genau, wovon er sprach. Obwohl sie es eigentlich für sich behalten wollte, sagte sie: »Mein Bruder war mit meiner Mutter zu Besuch und es hat ihn aufgeregt, dass ich mich mit einem Mann treffe. Er denkt auch, er kann mir sagen, was ich zu tun und zu lassen habe.«

»Da scheint es uns ja ganz ähnlich mit unseren neunmalklugen Geschwistern zu gehen«, bemerkte Gustav seufzend, ohne näher darauf einzugehen. »Glücklicherweise haben wir jetzt etwas ganz Schönes vor.«

Jedes Mal, wenn sie sich in den darauffolgenden Monaten trafen, hatten sie etwas »ganz Schönes« vor. Wann immer Gustav es einrichten konnte, kam er an den Wochenenden aus Leipzig angefahren. Er kam bei jedem Wetter. Mit hochgestelltem Mantelkragen gegen den Wind, mit offenem Mantel beim ersten milden Frühlingswetter, an Sommerabenden nur im Jackett. Mit dem Rad fuhren sie zum Schönitzer See, wo Anfang Mai die Hänge übersät waren mit unzähligen Adonisröschen. Sie gingen durch die Wiesen oder in dem kleinen Wäldchen spazieren. Oder sie fuhren mit der Bahn an die Elbe, zu den weiten Auen mit den wunderschönen riesigen alten Eichen, die da verstreut standen. Dort saßen sie auf einer Decke im Schatten und Gustav las Klara etwas vor. Niemand konnte das so gut wie er. Aber darüber, wer Tolla war, sprachen sie nicht. Es kam Klara vor, als hätte sie drei Leben: In dem einen war sie die Leiterin des ersten nationalsozialistischen ländlichen Frauenbildungsheims. Im zweiten Leben war sie Tollas Mutter und Staatsfeindin. Und im dritten Leben war sie eine junge Frau, die sich in einen jungen angehenden Lehrer verliebt hatte.

# 25.

Gustav sah Klara begeistert an, als sie im August 1937 am frühen Abend als Letzte in Dessau aus dem Zug stieg. Direkt in seine Arme. Jedes Mal war es für sie überraschend, mit welch uneingeschränkter Zuneigung und Offenheit er ihr begegnete. Auf dem Weg in die Stadt holte er ein knallrotes, zusammengerolltes Flugblatt aus seiner Manteltasche und reichte es ihr. »Hier gehen wir jetzt hin.«

Während sie die Straße hinunter auf das Residenzschloss zuliefen, rollte sie das Papier auseinander und las laut vor, was darauf stand: »Gequälte Leinwand. Seelische Verwerfung. Krankhafte Phantasten. Geisteskranke Nichtskönner.« Sie guckte Gustav verständnislos an. »Was soll das?«

»Lies weiter.«

Sie blieb stehen, während immer mehr Leute an ihnen vorbeiströmten, die offenbar alle das gleiche Ziel hatten. »Von Judencliquen preisgekrönt, von Literaten gepriesen wurden diese Künstler, die gewissenlos Millionenbeträge deutschen Volksvermögens geschenkt bekamen, während deutsche Künstler zur gleichen Zeit verhungerten.«

Sie sah Gustav verständnislos an. »Das klingt furchtbar!«

Er nickte. »Es ist furchtbar! Furchtbar, bizarr und absurd.« Er tippte auf das leuchtend rote Flugblatt in ihren Händen. »Sämtliche Werke unserer großen Expressionisten, Dadaisten und Kubisten wurden von der Regierung beschlagnahmt, um sie als sogenannte entartete Kunst zur Abschreckung im Schloss auszustellen. Der Eintritt ist frei, aber für Jugendliche verboten!«

Er lachte plötzlich laut auf. »Herr Goebbels scheint regelrecht darauf versessen zu sein, dass sich alle die Ausstellung ansehen. Das steht ja sogar auf dem Flugblatt: Seht es Euch an! Urteilt selbst!« Gustav schüttelte immer noch den Kopf. »Das ist so unglaublich, dass ich es kaum fassen kann, wie dumm diese Leute sind. Sie werben geradezu dafür, sich verbotene Kunst anzugucken. Da kannst du dir als Künstler nur wünschen, dass deine Bilder dort hängen. Nie wieder wirst du solch eine große Aufmerksamkeit bekommen.« Er griff nach ihrer Hand. »Komm!«

Aber Klara bewegte sich keinen Millimeter. »Das ist nicht lustig, Gustav.«

»Ich versuche nur, bei all der Tragik das Absurde darin zu sehen. Ansonsten würde ich an diesem Wahnsinn verrückt werden.«

Klara konnte nicht einmal das Absurde darin sehen. Sie wollte nicht an diesem Spektakel teilnehmen. Lauter Menschen, die keine Ahnung von Kunst hatten, würden sich um die feinen Bilder drängen und nicht die Tiefe und die Wahrheit darin erkennen – und dann ein Urteil fällen, das vorher schon feststand und das einfach nur falsch sein würde.

Doch Gustav zog sie mit sich. »Lass uns unsere Künstler ehren und uns an ihren kritischen Werken erfreuen. Bald werden wir es nicht mehr können.«

Als sie auf dem Schlossplatz ankamen, schoben und drängelten sich schon unzählige Menschen rund um den Brunnen vor dem prächtigen Bau aus der Frührenaissance. Über dem Eingang hing ein riesiges Banner, auf dem in roter Schrift stand: *Ausstellung »Entartete Kunst« Eintritt frei.* Die Menge wälzte sich die Stufen zum Portal hinauf, um so schnell wie möglich ins Innere des Museums zu gelangen. Klara wurde von Gustav zwischen den Leuten hindurchgelotst. Sie hörte lautes, aufgeregtes Geplapper. Männer in gut sitzenden oder ausgebeulten Anzügen und Hüten. Frauen in feinen oder abgetragenen Kleidern, manche trugen Kinder auf dem Arm, andere reckten begierig ihre Hälse oder winkten sich aufgeregt zu, um sich gegenseitig zu bestätigen, dass auch sie Zeugen dieser öffentlichen Ächtung waren. So musste die Stimmung bei öffentlichen Hinrichtungen gewesen sein.

Drinnen hingen die gerahmten Werke der verfemten Künstler Paul Klee, Emil Nolde, Marc Chagall und Wassily Kandinsky beinahe übereinander. Als wären sie Ramsch. *Das sind die Meisterwerke der von Juden und hysterischen Schwätzern in den Himmel gerühmten Verfallskunst,* stand mit dicken schwarzen Pinselstrichen auf die Wände geschrieben. Mit der empörten Masse wurden Klara und Gustav von einer Schreckenskammer in die nächste geschoben. Doch diese sogenannten Schreckenskammern funkelten vor Schaffenskraft, als wäre ein Regen farbiger Edelseine gefallen. Klara ließ Gustavs Hand los und blieb vor dem *Blauen Pferd* von Franz Marc stehen, das dicht neben dem *Trojanischen Pferd* von Lovis Corinth hing. Gustav war nicht mehr zu sehen. In seiner flirrenden Fassungslosigkeit über das, was hier gerade passierte, war er wie beflügelt weitergezogen. Während sich die Besucher hinter Klara vorbeischoben, trat sie ganz nah an die großen gerahmten Bilder heran. Trotz der lärmenden Menge um sie herum versank sie in den Anblick der Gemälde. Sie war wie das blaue, vergeistigte Pferd, das sich unbeeindruckt und entrückt seiner Umgebung enthob. Doch gleichzeitig war sie auch das bejubelte Trojanische Pferd, das in seinem Inneren ein Geheimnis trug. Bedrohung und Untergang unter rot und gelb irisierendem Himmel.

Plötzlich trat Gustav wieder neben sie, legte seinen Arm um ihre Schultern und sagte zärtlich in ihr Ohr: »Ein Neues habe ich gefunden: Die wahre Kunst ist Unwirklichkeit üben. Das Höchste!«

Ja, so war es wohl. Sie lebten in einer Welt, in der man seine Ansichten hinter falschen Behauptungen verstecken musste.

Das war tatsächlich die wahre Kunst. Und genau diese Begabung verband Klara und Gustav. Sie beide fanden entsetzlich, was hier in diesen Räumen geschah, in denen Frauen und Männer bereit waren, ihre Mitmenschen zu diffamieren, zu verraten und zu erniedrigen. Doch würden Klara und Gustav das niemals laut aussprechen. Sie beide waren Trojanische Pferde, die in sich eine geheime Fracht bewahrten. Klara drehte sich um und lief zurück durch alle Schreckenskammern, bis sie wieder draußen in der Dämmerung auf dem inzwischen beruhigten Schloßplatz stand. Gustav war ihr gefolgt. »Ist alles in Ordnung?«

Sie sah zu Boden. Ihr Freund stand vor ihr und wartete, ob sie noch etwas sagen würde. Plötzlich hob sie ihren Kopf und flüsterte: »Ein Neues habe ich gefunden: Die wahre Kunst ist Offenheit üben. Das Höchste! Wenigstens zwischen uns beiden.«

»Das Höchste!« Er umarmte sie und küsste sie auf die Wange. Zuerst auf die eine, dann auf die andere. Schließlich küsste er sie auf den Mund.

Klara atmete tief ein und sah in sein ehrliches Gesicht. Ihr kleiner Lehrer. Hand in Hand liefen sie durch die sommerliche Stadt, blieben im Abenddämmer stehen, um sich zu umarmen und verstohlen zu küssen. Glücklich darüber, einander gefunden zu haben.

Kurz vor Mitternacht brachte Gustav sie mit dem Wagen seines Vaters zurück nach Oranienbaum. Er ließ das Auto langsam aus dem dunklen Kiefernwald rollen und Klaras Bedürfnis, sich ihm gänzlich zu offenbaren, wurde immer drängender. Einige Meter vom Tor entfernt blieben sie stehen. Er hatte das Fenster heruntergekurbelt. Die Luft war noch warm und mild. Weit über ihnen rauschten die Kiefernkronen und dazwischen standen die Sterne wie ferne, strahlende Punkte am klaren Nachthimmel. Gustav schaltete den Motor ab. Jetzt war es still um sie herum. Nur das sanfte Wiegen der Kiefern schaffte eine wohlige Atmosphäre. Sie sahen durch die schmale Windschutzscheibe hinüber zum Heim, hinter dessen Fenstern nur noch vereinzelt Lichter brannten.

»Manchmal kann ich es noch immer nicht glauben, dass du dieses riesige Heim leitest.« Gustav betrachtete Klara bewundernd von der Seite.

»Ja.« Gerade konnte sie es selbst nicht glauben. Sie war Angestellte dieser Regierung, die zu entsetzlichen, menschenverachtenden Taten fähig war. Wie solchen, deren Zeuge sie gerade in Dessau geworden waren. Sie wandte Gustav ihr Gesicht zu. »Ich bin dir noch eine Erklärung schuldig, was Tolla anbelangt.« Sie blickte wieder durch die Windschutzscheibe, hinüber zum Heim, hinter dessen Fensterscheiben nun die letzten Lichter ausgingen. Sie fröstelte und zog ihren Mantel enger um sich.

Gustav streckte seinen Arm aus und griff nach ihren kalten Händen, die sie in ihrem Schoß hilflos knetete. Er nahm sie hoch und küsste jeden ihrer Finger. Klara schloss für einen Moment die Augen, vielleicht wurde es leichter, wenn sie nichts sah. Wenn sie wie eine Blinde einfach in der Schwärze saß und sprach. Als würde die Welt um sie herum aufhören zu existieren und alles seine Bedrohlichkeit verlieren. Wenn sie ehrlich zu sich war, verfuhr sie so schon die ganzen letzten Jahre. Sie verschloss die Augen vor jenen Dingen, die sie nicht sehen wollte. Nur so konnte sie auf ihrem Weg bleiben, den sie unbedingt gehen wollte. War es nicht so? Nun aber war der Moment gekommen, an dem sie wenigstens Gustav die Wahrheit sagen musste. Wann sonst? Wem sonst? Doch genau diese Wahrheit, diese paar Worte, besaßen die Macht, alles, was sie hatte, alles, was sie war, für immer zu zerstören. Egal, wie sehr sie sich zwang, die Augen davor zu verschließen.

»Du meinst das kleine Mädchen, von dem du behauptet hast, dass es deine Tochter ist?«

Klara flüsterte: »Ich habe ihre Geburtsurkunde verbrannt.«

»Wie bitte?« Er ließ ihre Hände los. »Warum hast du das getan?«

»Weil ich nicht wollte, dass ihre wahre Herkunft herauskommt.«

»Was ist mit ihrer Herkunft?« Gustavs Stimme zitterte angespannt.

»Ihre Mutter hat sich das Leben genommen, als Tolla nicht mal ein Jahr alt war. Sie ist ein kleines jüdisches Mädchen.«

Gustav brauchte einen Moment, bis er einigermaßen begriffen hatte, was Klara ihm gerade anvertraut hatte. »Und niemand weiß davon?«

»Nur zwei, drei Personen im Heim.«

»Das sind zwei, drei Personen zu viel.«

»Und meine Eltern und mein Bruder. Und du.«

»Und was ist, wenn jemand redet?«

»Darüber kann ich nicht nachdenken.«

»Ist dir klar, was passiert, wenn das jemand herausfindet? Du verlierst deine Anstellung, du wirst von der Gestapo abgeholt und verhört. Die nehmen dich in Schutzhaft. Oder was weiß ich!«

Klara sah Gustav entsetzt an. Auch wenn sie längst ahnte, was ihr Schlimmes drohte, hatte sie es nie zu Ende denken wollen. »Was hätte ich denn tun sollen? Ich konnte das kleine Mädchen doch nicht einfach weggeben.«

Gustavs Gesichtszüge entspannten sich. Er sah sie voller Zuneigung an. Das Mondlicht kam durch die Windschutzscheibe und spiegelte sich hell in ihren Augen. »Ich habe es ja schon immer gesagt: Du bist eine tollkühne Frau.«

Und in diesem Augenblick fing Klara zu ihrer eigenen Überraschung an zu weinen. Sie beugte sich vor, damit Gustav ihr Gesicht nicht sehen konnte. Sie spürte seine streichelnde Hand auf ihrem Rücken, die Ruhe, die von dieser streichelnden Hand ausging. Sie wischte mit ihrem Mantelsaum über ihre feuchten Augen und gab sich alle Mühe, nicht erneut in Tränen auszubrechen. Aber die Anstrengung, dieses Geheimnis die letzten Jahre mit sich herumgetragen zu haben, die Angst vor dem, was kommen würde, ihr gespaltenes Verhältnis zu dem, was sie hier eigentlich tat und wer sie war, die Verantwortung für ihr eigenes Leben, aber auch für das von Tolla, für das ihrer Eltern, ihrer Schülerinnen, die blöden Haushaltsbücher von Frau Kohlmann - all das hatte sich in ihr zu einem riesigen Berg an Überforderung aufgestaut, der sich nicht länger verstecken ließ. Aber sie hatte auch einen Freund, der sie nachts im Auto seines Vaters nach Hause fuhr. Einen Freund, der ein reines Herz hatte und ebenfalls Lehrer wurde. Dem es ein Anliegen war, jungen Menschen die Schönheit von Kunst und Poesie zu zeigen. Weil sie ihnen niemand sonst zeigen würde. Das war gefährlich. So wie es gefährlich war, ein kleines jüdisches Mädchen bei sich aufzunehmen. Klara atmete tief aus und wischte sich noch einmal mit ihrem Mantelsaum über die Augen. Dann setzte sie sich aufrecht hin und flüsterte mit belegter Stimme: »Entschuldige. Ich weiß nicht, was mit mir los ist. Normalerweise weine ich nicht einfach los.«

Gustav lächelte. »Das habe ich mir schon gedacht. Dann war es wohl mal nötig.«

Klara lächelte auch und schniefte.

»Du musst mir versprechen, dass du gut auf dich aufpasst. Hat dich denn bisher niemand nach Tolla gefragt?«

»Doch. Sogar Frau Scholtz-Klink, die Reichsfrauenführerin.«

Gustav ließ seinen Kopf abrupt nach vorne aufs Lenkrad fallen, wobei er aus Versehen die Hupe betätigte. »Sie weiß auch von Tolla? Und was hast du gesagt?«

»Das, was ich immer sage: dass sie meine Tochter ist. Und dass …«, Klaras Stimme brach, »… dass sie mit Nachnamen *Erfurt* heißt.«

Jetzt begann Gustav schallend zu lachen, so wie er immer lachte, wenn er den Wahnsinn nicht mehr ertragen konnte. Sein

Lachen musste bis in die Schlafsäle der Kinder hinein zu hören sein. Er nahm seinen Hut vom Kopf und warf ihn vor sich aufs Armaturenbrett. »Das hast du wirklich getan?«

»Entschuldige bitte.« Klara fing schon wieder an zu weinen. »Ich wusste nicht, was ich sagen sollte, als sie mich nach ihrem Nachnamen gefragt hat. Ich konnte ja nicht Tollas echten Namen nennen.«

»Und da ist dir als Erstes mein Name eingefallen und nicht dein eigener?«

»Ich dachte, es macht einen guten Eindruck, wenn sie anders heißt als ich, weil es dann so aussieht, als hätte sie einen Vater, der sich hin und wieder um sie kümmert.«

Gustav atmete tief durch und schüttelte ungläubig den Kopf. »Dann bleibt uns wohl nichts anderes übrig, als zu heiraten.«

Klara lächelte erschöpft, wobei sie beinahe schon wieder losweinte. »Meinst du das ernst?«

Er griff nach ihren Händen und küsste sie. »Du wunderbares Wesen. Was sollen wir sonst tun?«

Sie zuckte mit den Schultern. »Ich weiß es nicht. Ich weiß gar nichts mehr. Es ist alles so verworren.«

»Vielleicht hat auch alles einen Sinn.« Gustav war anzumerken, dass er versuchte, nicht furchtbar besorgt zu wirken. »Stell dir vor, wir wären uns damals nicht im Zug begegnet!«

»Dafür wären wir uns bei der SA-Veranstaltung in Oranienbaum begegnet.«

»Oder auf der Muldstraße vor dem Friedrich-Theater. Du siehst, das Schicksal will uns ausdrücklich miteinander vereinen.« Gustav sah Klara aufmunternd an.

»Ja, so wirkt es ein wenig.« Sie nickte.

»Lass uns irgendwohin fahren, sobald ich im Februar mit meiner Ausbildung fertig bin und mein eigenes Geld verdiene. Hast du Lust?« Er zündete sich eine Zigarette an.

»Und wohin fahren wir?« Ihr war entsetzlich kalt. Sie wollte nur noch schlafen. Gustav hingegen schien sich entschieden zu haben, genau in dieser Situation die beste Laune zu haben. »Keine Ahnung. Irgendwohin. Wir übernachten in einem Hotel und kommen wieder.« Er zog an seiner Zigarette und hielt sie schließlich Klara hin. Sie zog auch ein paarmal daran und gab sie ihm feuchtgeraucht wieder zurück. Sie blickte ihn liebevoll an. »Ich wollte dich nicht in meine Geschichte hineinziehen.«

»Ich springe voller Freude hinein.« Er schnippte den Zigarettenstummel aus dem offenen Fenster. »Das wird ein großes Abenteuer!«

Klara drückte die Beifahrertür auf und schob langsam ihre Beine in die kühle Nachtluft. Dann lehnte sie sich noch einmal zu Gustav und sagte leise in sein Ohr: »Ich bin froh, dass ich dich habe.«

Sie stieg aus und lief im Scheinwerferlicht den Weg zum Tor hinunter, schob es auf und lief weiter über die Rasenfläche, die Stufen zum Eingang hinauf. Dann drehte sie sich noch einmal um. Gustav ließ den Motor an, wendete langsam und verschwand winkend im Kiefernwald. Klara schloss erst die Tür auf, als sie das Motorengeräusch nicht mehr hörte und das Licht der Scheinwerfer zwischen den Stämmen verschwunden war.

Eilig schlüpfte sie in die unbeleuchtete Halle. Sie hatte einen Freund, der keine Angst hatte, in ihre Geschichte hineingezogen zu werden, ohne überhaupt zu wissen, wo diese Geschichte enden würde. Vielleicht weil er ahnte, dass es eine gute Geschichte war. Die einzig gute Geschichte unter all den schlechten Geschichten, die langsam zu einer einzigen schrecklichen Geschichte zusammenschmolzen.

Gerade als Klara die Haustür hinter sich zudrücken wollte, um die Treppe hinauf in ihr Zimmer zu gehen, wurde die Tür von außen mit Kraft wieder aufgestemmt. Erschrocken machte sie einen Satz zur Seite. Susanne drängte von draußen herein. Ihr hellblondes Haar stand wirr vom Kopf ab. Fahrig strich sie es mit der Hand glatt, während sie ihren Mantel mit der anderen Hand zuhielt. Sie war barfuß.

»Wo kommst du denn her?«, fragte Klara erstaunt.

»Von draußen.« Sie schien leicht zu taumeln.

»Du hast ja gar keine Schuhe an.«

Susanne bemühte sich, die Tür leise zu schließen. Was ihr nicht gelang. Das Schloss fiel krachend zu. »Hui-ui-ui. Das war aber laut.«

Klara fasste sie am Arm. Irgendetwas stimmte hier nicht. Sie roch nach Schnaps. Es drang gerade so viel Mondlicht durch die beiden Fensterscheiben herein, dass Klara erkennen konnte, dass Susanne schief grinste. »Ich habe mich wieder mal mit Mussolini getroffen.«

»Ich dachte, du wolltest nichts mehr mit Herrn Strahler zu tun haben.«

Susanne wankte an Klara vorbei und klammerte sich ans Treppengeländer. »Solange er der einzige Mann auf diesem Fleckchen Erde ist, bleibt mir nichts anderes übrig.«

Klara bugsierte Susanne unter einiger Kraftanstrengung die Stufen in den zweiten Stock hinauf. Während sie zu ihrer Zimmertür gingen, lallte Susanne in den dunklen Flur hinein: »Herr Strahler betet deinen Bruder ja geradezu an. Das war vielleicht anstrengend. Ununterbrochen hat er von deinem Bruder und seinen blöden Tauben geredet. Dabei wollte ich vögeln.« Susanne kicherte und hickste. »Jedenfalls kannst du sicher sein, dass dieser Kerl niemals irgendetwas über Tolla ausplaudern wird. Das hast du allein deinem Bruder zu verdanken.«

Klara wusste, dass ihr Bruder Herrn Strahler neulich ein Pärchen von seinen Brieftauben geschickt hatte und dass der Hausmeister und Kurtchen sich ab und an über ihre Tauben austauschten. Sie hatte aber nicht gewusst, dass ihr Bruder sich schützend vor Tolla stellte.

»Mussolini hat eben doch ein Herz.« Plötzlich umarmte Susanne Klara, wobei ihr Mantel aufsprang. »Entschuldige, ich hab nichts drunter. Und? Wie war dein Abend?« Sie ließ Klara wieder los und hielt eilig ihren Mantel zu.

»Gustav hat mich gefragt, ob wir zusammen mal irgendwohin fahren wollen.«

»Irgendwohin? Wie außergewöhnlich!«

»Er will mich heiraten«, wisperte Klara.

»Bitte?« Susanne stützte sich mit ausgestrecktem Arm an der Flurwand ab, da sie zunehmend ins Wanken geriet. »Das ist ja mal eine Überraschung! Ich dachte schon, er fragt gar nicht mehr. Na dann! Gratulation, Frau Erfurt!«

»Danke!«

»Jetzt weiß ich, warum ich dich heute so attraktiv finde. Dich umgibt diese unwiderstehliche Aura der Verlobten! Wirst du denn dann überhaupt noch unsere Frau Oberin bleiben? Oder wirst du jetzt Hausfrau und vielfache Mutter?«

»Natürlich nicht!«, wisperte Klara. »Gustav und ich werden ja nur heiraten, mehr nicht.«

Susanne kicherte und torkelte quer über den Flur zu ihrem Zimmer, wobei sie aus Versehen mit dem Fuß kräftig gegen ihre Tür stieß. »Huch!«

»Pst!« Klara legte den Finger auf ihre Lippen. »Du weckst noch alle auf.«

»Jaja. Ich weiß. Ich lebe mit einer riesigen Menge kleiner Kinder in einem Haus! Immer schön leise sein.« Susanne verschwand in ihrem Zimmer und ließ die Tür krachend ins Schloss fallen. Weiter hinten ging eine Tür auf und eine erschrockene Nachtschwester schaute heraus. »Ist alles in Ordnung?«

»Ja, alles in Ordnung. Fräulein Stettin hat in der Dunkelheit nur nicht ihre Tür gefunden.«

»Dann schlafen Sie gut.« Die Nachtschwester schloss ihre Tür wieder und Klara verschwand in ihr Zimmer, das sie sich seit acht Jahren mit Tolla teilte. Sie hätte längst in die Wohnung der Oberin umziehen können. Doch es schien ihr sicherer, alles genauso zu lassen wie bisher. Die Vorhänge waren halb geschlossen, sodass weißmilchiger Schimmer zu ihnen hereinfloss. Sie zog sich den Hocker heran und setzte sich nah an das Kinderbett. Wie immer hatte sich ihr kleines Mädchen in ihre Decke gewickelt, es waren nur noch ihr Gesicht und ihr Haar zu sehen. Und ihr bleiches Füßchen. Das guckte immer heraus. Klara strich lächelnd darüber und schob es unter die Decke. Sie beugte sich über Tolla und gab ihr einen Kuss auf die kühle Stirn. Sie konnte sich nicht an diesem schlafenden Wesen sattsehen, von dem so viel Frieden und Unschuld ausging. Es war unmöglich, mit Worten auszudrücken, was sie für dieses kleine Mädchen empfand. Keine Mutter konnte ihr eigenes Kind mehr lieben, als sie Tolla liebte. Diese Weichheit und Lieblichkeit war nicht von dieser Welt. Klara strich über das rote Haar, das sich sanft über das Kissen verteilte, und flüsterte: »Ich habe deinen Vater gefunden, mein kleiner Liebling.« Schließlich stand sie von ihrem Hocker auf, blickte auf ihre schlafende Tochter hinunter und versprach: »Bald werden wir eine richtige Familie sein.«

# 26.

Klara legte das Mikrofon aus der Hand und erhob sich mühsam von ihrem Platz im Flur. Mit ausgestreckter Hand schob sie sich tastend, aber zielstrebig hinüber ins Wohnzimmer. Tick-tick, tick-tick machte die Uhr auf der Anrichte, als sie sich zwischen Fenstern und Sesseln darauf zubewegte. Sie fuhr mit der Hand über die kühlen Nussbaumtüren, bis sie auf den goldenen Schlüssel im Schloss traf. Sie drehte ihn herum, zog die Klappe auf und fühlte nach dem Holzkasten im oberen Fach. Als sie vor über fünfunddreißig Jahren in dieses Haus gezogen waren, hatte sie ihn dort verstaut und nicht mehr hervorgeholt. Jetzt trug sie ihn, mit kleinen Schritten, hinüber zu ihrem Sessel und stellte ihn vorsichtig auf dem Sofatisch ab. Sobald sie saß, klappte sie den Deckel auf. Sie nahm die sauber gestapelten Briefe heraus, legte sie auf ihre Knie und strich mit der Hand darüber. Ihre Finger fühlten die aufgerissenen Umschläge, die dünnen gefalteten Briefbögen. Sie erinnerte sich an Gustavs gleichmäßige Handschrift. Das rosa-gelbliche Papier. Die Briefmarken, die Poststempel. Den Schmutz. Die getrockneten Regentropfen. Die Tintenkleckse. Sie konnte das Papier riechen. Aber sie konnte nicht lesen, was darauf stand. Klara saß in absoluter Schwärze, während sie das Papierrascheln, ihr Atmen und das Ticken der Uhr auf der Anrichte hörte. All die Jahre hatte sie die Vergangenheit so mühelos verdrängt. Sie war damit beschäftigt gewesen, hier im Westen ihr neues Leben aufzubauen. Mit einer neuen Stelle als Lehrerin, mit einem neuen Haus, neuen Möbeln, neuen Nachbarn. Ihre vier Kinder hatten sich verliebt, hatten geheiratet und waren Eltern geworden. Ständig war irgendetwas passiert, das die Erinnerung zugedeckt hatte, die sie nun Tag für Tag wieder hervorholte. Doch diesen einen Brief, in dem sie die Information vermutete, die ihr jetzt fehlte, würde sie zwischen den vielen Briefen nicht finden, erst recht nicht lesen können. Sie legte einen nach dem anderen sorgfältig zurück und klappte den Deckel zu. Sie brauchte Hilfe.

Hinter ihr schlug die Uhr sechsmal. Es war Abendbrotzeit. Trotzdem trug Klara den Kasten in den Flur, zog sich in der Garderobe Mantel und Schuhe an, setzte den Hut auf und ging mit dem Kasten zur Haustür hinaus. Kühle Novemberluft glitt ihr entgegen. Mit einer Hand hielt sie sich am Handlauf fest, mit der anderen umklammerte sie den Kasten. Unsicher und doch entschlossen stieg sie die beiden Eingangsstufen hinunter und ließ schließlich das Geländer los.

Einen Fuß vor den anderen schiebend, bog sie langsam nach links ab. Sie hatte keine Ahnung, wie viele Schritte es bis zur Tür ihrer Nachbarin waren. Sie musste die Entfernung abschätzen. Das war gar nicht so einfach bei einem Weg, den sie vor Jahren zuletzt zurückgelegt hatte, als sie noch größere Schritte gemacht hatte und sich die blinden Stellen in ihrem Blickfeld noch nicht so stark ausgedehnt hatten. Schlimmstenfalls würde sie in den Wacholder laufen. Hauptsache, niemand hatte ihn in der Zwischenzeit durch einen Rosenbusch ersetzt. Klara konzentrierte sich auf ihre Schritte. Da war die wacklige Gehwegplatte. Sie lag ziemlich genau zwischen ihrer und Frau Clasens Haustür, oder nicht? Es war ruhig in ihrer Nachbarschaft. Als wären alle in die Ferien verschwunden. Weiter vorne, am Ende des Weges, fuhr ein Auto vorbei. Dann war es wieder still. Eine Fahrradklingel war zu hören. Hundegebell. Alle Geräusche wurden sofort wieder von der Stille verschluckt. Klaras Füße tasteten nach dem schmalen Vorgartenweg, der zur Haustür von Frau Clasen führte. Da war der Rasen. Die weit ausladenden Zweige des Wacholders berührten ihren Arm. Noch ein Stück weiter. Jetzt fühlte sich der Untergrund anders an. Klara hatte den Vorgartenweg gefunden. Sie bog wieder nach links ab und streckte ihre Hand nach dem Treppengeländer aus. Da war es. Sie stieg die Stufen hinauf, und bevor sie sich eingestehen musste, dass es mehr als eigentümlich war, was sie da vorhatte, drückte sie auf den Klingelknopf. Sie kannte Frau Clasen nicht besonders gut. Wenn sie sich früher hin und wieder auf dem Weg vor dem Haus begegnet waren, hatten sie lediglich ein paar Sätze über das Wetter oder die Vorgartenpflanzen gewechselt. Glückwünsche zu Hochzeiten und der Geburt der Enkelkinder. Beileid zum Tod der Ehemänner. Ihr Verhältnis war immer freundlich gewesen, aber distanziert, was daran lag, dass Klara Frau Clasen im Grunde ihres Herzens für jemanden hielt, der es sich im Leben gemütlich machen wollte, und solche Menschen interessierten sie nicht. Doch gerade war Frau Clasen die Einzige, die Klara helfen konnte. Der Kasten wurde immer schwerer in ihrem Arm. Klara stellte ihn auf dem Handlauf ab und wartete. Sie lauschte. Sie hörte keine Schritte, die sich im Inneren des Hauses der Tür näherten. Also wartete sie noch einen Moment und drückte dann erneut auf die Klingel. War Frau Clasen inzwischen zu gebrechlich, um zur Tür zu kommen?

Plötzlich hörte sie eine wacklige Stimme, die durch die Gegensprechanlage fragte: »Wer ist da?«

Klara war so erschrocken, dass ihr fast der Kasten mit den Briefen wegrutschte. Sie beugte sich nach vorn und rief mit ebenso wackliger Stimme: »Hier ist Ihre Nachbarin, Frau Erfurt.«

»Frau Erfurt? Von nebenan?«

»Entschuldigen Sie bitte, dass ich störe.«

»Was wollen Sie denn?«

»Ich brauche Ihre Hilfe.«

»Meine Hilfe? Wobei? Ich kann Ihnen nicht helfen. Ich kann kaum aufstehen.«

»Ich bin blind und ...«

»Ich weiß«, rief Frau Clasen mit ihrer wackligen Stimme.

»Ich hatte gehofft, Sie können mir einen Brief vorlesen.«

»Was denn für einen Brief?«

»Von meinem Mann. Es geht um einen Brief, den er mir von der Front geschrieben hat.«

Jetzt sagte Frau Clasen gar nichts mehr. Klara hörte nur ihr Atmen. Sicherlich war ihre Nachbarin überrascht. Dass Briefe von der Front kamen, war lange her. Schließlich sagte sie: »Kommen Sie herein. Ich bin oben im Schlafzimmer.«

Der Türsummer ging und Klara drückte die Tür auf. Sie machte ein paar langsame Schritte in den Flur. Zum Glück waren diese Reihenhäuser alle gleich konzipiert, sodass sie genau wusste, welche Richtung sie zur Treppe nehmen musste. Wichtig war nur, dass sie nicht gegen Möbel stieß, die hier irgendwo herumstanden. Sie hielt ihren Kasten im linken Arm, den rechten streckte sie vor sich aus und schob einen Fuß vor den anderen. Es roch gut im Haus. Nach frischen Blumen. Von oben hörte sie Frau Clasens dünne Stimme rufen: »Sind Sie im Haus?«

»Ja«, rief Klara so laut sie konnte.

»Kommen Sie herauf.«

»Stehen hier irgendwo Blumen in einer Vase, die ich umstoßen könnte?«

»Ich weiß es nicht. Ich war lange nicht mehr unten. Vielleicht hat die Dame vom Pflegedienst einen Strauß auf die Anrichte im Flur gestellt.«

Klara tastete nach dem Handlauf und zog sich eine Stufe nach der anderen nach oben. Vierzehn Stufen. Genau wie bei ihr drüben im Haus. »Ich bin da«, sagte sie in die Schwärze hinein.

»Ich bin hier«, rief Frau Clasen. Ihre dünne Stimme schien aus dem Zimmer zu kommen, das Gustav drüben bei ihnen im Haus bewohnt hatte. »Kommen Sie.«

Im Zimmer duftete es süßlich nach dem Überzug von Pillen. »Was haben Sie denn da für einen Kasten mitgebracht? Stellen Sie ihn hierhin.« Frau Clasen klopfte auf einen Tisch, sodass Klara ungefähr wusste, wo sie ihren Kasten hinstellen konnte. Inzwischen konnte sie ihn kaum noch halten.

»Vielen Dank.« Klara richtete sich wieder auf und stand in Mantel und Hut in diesem fremden Zimmer, bei dieser fremden Frau, die inzwischen ebenfalls über neunzig Jahre alt sein musste.

»Da ist ein Sessel. Direkt neben Ihnen. Setzen Sie sich.«

Klara streckte die Hand aus und berührte eine glatte Armlehne aus Holz. »Entschuldigen Sie, dass ich Sie so überfalle. Ich wusste nicht, wen ich sonst fragen sollte. Meine Tochter kommt erst nächste Woche wieder zu mir.«

»Machen Sie sich keine Gedanken. Sie können ja nichts sehen. Sonst hätte ich Sie gar nicht hereingelassen. Meine Haare sind nicht gemacht und ich trage noch mein Nachthemd. Heute hatte ich gar keine Lust, aus dem Bett aufzustehen und mich anzuziehen. Das kennen Sie sicher.«

Nein. Das kannte Klara nicht. Der Tag würde niemals kommen, an dem sie einfach liegen blieb. Es sei denn, sie wäre tot. Sie blickte in das ungewohnte Schwarz um sich herum. Sie hörte auf die Geräusche, als sich Frau Clasen in ihrem Bett bewegte, hörte das Deckenrascheln. Dann wurde eine Leselampe angeknipst.

»Wo haben Sie denn nun Ihren Brief?«

»Hier.« Klara beugte sich vor und tastete nach dem Kasten auf dem Tisch. »Hier drin müsste er sein.«

Klara klappte den Deckel auf und schob ihn vorsichtig in die Richtung von Frau Clasens Stimme. »Kommen Sie dran?«

Ihre Nachbarin stöhnte, als müsste sie enorme Kräfte mobilisieren, um einen Stapel Briefe aus dem Kasten zu heben. »Es geht.« Mit einem Seufzer ließ sie sich zurück in ihre Kissen sinken. Klara hörte, wie die Briefe übereinanderrutschten. »Von wann genau soll der Brief denn gewesen sein?«

»Januar 1945. Kurz vor Kriegsende.«

Klara hörte, wie Frau Clasen weiter in den Briefpäckchen blätterte. Dieses umständliche Suchen ihrer Nachbarin machte sie ganz nervös. Vielleicht sah auch sie nicht besonders gut. Vielleicht hatte sie Schwierigkeiten, ihre Hände und Arme zu benutzen. Es musste ja einen Grund geben, warum sie hier oben blieb und nicht mehr nach unten ging. Klara schloss die Augen und lauschte auf das Papierrascheln. Sie dachte daran, dass Gustav all diese Briefe in seinen Händen gehalten hatte, dass er all das, was darin zu lesen war, für sie aufgeschrieben hatte.

»Ihr Mann hat Ihnen aber oft geschrieben«, bemerkte Frau Clasen plötzlich.

»Ja«, sagte Klara. »Das hat er.« Ihre Hände zitterten nervös. »Können Sie den Brief finden?«

»Noch nicht.« Frau Clasen schien noch einen Schwung Briefe herauszuheben. Klaras Herz klopfte. Was, wenn ihre alte Nachbarin diesen ganz bestimmten Brief nicht fand? Bedeutete es, dass sie nicht richtig gesucht hatte? Oder bedeutete es, dass Klara sich diesen Brief nur eingebildet hatte? Auf einmal war sie nicht sicher, ob es ihn wirklich gab. Es kam ihr so vor, als würde sie Stunden warten. Frau Clasen schien jeden Brief aus seinem Umschlag zu nehmen, um Datum für Datum genau zu prüfen.

»Die Briefe sind alle von Ihrem Mann. Nur nicht dieser Brief hier. Der ist vom Anhaltischen Staatsministerium. Ein Einstellungsschreiben von 1938 für die Leitung eines Frauenbildungsheims in Sandersleben. Da haben Sie aber damals einen wichtigen Posten bekleidet.«

Klara überhörte den spitzen Unterton ihrer Nachbarin, den sie nicht genau deuten konnte. Sie wusste ja nichts über die Vergangenheit dieser Frau. Wer sie gewesen war. Was sie gewesen war. Mit wem sie sympathisiert hatte. Also nickte sie nur. »Ja.« Damals hatte der Reichsstatthalter in Braunschweig und Anhalt sie zur Seminarleiterin ernannt und ihr aufgrund ihrer bisherigen Verdienste die Leitung eines wesentlich größeren ländlichen Frauenbildungsheims angeboten. Natürlich hatte sie die Beförderung und das damit verbundene höhere Gehalt angenommen. Beim anhaltischen Staatsministerium war sie als außergewöhnlich entschiedene und in der praktischen und theoretischen Arbeit erfahrene Lehrerin bekannt gewesen. Das hatte Klara trotz allem stolz gemacht. Es war schön gewesen, dass ihr Engagement und ihre Leistungen gewürdigt worden waren. Sie hatte als diejenige gegolten, der es zuzutrauen war, junge Frauen aus allen Gegenden des Reiches und allen Kreisen der Bevölkerung für ihre künftigen Aufgaben auszubilden. Es war nur seltsam, dass sich ausgerechnet dieses offizielle Schreiben in dem Kasten mit ihrer Privatpost befand, aber nicht der Brief, den sie eigentlich hatte finden wollen. Sie hörte, wie sich ihre Nachbarin wieder erschöpft in ihre Kissen zurücklegte.

»Es tut mir leid, Frau Erfurt. Ist denn dieser Brief von Ihrem Mann so wichtig?«

»Ja.« Ihr Mund war trocken. »Er ist sehr wichtig.«

»Ich hätte Ihnen gerne geholfen. Das ist ja nun auch schon sehr lange her. Es ist ein Wunder, dass Sie überhaupt noch all diese Briefe haben!«

Jetzt waren beide Frauen still. Zwei stille, sehr alte Frauen, die ihren Gedanken nachhingen und die kaum etwas voneinander wussten. Schließlich schlug Klara sacht mit der flachen Hand auf die Armlehne und stand langsam auf. »Haben Sie vielen Dank. Ich mache mich wieder auf den Weg, mein Sohn wollte sich heute Abend noch melden. Er wird sich wundern, warum ich nicht ans Telefon gehe.«

»Legen Sie denn nicht den Hörer daneben, wenn Sie gerade nicht telefonieren wollen?«, fragte Frau Clasen überrascht.

»Ich habe es dummerweise vergessen, bevor ich zu Ihnen herübergekommen bin.«

»Na, dann zügig los. Wenn die eigenen Kinder erst einmal in Aufruhr geraten sind, steht ganz schnell der Notarzt vor der Tür.« Sie lachte leise.

Klara nickte. »Die lieben Kinder.«

»Warten Sie, ich lege eben noch alle Briefe zurück in Ihren Kasten.«

Klara beugte sich etwas vor, um Frau Clasens Händen mit den Briefen entgegenzukommen. Sie legte für einen kurzen Moment ihre Hände um die ebenso alten Hände ihrer Nachbarin. So alte Hände hatte Klara, abgesehen von ihren eigenen, noch nie berührt. Sie nahm ihr den Briefstapel ab, legte ihn zurück in den Kasten und klappte den Deckel zu. Dann hob sie den Kasten wieder hoch und tastete sich Richtung Zimmertür. Dort drehte sie sich noch einmal um. »Danke, dass Sie mich hereingelassen haben.«

»Schön, dass Sie mich einmal besucht haben. Passen Sie an der Treppe auf«, hörte sie Frau Clasens dünne Stimme.

Klara tastete sich weiter voran über den Flur und dann Schritt für Schritt, die Hand am kunststoffummantelten Treppengeländer, die Stufen hinunter. In ihrem ganzen Leben war sie nicht ein einziges Mal gefallen.

# 27.

Es war kurz vor halb vier am Nachmittag, als Klara aus dem Zugfenster hinaus in die Novemberlandschaft sah. Die Felder waren noch golden von der Sonne. Die Bäume leuchteten rotorange und der Himmel hob sich sattblau dagegen ab. Sie konnte die Augen gar nicht weit genug aufmachen, um diese spätherbstliche Schönheit in sich aufzunehmen. Das Licht kam warm zu ihr in den Waggon und es war klar, dass dies einer der letzten milden Tage des Jahres war. Sie musste ununterbrochen lächeln. Denn zum ersten Mal würde sie mit Gustav mehr als ein paar Stunden allein sein. Er hatte sich in Goslar um eine Hotelübernachtung gekümmert. Offenbar hatte er dort Beziehungen zu einer Unterkunft, weswegen solch eine Übernachtung als unverheiratetes Paar überhaupt möglich war. Zumindest nahm Klara das an.

Es hatte nun doch mehr als ein Jahr gedauert, bis sie gemeinsam diese kleine ersehnte Reise in die hübsche Bergstadt im Harz unternehmen konnten, die reich an Sehenswürdigkeiten aus der mittelalterlichen Kaiserzeit war. Nach seinem Staatsexamen hatte Gustav in Radisleben an einer Volksschule als Schulamtsbewerber angefangen und erst einmal damit zu tun gehabt, sich einzuarbeiten und eine Bleibe zu finden. So konnten sie sich weiterhin nur für einen Spaziergang an den Wochenenden sehen, wenn er mit dem Zug oder dem Fahrrad zu ihr nach Sandersleben gefahren kam, wo sie inzwischen ihre Stelle als Leiterin des neu gegründeten Frauenbildungsheims angetreten hatte. Der Abschied von Oranienbaum, ihrem Fleckchen Erde, war ihr schwergefallen. So viel war in diesen heimatlichen Räumen passiert. Hier hatte Tolla die ersten Jahre ihrer Kindheit verbracht. Hier war aus Klara, der jungen Haushaltungslehrerin, eine angesehene Heimleiterin geworden. Hermine Raabe, ihre lieb gewonnenen Schülerinnen, sogar der Hausmeister Strahler fehlten ihr. Glücklicherweise waren Susanne und Fritzchen mit ihr gekommen und kümmerten sich nicht nur um die Einarbeitung der Kindergärtnerinnen, sondern auch um die Eingewöhnung der neuen Schülerinnen und Heimkinder. So hatte sich Klara auf die Einstellung neuer Lehrerinnen konzentrieren können.

Das am Hang unterhalb eines Obstgartens gelegene Frauenbildungsheim war viel größer und moderner als das in Oranienbaum. Das hell gestrichene Haupthaus mit Sonnenterrasse und das etwas abseits stehende Hausmeisterhaus an der Obstwiese waren erst vor ein paar Jahren fertiggestellt worden. Im ersten Stock hatte sie mit Tolla eine hübsche Zweizimmerwohnung bezogen, mit Blick auf das niedrige Schülerinnenheim aus Fachwerk, das sich am Fuß des Hangs entlangzog. Es gab viel mehr neue Schülerinnen, viel mehr Heimkinder und viel mehr Verantwortung. Ihr neuer Posten war eine echte Beförderung, ein Aufstieg. Klara war aufgetragen worden, zukünftig besonderen Wert darauf zu legen, dass die Schülerinnen ohne Scheu vor einer größeren Gruppe von Leuten mit fester Stimme und ohne zu stottern kleine Vorträge und Reden halten konnten. Natürlich kümmerte sie sich auch darum. Schließlich war sie bei Oberregierungsrat Dr. Hiller und dem anhaltischen Staatsministerium für ihre Fähigkeit bekannt, das Gewünschte sofort in die Tat umzusetzen. Sie wollte auf keinen Fall Anlass zu allzu häufiger Kontrolle bieten. Auch wenn das nicht immer leicht war. Die Mädchen kamen teilweise aus sehr unterschiedlichen Verhältnissen und brauchten erst einmal Zeit, sich an die Anforderungen der Lehrgänge und die Gepflogenheiten solch einer Einrichtung zu gewöhnen. Doch von Anfang an trugen sie mit Stolz ihre karierten Dirndl, und am frühen Abend saßen sie alle zusammen im kleinen Tagesraum um die runden Tische herum und lauschten gespannt den Kindergärtnerinnen, die ihren täglichen Zeitungsbericht vortrugen. Denn im Heim gab es nur Susannes Radio und die Mädchen lasen keine Zeitung. Schon gar nicht das, was wichtig war.

Gleich würde Klaras Zug in den Bahnhof von Halberstadt einfahren und Gustav zu ihr einsteigen. So war es abgesprochen. Sie sah gespannt hinaus, um ihm zuzuwinken, sobald sie ihn auf dem Bahnsteig entdeckte. Endlich hatten sie eine ganze Nacht für sich. Das Dumme war nur, dass sie vorne im Zug saß, und sollte sich Gustav ans Ende des Bahnsteiges gestellt haben, würde sie nicht zu ihm nach hinten laufen können und er nicht zu ihr nach vorne. Das war nur in D-Zügen möglich, wo die Waggons miteinander verbunden waren, aber nicht in diesem Personenzug. Er würde doch hoffentlich aufpassen wie ein Luchs, ob er sie am Fenster erspähte?

Doch als ihr Wagen langsam am Bahnsteig entlangglitt, konnte sie ihren kleinen Lehrer nirgends entdecken. Erst als der Zug beinahe zum Stehen gekommen war, sah sie ihn endlich! Mit unruhigem Blick und ein paar Büchern in der Hand hastete er zwischen den anderen Reisenden hindurch. Sein Blick flog über die Fensterscheiben, aber leider schien er so aufgeregt zu sein, dass er Klara einfach übersah. Sie trommelte von innen an die Scheibe. Sie rief, aber er lief einfach weiter. Sie sprang von ihrem Platz auf, stieg über die Beine der Mitreisenden und erreichte die überdachte Plattform am Ende des Wagens, auf der ihr schon die zugestiegenen Passagiere entgegendrängten. Mühsam hatte sie sich bis zum Trittbrett vorgekämpft. Vielleicht konnte sie Gustav noch irgendwo entdecken und ihm zurufen? Aber gerade als sie den Kopf noch weiter hinausstrecken wollte, gab die Lokomotive einen schrillen Pfiff von sich und die Bahn fuhr ruckend wieder an. Sie hastete zurück in den Wagen, in dem jetzt noch ein paar mehr Leute saßen, stieg wieder über all die fremden Beine, zog das Fenster herunter und sah, wie ihr kleiner

Lehrer ganz hinten auf dem Bahnsteig unermüdlich die Fenster nach ihrem Gesicht absuchte. Sie fuhr weg. Ihr Freund blieb hier. Was sollte nun werden?

Klara ließ sich zurück auf ihren Platz sinken und blickte nach draußen. Dort verabschiedete sich langsam der Ort und die herbstliche Landschaft tauchte wieder auf. Sie wollte nicht hier unter diesen fremden Menschen sitzen, während sie sich immer weiter von Gustav entfernte, der allein auf dem leeren Bahnsteig stand und ratlos nach ihr suchte. Spätestens nachher, wenn sie auch nicht im nächsten Zug saß, musste er denken, dass sie ihn versetzt hatte. Er würde nach Radisleben in sein kleines Zimmer zurückkehren und sie würde allein in Goslar im Hotel sitzen. Ihre gemeinsame Nacht, auf die sie sich schon so lange gefreut hatten, würde vergehen, ohne dass sie sich überhaupt gesehen hatten. Klaras Herz machte kleine traurige Hüpfer. Ihre Hände klammerten sich um den Bügel ihrer schmalen Lederhandtasche. Sie hatte sich alles so schön ausgemalt! Wie sie durch die Straßen von Goslar laufen und die vielen Fachwerk- und mit Schiefer gedeckten Bürgerhäuser ansehen würden. Besonders interessierte sie der imposante Bau der Kaiserpfalz aus dem 11. Jahrhundert, der am Rand der Innenstadt am Fuß des Rammelsberges lag. Auf dem Weg dorthin hätten sie sich gegenseitig von ihren Erlebnissen der vergangenen Woche erzählen und an den Händen halten können. Sie hatte so viel organisieren müssen, um sich diese zwei Tage im Heim freizunehmen. Klara saß aufrecht da und guckte niedergeschlagen hinaus, bis die Felder vor ihren Augen verschwammen. Das kam also dabei heraus, wenn man sich jemand anderem öffnete: Abhängigkeit und dumme Sehnsucht. Niemals hätte sie gedacht, dass ein Mann in ihrem Leben so wichtig werden könnte, dass sie seine Abwesenheit bekümmerte. Sie schloss die Augen. Sie hörte das Gemurmel der Mitreisenden um sich und plötzlich wusste sie wieder, was zu tun war.

Als sie in Goslar einfuhren, stand Klara schon vor dem Halten auf der windigen Plattform. Dabei war das während der Fahrt strengstens verboten. Aber das war ihr egal. Sobald der Zug zischend und quietschend zum Stehen gekommen war, stieg sie die hohen Trittstufen hinunter auf den Bahnsteig. Die Sonne verschwand gerade hinter dem Dach des Bahnhofsgebäudes. Mit ihrer Handtasche unter dem Arm und ihrem kleinen Reisekoffer in der anderen Hand marschierte sie direkt auf das Bahnvorsteherhäuschen zu, in dem ein paar Bahnbeamte in roten Uniformen und roten Mützen saßen, und klopfte an die offen stehende Tür. »Guten Tag. Ich brauche bitte Ihre Hilfe.«

Die Männer sahen verwundert auf. Der rundlichste von ihnen erhob sich sogar von seinem Platz. »Was können wir für Sie tun, gnädiges Fräulein? Ist etwas passiert?«

»Mein Verlobter ist in Halberstadt nicht in den Zug eingestiegen, weil er mich nicht gesehen hat. Nun denkt er, ich sitze im nächsten. Aber ich bin ja hier.«

Die Bahnbeamten brauchten einen Moment, um zu verstehen, was Klara ihnen mitteilen wollte. »Ja, und nun?«

»Könnten Sie wohl Ihre Kollegen in Halberstadt anrufen und bitten, Herrn Erfurt über Lautsprecher auszurufen, dass er nach Goslar fahren soll, weil dort seine Verlobte auf ihn wartet?«

Die Eisenbahnbeamten guckten sie ungläubig an. Ihr überaus ernstes Gesicht schien sie zu amüsieren und sie lachten plötzlich los. Klara fand, das war auch ihr gutes Recht. Dass Frauen Männer ausrufen ließen - hatte man so etwas schon gehört?

»Stets zu Ihren Diensten, gnädiges Fräulein«, versprachen die Eisenbahner und sofort nahm einer von ihnen den Hörer vom Apparat.

Während sie auf dem Bahnsteig wartete, wurde es immer dunkler und auch ziemlich kalt. Von ihrer Bank aus sah Klara endlich, endlich in der Ferne die Lichter des nächsten Personenzuges aus Halberstadt. Sofort stand sie auf. Ob Gustav ihre Nachricht wirklich gehört hatte? Sie zog den Mantel enger um sich, als die schwere schwarze Lokomotive näher kam. Der Koffer stand neben ihr auf der Bank. Der Hut saß akkurat auf dem Kopf. Sie sah in die erleuchteten Fenster des Zuges, hinter denen sich die Reisenden in Richtung der Ausstiegstüren bewegten. Damen und Herren mit Hüten. Mütter, die ihre Kinder auf dem Arm trugen. Auch ein paar junge Leute. Nacheinander verließen sie die Plattformen und kletterten auf den Bahnsteig hinunter. Manche umarmten sich. Andere liefen schnell Richtung Ausgang, einige sahen sich suchend um. Der Himmel über ihnen war inzwischen schwarz und weit hinten erkannte Klara Gustavs Silhouette im gelblich-nebligen Schimmer der Beleuchtung. Er bewegte sich direkt auf sie zu. Sie hob den Arm und winkte. Noch immer hatte er seine Bücher in der Hand. In der anderen trug er eine Reisetasche. Als er Klara erreicht hatte, ließ er die Tasche einfach auf den Boden fallen und umarmte sie. Er hob sie hoch und drehte sich mit ihr. Das war natürlich albern. Und so schön. »Was für eine gute Idee, mich ausrufen zu lassen!« Er drückte sie an sich und flüsterte in ihr Ohr: »Meine Verlobte. Eine Nacht nur für uns. Komm schnell.«

Sie flog hinter Gustav her, der offenbar genau wusste, wohin sie mussten. Sie liefen über Kopfsteinpflaster, durch enge Gassen, in denen sich schmale Fachwerkhäuser aneinanderdrängten. An einer Kirche vorbei, deren zwei hellweiße Türme sich wie Lichtstrahlen im dunklen Abendhimmel auflösten. Quer über den Marktplatz, am Rathaus vorbei. »Gleich da vorne müsste unser Hotel sein«, sagte Gustav.

Er hatte ein ziemliches Tempo drauf, als sie auch noch die mächtige Marktkirche umrundeten. Sie blieben vor einem trapezförmigen Patrizierhaus stehen, dessen Seitenwände zur Stirnseite hin schmal zuliefen. Das Fachwerk war mit kunstvollen Schnitzereien verziert und zeigte Szenen aus der griechischen Mythologie, soweit Klara das erkennen konnte. Europa auf dem Stier und Odysseus, der Penelopes Freier erschoss. Gustav zog die Tür auf, über der sich ein Schild mit der Aufschrift *Brusttuch* sacht im Wind wiegte. Hinter einem Tresen mit Telefon und Klingel hingen die Zimmerschlüssel und ein Plakat, auf dem feierlich das Wehrmacht-Großkonzert anlässlich des 6. Reichsbauerntages am 24. November angekündigt wurde. Gustav zog eine süffisante Miene. »Die Reichsbauerntage verpassen wir ja nun leider ganz knapp. Ich habe gehört, da wird einem ordentlich was geboten.«

»Dann werde ich versuchen, dir zum Ersatz ordentlich was zu bieten«, flüsterte Klara in sein Ohr und wurde augenblicklich rot. Was sollte er von ihr denken? Dass sie mit allen Wassern gewaschen war? Sie sah zu Boden und dann wieder in Gustavs faszinierte Augen.

Er lächelte glücklich. »Perfekt.«

Bevor sie noch etwas sagen konnte, kam eine ältere Dame mit sorgfältig geflochtenem Haarkranz aus dem angrenzenden Gastraum, der mit seinen hohen Decken und Buntglasfenstern an einen alten Rittersaal erinnerte. An den Holztischen saßen nur vereinzelt Gäste. Die Wirtin musterte die beiden durchdringend. »Ehepaar Erfurt?«

»Richtig.« Gustav lüftete kurz seinen Hut. »Guten Abend.«

Ehepaar Erfurt? Klara sah ihn überrascht von der Seite an. Hatte er gar keine Beziehungen in Goslar, sondern einfach nur falsche Angaben gemacht, um für die Nacht ein Zimmer zu bekommen? Die Wirtin schob ihnen stirnrunzelnd einen Anmeldeblock hin. »Tragen Sie sich bitte hier ein.«

Gustav legte seine Bücher auf den Tresen, holte aus seiner Manteltasche einen Füller und fing an, seelenruhig die freien Felder auszufüllen. Klara beobachtete ihn dabei und fand es erstaunlich, mit welcher Sicherheit ihr kleiner Lehrer sämtliche Angaben machte. Nur bei ihrem Geburtsdatum war er sich nicht sicher. Sie flüsterte ihm das Datum zu und wurde schon wieder rot, aus Sorge, sie könnten nun auffliegen. Doch die Wirtin blickte Klara nur mitfühlend an und meinte: »Sorgen Sie dafür, dass er sich das Datum merkt. Oder wollen Sie ihn Jahr für Jahr an Ihren Geburtstag erinnern?«

»Bestimmt nicht«, lächelte Klara.

Die Wirtin reichte ihnen den Zimmerschlüssel. »Eine gesegnete Nachtruhe wünsche ich Ihnen.«

»Wir werden uns alle Mühe geben.« Gustav klemmte sich seine Bücher unter den Arm und nahm das Reisegepäck. Hintereinander stiegen sie die schmale Treppe in den ersten Stock hinauf. Klara konnte kaum atmen, als er die Tür aufschloss und vor ihnen ein recht großes Zimmer mit einem Doppelbett auftauchte. Sie ging an ihm vorbei zum Fenster. Schräg gegenüber stand die Marktkirche, und in den Gassen, die zum Platz hinführten, hing die feuchte Novemberluft des fortgeschrittenen Abends. Er stellte sich hinter sie und fragte leise in ihren Nacken: »Hast du Hunger?«

»Nicht besonders«, flüsterte Klara heiser zurück, während ihre Hände auf dem schmalen Fenstersims lagen. Seine Hände fuhren über ihre Schultern, über ihre Taille und blieben auf ihren Hüften liegen. Sie richtete ihren Blick auf ein hell erleuchtetes Fenster in einem der Fachwerkhäuser, die den Marktplatz säumten. Sie versuchte sich ganz und gar auf dieses Licht zu konzentrieren. Sie wollte nichts Falsches tun. Nichts Unsinniges. Nichts Überraschendes. Kein zu lautes Wort sollte diese lieblich abwartende Stimmung zerstören. Er fragte: »Willst du nicht deinen Mantel ausziehen?«

»Ja, gerne.«

Er half ihr und hängte den Mantel über die Lehne des Schreibtischstuhls. »Und was ist mit deinen Schuhen? Willst du die anbehalten?«

Ohne sich zu Gustav umzudrehen, zog Klara ihre Schuhe aus

und schob sie mit dem Fuß unter den Stuhl. Er machte es genauso. Dann stand er wieder dicht hinter ihr und seine Hände lagen erneut auf ihren Hüften. Klara spürte seine Brust an ihrem Rücken. Sie fühlte seinen Atem auf ihrer Haut. Er gab ihr einen zärtlichen Kuss in den Nacken. Dann noch einen und noch einen. So als läge all seine Aufmerksamkeit und Verliebtheit in jedem einzelnen seiner Küsse. Klaras Atem ging etwas heftiger. Plötzlich griffen seine Hände nach ihren Armen und er drehte sie um. Er hob sie einfach hoch, als wäre sie federleicht, und trug sie hinüber zum Bett. Noch immer im Mantel, legte er sich auf sie. Er streichelte über ihre Wange und rutschte etwas höher, um sie auf den Mund zu küssen. Und alles, was nun folgte, passierte ganz selbstverständlich. Als hätten sie beide genau das schon unzählige Male getan. So vertraut war es. Und doch neu und aufregend. Gustav half Klara, sich ihrer Strümpfe und Unterwäsche zu entledigen, er zog sich seinen Mantel aus und seine Hose. Klara knöpfte sein Hemd auf und strich über seine nackte Brust. Sie nahm sein Gesicht in beide Hände, als er sich wieder auf sie legte und die Decke über sie beide zog. Im diffusen Licht, das von draußen hereinkam, lächelte er Klara schließlich glücklich an. »Meine Frau.«

Sie schloss die Augen, ihre Finger fuhren durch sein Haar und gerade, als sie wispern wollte: »Ich liebe dich«, brüllten draußen auf dem Marktplatz laute Männerstimmen mehrmals: »Sieg Heil!«

Gustav hielt inne: »Hast du das gehört?« Er sprang auf und lief nackt zum Fenster.

Klara setzte sich auf und zog die Decke um sich. »Was ist da unten los?«

»Da stehen SA-Männer mit Fackeln rund um die Kirche.« Er öffnete das Fenster und beugte sich hinaus, um den Marktplatz besser überblicken zu können. »Aus Richtung der Kaiserpfalz kommt ein gewaltiger Fackelzug direkt auf uns zu.«

»Was hat das zu bedeuten?« Klara hatte sich eilig ihre Unterwäsche angezogen und stellte sich frierend neben Gustav.

*»Du Fahne der Freiheit, flieg!«*, schallte es durch die Gassen, aus denen immer mehr uniformierte Männer mit Fackeln drängten. *»Wir werden weitermarschieren, wenn alles in Scherben fällt, die Freiheit stand auf in Deutschland, und morgen gehört ihr die Welt.«*

»Da sind Dutzende aufgeputschte Kerle!« In Gustavs beunruhigtem Blick spiegelte sich das orangerote Fackellicht. Dann schloss er das Fenster. Kurz darauf saßen sie beide vollständig angezogen, in Schuhen und Mänteln, auf der Bettkante, lauschten und warteten, was als Nächstes passieren würde. Würde sich dieser Aufmarsch schnell wieder auflösen? Oder würden sich die Männer von der SA gegenseitig immer weiter aufstacheln? Gegen wen würden sie vorgehen? Gegen Juden und Andersdenkende, wie es in den letzten Jahren immer wieder geschehen war? Waren sie hier in ihrem Hotelzimmer sicher oder waren sie in Gefahr? Woher sollten sie das wissen?

Klara flüsterte in die vom Fackellicht erhellte Dunkelheit: »Wir sind beide Parteimitglieder.«

Er sah sie von der Seite an: »Ist das gut oder schlecht?«

»Ich weiß es nicht.«

Er strich fahrig über ihre Hand. »Sie werden ja nicht ewig da unten auf dem Platz ihre Kampflieder grölen.«

Klara starrte vor sich hin und überlegte, was genau sie befürchtete. »Meinst du, sie ziehen durch die Straßen, um Leute zusammenzuschlagen?«

»Keine Ahnung«, sagte Gustav angespannt. »Wer kennt sich schon mit diesen Wahnsinnigen aus?«

Sie waren Deutsche. Sie waren Parteimitglieder. Das Einzige, was sie nicht waren: verheiratet, obwohl sie sich unten an der Rezeption als Ehepaar ausgegeben hatten.

Plötzlich sagte er mit heiserer Stimme: »Das hat bestimmt etwas mit den Schüssen in Paris zu tun.«

Von dem Attentat auf einen deutschen Diplomaten in Paris hatte die Kindergärtnerin Lisa gestern noch in der abendlichen Zeitungszusammenfassung in Sandersleben berichtet. Aber Klara hatte nicht einordnen können, welche Folgen es haben würde, dass ein siebzehnjähriger jüdischer Student in der deutschen Botschaft einen Nationalsozialisten erschossen hatte.

Gustav wirkte jetzt sehr ernst. Erschreckend ernst und verkrampft. Als wäre ihm jeglicher Humor abhandengekommen. Er schien nicht einmal mehr die Kraft zu haben, in diesem unerwarteten Ereignis das Absurde zu sehen, wie es sonst seine Art war.

Unter ihrem Fenster wurden die Stimmen lauter. Sie brüllten: »Judentum ist Verbrechertum!«

Auf dem Marktplatz drängelte sich ein riesiger Schlägertrupp von aufgebrachten Männern und hielt seine brennenden Fackeln in die Nacht.

»Die Juden sind unser Unglück!«

Klara zitterte. Gustav zog seinen Pullover aus und reichte ihn ihr. »Hier, zieh ihn unter deinen Mantel.«

Sie wussten nichts mehr zu sagen, sie waren nur mit Hören beschäftigt und damit, sich auszumalen, was jetzt gleich Entsetzliches passieren würde. Sie konnten gar nichts anderes tun, als sich nebeneinander auf das Bett zu legen, sich zuzudecken und abzuwarten. Mit hellwachen Augen beobachteten sie das unruhige Flackern, das die vielen kleinen Feuer an die Zimmerdecke warfen. Klaras Kopf lag schwer auf Gustavs Brust und sie spürte sein Herz aufgeregt klopfen.

Sie sagte leise: »Ich habe Angst wegen Tolla.«

Gustav strich ihr abwesend über die Schulter. So als wäre er mit seinen Gedanken weit weg. »Mach dir keine Sorgen.«

Aber natürlich machte sie sich Sorgen. Unvermittelt richtete sie sich auf und sagte in diesen seltsam echolosen Raum hinein: »Ich muss zurück zum Heim.«

Gustav setzte sich auch auf und tastete beruhigend nach ihrer Hand. »Es geht kein Zug mehr. Willst du laufen? Es ist kurz vor Mitternacht!«

Sie fuhr herum. »Aber was ist mit Tolla?«

Er stand vom Bett auf. »Ihr wird nichts passieren. Das sind nur ein paar Verrückte da draußen. Wer weiß, vielleicht verschwinden sie gleich wieder. Tolla ist nirgendwo sicherer als bei euch im Heim. Woher sollen diese Männer ahnen, dass sie da ist und nicht dort sein dürfte?«

In diesem Augenblick ertönte ein lauter Knall. Glas brach. Das Gebrüll des Kämpferchores auf dem Marktplatz schwoll bedrohlich an. »Wenn das Judenblut vom Messer spritzt, dann geht's noch mal so gut.«

Klara und Gustav eilten zurück zum Fenster. Als sie auf den Markt blickten, sahen sie, wie die Schaufensterscheiben der gegenüberliegenden Geschäfte mit Holzlatten eingeschlagen wurden. In den Häusern brannte es. Von überallher waren Gebrüll und berstendes Glas zu hören; im Schatten des Fackelscheins huschten geduckte Gestalten vorüber und versteckten sich in dunklen Nischen.

»Was tun sie?« Klara sah Gustav erschrocken in der kalten Dunkelheit des Zimmers an. Auf seinem Gesicht glühte der Widerschein der Flammen. Er sagte nichts. Sein Gesicht war so bedrückt, als wüsste er schon längst etwas, das Klara nicht hatte sehen wollen. Er zog die Vorhänge zu und nahm sie in den Arm.

# 28.

Gustav hielt Klaras Hand fest, als sie am Morgen durch die Kopfsteinpflastergassen zum Bahnhof hasteten. »Sieh nicht hin!«, sagte er immer wieder. »Guck auf den Boden.« Sie eilten an den eingeschlagenen Schaufenstern eines Modegeschäfts vorbei, davor lagen Schneiderpuppen, auf denen Mäntel und Kleider gehangen hatten. Ein Stück weiter türmten sich zerbrochene Möbel, die aus Fenstern geworfen und auf den Steinen zerborsten waren. Lampen, zerfledderte Bücher, gesplitterte Bilderrahmen, aufgeschlitzte Matratzen und Betten. Vor der Synagoge hingen Hosenträger in den Bäumen. Die Türen zum jüdischen Gotteshaus standen offen und Klara konnte sehen, dass drinnen alles zertrümmert und verwüstet war. Hinter den eingeschlagenen Fenstern der Fachwerkhäuser hörten sie Frauen und Kinder schreien. Weiter vorne wurde ein halb totgeschlagener alter Mann von zwei SA-Männern aus der Haustür gezerrt. Er trug nur ein Unterhemd und eine Schlafanzughose. Überall an ihm war Blut. Eine Frau lief hinterher und rief: »Was macht ihr mit meinem Joseph?« In ihrem Blick lag blankes Entsetzen.

»Komm.« Gustav zog Klara hinter sich her. Aber sie konnte nicht anders, als hinzusehen. Für einen kurzen Moment trafen sich ihre Blicke mit denen des alten Mannes, der von den Uniformierten barfuß zu dem Lastwagen geschleift wurde, der ein Stück weiter unten auf der Straße wartete.

»Komm, komm.« Gustav wollte so schnell wie möglich am Lastwagen vorbei, von dessen Ladefläche Männer verstört und hilflos zu ihnen hinaussahen. Klara huschte hinter Gustav her.

In den offenen Haustüren standen die Leute und sahen sich am Leid ihrer Nachbarn satt. So zumindest kam es Klara vor. Wie konnten sie hier entlanglaufen und nichts gegen das tun, was hier passierte? Doch was hätten sie tun können? Es war unmöglich, noch irgendetwas dagegen zu tun. Dazu war es zu spät. Jetzt ging es nur noch darum, sich unauffällig und angepasst zu verhalten, um das eigene Leben, die eigene Familie zu schützen, nicht wahr?

Auf dem Bahnsteig setzten sie sich auf die Bank, auf der Klara noch am Abend zuvor in freudiger Erwartung auf Gustav gewartet hatte. Es hatte ihre erste gemeinsame Nacht werden sollen – eine glückliche Nacht. Nun kehrten sie auf diese Bank zurück und die Welt, die es gestern gegeben hatte, existierte heute nicht mehr.

Klara zitterte. Gustav legte ihr seinen Mantel um die Schultern und vom Himmel fielen die ersten Schneeflocken, Vorboten des nahenden Winters. Gestern war es sonnig und klar gewesen, ein wunderschöner Herbsttag. Nun stand ihr Atem reglos in der Luft, als sie das leere Gleisbett hinuntersahen, das irgendwo im Nebel ertrank. Gustav nahm Klara fest in den Arm. »Es wird alles gut. Es wird alles gut.«

Aber sie wusste, dass nichts mehr gut werden würde. Und sie wusste auch, dass ihr Täve ganz genau wusste, dass nichts mehr gut werden würde. Er strich ihr über den Rücken. »Ich suche uns eine Zeitung, dann wissen wir mehr.«

Sie nickte.

»Ich bin gleich wieder da. Versprochen.« Er stand auf und lief im dünnen Jackett den Bahnsteig hinunter in die Schalterhalle hinein. Klara schloss die Augen und hörte auf die Stille um sich herum. Sie wollte nicht daran denken, was während ihrer Abwesenheit im Heim passiert sein konnte. Vielleicht war ja nur in Goslar die Welt eine andere. Vielleicht war nur hier der Albtraum ausgebrochen. Vielleicht war in Dessau und Sandersleben alles wie immer. Das konnte doch sein. Gleichzeitig war das nicht logisch. All die furchtbaren Dinge, die in den letzten Jahren unter Hitler passiert waren, waren keine Einzelfälle gewesen, sondern Teile eines großen, sich immer weiter verdüsternden Ganzen. Wenn Gustavs Vermutung stimmte und all das mit dem Attentat des jüdischen Jungen auf einen deutschen Botschaftsbeamten zusammenhing, dann war im ganzen Reich die Hölle losgebrochen. Und wenn das so war, dann wurden jetzt überall jüdische Männer in Lastwagen abtransportiert. Dann wurden jetzt überall jüdische Geschäfte zerstört und geplündert. Dann weinten jetzt überall jüdische Frauen und Kinder. Dann war Tolla von jetzt an in noch größerer Gefahr. Ein Wandel hatte sich vollzogen, der unumkehrbar war. Klara hatte ihren Ausweis dabei. Darin stand, dass sie Deutsche war. Sie war Staatsbeamtin. Gustav war im vorläufigen Staatsdienst. Sie waren ein junges unverheiratetes Paar, das am Bahnhof auf den Zug nach Hause wartete. Klara konnte nichts passieren - bis jemand herausfand, dass sie ein jüdisches Mädchen versteckte. Sie konnte die Bedrohung förmlich spüren. All das, was sie sich aufgebaut hatte, würde sofort vernichtet sein.

Langsam kamen noch andere Reisende auf den Bahnsteig. Einige hielten den Blick gesenkt. Waren sie beschämt, dass sie zu denjenigen gehörten, die nichts zu befürchten hatten? Oder dass auch sie zu denjenigen gehörten, die nichts taten? Vom milchigen Himmel fielen immer mehr zarte Schneeflocken. So als brächten sie wie jedes Jahr den Frieden auf Erden.

»Hier.« Plötzlich tauchte Gustav wieder in ihrem Blickfeld auf und setzte sich neben sie. Er fror ganz offensichtlich. »Ich habe die *Mitteldeutsche* im Mülleimer gefunden.«

Er legte sie Klara auf den Schoß, während er dicht an sie heranrückte, um sich wenigstens etwas an ihr zu wärmen.

»Nimm deinen Mantel, Täve. Sonst erkältest du dich.«

»Ich ziehe mir einfach noch meinen Pullover über.«

»Den habe ich auch schon an.« Klara lächelte schwach.

Als Gustav sich seinen Mantel angezogen hatte, faltete sie die Zeitung auseinander und las mit gedämpfter Stimme die Überschrift vor: *»Die jüdische Bluttat in Paris.«* Und dann, was darunterstand: *»Die berechtigte und verständliche Empörung des deutschen Volkes über den feigen jüdischen Meuchelmord an einem deutschen Diplomaten in Paris hat sich in der vergangenen Nacht in zahlreichen Städten und Orten des Reiches in umfangreichem Maße Luft verschafft.«*

Gustav schüttelte den Kopf, während Klara weiterlas. *»Die Synagoge in Halle wurde von Volksgenossen, denen in heller Empörung über den jüdischen Mord die Galle überlief, zertrümmert und in Brand gesteckt.«*

Sie schlug die Zeitung zu, als könnte sie damit all das ungeschehen machen, was sie gerade gelesen hatte. Doch diese Methode funktionierte nicht mehr. Das Grauen war nun mitten unter ihnen.

»Unser Zug kommt gleich.« Er legte seine Hand auf ihre und so sahen sie mit regungslosen Blicken ungeduldig dem Zug entgegen, dessen weißes Scheinwerferlicht gemächlich durch die dunstige Luft zu ihnen hindurchsickerte.

Im Waggon saßen sie genauso still. Glücklicherweise hatte sich niemand zu ihnen auf die Bank gesetzt. Sie hielten sich an den Händen. Was sollten sie auch reden, was sollten sie auch denken? Alle Gedanken waren entsetzlich. Sie waren in einem landesweiten Albtraum gefangen, der als Akt der Sühne und der Befreiung gepriesen wurde. Wer wusste schon, was sie erwartete, wenn sie in Dessau wieder ausstiegen? Was, wenn die Gestapo schon im Heim nach Klara gesucht hatte, um sie zu verhören? Die Geheimpolizei wusste alles, oder nicht? Sie spürte, wie Gustav sacht über ihre Hand streichelte, um sie aus ihren angstvollen Gedanken herauszuholen. Und ohne dass sie es vorgehabt hatte, sagte sie plötzlich: »Meine Eltern fragen, wann wir sie in Lieberode besuchen. Sie finden, du solltest dich ihnen vorstellen, bevor du mich heiratest.«

Für einen Moment sah Gustav sie irritiert an, als glaubte er, dass sie einen Scherz machte. Aber als sie ihn erwartungsvoll anblickte, antwortete er: »Gut, dass du das Thema ansprichst.«

Er richtete sich auf, um aus seiner Manteltasche einen Brief hervorzuziehen. »Den wollte ich dir eigentlich gestern Abend schon vorlesen. Er ist von meiner älteren Schwester Selma.« Gustav faltete zwei Zettel auseinander, die nicht größer als Lieferscheine waren. Sie waren auf der Vorder- und Rückseite eng beschrieben, und alles, was nicht auf die Linien gepasst hatte, stand ringsum auf den Rändern. Er hielt ihr die Zettel hin. »Wenn man sie nach dem Lesen noch einmal um ihre eigene Achse dreht, dann weiß man ziemlich eindeutig, was meine Schwester mir hat sagen wollen.«

»Und was hat sie dir sagen wollen?« Klara griff nicht nach den Blättchen. Sie wollte keine Briefe lesen, die nicht für sie bestimmt waren. Also steckte Gustav die Zettel zurück in seine Manteltasche und zuckte mit den Schultern. »Meine altjüngferliche Schwester fühlt sich offenbar dazu berechtigt, mir kräftig den Kopf zu waschen und sich wieder einmal in meine Angelegenheiten einzumischen. Denn schließlich hat sie mich ja großgezogen und herumgeschleppt und davon, wie sie meint, eine schiefe Schulter bekommen.«

Klara verstand noch immer nicht, worum es ging. Sie war nur froh, dass Gustav und sie sich mit etwas anderem beschäftigen konnten als mit dem Schrecklichen, das sie in der vergangenen Nacht und heute Morgen erlebt hatten und das mit Sicherheit noch auf sie wartete. »Ja, und?«

»Selma regt sich darüber auf, dass ich eine neue Sache angefangen habe. Damit meint sie dich.«

»Ich bin eine neue Sache?« Klara verstand immer weniger, gleichzeitig kam von tief unten das nächste ungute Gefühl an die Oberfläche. Hatte sie etwas nicht mitbekommen? »Gab es denn auch eine alte Sache?«

Gustav fuhr sich über die Stirn. »Nun ja. Kurz bevor wir beide damals die Ausstellung zur entarteten Kunst besucht haben, hatte ich in der Leipziger Umgebung flüchtig ein Mädchen vom Lande kennengelernt. Einer meiner Mitstudierenden hatte sie mir vorgestellt. Sie war die Schwester seiner Zukünftigen. Der Hof der Eltern war nicht allzu groß. Aber immerhin schenkten sie jeder Tochter zur Hochzeit ein Auto. Darum fand Selma offenbar, das Mädchen sei eine gute Partie.«

»Aha.« Klara rückte automatisch von Gustav ab. »Ein Auto zur Hochzeit.«

Gustav redete mutig weiter. »Ich habe das Mädchen nur noch zwei- oder dreimal getroffen, um ihm zu sagen, dass es mit uns vorbei ist. Daraufhin habe ich meiner Schwester dann von dir und unserer Verlobung erzählt und sie meinte, aus dir und mir würde sowieso nichts Richtiges werden. Weil du arbeitest und zwei Jahre älter bist, soll ich bloß die Hände davon lassen.«

»Verstehe.« Es war, als würde sich unter Klara der Boden öffnen. Zu gerne wäre sie einfach aufgestanden, um sich auf einen anderen Platz ganz am Ende des Waggons zu setzen. Aber was brachte das schon?

»Die Sache ist damals wirklich gleich wieder zu Ende gewesen. Ich versichere dir hoch und heilig, dass ich gar kein Interesse an der Kleinen hatte. Sowieso haben mir einige Dinge an ihr überhaupt nicht gefallen.«

»Deiner Schwester Selma aber offenbar schon«, sagte Klara kühl. An diesem Abend in Dessau war sie davon ausgegangen, dass Gustav ihr fester Freund war. Niemals wäre es ihr in den Sinn gekommen, dass er sich noch mit einem anderen Mädchen vergnügte. Auch wenn er in Leipzig war und sie in Oranienbaum. Sie waren doch so vertraut miteinander gewesen. Zumindest hatte sie das geglaubt. Es war alles andere als schön, sich diese

Geschichte anhören zu müssen. Vorstellen wollte sie sich das Ganze schon gar nicht. Ohne zu wissen, dass sie gegen ein anderes Mädchen angetreten war, hatte sie das Rennen gemacht. Gustav griff wieder nach ihrer Hand. »Bitte verzeih mir. Ich habe sie nicht einmal geküsst.«

Klara hätte sich am liebsten die Ohren zugehalten. Nun wusste sie aber wirklich genug. Gustav schimpfte und schwadronierte alles Mögliche über seine große Schwester, als wäre sie schuld an seiner Unaufrichtigkeit. Sein aufgeregter Monolog endete damit, dass Klara zu hören kriegte: »Und Selma kommt auf keinen Fall zu unserer Hochzeit, ich will überhaupt keinen von meinen Geschwistern sehen. Nur meinen Vater, sonst niemand.«

Fast hätte Klara ärgerlich gefragt: »Welche Hochzeit meinst du?« Aber sie schluckte die Enttäuschung herunter. So gut es ging. In dieser Welt wollte sie nicht ohne Gustav sein. Und sie wusste ja längst, wie ernst es ihrem kleinen Lehrer mit ihr war. Schon seit über einem Jahr. Außerdem schätzte sie seinen Mut und seine Offenheit, seinen Fehltritt zu beichten. Auch wenn es gerade noch wehtat. Sie lächelte tapfer: »Gut. Wann fahren wir nun nach Lieberode zu meinen Eltern?«

Er beugte sich vor, um ihr einen erleichterten Kuss zu geben. »Gleich am nächsten Wochenende, wenn's bei deinen Eltern passt.«

Und damit war das Thema erledigt.

In Dessau stiegen nicht viele Reisende mit ihnen aus. Der Bahnsteig war fast leer. Eine seltsame Ruhe breitete sich auch über diesem Bahnhofsgebäude aus. Eine kalte, seltsame Ruhe.

Als sie aus der Schalterhalle hinaus auf den Vorplatz traten, war es ein Ankommen wie immer, und doch war alles gespenstisch anders. Bedrohlich und fremd. Eilig liefen sie die Albrechtstraße hinunter in die Stadt hinein. Gustav wollte sich den Wagen seines Vaters ausleihen. Das würde schneller gehen, als auf den nächsten Zug nach Sandersleben zu warten. Er trug das

Gepäck und ging für seine Verhältnisse schon wieder sehr zügig. Je näher sie der Zerbster Straße mit ihren herrlichen Putzbauten kamen, desto schneller wurde er. An der Ecke Kavalierstraße sah Klara, was er schon bemerkt haben musste, ohne es ihr zu sagen. In die diesig-bleiche Novemberluft stieg schwarzer, schwerer Rauch auf. Hinter den Dächern brannte etwas. Gustav nahm sie am Arm, als sie sich zwischen den Schaulustigen und Entsetzten hindurchkämpften. Er keuchte: »Die Synagoge steht in Flammen.«

Lastwagen nach Lastwagen brauste an ihnen vorbei. Auf den Ladeflächen saßen zusammengepfercht Männer, junge und alte, in Schlafanzügen, Oberhemden oder nur in Unterhemden. Manche von ihnen bluteten, hatten blaue Flecken und Abschürfungen. Andere trugen noch Mantel und Hut.

»Komm.«

Sie lief hinter Gustav her. Die Fensterscheiben der Geschäfte waren eingeschlagen, das Wort *Jude* und Judensterne waren mit dicker schwarzer Farbe an die Häuserwände geschmiert worden. Auf der Straße lagen Hüte, Vorhänge, Stühle und andere Gegenstände. Sie liefen direkt auf die brennende Synagoge zu. Die strahlende Kuppel war beinahe schon bis auf die Konstruktion niedergebrannt, der Davidstern verschwunden. Damals, als Klara zum ersten Mal in diese Stadt gekommen war, um Bücher und eine Zigarre zu kaufen, waren aus dem Gotteshaus die vielen Menschen getreten, die gemeinsam und stolz den zweihundertsten Geburtstag des Philosophen Moses Mendelssohn gefeiert hatten, der so viel für die Gemeinschaft von Christen und Juden getan hatte. Für die Glaubensfreiheit und die Toleranz. Albert Einstein. Kurt Weill und Walter Gropius, sie alle hatten mitgefeiert. Und nun ging das alles in Flammen auf.

Klara wusste, warum Gustav immer schneller wurde. Auch wenn er es nicht laut aussprach. Er wollte sofort nach Sandersleben, um zu sehen, ob dort noch alles so war, wie sie es kannten.

Sie liefen am Münchner Hofbräu vorbei. Vor Mayer Reich, wo Klara für Tolla Jahr für Jahr neue Schuhe gekauft hatte, drängten sich Frauen und Männer allen Alters vor den Türen, um das Geschäft zu plündern. Stapelweise trugen sie mit triumphierenden Mienen Schuhkartons heraus. Ein junger Mann lief vorbei, der sich einen samtenen, reich bestickten Thoramantel umgehängt hatte. Seine Augen waren weit aufgerissen, er brüllte: »Deutschland erwache, Juda verrecke!«

Als Klara vor dem Haus wartete, in dem Gustav mit seiner Familie wohnte, flatterten über den klammen Bürgersteig einzelne handgeschriebene Tagebuchblätter, illustriert mit kleinen Tintenherzchen und Blümchen. Erlebnisse aus einem Kinderleben, von einem Mädchen in Tollas Alter fleißig aufgeschrieben. Klara brachte es nicht fertig, sich danach zu bücken, um sie zu retten. Sie war wie all die anderen, die aus Angst und Bedrückung nichts taten. Sollten diese Blätter doch lieber mit dem Wind gehen.

Nach eineinhalb Stunden Autofahrt, vorbei an abgeernteten Rübenäckern, braungelben Stoppelfeldern, Ortschaften mit Höfen, Mühlen und kleinen Fabriken, kamen sie dem Heim immer näher. Unter dem feuchten Novemberhimmel wirkte die Realität wie ein abscheulicher Traum, aus dem es niemals wieder ein Erwachen geben könnte. Das, was sie in Goslar und Dessau gesehen hatte, kam ihr so unwirklich vor wie die Hände in ihrem Schoß. Auch Gustav, der den Wagen in viel zu hoher Geschwindigkeit die Straße hinuntersteuerte, wirkte wie eine Illusion. Schließlich hörte sie sich von ferne sagen: »Du machst noch das Auto deines Vaters kaputt.«

Er beugte sich vor, als könnte er so schneller fahren. Ackererde wirbelte auf. Die fast kahlen Laubbäume standen mit ihren letzten gelben Blättern einer neben dem anderen so still und entrückt auf dem Hügelkamm, als lebte die Natur in einer friedlichen Parallelwelt.

Als sie schließlich an dem Obstgut vorbeikamen, tauchte hinter den weiten Apfel- und Pflaumenbaumwiesen das ländliche Frauenbildungsheim auf und gleichzeitig brach auch die Sonne durch die dichte Wolkendecke. Gustav holperte den Feldweg hinunter, direkt auf das Hauptgebäude am Hang zu. Das helle Licht breitete sich rechts über den Gemüsegarten und links über das lang gestreckte Schülerinnenheim, den dahinter abfallenden Hang und das Wasserbecken mit den Goldfischen aus. Keins der Mädchen war draußen zu sehen. Auch die Heimkinder spielten nicht im unteren Teil des Gartens. Das gesamte Areal lag schlaftrunken, beinahe verlassen da. Gustav hielt direkt vor den Stufen, die hinauf zur Sonnenterrasse des Haupthauses führten. Klara warf ihm einen nervösen Blick zu. Ihre Stimme klang dünn. »Ich gehe hinein und sehe nach, ob alles in Ordnung ist.«

»Ich warte hier.«

Sie stieß die Wagentür auf, doch bevor sie aussteigen konnte, hielt er sie am Arm fest. »Warte! Ich möchte dir noch etwas sagen.«

»Was denn?«

»Ich liebe dich.« Er blickte sie innig an. »Vergiss das nicht.«

Klara nickte, dann eilte sie die Stufen hinauf, über die Terrasse, ins Gebäude. Gustav liebte sie, sie liebte ihn und sie hatte große Angst vor dem Unglück, das unweigerlich kommen würde. Sie würde Tolla nicht länger bei sich behalten können. Das war klar. Sie musste einen Weg finden, ihr kleines Mädchen und sich selbst zu beschützen. Das war hier nicht länger möglich. Tolla musste versteckt werden, wirklich verschwinden, an einen Ort, wo es niemanden interessierte, dass sie ein jüdisches Kind war.

Klara blieb neben der Treppe stehen und lauschte. Jetzt waren ein paar Kinderstimmen durch die geschlossene Tür des großen Tagesraums zu hören. Dann Susannes Stimme, die eins von Lilian Harveys Liedern anstimmte. *»Es hat zwar wie bekannt, die Frau viel mehr Verstand, doch darauf leiste ich gerne Verzicht, denn Dummheit schändet nicht.«* Klara lächelte. Alles schien in Ordnung zu sein. Der dunkle Linoleumboden glänzte frisch gebohnert. Vorsichtig öffnete sie die Tür und sah hinein. Susanne saß vor einem der breiten Schiebefenster am Klavier, die Jungen und Mädchen saßen brav auf ihren Hockern um sie herum und sangen eifrig den Refrain mit: *»Ich wollt' ich wär' ein Huhn. Ich hätt' nicht viel zu tun.«* Nur der kleine Hans thronte auf dem Schoß der schlaksigen Agathe, einer der neuen Haushaltungsschülerinnen. Als Klara die Tür wieder zuziehen wollte, blickte Susanne auf und brach augenblicklich im Singen ab. Sie gab der Schülerin ein Zeichen, sie zu vertreten, und eilte hinaus in die Diele. »Ich habe mir solche Sorgen gemacht.« Sie umarmte Klara. »Es kamen furchtbare Dinge im Radio. Überall wird gegen die Juden vorgegangen.«

Klara versuchte, ihre Stimme ruhig klingen zu lassen, trotzdem war ihr die Erschütterung deutlich anzumerken. »In Dessau brennt die Synagoge. Und die jüdischen Geschäfte, auch das von Mayer Reich, haben sie geplündert. Wie die Straßen aussahen! Du machst dir keine Vorstellung, Susanne! Möbel, Kleider, Lampen, alles haben die Männer von der SA runter auf die Straßen geworfen. Sie transportieren jüdische Männer in Lastwagen ab. Ganz normale Männer. Wer weiß, wohin.«

Susanne griff nach ihrer Hand. »Ich bin froh, dass du wieder da bist. Das alles macht mir Angst.«

»Mir auch«, sagte Klara heiser.

Die Frauen standen stumm im Flur. Als hätten sie Schwierigkeiten, ihre in Aufruhr befindlichen Gedanken zu sortieren. Schließlich fragte Klara: »Wo ist Tolla?«

»Im Unterricht.«

»Hat irgendjemand angerufen und nach mir gefragt?«

Susanne schüttelte den Kopf. »Nein, niemand.«

Bevor Klara darüber erleichtert sein konnte, hörten sie das Telefon im Büro schrillen. Beide zuckten zusammen und sahen sich an. Klara flüsterte: »Wer ist das?«

»Ich weiß es nicht.« Susanne drehte sich um und eilte an der Treppe und der kleinen Sitzecke mit den Topfpflanzen vorbei über den Linoleumboden dorthin, wo das Telefon immer dringlicher klingelte.

Klara folgte ihr. »Was, wenn es Frau Kohlmann ist und sie nach Tolla fragt?«

Susanne blieb angespannt neben dem Schreibtisch stehen, während Klara an ihrem Platz den Hörer abnahm. Ihre sonst so feste Heimleiterinnenstimme wackelte. »Ländliches Frauenbildungsheim Sandersleben, Klara Möbius am Apparat.«

Sie umklammerte den Hörer und ihre Augen wurden immer leerer. Schließlich reichte sie das Gespräch an Susanne weiter und flüsterte: »Deine Freundin Evelyn Löwenstern aus Berlin.«

Während Susanne zuhörte, stand sie reglos am Tisch, den Blick starr aus dem Fenster hinaus in den Garten gerichtet, wo das hübsche Hausmeisterhaus beinahe hinter den spätherbstlich gefärbten Bäumen und Sträuchern verschwand. Ihr Gesicht war blass. Ab und zu schüttelte sie den Kopf. »Das ist entsetzlich, Evelyn ... Wo bist du jetzt? Was werdet ihr tun?«

Sie nickte und nickte und endlich sagte sie mit hohler Stimme: »Bitte grüß deine Mutter von mir.« Dann legte sie auf.

In diesem Augenblick kam Gustav zur Tür herein und nahm seinen Hut ab. »Entschuldigung. Ich wollte nur sehen, ob alles in Ordnung ist.«

Susanne fuhr sich wie abwesend durch ihre hellblonden Locken und ließ sich auf den Stuhl sinken. »Gestern Abend sind Männer von der SA in das Auerbach'sche Waisenhaus gestürmt, in dem Evelyn als Kindergärtnerin arbeitet. Sie haben alles zerstört! Fensterscheiben eingeschlagen, Möbel zertrümmert. Im Betsaal haben sie den Gashahn aufgedreht, um das Haus mit all den Kindern in die Luft zu jagen. Mitten auf der Schönhauser Allee. Zum Glück haben Evelyn und ihre Kolleginnen es noch rechtzeitig gemerkt. Die Kleinen sind ohne Mützen und Jacken auf die Straße hinausgelaufen. In der Eiseskälte!« Ihre Stimme brach. »Sie hatten überhaupt nichts Warmes zum Anziehen. Sie haben versucht, Hilfe bei der Polizei zu holen. Aber die Polizei hat gesagt, Juden stünde kein Schutz zu. Diese Nazis sind allesamt abscheuliche Monster.«

Klara blickte hilflos zu Gustav, der still in der Nische neben der halb geöffneten Tür stand. Er drehte seine Hutkrempe in den Händen. »Es ist wohl besser, niemanden wissen zu lassen, wie man diese Dinge tatsächlich bewertet.«

Susanne antwortete kaum noch hörbar: »Dafür wäre es jetzt sowieso zu spät.«

Klara ging langsam um ihren Schreibtisch herum und setzte sich wie betäubt dahinter. Das alles war zu schrecklich, um es zu begreifen. Susanne schob eine zusammengefaltete Zeitung über den Tisch. »Gestern haben sie die Namen sämtlicher in Dessau lebender Juden abgedruckt, mit dem Aufruf, sich an ihnen für das Attentat in Paris zu rächen. Du brauchst nicht viel Fantasie, um draufzukommen, wo all das enden wird. Tolla hierzubehalten, ist zu gefährlich.«

Klara sah Susanne apathisch an. Sie fühlte nichts mehr. Nicht einmal mehr Angst. Keine Trauer. Keinen Schmerz. Nur Leere. Gustav nickte mit fahlem Gesicht. »Wir müssen sie schnell wegbringen, bevor doch noch jemand redet, der von ihr weiß.«

»Aber wohin?« Klara hörte ihre eigene Stimme von weit her. Wo sollte sie Tolla hinbringen? Welcher Ort sollte sicherer sein als dieser? Es gab keinen sichereren Ort als diesen, der nun auch unsicher war. Hinter Gustav tauchte ihr kleines Mädchen auf, das schon neun Jahre alt und gar kein kleines Kind mehr war. Tolla lief auf Klara zu und umarmte sie. »Ich habe dich vermisst, Mama.«

Klara gab ihr einen Kuss auf die Stirn und flüsterte: »Ich bin wieder da, mein großes Mädchen. Ich bin wieder da.«

# 29.

Klara schaltete den Kassettenrekorder aus. Das Klicken war das einzige Geräusch im stillen Flur. Hier saß sie nun. Mit einem Mikrofon in der Hand. Nichts von dem, was damals passiert war, konnte rückgängig gemacht werden. Nichts von dem, was sie gesehen hatte, ließ sich in die idyllische Geschichte einbetten, die sie gerne von ihrer Vergangenheit erzählt hätte. Wer wollte nicht auf eine gelungene, idyllische Vergangenheit zurückblicken? Hatte nicht jeder ein Recht darauf? Doch nun gestand sie ihrer Familie und ihrer Enkeltochter Isabell, die nun bald Mutter werden würde, dass sie zu jener Masse von Menschen gehört hatte, die sich nicht so verhalten hatte, wie man es von einem fühlenden Wesen erwarten würde.

In der darauffolgenden Nacht war in Sandersleben die Synagoge, die nur wenige Gehminuten vom Frauenbildungsheim entfernt gestanden hatte, bis auf die Grundmauern niedergebrannt. Die Flammen, das berstende Glas, das entsetzte Flüstern, der Schrecken, der plötzlich auch über ihrer kleinen Stadt gelegen hatte, all das hätte Klara nur zu gern in den Raum des Vergessens gedrängt. Sie hätte die Tür wieder fest verriegeln und so tun können, als hätte es diese furchtbaren Ereignisse nie gegeben. Wer zwang sie denn dazu, sich daran zu erinnern? Es gab niemanden, der sie beschuldigte, niemanden, der immer weiter nachfragte. Aber es gab sie.

Klara stand von ihrem Stuhl auf und wusste nicht, wohin sie sich wenden sollte. Mit einem Mal wirkte ihr Zuhause so eng. Ins Wohnzimmer wollte sie nicht. In die Küche auch nicht.

Im Garten lag nun Schnee. Zumindest hatte sie das im Wetterbericht gehört. Der einzige Raum, in dem sie sich jetzt aufgehoben fühlen würde, war Gustavs Zimmer. Heute Nachmittag wollte Inge zu Besuch kommen. Rainer hatte wieder in der Gegend zu tun. Der Bäcker hatte am Vormittag schon den gedeckten Apfelkuchen geliefert. Das Paket lag in der Küche auf der Arbeitsfläche. Klara stieg langsam die Treppe hinauf. Vierzehn Stufen. Sie überquerte den schmalen Flur mit dem blauen Nadelfilz, drückte die kühle Klinke herunter und schob die Tür auf.

Aus reiner Gewohnheit tastete sie sich durch das Zimmer hinüber zum Fenster. Dabei war es draußen viel zu kalt, um frische Luft hereinzulassen. Auf dem Weg dorthin glitt ihre Hand über die Buchrücken im Regal. Sie wusste genau, wo *Der Spieler* stand. Sie legte ihren Finger auf den schmalen Band. Hier steckte er. Sie hatte den Roman nie zu Ende gelesen. Vor der Hochzeit im Frühsommer 1939 hatte sie es nicht mehr geschafft und danach erst recht nicht. Die Ereignisse hatten sich überschlagen. Immer schneller war eine Sache auf die nächste gefolgt. Nun hätte sie Zeit genug gehabt, ihn fertig zu lesen. Für einen Moment überlegte Klara, das Buch hervorzuziehen, dann ließ sie es aber. Was sollte sie damit anfangen? Die Seiten aufschlagen? Darin lesen konnte sie ja doch nicht. Und Gustav war nicht da, um es ihr vorzulesen. Gerade fehlte er ihr so viel mehr noch als ihr Augenlicht. Sie hätte sich das aufgeschlagene Buch dicht unter die Nase halten können, um den siebzig Jahre alten Duft der Seiten einzuatmen, in der Hoffnung, dass etwas von Täve für immer in ihren Zwischenräumen gespeichert worden war. Und dann? Dann würde das Vermissen nur noch stärker, das Unverständnis, dass es ihn nicht mehr für sie gab, noch unerträglicher werden. Klara würde versuchen, das Buch wieder zwischen die anderen Bücher an seinen Platz zurückzustecken, aber die Lücke nicht mehr finden. Sie würde furchtbar nervös werden und Angst haben, dass dieser Schatz verloren gehen könnte. Das Buch sollte immer genau da, an dieser Stelle im Regal stehen. Alles in diesem Zimmer sollte so bleiben, wie Gustav es vor zwanzig Jahren verlassen hatte. Für immer. So, als würde er gleich zu ihr zurückkehren.

Klara setzte sich auf die Bettkante. Sie hatte sich noch nie auf den Stuhl am Schreibtisch gesetzt. Das war sein Platz. Sie wollte das kostbare Bild, das sie von ihm in diesem Stuhl an diesem Tisch vor dem Fenster hatte, nicht überblenden. Vor ihrem inneren Auge sah sie ihren kleinen Lehrer im grauen Jackett dort sitzen. Er hatte sich leicht zu ihr gedreht und sah sie aufmerksam an, so wie er sie oft angesehen hatte, wenn sie sich über die Ereignisse des Tages unterhalten hatten. Es war, als würde er sie fragen: »Was bedrückt dich, meine Liebe?« Sie hätte es ihm gerne gesagt: »Die Frage, was aus meinem kleinen Mädchen geworden ist.« Das wäre so viel leichter gewesen, als hier allein zu sitzen und zu versuchen, nicht zu weinen. Sie spürte diese furchtbare Enge in ihrem Hals. Ein Gefühl aus längst vergangenen Zeiten. Derartige Trauer und Hilflosigkeit hatte sie seit Jahrzehnten nicht mehr empfunden. Mit Gustav hätte sie sich gemeinsam erinnern können, welch schmerzhafte Entscheidung sie nach der Reichspogromnacht getroffen hatten. Täve hätte ihr versichert, dass ihre Entscheidung vernünftig und dringend notwendig gewesen war. Er hätte gesagt: »Wir haben ihr das Leben gerettet.«

In derselben Woche hatten sie sich an einem Nachmittag in Aschersleben getroffen, um für Täve einen neuen Mantel zu kaufen. In der Stadt gab es gute Geschäfte, außerdem lag sie genau zwischen Sandersleben und Radisleben, wo Gustav an der Volksschule seine Ausbildung machte. Mit seinem alten Mantel konnte er unmöglich bei Klaras Eltern zum Antrittsbesuch erscheinen. Das alte Ding war viel zu kurz und zerknittert gewesen und der Hut hatte auch immer falsch gesessen.

In seinem neuen hellen Wollstoffmantel mit aufgesetzten Taschen und schönen Knöpfen hatte er ganz verändert ausgesehen und ein selbstbewusstes Gesicht gemacht.

Gleich bei der Begrüßung im Eingang der Pension hatte er ihrer Mutter einen mächtigen Blumenstrauß überreicht, der ordentlich imponiert hatte. So einen hatte ihre Mutter bestimmt in ihrem ganzen Leben nicht bekommen. Den Strauß glücklich vor sich hertragend, hatte sie alle in die gute Stube geführt, in der es angenehm warm gewesen war. Auf dem Tisch hatte schon die große Terrine mit Eintopf gestanden. Das war natürlich nicht besonders feierlich gewesen. Doch als Zeichen des Zusammenhalts der Volksgemeinschaft hatte es eben in ganz Deutschland sonntags nur Eintopf gegeben. Daran war nicht zu rütteln gewesen. Das geschah auf Wunsch der Regierung. Ehrenamtliche Helfer klopften an die Türen, trugen fleißig in ihre Listen ein, was jeder Haushalt durch den Verzicht aufs übliche Sonntagsessen eingespart hatte, und sammelten den Überschuss für die nationalsozialistische Wohlfahrt ein.

Obwohl Klara gerade still in Gustavs Zimmer auf der Bettkante saß, war es, als säße sie wieder am Tisch ihres Elternhauses. Der Duft des Eintopfs stieg ihr in die Nase. Ganz deutlich konnte sie die Stimme ihres Vaters hören, die sagte: »Kurtchen wird jeden Augenblick kommen.«

Ihre Mutter strich angespannt die Tischdecke glatt, als befürchtete sie, dass die Stimmung mit Kurtchens Anwesenheit kippen könnte. Die verunglückte Verabschiedung damals am Bahnhof in Oranienbaum war ihr wohl noch lebhaft in Erinnerung. Klara hatte ihren jüngeren Bruder, seitdem er seine Ausbildung zum Sportlehrer gemacht hatte, auch nur noch ein einziges Mal gesehen, als sie zu seinem zweiundzwanzigsten Geburtstag nach Hause gekommen war. Da zumindest hatte er wenig begeistert auf die geplante Vermählung reagiert. »Du bist zu schade zum

Heiraten«, hatte er nur gesagt. Nun ja, er würde sich schon daran gewöhnen. Genau wie er sich an Tolla gewöhnt hatte. Inzwischen war er Angehöriger der Wehrmacht und machte, wie Herr Strahler es ihm geraten hatte, eine Ausbildung zum Flieger auf einem Fliegerhorst bei Magdeburg. Klara war gespannt, wie er sich im letzten Jahr entwickelt haben könnte. Seinen Briefen war jedenfalls zu entnehmen, dass er mächtig stolz auf seine Aufnahme bei der Luftwaffe war. Ein Richthofen, ein Boelcke und all die anderen jugendlichen Fliegerhelden waren jetzt seine Vorbilder. *»Was für kühne Taten vollbrachten sie schon damals! Sieger in 81 Luftkämpfen. Es ist ein ritterlicher Kampf dort oben in den Wolken, an der Sonne. Man muss aber die Kühnheit im Herzen tragen«*, hatte er ihr neulich geschrieben. Und es war klar, was er ihr damit hatte sagen wollen: dass er auf jeden Fall die Kühnheit im Herzen trug und zu allem bereit war.

Klara war nur halb bei der Sache, als ihre Eltern am Tisch erzählten, wie streng es ihre Mieter mit dem Sonntagseintopf nahmen. Ihr Vater schüttelte den Kopf. »Ehrlichs sind vorbildliche Nationalsozialisten. Bei jeder Gelegenheit hängen sie ihr großes Hakenkreuzbanner von einem Fenster zum anderen. Eine simple Fahne ist für sie nicht mehr der Zeit entsprechend. Von früh bis spät steckt Herr Ehrlich in voller Uniform und fühlt sich endlich richtig wichtig. Vor einigen Tagen scheint er einen Posten in der Nazi-Partei bekommen zu haben. Gegenüber der Post ist für ihn ein Büro eingerichtet worden, wozu Schreibtisch und Stühle hineingetragen wurden.«

»Denen verraten wir nicht, dass ich unseren Eintopf heute in drei Töpfen zubereitet habe«, lächelte Klaras Mutter und ließ sich von Gustav seinen Teller geben.

»Sie haben alles erst hinterher in die Terrine gefüllt und auf den Tisch gebracht?«

»So können wir mit gutem Gewissen allen Menschen erzählen, dass wir Eintopf gegessen haben.« Klaras Mutter tat Gustav reichlich auf und fügte hinzu: »Unsere Tante Anna hat es sich zur Gewohnheit gemacht, am Samstag das Sonntagsessen zu kochen, dafür gibt es am Sonntag den Erbseneintopf, den es eigentlich am Samstag gegeben hätte.«

Gustav nahm seinen gut gefüllten Teller entgegen. »Genauso machen es meine Eltern und meine Schwester auch.«

Und in diesem Augenblick brach das Eis. Hatte Gustav bis eben noch nervös am Tisch gesessen, besorgt, dass Klaras Eltern ihn nicht mögen könnten, lag nun schon die Hand seiner zukünftigen Schwiegermutter auf seinem Jackettärmel. »So schöne Blumen haben Sie mir mitgebracht.«

Auch sein zukünftiger Schwiegervater machte aus seinem Herzen keine Mördergrube. Sobald er sich vergewissert hatte, dass er vor seinem angehenden Schwiegersohn offen sprechen konnte, verheimlichte er nicht, dass er für die braunen Machthaber keinerlei Sympathien empfand. Er schimpfte auf Joseph Goebbels, »das Lügenjöbken«, und auf Hitler, »den Schauspieler«: »Eine lange Lebensdauer des Hitlerreiches kann ich mir nicht vorstellen. Beileibe keine tausend Jahre! Solange die Leute aber da sind, sollte man sie zum eigenen Vorteil nutzen. Wenn Kurtchen es geschickt anstellt, kann er die Offizierslaufbahn einschlagen, denke ich. Hauptsache, dieser Hitler macht keine Dummheiten.«

Klaras Mutter zog die Augenbrauen hoch. »Nun lass doch unseren Besuch erst einmal erzählen. Wir wissen ja noch gar nichts über Herrn Erfurt und seine Familie.« Das stimmte natürlich nicht ganz. Klara hatte ihren Eltern schon einiges über Gustav in ihren Briefen berichtet. Sie wussten, dass er sechs Geschwister hatte und der jüngste war. Sie wussten, dass sein Vater bei seiner Pensionierung herzoglicher Oberlandjägermeister gewesen war und die Familie bei jedem Karriereschritt im Freistaat den Wohnort hatte wechseln müssen. Klara hatte ihnen auch geschrieben, dass eine seiner Schwestern bereits mit sechzehn Jahren Mutter geworden war und einer seiner Brüder in Hamburg sein Glück gesucht hatte und beinahe unter die Räder gekommen wäre. Klaras Vater schien nicht viel mehr wissen zu wollen, denn er redete weiter über seine politischen Ansichten.

»Man muss eben pfiffig genug sein, die Vorteile an der Sache zu erkennen, um Nachteile zu vermeiden. Von denen haben wir in den letzten Jahren schon genug gehabt.«

»Ich wollte eigentlich von Klara und Gustav hören, wann sie denn nun genau heiraten wollen«, unterbrach ihn Klaras Mutter erneut, in der Hoffnung, das politische Thema beenden zu können, bei dem sich niemand wohlfühlte.

Doch ihr Mann tat so, als hätte er sie gar nicht gehört. Er wies mit seinem Löffel auf Klara. »Es ist gut, dass du eine sichere berufliche Position als Beamtin erreicht hast.« Und zu Gustav gewandt. »Sind Sie auch Parteimitglied?«

Er nickte. »Ich mache im nächsten Jahr meine zweite Lehrerprüfung. Sollte ich sie bestehen, könnte ich auch noch Staatsbeamter werden.«

»Warum sollten Sie die Prüfung nicht bestehen?«

»Dazu gehört ein Nachweis im Schwimmen.«

»Ja und? Wo liegt das Problem?«

Bevor Gustav antworten konnte, stand Klara eilig von ihrem Platz auf und stellte die leeren Suppenteller zusammen. »Es hat sehr gut geschmeckt, Mama.«

Ihre Mutter begriff sofort, dass Gustav vor einer Peinlichkeit bewahrt werden sollte und es an der Zeit war, das Gespräch zu unterbrechen. Sie sah ihren zukünftigen Schwiegersohn an. »Tragen Sie mir bitte die Terrine in die Küche?«

»Selbstverständlich.« Er erhob sich und Klara blieb allein mit ihrem Vater zurück. Sie lächelte ihn freundlich an. Auf keinen Fall wollte sie von ihm gefragt werden, was es mit Gustav und seinen Schwimmkünsten auf sich hatte. Bestimmt fände er es für einen jungen Lehrer merkwürdig, wenn sie verriet, dass er Nichtschwimmer war. Also sagte sie unvermittelt in die Stille hinein: »Wir haben für Tolla ein jüdisches Waisenhaus in Berlin gefunden. Dort wird Gustav sie hinbringen, sobald ein Platz frei ist.«

»Ihr habt was?« Klaras Mutter stand mit einem großen Kuchenteller, vollgepackt mit Pflaumenkuchenstücken, in der Tür.

»Wir haben einen Platz in einem jüdischen Waisenhaus in Berlin gefunden. Im Prenzlauer Berg.«

Ihre Mutter sah sie, dann Gustav überrascht an, der mit Milchkännchen und Zuckerdose im Zimmer erschien. »Aber da ist sie doch noch einer viel größeren Gefahr ausgesetzt!«

Klaras Stimme klang belegt, als sie erklärte: »Eine alte Schulfreundin von Susanne arbeitet dort als Erzieherin. Evelyn Löwenstern. Sie hat erreicht, dass Tolla dort übergangsweise unterkommt, bis sie mit einem der Kindertransporte nach England gebracht werden kann.«

»Mit einem Kindertransport? Was ist das?« Ihre Mutter stellte die Kuchenplatte auf dem Tisch ab und ließ sich auf ihren Stuhl sinken.

»Die britische Regierung hat sich bereit erklärt, jüdische Kinder aufzunehmen, solange die Lage hier so angespannt ist.« Klara sah ihre Mutter mit glasigen Augen an. »Die Kinder fahren in Gruppen mit dem Zug und dem Schiff dorthin und werden dann auf Gastfamilien verteilt.«

»Das heißt, wir sehen unser kleines Mädchen nie wieder?«

Klara tauschte einen hilflosen Blick mit Gustav, der schließlich sagte: »Wir wissen es nicht. Wir hoffen nur, dass Tolla mitfahren kann. Die Wartelisten sind sehr lang für diese Transporte.«

Nun saßen alle stumm und bedrückt am Tisch und sahen auf ihre Teller. Vor Klaras Augen verschwammen die Kuchengabel und ihre Kaffeetasse. Ihr kamen die Tränen. So sehr sie sich auch dagegen wehrte. Gustav strich ihr beklommen über den Rücken. »Für alle ist es sicherer, wenn Tolla nicht mehr im Heim ist.«

»Aber Tolla glaubt, sie ist dein Kind!« Ihre Mutter kämpfte ebenfalls mit den Tränen. »Was soll die Kleine denn denken, wenn ihr sie einfach in ein Waisenheim steckt und sie nach England verschickt?«

Klara warf Gustav wieder einen Blick zu. Sein Gesicht war ernst und entschlossen. Sie hatten all das besprochen. Sie hatten sich gegenseitig versichert, dass dies die einzige Rettung für Tolla bedeutete. Aber natürlich wäre Klara auch nicht weiter der Gefahr ausgesetzt, dass Tolla bei ihr entdeckt wurde.

»Sie ist kein kleines Mädchen mehr«, sagte Klara fest. »Sie ist fast zehn Jahre alt.« Sie wollte den Schmerz nicht fühlen. Sie wollte das alles ganz sachlich sehen. Sie hatte doch nur diese Hoffnung. Wenn sie es nicht sachlich sah, würde es nie funktionieren. Dann gab es gar keinen Ausweg.

»Sie wird es verstehen.«

»Neun Jahre, in denen sie deine Tochter war. Wie soll sie das verstehen?«

»Evelyn wird sich in Berlin so gut es ihr möglich ist um Tolla kümmern und in England wird sich eine Gastfamilie gut um sie kümmern. Wir werden uns Briefe schreiben. Und irgendwann, wenn die Zeiten wieder normal sind, werden ...«

»Das ertrage ich nicht.« Ihre Mutter schob plötzlich den Stuhl zurück, stand auf und verschwand hinaus in den Flur.

Es war still in der warmen guten Stube. Klara, ihr Vater und Gustav sahen ohnmächtig im Zimmer umher. Ihr Vater tätschelte Klaras Hand. »Ihr tut das Richtige. Deine Mutter hat Tolla nur so gerne.«

Sie nickte. Ihr Kinn zitterte. Sie hatte Tolla auch so gerne. Sie war ihr Kind. Sie war ihre Mutter. Um ihr Kind zu retten, musste sie es weit weg in die ungewisse Fremde schicken. Ohne zu wissen, ob sie sich jemals wiedersehen würden. Klara atmete tief ein. Hätte sie Tolla damals gleich wieder weggeben sollen? Sicherlich würde das jetzt alles einfacher machen. Überhaupt wäre alles viel einfacher gewesen. Keine Lügen, keine Angst, entdeckt zu werden. Kein Trennungsschmerz. Kein Vermissen. Keine Furcht, kein Entsetzen vor dem, was alles passieren konnte. Klara lächelte, während ihr die Tränen aus den Augen rollten. Gerade als sie irgendetwas Belangloses sagen wollte, um nicht noch mehr zu weinen, ging draußen im Flur die Haustür. Sie fiel ins Schloss und gleich darauf stand ein junger Mann mit blondem Seitenscheitel, breiten Schultern, breitem Lächeln in der Stube. Ihr Bruder. Er strahlte in den Raum hinein. Sein Blick traf direkt Gustav. Schnell wischte sich Klara über die Augen. Kurtchen sollte bloß nicht fragen, was hier für eine seltsame Stimmung herrschte und warum. Sie stand vom Stuhl auf, um ihn zu umarmen und ihm Gustav vorzustellen. In seinem gut sitzenden Dreiteiler aus Tweed durchquerte Kurtchen die gute Stube. Ging geradewegs auf ihren kleinen Lehrer zu. Gustav war nun auch aufgestanden und streckte mutig diesem jungen großen Mann, von dem er wusste, dass er nicht begeistert davon war, dass seine Schwester heiraten wollte, die Hand entgegen. »Gustav Erfurt.«

Kurtchen schüttelte sie kräftig. »Ich bin Klaras Bruder.«

Gustav war fast einen Kopf kleiner, wie Klara bemerkte. Doch sie bemerkte auch etwas sehr Erstaunliches: Obwohl die beiden nicht verschiedener hätten sein können, war deutlich zu spüren, dass sie sich sofort mochten. Ihr Täve, der lesend durch die Straßen lief, fleißig Tagebuch schrieb und Sport verabscheute, lächelte voller Sympathie den athletisch gebauten Kurt an, die Sportskanone, die nur im allergrößten Notfall las und schrieb.

Ihr Bruder setzte sich an den Tisch und nahm sich ein Stück Kuchen. »Wo ist Mutter?«

»In der Küche«, antwortete Klara.

»Was macht sie da? Es steht doch alles auf dem Tisch.« Verwundert blickte er in die drei stummen Gesichter.

»Ich sehe mal nach.« Sein Vater erhob sich und verließ das Zimmer.

»Ist etwas passiert?«, fragte Kurtchen.

»Ach, wir reden gerade über meine anstehende zweite Prüfung zum Volksschullehrer«, erklärte Gustav bemüht heiter. Er spürte offenbar, dass es jetzt angebrachter war, nicht weiter über Tollas Zukunft zu sprechen. Dafür stellte er sich sogar selbst bloß. »Allerdings werde ich nur bestehen, wenn ich einen Nachweis im Schwimmen erbringe. Doch leider kann ich überhaupt nicht schwimmen.«

Kurt war sehr überrascht. »Hoppala! Ich wusste nicht, dass es Erwachsene gibt, die nicht schwimmen können.«

»Doch, mich!« Gustav lächelte höflich.

Jetzt gleich würde er ihrem kleinen Lehrer deutlich machen, dass er ihn für einen Schwächling hielt, dachte Klara. Doch ihr Bruder fragte ernsthaft interessiert: »Weshalb nicht?«

»Wasser macht mir Angst.«

Kurtchen lachte auf. »Wirklich?«

»Vielleicht sind die Eindrücke aus meinen ersten Lebensjahren daran schuld. Jedes Jahr sind bei uns in Coswig an der Elbe Kinder ertrunken. Auch mein Spielgefährte Lars ist auf seinem Bollerwägelchen die Uferböschung hinab ins Wasser gerollt. Ich sehe noch heute die Menschenmenge, die sich auf der gegenüberliegenden Sandbank um ihn zusammendrängte. Seinen Eltern sind nur seine Holzpantoffeln geblieben.«

Diese traurige Geschichte kannte Klara noch gar nicht. Wie furchtbar hatte es auf den kleinen Gustav wirken müssen, dass es eine gewaltige Macht gab, die Kinder einfach der Welt und ihren Eltern entriss. Auch Kurtchen wirkte für einen Moment ehrlich bestürzt. Dann schlug er dem zukünftigen Schwager unvermittelt auf die Schulter, sodass der Kaffee in seiner Tasse gefährlich schwappte. »Wenn Sie wollen, erledige ich die Schwimmübung für Sie. Was ist gefordert?«

Gustav machte ein verdattertes Gesicht. »Hundert Meter schwimmen und vom Einer-Brett springen.«

»Ein Leichtes für mich.«

Klara bemerkte staunend, dass ihr Bruder seine jugendliche Arroganz abgelegt hatte. An ihre Stelle war das Selbstbewusstsein eines jungen Mannes getreten, der offenbar erkannte, dass es verschiedene Lebenswege geben konnte.

Ihr Täve stellte seine Tasse zurück auf die Untertasse und blickte unschlüssig von Kurtchen zu Klara. »Soll das ein Witz sein?«

Sie schüttelte den Kopf. »Ich glaube, er meint es ernst.«

»Aber wie sollen wir das hinbekommen, ohne dass es jemand merkt?«, warf er zögernd ein. »Meine Statur unterscheidet sich doch ein wenig von Ihrer.«

Kurtchen wischte sich den Mund mit der Serviette ab. »Da mache ich mir keine Sorgen. Sie werden ja nicht der einzige Prüfling sein, und der Prüfer kennt wohl auch die wenigsten davon persönlich. Sie gehen in Kleidern in die Kabine hinein und ich komme in Badehose und mit Badekappe wieder heraus. Ich schwimme, springe und verschwinde wieder in die Kabine und Sie kommen vollständig angezogen heraus. Das wird ein Spaß!«

Gustav rieb sich nervös über die Oberschenkel. Er schien sich noch nicht ganz sicher zu sein, ob ihm dieser Vorschlag geheuer war. Andererseits fand er an der Idee auch einen gewissen Gefallen. Schließlich reichte er Kurtchen die Hand und sagte: »Ich meine, wir sollten *Du* sagen, jetzt, wo ich Ihre Schwester heirate und Sie mir meine Zukunft als Lehrer retten.«

»Abgemacht! Du musst nur zusehen, dass du mit deinen kleinen Schülern einen großen Bogen um Badeausflüge machst.«

Die beiden jungen Männer stießen symbolisch mit ihren Kaffeetassen an und es wurde sogar noch ein wenig vergnüglich, als die Eltern sich wieder dazusetzten. Der Vater machte ein betont fröhliches Gesicht und auch die Mutter lächelte tapfer. Als hätten sich beide vorgenommen, dem Anlass entsprechend heiter zu wirken. Klaras Mutter strich ihrer Tochter über den Unterarm und sagte: »Nun erzählt doch einmal. Wann wollt ihr heiraten?«

»Im Juni.«

»Mehr Zeit solltet ihr euch aber nicht lassen«, warf ihr Vater ein und machte gleich ein besorgtes Gesicht, als hätte er schon wieder sein Gute-Laune-Vorhaben vergessen. »Niemand weiß, was die nächsten Monate bringen werden. Hitler hat das Sudetenland und Österreich ohne Blutvergießen bekommen. Sollte er noch eine Landnahme wagen, gibt es mit Sicherheit Krieg.«

Klara brauchte einen Moment, bis sie aus der Vergangenheit zurück in ihrer Gegenwart war. Sie saß noch immer in Gustavs Zimmer auf der Bettkante und hatte keine Ahnung, wie spät es inzwischen war. Vor sechzig Jahren hatten sie am Kaffeetisch ihrer Eltern gesessen, die anstehende Hochzeit geplant und versucht, sich zumindest an diesem Nachmittag nicht nur mit schweren Gedanken zu belasten. Für alle war klar gewesen, dass harte Zeiten bevorstanden. Doch wie hart und erbarmungslos sie werden würden, hatte niemand von ihnen ahnen können. An diesem Sonntagnachmittag, an dem sich ihr Bruder und Gustav kennengelernt und sofort gemocht hatten, war der Grundstein für eine Freundschaft gelegt worden, von der nicht nur die Volksschulprüfung abhängen sollte, sondern schon wenige Jahre später Kurtchens und Gustavs Überleben. Als Klara sich schließlich von der Bettkante erhob, klingelte es unten an der Tür. Inge, ihre Tochter, war da.

# 30.

Mitte Mai waren die Hänge rund um das Frauenbildungsheim in Sandersleben übersät mit unzähligen Adonisröschen. Sie öffneten ihre gelben Blüten und strahlten in der Sonne. Der dahinterliegende Wald war voller Anemonen, deren Kelche sich abends schlossen. Es hing ein Duft in der Luft, den Klara nie vergessen würde. An diesem späten Mittag stand sie mit Tolla auf der rückwärtigen Seite des Haupthauses. Von hier aus würden sie Gustav gleich sehen können, sobald er mit seinem Fahrrad den steilen steinigen Pfad aus Sandersleben zu ihnen heraufkommen würde. Klara umfasste Tollas sommersprossiges Gesicht. Das Mädchen sah sie still an. Ihre Augen waren viel grüner als sonst. Klara knöpfte ihr die Jacke zu, dabei war es so warm, dass ihre Tochter gar keine gebraucht hätte. Doch in dem kleinen Koffer war kein Platz mehr dafür gewesen. Außerdem wollte Klara noch etwas Liebevolles tun, bevor sie sich gleich voneinander verabschieden mussten. Endlich. Seit Monaten hatten sie diesen Tag herbeigesehnt und ihn gleichzeitig gefürchtet. Endlich hatten sie vom Waisenhaus den Bescheid bekommen, dass es so weit war. Heute reiste Tolla nach Berlin. Von dort aus würde sie mit dem nächsten Kindertransport nach England in Sicherheit gebracht werden. Bis vor ein paar Wochen hatte Tolla keine Ahnung gehabt, was ihr bevorstand.

Doch schließlich hatte Klara den Zeitpunkt nicht weiter hinauszögern können, ihrer Tochter die Wahrheit zu sagen. Wer sie war und was mit ihr passieren würde. Nach dem abendlichen Zähneputzen hatte sie sich zu Tolla auf die Bettkante in ihrer hübschen kleinen Wohnung gesetzt. Unzählige Male hatte sie diesen Moment im Kopf durchgespielt, um sich vorzubereiten, um nicht die Fassung zu verlieren. Und doch hatte sie kaum einen Ton herausbekommen. »Ich muss dir etwas sehr Wichtiges sagen, mein Kind.«

Tolla hatte sie überrascht und gleichzeitig wissend angesehen. »Was ist denn, Mama?«

Draußen vor den Fenstern war das fröhliche Gezwitscher der Amseln zu hören gewesen, als gäbe es allen Grund zur Freude. Als wäre die Welt ein wunderbarer Ort. Aber so war es nicht. Die Welt war zu einem Ort der Angst, des Schreckens und der Ohnmacht geworden.

»Ich habe dich sehr lieb«, hatte Klara gesagt und in ihrem Hals diese furchtbare Enge gespürt. »Aber es gibt etwas, das du nicht weißt. Ich bin nicht deine Mutter. Und du bist nicht meine Tochter.« Sie hatte das ganz sachlich gesagt, so, wie sie die Sätze unzählige Male im Kopf ganz sachlich vor sich hingesprochen hatte. Sie hatte einfach nur noch gewollt, dass endlich alles gesagt war. Dabei hatte sie auf die vielen Buchrücken im Regal gesehen. Als könnten die Bücher ihr irgendwie beistehen. »Als Baby wurdest du bei uns im Heim in Oranienbaum abgegeben. Obwohl du so winzig warst, hast du niemandem erlaubt, dich ins Bett zu legen oder dir das Fläschchen zu geben. Nur mir hast du es erlaubt. Du starkes Kind.« Klara hatte gelächelt und Tollas Stirn geküsst, so als wäre nichts weiter an dem, was sie da gerade erzählte. »Wir haben uns gleich gefunden. Ich hätte mir nie ein lieberes Kind wünschen können.«

»Aber«, hatte Tolla gewispert, »wo ist meine Mutter?«

»Sie hat sich damals das Leben genommen«, hatte Klara zurückgeflüstert und dabei nun doch so verzweifelt geklungen, wie sie es unbedingt hatte vermeiden wollen. Nie würde Klara den Ausdruck in Tollas Augen vergessen, als ihr kleines Mädchen verstanden hatte, dass sie eine Waise war und Klara nicht ihre Mutter.

»Deine Mutter war Jüdin«, hatte Klara leise gesagt und nach Tollas kalten Händen gegriffen. »Das bedeutet, du bist ein jüdisches Kind. Darum müssen wir dich dorthin bringen, wo dir nichts passieren kann.«

In dieser eigenartigen, gefühllosen Betäubung, die darauf folgte, waren die letzten Tage verflogen. Für die Abreise war viel vorzubereiten gewesen. In jedes Kleid, in jeden Strumpf, in jedes Unterhemd hatte Klara mit rotem Garn die Initialen gestickt. Tolla hatte sich von allen Kindern, den Schülerinnen, den kleinen Tanten und Lehrerinnen verabschiedet. Susanne hatte ihr sogar ihr feines Goldkettchen mit dem Herz als Anhänger geschenkt. »Damit du immer weißt, wie sehr wir an dich denken«, hatte sie dazu gesagt und aufpassen müssen, dass ihr nicht auch noch die Stimme wegrutschte.

Klara atmete tief ein und versuchte zu lächeln und sich diese letzten Minuten mit ihrer Tochter auf ewig in ihr Herz zu prägen. Aus Richtung der Obstwiesen hörte sie mit einem Mal hellen Gesang. *Ein junges Volk steht auf.* Der Gesang kam näher. Kurz darauf erschien eine Gruppe uniformierter Mädchen. Sie kamen im Gleichschritt geradewegs aus den Apfelbaumwiesen den Feldweg hinunter. Sie marschierten durchs offen stehende Tor und an ihnen vorbei. Sie hatten lange geflochtene Zöpfe, ihre dunkelblauen Röcke hatten vorne eine Gehfalte, dazu trugen sie weiße Hemdblusen, geschnürte Halbschuhe mit flachem Absatz und die Berchtesgadener Strickjacke. Um den Hals lag ein schwarzes Halstuch in Dreiecksform, dessen Spitzen vorne durch einen Lederring geschoben waren. Vom Sandweg wirbelte der Staub auf. Die Mädchen schritten kräftig voran, längs am Schülerinnenheim vorbei, die breite Auffahrt hinunter. Sie wollten wohl hinüber zum Wald. Als gäbe es nichts Schöneres auf der Welt, als genau in diesem Moment, an diesem Tag, im Sonnenschein mit ihren rot-weißen Hakenkreuzwimpeln direkt am Frauenbildungsheim und an Klara singend vorbeizumarschieren, die ihr Kind gegen ihren Willen loslassen und so schnell wie möglich aus dem Land schaffen musste. *»Der Herrgott, der im Himmel ist, liebt die Treue und die jungen Soldaten.«*

Wann immer die BDM-Mädchen singend vorbeimarschiert waren, hatten sie bei Tolla große Faszination ausgelöst. Jetzt schien sie ihnen noch sehnsüchtiger nachzublicken. Als würde sie alles dafür geben, mitmarschieren zu dürfen. Diese Selbstverständlichkeit zu fühlen, zu ihnen zu gehören. Doch Tolla würde niemals Teil solch einer Mädchengruppe sein, die unerschütterlich und fraglos durch die aufblühende Landschaft voranschritt. Als Heilsbringerinnen der deutschen Heimat und Zukunft.

Klara beugte sich zu ihr hinunter und gab ihr einen Kuss auf die Stirn. »Bedank dich immer. Sei höflich und hilfsbereit. Hör gut zu und bleib, egal was passiert, bei den anderen Kindern.« Diese Anweisungen hatte sie in den letzten Tagen reichliche Male wiederholt. »Achte auf deinen Koffer. Mehr hast du nicht. Das Geld habe ich in deinen Jackensaum genäht.« Schließlich flüsterte sie: »Mein hübsches Kind.« Das Herz klopfte heftig und ihr Atem ging flach. »In England wirst du zur Schule gehen, eine neue Sprache lernen und mit der U-Bahn fahren.« Sie redete und redete, so als wäre dies ein aufregender, herrlicher Tag, nur damit die Tränen nicht kamen. »Schreib uns bald, wie es dir geht. Oma und Opa lassen dich auch noch einmal herzlich grüßen.« Auf keinen Fall wollte Klara beunruhigt oder verzweifelt wirken. Tolla sollte sich keine Gedanken machen. Sie sollte glauben, dass sie sich rasch wiedersehen würden. Sie sagte: »Wir holen dich, sobald sich hier die Lage beruhigt hat. Es ist nur für ein paar Wochen oder Monate.« Das Mädchen sah seine Mutter aufmerksam an und es war klar, dass es wusste, dass das eine Lüge war. Sie fasste nach ihrer Hand und streichelte mit ihrer kleinen darüber, als müsste sie ihre Mutter trösten. Klara presste die Lippen zusammen. Sie wollte diese liebe Hand nicht hergeben. Sie wollte diese liebe, vertraute Hand für immer bei sich behalten. Wie war es möglich, dass das Schicksal ihr so etwas unmenschlich Schmerzhaftes abverlangte? Sie räusperte sich und wischte sich über die brennenden Augen.

Endlich tauchte Gustav auf seinem Fahrrad weiter unten auf dem schmalen Schotterpfad auf, der aus der Stadt zu ihnen heraufführte. Auf halbem Weg stieg er ab und schob das Rad die letzte Wegstrecke. Klara nahm eilig den kleinen Koffer hoch. Sie rief heiser: »Hier sind wir.«

Dabei hatte er sie längst gesehen. Er wurde nun noch etwas schneller und war ziemlich außer Atem, als er oben bei ihnen ankam. Er war in der Mittagssonne von Radisleben bis hierher geradelt, um Tolla mit dem Zug nach Berlin zu bringen. Er rückte seinen Hut aus der verschwitzten Stirn und lächelte. »Sind wir abfahrbereit?«

Klara nickte. Das Mädchen nickte und sagte kaum hörbar: »Ja.«

Ein letztes Mal ließ Klara die roten geflochtenen Zöpfe durch ihre Hände gleiten. »Du bist mein Kind, vergiss das nicht.« Ein paar Tränen liefen ihr nun doch über die Wangen. Warum hatte sie sich nicht besser unter Kontrolle? Was sollte ihre Tochter denken? Dass es furchtbar war, nach Berlin und weiter nach England zu reisen? Wenn schon ihre Mutter weinte, wie schlimm würde es erst für Tolla zu ertragen sein? Sie sollte sich darauf freuen, in Sicherheit gebracht zu werden. Es war doch ein großes Glück, dass sie aus Deutschland entkommen konnte. Nicht jedes jüdische Kind hatte dieses Glück, das noch viel größer war, als sie ihr überhaupt erzählen durfte. Klara strich über die schmächtige Schulter. »Du hast großes Glück.«

Tolla nickte. Sie war ein kluges Kind. Auch wenn sie hier im Heim nicht viel von den bedrohlichen Geschehnissen mitbekommen hatte, war es doch genug gewesen, um zu verstehen, dass etwas sehr Böses und Abgründiges im Gange war. Klara hielt sie schon wieder fest. »Ich habe dich lieb, mein Kind. Ich habe dich lieb.«

»Ich habe dich auch lieb, Mama.« Sie klammerte sich an ihre Mutter, die ihre Arme fest um den Kinderkörper legte, der von Schluchzern erschüttert wurde.

Gustav warf Klara einen traurigen Blick zu, dann klopfte er auf sein zusammengefaltetes Jackett, das er unter den Gepäckträger geklemmt hatte, und sagte bemüht munter: »Bitte aufsteigen aufs weiche Polster.«

Klara half ihrer weinenden Tochter auf den Gepäckträger und stopfte ihren Rocksaum unter ihre Oberschenkel, damit er nicht in die Speichen geriet. Ihre dünnen Beine hingen rechts und links herunter und ihre Schuhsohlen berührten fast den sandigen Boden. Gustav hängte ihr Köfferchen an die Lenkstange. »Dann wollen wir mal los. Nicht, dass wir noch unseren Zug nach Berlin verpassen.«

Zum Abschied gab er Klara einen Kuss auf die Wange und flüsterte: »Es wird alles gut.«

Sie verschränkte die Arme vor der Brust. Es tat weh. Es tat furchtbar weh. Obwohl die Sonne schien, war ihr kalt. Ihre Zähne schlugen aufeinander, ohne dass sie irgendetwas dagegen hätte tun können. Genau wie sie nichts, gar nichts dagegen tun konnte, dass ihr Kind jetzt aus Deutschland fliehen musste. Die Bäume um sie herum schillerten lieblich im Frühlingslicht. Gut, dass Gustav die Fahrt nach Berlin übernahm. Gut, dass er so stark war. Gut, dass er so ein guter Mensch war. Er schwang sich auf seinen Sattel und radelte mit Tolla langsam den holprigen Pfad hinunter. Sie drehte sich ein letztes Mal zu ihrer Mutter um. Klara winkte ihnen nach. »Leb wohl, mein großes Mädchen«, rief sie, während ihr die Tränen zwischen die Lippen liefen. Endlich konnte sie ungehindert weinen. Die Schülerinnen waren gerade oben im Gemüsegarten und ernteten Kohlrabi und Wirsing.

»Sie ist ein mutiges Kind.« Plötzlich stand Susanne in weißer Bluse und dunkelblauem Rock neben ihr und legte den Arm um sie. »Evelyn wird sich um alles kümmern.«

Klara drehte sich zu ihrer Freundin und vergrub das Gesicht in den duftenden weißblonden Haaren, die sie seit Neuestem glättete und im Nacken in große, glänzende Rollen legte. Wie eine Leinwandgöttin. Susanne strich ihr über den Rücken. »Du hast für Tolla getan, was du konntest. Und das war mehr, als die meisten je getan hätten. Du bist ein feiner Mensch, Klara Möbius. Vergiss das nicht.«

Das stimmte vielleicht. Und doch war es unerträglich und ein Albtraum, ihre zehnjährige Tochter wegschicken zu müssen, ohne zu wissen, wohin sie gebracht wurde, welche fremden Menschen sich um sie kümmern und ob sie sich jemals wiedersehen würden. Die Vorstellung, dass ihr Kind von jetzt an auf sich allein gestellt war und nicht mit ihr sprechen konnte, wann immer es Angst haben sollte, war nicht auszuhalten. Klara konnte Tolla nicht trösten, nicht in den Arm nehmen, ihr nicht das Heimweh nehmen. Ab jetzt konnte sie gar nichts mehr für sie tun. Heute Nacht würde ihr Bett verwaist und leer sein.

Nur wenige Wochen später, am zweiten Juli, stand Klara morgens in ihrer kleinen Wohnung im ersten Stock am Fenster und sah zwischen den Sprossen hindurch hinüber zum Schülerinnenheim, vor dem die karierten Mädchen, wie sie inzwischen auch hier in Sandersleben überall genannt wurden, emsig Fenster- und Türrahmen mit Girlanden aus Tannengrün schmückten. Das sah hübsch aus in Kombination mit dem Fachwerk. Es würde alles gut gehen. Sie zog ihr hellblaues Kostüm glatt, das sie sich extra für diesen Anlass gekauft hatte. Gestern Nachmittag war sie noch schnell hinunter zur Gärtnerei gelaufen und hatte dem Besitzer erzählt, dass es eine große Feier in ihrem Frauenbildungsheim geben sollte, die größte überhaupt.

»Dafür brauche ich so viele Blumen wie möglich. Ob kurz oder lang, aufgeblüht oder nicht, ist egal. Geben Sie mir gerne die, die Sie nicht mehr brauchen. Es darf nur nicht viel kosten.«

Der Gärtner hatte ihr reichlich von seinen Schnittblumen in den Arm gelegt. Es hatte ihn spürbar stolz gemacht, ihr aushelfen zu können. Sobald Klara mit ihrer üppigen Ernte zurückgekehrt war, hatte sich die neue Hauswirtschaftslehrerin Fräulein Huber mit den Mädchen darangemacht, Blumensträuße zu binden, die im Haus verteilt werden sollten, um die Gäste davon abzulenken, dass die umfangreiche Renovierung der Räume noch nicht abgeschlossen war.

Klara warf einen letzten Blick in den Spiegel. Ihr rotes Haar hatte sie im Nacken streng zu einem Knoten gebunden. Tollas Bett war aus dem gemeinsamen Schlafzimmer geräumt und durch eine Kommode ersetzt worden. Ein gerahmtes Foto zeigte sie und Tolla gemeinsam auf einer Bank im Garten ihrer Eltern. Das Bild war bei ihrem letzten Besuch in Lieberode entstanden. Klara versteckte es rasch in der obersten Schublade. Hier durfte es keinen Hinweis mehr auf ihre Tochter geben. Viel schneller, als sie es sich eingestehen wollte, war es ihr gelungen, mit Tollas Abschied einen fast schon unheimlichen Frieden gemacht zu haben. Es war, als wüsste ein sehr rationaler Teil von ihr, dass dieses kleine Mädchen zu einem Leben gehörte, das nun zwangsläufig zu Ende gegangen war. Ebenso erschrocken stellte sie fest, dass dieser rationale Teil über die Fähigkeit verfügte, keine Gefühle zuzulassen. Heute Vormittag wurden zahlreiche bekannte Regierungsvertreter und Parteifunktionäre erwartet, unter denen Heinrich Himmler, der Reichführer der SS, der bedeutendste war. Bevor die mächtigen Herren eintrafen, würden Frau Himmler und eine gewisse Frau Heißmeyer mit einem Wagen aus Berlin ankommen. Klara sah auf ihre schmale goldene Armbanduhr. Es war so weit. Sie musste die beiden Damen oben am Obstgut empfangen.

Sie lief über den schwarzen Linoleumboden, an den großblättrigen Topfpflanzen vorbei, die Treppe hinunter in die Halle, wo sie zufrieden feststellte, dass die Blumensträuße auf den Fensterbänken und dem Beistelltischchen in der Sitzecke verteilt worden waren. Sie verschwand aus der Vordertür, über die sonnige Terrasse, die Stufen hinunter. Vor dem Schülerinnenheim sammelten die Mädchen gerade das übrig gebliebene Tannengrün ein. Sie ging um das Haus herum. Durch das Tor hinauf zur großen Apfelbaumwiese. An der Zufahrt blieb sie stehen und wartete. Sie war den beiden Damen noch nie begegnet. Und auch nicht ihren Ehemännern. Natürlich war im Vorfeld schon so einiges geredet worden. Besonders von Frau Kohlmann, die sehr aufgeregt war, dass solch ein prominenter Gast wie Heinrich Himmler nach Sandersleben kam. In der vergangenen Woche hatte sie gleich zweimal im Büro vor Klaras Schreibtisch gestanden und mit rotfleckigen Wangen gerufen: »Fräulein Möbius, das ist der Reichsführer SS! In seiner Wichtigkeit wird er nur noch vom Führer übertroffen.« Damit wollte sie wohl deutlich machen, wie ausschlaggebend dieser Tag für ihr Ansehen als Referentin war, natürlich aber auch für die Zukunft des Frauenbildungsheimes. Susanne, die zufällig ins Büro gekommen war, hatte bei dem Namen gleich den Rückwärtsgang eingelegt und war eilig wieder zu ihren Kindern in den Spielsaal verschwunden. Dieses Vergöttern von ranghohen Funktionären war für sie unerträglich, seit ihr Vater zu Hause mit fast schon biblischer Hingabe über Hitler sprach. »Seit er vor Jahren in den Siemens-Werken eine Rede gehalten hat, ist mein Vater wie verzaubert von ihm und dem steten wirtschaftlichen Aufschwung.« Nach Ansicht ihres Vaters war Hitler unter allen Staatsmännern der modernen Welt einzigartig. Und der nächste in seinem Machtapparat war also Heinrich Himmler. Klara versuchte, sich von all dieser Bedeutung nicht einschüchtern zu lassen. Für sie zählte, dass der Besuch gut verlief, die kleinen Darbietungen und Verköstigungen nicht wie anfängerhaftes Improvisieren wirkten und alle Gäste am Ende zufrieden wieder abfuhren.

Über den Mann von Frau Heißmeyer wusste sie nur, dass er SS-Obergruppenführer und Bruder ihres Heimkinderarztes war. Sie faltete die Hände und wartete. Hinter ihr grünten die Apfelbäume und darüber spannte sich der blaue Himmel. Es war ein idealer Tag, um das Heim, die karierten Mädchen und das weitläufige Grundstück zu präsentieren. Sie verbot sich zu fühlen, dass sie Tolla vermisste. Sie verbot sich sämtliche Trauer. Sie verbot sich, an sie zu denken. Sie wollte sich nicht an ihr Gesichtchen erinnern, sich nicht fragen, wie es ihr ging, wo sie war und ob liebe Menschen sie beschützten und warum sie seit Wochen nichts mehr von ihr gehört hatte. Es tat gut, sich mit Arbeit abzulenken. Es tat gut, die Verantwortung für die Kinder, die Schülerinnen und die Angestellten zu haben und das Heim erfolgreich zu führen. Es musste immer weitergehen. Zu groß war Klaras Angst vor der Stille und dem Moment des unerträglichen Schmerzes. Wenn sie ihn zuließe, wäre sie verloren. Sie wandelte einen sehr schmalen Grat am Abgrund entlang. Wichtig war jetzt, dass sie einen fröhlichen und entschlossenen Eindruck machte, um nicht hinabzustürzen. Sie wusste, welche Erwartungen und Anforderungen an eine derartige Veranstaltung geknüpft waren. Es musste alles reibungslos funktionieren.

Weit hinten näherte sich über den Feldweg ein großer schwarzer Regierungswagen, in dem Frau Himmler und Frau Heißmeyer sitzen mussten. Als er schließlich ganz aus dem Tälchen auftauchte, winkte Klara zum Zeichen, dass sie hier wartete, um die beiden Damen in Empfang zu nehmen. Der Wagen hielt direkt neben ihr. Eigentlich wollte sie dem Chauffeur nur den Weg hinunter zum Heim beschreiben, doch die beiden Damen entschieden sich, genau an dieser Stelle ihre Fahrt zu beenden und die frische Luft und das Wetter zu genießen. Zuerst stieg Frau Himmler aus und Klara streckte sofort den rechten Arm aus. »Heil Hitler!«

»Heil Hitler.« Auch Frau Himmler streckte ihren rechten Arm aus und reichte Klara anschließend die Hand zur Begrüßung. Sie hatte ein klar gezeichnetes und kluges Gesicht mit hellblauen Augen, die ihr einen entschiedenen Ausdruck verliehen. Auch sie hatte ihr blondes Haar im Nacken zu einem Dutt gebunden. Ihr dunkelblaues Kostüm saß vielleicht etwas zu knapp für die stämmige Figur. »Ach, ist das herrlich hier!«, sagte sie und ließ ihren Blick begeistert über die wellige Landschaft schweifen. »So viele Apfel- und Pflaumenbäume!«

Frau Heißmeyer stand nun auch in der Sonne und der Wagen rollte den sandigen Weg hinunter. »Hier liegt ein solcher Glanz über dem Land!«, bestätigte sie. »Die gleichmäßig großen Blätter der Zuckerrüben und die kleinen Kartoffelpflanzen auf den Feldern! Was für eine Idylle!«

Klara ging mit den fremden Damen langsam den Hangweg hinunter, während beide immer weiter auf sie einredeten. Frau Himmler fragte: »Haben Sie sich denn schon die neue Feierhalle in Magdeburg angesehen?«

Klara verneinte und fürchtete, dass sie noch weiterfragen würde. Von einer neuen Feierhalle in Magdeburg hatte sie noch nichts gehört und wollte weder uninformiert noch desinteressiert wirken. Doch Frau Himmler schien Klaras Zögern gar nicht zu bemerken. Sie schritt kräftig voran und verkündete: »Oh, die müssen Sie sich unbedingt ansehen, die ist so wunderbar geworden.«

Klara überlegte, wo kürzlich in Magdeburg eine Feierhalle errichtet worden sein könnte, bis sie den Schilderungen von Frau Heißmeyer entnahm, dass die beiden Frauen mit der »Feierhalle« den Quedlinburger Dom meinten. Dessen Krypta war gerade aufwendig renoviert worden, weil Heinrich Himmler und die SS in nächtlichen Feierstunden den vor tausend Jahren gestorbenen König Heinrich I. ehren wollten, der dort bestattet war. Wie Klara gehört hatte, glich diese sogenannte Heinrichsfeier am Todestag des ersten deutschen Königs einer Art Heiligenfest. Aber sie ersparte den beiden Damen die Peinlichkeit, sie darauf hinzuweisen, dass sie auf ihrer Autofahrt nicht in Magdeburg, sondern in Quedlinburg gehalten hatten.

Im kleinen Tagesraum bekamen Frau Himmler und Frau Heißmeyer einen Kaffee und sahen sich sehr interessiert um. Sie bewunderten die von den Schülerinnen genähten Decken, die hübsch auf den runden Tischen lagen, und die karierten Vorhänge, die die Fenster rahmten. Frau Himmler rief: »Nein, was für schöne, große Blumensträuße Sie hier haben!«

Auch Frau Heißmeyer war restlos begeistert: »Woher haben Sie nur all diese Blumen? Wer kann denn bei Ihnen so gut Sträuße binden?«

Sie achteten gar nicht darauf, dass die Wand neben dem Fenster noch hätte gestrichen werden müssen und dass unter dem Heizkörper eine Scheuerleiste fehlte.

Klara lächelte angespannt und versprach: »Sie können sich zum Schluss gerne einen Strauß aussuchen.«

»Ach, wirklich!« Die beiden machten zufriedene Gesichter und ließen sich von Erika, einer der Haushaltungsschülerinnen, Kaffee nachschenken. Klara redete, was ihr gerade in den Sinn kam, um so schnell wie möglich zu ihrer Souveränität zurückzufinden. Es war, als säße sie hier mit zwei überaus freundlichen Spioninnen, die ihren bedeutenden Ehemännern im Anschluss der Veranstaltung detailliert erzählen würden, wie sie das Frauenbildungsheim einschätzten. Klara erzählte vom Gemüsegarten, vom Säen und Ernten, dass sie selbst schon die Kühe gemolken hatte, die Hühner fleißig Eier legten und gerade ein paar Küken geschlüpft waren. Da wurde Frau Himmler noch viel wacher. Sie schlug die Hände zusammen, stand von ihrem Stuhl auf und bewegte sich hinüber zum Fenster. »Ihre Hühner müssen Sie unbedingt meinem Mann vorführen. Ob Sie es glauben oder nicht: Als junges Ehepaar haben wir uns mit unserer Hühnerzucht über Wasser gehalten, bevor Heinrich zum Reichsführer SS ernannt wurde.« Sie lachte. »Das waren noch Zeiten! Unsere kleine Gudrun ging so gerne zu den Hühnern. Sie fürchtete sich gar nicht. Auch nicht vor dem großen Puthahn, der fast so groß war wie sie.«

In diesem Augenblick sah Klara zwischen den Fenstersprossen hindurch, wie immer mehr schwarz glänzende Regierungswagen die breite Auffahrt heraufkamen. Sie stand auf. Jetzt hatte sie sich im Griff. »Unser Besuch ist da.«

Auf der Terrasse hatte sich die Hauswirtschaftslehrerin Fräulein Huber schon mit den karierten Mädchen aufgebaut. Auf den Treppenstufen warteten Susanne und die Kindergärtnerin Helga mit den Heimkindern. Sie alle trugen saubere weiße Kittel und Blumenkränze im ordentlich frisierten Haar. Die Wagen hielten einer nach dem anderen vor dem Schülerinnenheim, das reichlich mit Girlanden aus Tannengrün und Hakenkreuzfahnen geschmückt war. Alles machte einen sehr guten Eindruck. Wie immer bei solchen Anlässen sprang Frau Kohlmann als Erste aus dem Wagen. Sie trug ein cremefarbenes Komplet mit einer großen goldenen Brosche am Revers und einer Perlenkette im Ausschnitt. Ihre Wangen waren gerötet und ihr dunkles Haar hielt sie mit einer Spange locker am Hinterkopf zusammen. Klara stieg die Stufen hinunter. Dabei lächelte sie milde und gütig, so, wie sie es vor einigen Jahren bei der Reichsfrauenführerin Gertrud Scholtz-Klink gesehen hatte, die sie damals so beeindruckend fand. Seitdem hatten sich viele Nazi-Größen für ihre Arbeit interessiert.

»Herzlich willkommen«, sagte sie zu SS-Gruppenführer Eggeling, der die landwirtschaftliche Domäne oberhalb der Straße betrieb und von dem sie wusste, dass er ein eifriger Bewunderer

Nietzsches war. Den Ortsgruppenleiter, die Gaufrauenschaftsführerin Witte, den Sanderslebener Bürgermeister, den NSDAP-Gauleiter Rudolf Jordan und August Heißmeyer, den SS-Obergruppenführer - alle hieß sie herzlich willkommen. Frau Kohlmann jagte unterdessen zwischen den uniformierten Gästen hin und her, unterhielt sich mal mit dem einen, mal mit dem anderen und betonte, wie vorbildlich die anhaltinischen ländlichen Frauenbildungsheime von Fräulein Möbius auf Vordermann gebracht würden. »Sie hat ein Händchen dafür!«, sagte sie immer wieder. »Sie ist meine Entdeckung!« Darauf bildete sie sich besonders viel ein. Klara war also ihre Entdeckung. Ihr war das nur recht. Es war, als hätten sie beide seit Jahren eine geheime Vereinbarung: Klara ließ die Referentin vor ihren Vorgesetzten gut aussehen, dafür stellte sie keine Fragen. Auch in den letzten zwei Wochen, in denen Frau Kohlmann oft hier gewesen war, um diesen besonderen Tag vorzubereiten, hatte sie nicht ein einziges Mal nach Tollas Verbleib gefragt. Sie musste mitbekommen haben, dass sie nicht mehr da war, und die Selbstverständlichkeit, mit der sie das registriert hatte, hatte Klara gestört, gleichzeitig musste sie sich nicht darüber wundern. Sie selbst gab sich doch auch alle Mühe, es selbstverständlich erscheinen zu lassen. Klara ließ ihren Blick schweifen. Der Wagen des SS-Führers war noch nicht eingetroffen. Dafür entdeckte sie den Oberregierungsrat Hiller, der sich wie gewöhnlich im Hintergrund hielt und beinahe in den blühenden Sträuchern verschwand. Sie ging zu ihm hinüber, inzwischen kannten der Dezernent und sie sich ja recht gut. »Ist das nicht ein herrliches Wetter?«, fragte sie.

Er nickte schwach und sah dabei erbärmlich aus, grün und grau im Gesicht. In so einem schlechten Zustand hatte Klara ihn noch nie zuvor gesehen. Ihn schien irgendetwas zu bedrücken. Befürchtete er, dass der Reichsführer SS mit irgendetwas hier nicht zufrieden sein könnte? Schließlich gehörten die Frauenbildungsheime zu Dr. Hillers Verantwortungsbereich. Er seufzte, als läge ihm ein schwerer Stein auf der Brust. Die Gäste bildeten unterdessen in der Auffahrt eine ehrfurchtsvolle Schneise für den letzten Wagen, der gerade vorgefahren war und aus dem nun Heinrich Himmler ausstieg. In seiner schwarzen Uniform mit den Reiterstiefeln, der Hakenkreuzbinde am Oberarm und den silbrig glänzenden Kragenspiegeln, die drei Eichenblätter im Lorbeerkranz zeigten, schritt er zwischen den feierlich zum Gruß erhobenen Armen hindurch. Er winkte mal nach rechts, mal nach links, bis er vor Klara stehen blieb. Himmler war nicht viel größer als sie. Er lächelte selbstzufrieden wie ein kleiner Einserschüler. Seine Augen schienen durch die Gläser seiner Nickelbrille alles zu sehen und zu durchleuchten. So war es, wenn sich der Blick der Macht auf einen richtete.

Klara hob die Hand zum Gruß. »Heil Hitler.« Wobei sie zwangsläufig auf den entsetzlichen Totenkopf auf seiner Schirmmütze starrte.

Nachdem die Schülerinnen zum feierlichen Auftakt *Die Fahne hoch!* gesungen hatten, stellte sich Klara auf die Stufen vor das Portal und richtete einige Begrüßungsworte an die Gäste. Diese kleinen Ansprachen beherrschte sie inzwischen spielend. Sie bedankte sich für ihr zahlreiches Erscheinen und das ihr entgegengebrachte Vertrauen vonseiten der Regierung. Während sie damals in Oranienbaum furchtbar aufgeregt gewesen war und mit ihrer Fassung hatte kämpfen müssen, spürte sie jetzt kaum noch den Hauch von Nervosität und auch sonst nichts. Die Worte kamen fast von allein aus ihrem Mund. Dann übergab sie das Wort an ihren Ehrengast, den Reichsführer SS, der schon stramm neben ihr stand und sofort zu reden anfing. »Sie, meine Parteigenossinnen, haben als Führerinnen, Organisatorinnen und Kämpferinnen eine herrliche Aufgabe übernommen. Das, was wir Politiker im Großen in unserem Volk gestalten wollen, müssen Sie im Innern gut und fest untermauern! Was ich von der Jugend verlange, ist Ordnung. Im Großen und im

Kleinen. Ordnung begründet die Nation und Kultur und Ordnung fundieren die Staaten.«

Zum begeisterten Applaus flatterte die große Hakenkreuzfahne über dem Eingang, so wie über tausend anderen Eingängen im Land auch. Es gab keine Inseln mehr. Fünf Jahre waren vergangen, seitdem Klara in Oranienbaum ihre erste Ansprache als Leiterin eines Frauenbildungsheims gehalten hatte. Damals hatte sie geglaubt, sie könnte Tolla in ihrer Rede verstecken, so wie sie sie im Heim versteckte. Sie hatte geglaubt, dass sie die Wirklichkeit außen vor lassen könnte, dass mit Fleiß, Strenge und etwas Glück die Verhältnisse einen Bogen um sie machen würden, wenn sie sich nicht offen gegen sie stellte. Sie hatte sich geirrt.

Klara schritt voran, die geladenen Gäste folgten ihr, zuerst hinüber zum Schülerinnenheim, wo im Werkraum eine Ausstellung mit Arbeiten der Mädchen aufgebaut war. Gefaltete Lampenschirme, mit Leder bezogene Schachteln, Decken mit volkstümlicher Buntstickerei und Mobiles aus Sperrholz. Der Reichsführer SS machte kaum einen Schritt zur Tür hinein, schon rief er: »Hier wird gearbeitet. Ich sehe sogar Flecken auf den Tischen und da steht ein großer Leimtopf.«

Klara entschuldigte sich sofort: »Der hat leider nicht mehr in den Schrank gepasst.«

Aber er winkte gleich ab. »Ach, bei uns stand früher auch immer der Leimtopf auf dem Tisch, weil er nicht in den Schrank passte. Sie glauben ja nicht, was mir sonst so alles bei meinen Besichtigungen geboten wird. Frisch gebügelte Tischdecken auf Werkbänken! Nein, so ein Theater mag ich nicht.«

Fast eine Stunde dauerte der Rundgang. Im Haupthaus besichtigten sie die Waschräume, die neu möblierten Aufenthalts- und Unterrichtsräume der Kinder, wo es ebenfalls gut gelungene Ergebnisse aus dem Zeichen- und Handarbeitsunterricht zu bestaunen gab. Geflochtene Untersetzer und Eierwärmer. Bastelarbeiten aus buntem Papier und Wellpappe. Von da aus ging es weiter zum Hühnerstall, zu den Gewächshäusern und dem Kräutergarten. Die Schülerinnen Wally und Marianne erklärten dem Reichsführer SS mit klarer Stimme die heimischen Gemüsesorten, die hier angebaut wurden, und beantworteten auch fachliche Fragen zu den Hühnern. Das Ganze verlief in einer guten, harmonischen Atmosphäre, wie Klara erleichtert feststellte. Am Ende des Rundgangs waren alle hungrig und es war Zeit, in den unteren Teil des Gartens zu wechseln, wo eine lange gedeckte Tafel im Schatten der Bäume auf die Gäste wartete. Die eleganten Damen und die Herren in ihren Uniformen setzten sich, die Schülerinnen boten mit dem freundlichsten Lächeln Kaffee und Kuchen an und waren recht fidel.

Klara nahm neben Herrn Himmler Platz und fragte, um das Gespräch persönlich zu beginnen, nach Gudrun, von der seine Frau vorhin gesprochen hatte. »Und wie alt ist Ihre Tochter?« Sie wollte nur höfliche Konversation betreiben, vielleicht aber auch den Beweis, dass Gudrun im gleichen Alter war wie Tolla.

»Neun Jahre. Unser kleines Mädchen wird bald zehn.«

Wie Tolla. Die einen durften ihr Mädchen behalten. Die anderen mussten es verschwinden lassen.

Frau Himmler, die neben ihrem Mann saß, beugte sich vor und bemerkte: »Unsere Püppi sagt immer: Wenn Papi nicht wäre, wäre manches anders. Sie ist stark von ihrem Vater eingenommen.«

Püppi. So liebevoll nannten sie also ihre Tochter. Klara blickte auf Himmlers rechte Hand, die die Kaffeetasse hob. An seinem Ringfinger steckte der silberne SS-Ehrenring. Ein massiver Totenkopf, umrahmt von Eichenlaub, den Blättern des alten deutschen Baums. Klara fühlte einen Schmerz, der sich direkt durch ihr Herz bohrte. So heftig und so erbarmungslos gewaltig, dass er ihr für Sekunden die Luft nahm. Obwohl sie die Augen weit aufmachte, wurde es schwarz um sie herum. Sie konnte nichts sehen, sie hörte nur das Geschirrklappern. Das Kichern der Mädchen, das Lachen der Herren und die vielen Stimmen all der Menschen, die an dieser langen Tafel im Garten saßen. Klara zwinkerte, die Dunkelheit um sie herum sollte endlich wieder verschwinden. Doch es dauerte und dauerte, bis die Umgebung wieder erkennbar wurde und sie zurückfand. Nur ihr Herz klopfte noch aufgeregt. Auch das würde sich gleich beruhigen. Mit der Zeit würde sie es immer besser schaffen, keinen Schmerz mehr zuzulassen. Nicht wahr? Auf der Wiese tanzten die Kleinsten in ihren Kittelchen und Blumenkränzen einen Reigen. Der Himmel war so blau. Von der Seite reichte ihr Fritzchen eine Platte mit Gebäck. Betäubt nahm sie sich ein Stück und nickte Frau Himmler zu, die wie durch Watte zu ihr sagte: »Köstlich.«

Rund um das Wasserbecken wurden von den Schülerinnen Volkslieder ihrer heimatlichen Gaue gesungen und Flötenstücke gespielt. Über ihnen flirrten die jungen Blättchen der Laubbäume. Dr. Hiller, der Klara gegenüber neben Susanne saß, machte wieder ein entspanntes Gesicht. Nachdem Klara einen Schluck Wasser getrunken hatte, merkte sie erst, dass der Reichsführer SS offenbar auf sie einredete. »So wie ich von Ihnen als Lehrerinnen verlange, dass Sie hart in der Erziehung sind und niemandem etwas schenken, so verlange ich von Ihnen menschliche Güte. Sehen Sie sich bitte als Helfer an und nicht als Diktatoren.«

Klara nickte ganz automatisch. »Natürlich.«

»In diesem Sinne macht alles, was ich hier gesehen habe, einen befriedigenden Eindruck. Diese Ordnung!«

»Das freut mich«, sagte sie stumpf.

»Könnten Sie sich denn auch vorstellen, in einem meiner Lebensborn-Heime die Leitung zu übernehmen?« Himmler blickte sie abwartend durch seine Nickelbrille an. Es war, als würden alle anderen Geräusche verstummen. Aus dem Augenwinkel sah sie Susanne, die erschrocken den Kopf schüttelte. Beinahe unmerklich, doch für Klara deutlich genug. Dachte ihre Freundin wirklich, sie würde dieses Angebot annehmen? Von den Lebensborn-Heimen hatte Klara schon gehört. Dort sollten unverheiratete arische Frauen und Mädchen, die ungewollt schwanger geworden waren, für das Reich blonde, blauäugige Kinder zur Welt bringen und zur Adoption freigeben, an rassisch und erbbiologisch wertvolle Familien. Klara brauchte einen Augenblick, um ihr eingeübtes heiteres Gesicht wieder aufzusetzen. »Das Angebot ist sehr schmeichelhaft. Doch erst einmal will ich sehen, dass ich hier alles in Ordnung halte.«

Wie konnte Himmler annehmen, dass sie eine solche Einrichtung unterstützen würde? War sie tatsächlich von solch einer furchtbaren Aufgabe nur noch einen Schritt entfernt?

Der Reichsführer SS nickte und hob seine Kaffeetasse an. »Na ja, wenn Sie sich mal verändern wollen und nicht wissen, wo Sie etwas Gleichwertiges finden, dann wenden Sie sich nur an mich.«

# 31.

Klara stand unschlüssig in der Küchentür. Inzwischen senkte sich die Abendsonne über die Dächer ihrer Häuserreihe, das hörte sie an den Amseln, die im Geäst vor dem großen Küchenfenster dem Frühling entgegenzwitscherten. War sie allein schuld daran, dass Tolla und sie an diesem Maitag 1939 hatten Abschied nehmen müssen? Oder waren es die Umstände gewesen?

Sie war damals doch hellwach und jung gewesen, nicht wahr? Sie hatte jede Entscheidung genau überprüft und war immer der Meinung gewesen, das Richtige zu tun. Soweit sie es in dieser Zeit, in ihrer Situation überhaupt hatte überblicken können, was das Richtige war. Für Tolla, für ihre Eltern, ihren Bruder, das Heim, die Kinder darin, ihre Schülerinnen, für Gustav und für sich selbst. Und doch war da diese ständige Scham, dass sie ihr mutiges zehnjähriges Mädchen - ihre Tochter - weggeschickt hatte, um selbst genau dort bleiben zu können, wo sie war. Um weiterhin genau das zu tun, was sie tat. Sie hatte sich eingeredet, dass es keine andere Möglichkeit für sie gegeben hatte und Tolla in Sicherheit war. Obwohl schon sehr bald alles dagegen sprach.

Klaras Hand lag auf dem Türrahmen. Es gab nichts für sie zu tun. Inge hatte, bevor sie vorhin gegangen war, das Kaffeegeschirr abgewaschen und die Tischdecke mit dem silbernen Kehrbesteck von den paar Kuchenkrümeln befreit. Alles war ordentlich, wie unberührt. So als hätten sie gar nicht am Esstisch gesessen, mit dem gerahmten *Blauen Pferd II* von Franz Marc an der Wand, das Inge als Abiturientin mit Öl auf Leinwand tadellos kopiert hatte.

Während ihres kurzen Besuches hatte ihre Tochter von Isabell erzählt, deren Bauch immer dicker wurde. Inge hatte geseufzt: »Leider haben sie und ihr Freund sich schon wieder getrennt. So als wäre es ein Kinderspiel, ein Kind großzuziehen.« Inge hatte die Hand auf die ihrer Mutter gelegt und darübergestreichelt, als müsste sie Klara trösten. Dabei war es wohl eher Inge, die Trost suchte. »Aber Isabell meint, alleinerziehend zu sein, sei heute keine große Sache mehr.«

»Das habe ich damals auch gedacht«, hatte Klara mehr zu sich selbst gesagt und gemerkt, dass ihre Tochter sie erstaunt angesehen hatte. Zumindest hatte sie nichts darauf erwidert und ihre Hand zurückgezogen. Wie sollte Inge auch verstehen, was in Klara vor sich ging? Dass sie in diesem Augenblick an sich und Tolla dachte? Sie wusste, dass ihre Enkelin ihr kleines Mädchen mit genau der Liebe aufziehen würde, mit der sie selbst ihr kleines Mädchen aufgezogen hatte. Die Liebe zum Kind verlieh einem übermenschliche Kräfte. Man durfte nur nie daran zweifeln.

Bevor Inge gegangen war, hatte sie noch eine neue Packung Leerkassetten auf den Flurtisch gestellt. »Mama, du hast jetzt schon mindestens dreißig Kassetten besprochen«, hatte sie gesagt. »Reichen dir fünf oder brauchst du noch mehr?«

»Ich brauche noch mehr«, hatte Klara in die Dunkelheit geantwortet. »Viel mehr.«

»Was erzählst du denn da eigentlich alles?«, hatte ihre Tochter gefragt, während sie sich in der Garderobe eilig die Schuhe angezogen hatte. Rainer hatte schon an der Haustür geklingelt und wartete draußen im Wagen.

»Mein Leben«, hatte Klara gesagt. »Mein ganzes Leben. Alles, woran ich mich erinnere.«

»Du scheinst dich an sehr viel zu erinnern.« Inge hatte ihr einen Kuss auf die Wange gegeben. »Ich komme nächste Woche wieder, Mama. Vielleicht erzählst du mir dann auch ein bisschen. Das hast du ja eigentlich nie getan.«

»Ja, das stimmt.«

»Ich hab dich lieb.«

»Ich dich auch, mein Kind.« Das hatte sie wirklich. So sehr, wie sie es vielleicht noch nie gespürt hatte. Klara hatte ihre Hand in den schwarzen Raum ausgestreckt, um noch einmal ihre Tochter zu berühren, bevor sie wieder in ihr eigenes Leben aufbrach. Inge hatte darübergestrichen und versprochen: »Ich rufe dich an, falls es bei Isabell früher losgehen sollte als erwartet.«

»Tu das. Und sag Rainer, er soll euch heil nach Hause fahren.«

Ihre Tochter hatte die Haustür hinter sich zugezogen und Klara stand wieder allein in ihrem stillen, leeren, schwarzen Raum, der mit neuen Erinnerungen gefüllt werden wollte.

Sie ging langsam durch den Flur ins Wohnzimmer. An den Sesseln vorbei. Gerade als sie sich hinsetzen wollte, knisterte es kaum hörbar unter ihrem rechten Fuß. Überrascht hob sie ihn an und ließ ihn behutsam wieder sinken. Tatsächlich! Da war dieses feine Knistern. Irgendetwas lag auf dem Teppich halb unter ihrem Sessel.

Klara hielt sich an der niedrigen Tischplatte fest und beugte sich vorsichtig hinunter. Das Blut schoss ihr in den Kopf und es wurde eng in ihrer Brust. Aber was blieb ihr anderes übrig, wenn sie wissen wollte, was sich da unter ihrem Sessel befand? Mit der freien Hand fuhr sie über den weichen Teppich aus Schurwolle. Da lag tatsächlich etwas. Es fühlte sich an wie Papier, wie ein Umschlag, wie einer der Briefe von Gustav. Klara hob ihn auf und ließ sich damit langsam auf ihren Sessel sinken. War das einer von seinen Briefen? Ihr war schwindlig. Sie keuchte. Ihr Herz rumpelte unruhig. War das der Brief, für den sie mit ihrem Holzkasten zu Frau Clasen hinübergegangen war? War er ihr, ohne dass sie es bemerkt hatte, heruntergefallen und unter den Sessel geglitten?

Sie zog das zusammengefaltete dünne Papier aus dem Umschlag und hielt es sich unter die Nase. Ja, das Papier hatte den ganz typischen Geruch. Sie gab ihm einen kurzatmigen Kuss, bevor sie es vorsichtig zurück in den Umschlag steckte. Sie konnte ja doch nicht lesen, was darin stand. So weit sie auch ihre Augen aufmachte, so schwarz blieb es um sie herum. Hinter ihr schlug die Uhr auf der Anrichte siebenmal. Neunzehn Uhr. Es war zu spät, um jetzt zu Frau Clasen hinüberzugehen, nicht wahr? Auch wenn ihre Nachbarin noch nicht schlief, würde sie sich zu Tode erschrecken, wenn es zu dieser Zeit an der Haustür klingelte. Klara würde bis zum nächsten Morgen warten müssen.

Nach einer unruhigen Nacht und einem Frühstück am Küchentisch zog Klara sich in der Garderobe ihren Mantel über und die Schuhe an. Sie wollte sich nicht verkühlen, nur weil sie es eilig hatte. Sie trat hinaus in die Sonne. Sie zog die Tür hinter sich zu und genau wie beim letzten Mal zählte sie ihre Schritte. Im gegenüberliegenden Garten, hinter dem niedrigen Jägerzaun und den dichten Tannen, hörte sie Kinderlachen. Irgendwo brummte ein Rasenmäher und Vogelgezwitscher war zu hören. Klara schob sich weiter zur Haustür ihrer Nachbarin, stieg die Stufen hinauf und drückte auf die Klingel.

Es dauerte ein wenig, bis sich Frau Clasen meldete: »Wer ist da?«

»Ich bin es. Frau Erfurt.«

»Frau Erfurt, sind Sie es wieder?«

»Ja, ich bin es. Darf ich zu Ihnen heraufkommen?«

Statt einer Antwort ging der Türsummer. Klara drückte die Tür auf. Der blumige Geruch im Flur war verschwunden. Es roch etwas muffig. Am Geländer zog sie sich Schritt für Schritt die vierzehn Treppenstufen hinauf. Es war anstrengend und es dauerte, bis sie endlich oben im Flur angekommen war.

»Habe ich Sie geweckt?« Klara tastete sich durch die offene Zimmertür weiter zum Sessel, auf dem sie das letzte Mal gesessen hatte.

»Ich hatte gerade nur ein wenig die Augen zugemacht. Schön, dass Sie mich wieder besuchen.« Frau Clasen machte einen etwas benommenen Eindruck.

»Ich sollte Sie vielleicht besser schlafen lassen?« Klara hielt sich an der Sessellehne fest.

»Aber nein. Kommen Sie, setzen Sie sich.«

Klara hörte, wie ihre Nachbarin mit dem Umschichten von Kissen beschäftigt war. Dann war ein leises Surren zu hören. »Das ist mein Bett. Ich stelle nur mein Kopfende höher. Damit ich sitzen kann.«

Klara rückte den Sessel unter einiger Kraftanstrengung so hin, dass sie näher bei Frau Clasen sitzen konnte. Als das Surren aufgehört hatte, sagte sie: »Gestern Abend habe ich den Brief gefunden, den Sie mir damals vorlesen sollten.«

»Sie haben ihn gefunden?«

»Ja, ich bin auf ihn getreten, als ich mich auf meinen Sessel im Wohnzimmer setzen wollte.« Klara zog den Umschlag aus ihrer Manteltasche und hielt ihn in den schwarzen Raum hinein, in die Richtung, aus der Frau Clasens Stimme kam. »Nur habe ich dummerweise eben vergessen, den Hörer neben das Telefon zu legen, als ich zu Hause losgegangen bin.«

»Hauptsache, Sie haben an den Brief gedacht.« Es dauerte einen Moment, bis er ihr aus der Hand genommen wurde. Dann hörte sie, wie Papier auseinandergefaltet wurde.

»Warten Sie, ich schalte nur meine Leselampe an.« Es dauerte wieder etwas, bis Klara das leise Klicken des Lichtschalters hörte. Dann wieder Kissenrascheln und Papierknistern. »Sagten Sie nicht, dass es ein Brief aus dem Krieg gewesen sei?«

»Ja, vom Januar oder Februar 1945.«

Es knisterte wieder.

»Dieser Brief wurde aber am 22. März 1948 von Ihrem Mann geschrieben. Es sind vier Seiten«, sagte Frau Clasen.

»Sind Sie sicher?« Klara beugte sich etwas vor. Mit einem Mal war ihr kalt, schrecklich kalt. Trotz Mantel und Hut.

»Das Datum steht ganz oben rechts.«

»Dann ist das wieder nicht der Brief, nach dem ich gesucht habe?«, fragte Klara.

»Dieser hier ist jedenfalls vom 22. März 1948«, wiederholte ihre Nachbarin.

Wie konnte das sein? Gab es den Brief, an den sie seit über fünfzig Jahren nicht denken wollte, vor dem sie sich so fürchtete, gar nicht? Sie war sich sicher, dass Gustav ihre Tochter mit seinem Aufklärungstrupp in der Nähe von Pleß in Oberschlesien gesehen hatte. Sie war sich sicher, dass Gustav ihr von diesem furchtbaren Erlebnis geschrieben hatte. Sie war bereit gewesen, sich jetzt endlich seinem Bericht zu stellen. Und nun gab es diesen Brief gar nicht? Hatte ihre Schuld ihr eine falsche Geschichte erzählt? War das möglich? Es gab niemanden, den sie hätte fragen können. Klara setzte sich aufrecht hin und faltete die Hände im Schoß. Ihre Stimme klang trocken und tapfer, als sie fragte: »Was schreibt er?« Als wäre dieser Brief gerade erst bei ihr angekommen. Genauso fühlte es sich an. Als wäre er gerade erst den weiten Weg aus der Kriegsgefangenschaft in Sibirien nach Lieberode gekommen, wo sie seit Kriegsende mit ihren vier kleinen Kindern in ihrem Elternhaus wohnte. Sie wollte wissen, was ihr Täve schrieb. Ihr Mann. Ihre Liebe. Ihr Halt. Ohne den sie in dieser Welt nicht hatte sein wollen. Frau Clasen begann mit heiserer Stimme:

*Meine liebe Frau, meine lieben Kinder,*

*heute schreibe ich Euch nun meinen ersten Brief aus der Kriegsgefangenschaft. Ich hätte schon früher schreiben sollen, aber es war mir nicht möglich. Es ist, als türmten sich Berge vor mir auf. Die Kapitulation, die immer bewusster werdende Erkenntnis, wie scheußlich, wie ungeheuerlich die Verbrechen des faschistischen Regimes waren, erfuhr man doch erst in der Gefangenschaft, wie furchtbar alles war. Gefangen in dem beschämenden Gefühl, »Deutscher zu sein«, bedrückt von dem Vorwurf, nur in passiver Resistenz verharrt zu haben, nur gewitzelt zu haben, heimlich geschimpft zu haben – das ist nicht die Tat, die von den vielen, die gleich mir gedacht haben, erforderlich gewesen wäre. Ich rufe mir die Gespräche mit deinem Bruder ins Gedächtnis zurück. Die furchtbar wahren Worte deines Vaters kamen einer Prophezeiung gleich. Ich denke bitter wehmütig an unsere Gespräche unter der Lampe im bequemen Sessel, wo ich Dir das Schicksal dieser Generation und Deutschlands entwickelte. Ich erinnere Dich an den Sommermorgen im Januar 1941, wo mir die Tränen kamen und ich zu Dir sagte: »Das ist das Ende.« Und alles hat sich erfüllt. Und alles, was uns am Anfang geleitet hatte, »das Gute, das Wahre, das Schöne« zu lieben, was wir in meinen Urlaubswochen in kurzen Gesprächen beschlossen, unseren Kindern genau weiterzugeben, ihnen ein klares Weltbild zu vermitteln – auf den Erkenntnissen und der Wahrheit des gesunden Menschenverstandes gegründet, das wäre wohl das Erstrebenswerte gewesen. Nach der furchtbaren Katastrophe, die uns, wie es scheint, keine Tür offen lässt, in der Gemeinschaft der Völker wieder aufgenommen zu werden, bedrückt es mich so schwer. Resignation, Gleichgültigkeit mögen wohl die Symptome jener Zeit gewesen sein. Ja, ich frage mich, hat man überhaupt das Recht, den Wunsch zu äußern, an dem Aufbau eines neuen gereiften, demokratischen Deutsch-*

*lands mitzuarbeiten? Habe ich nicht als Lehrer in dem Dienst dieses vergangenen Regimes gestanden? Wohl zwangsläufig, ideologisch nicht gebunden, die geistige Intoleranz als einen lästigen, quälenden Druck empfunden, voller Hass gegen die Dummheit und Aufgeblasenheit jener Menschen, die sich Vorgesetzte und Behörde nannten. Was spricht für mich, oder besser noch gesagt, was spricht für uns, denn wir werden ja eine Vielheit sein! Unsere Taten. Ja, wo sind sie? Unsere Gedanken? Wer kennt sie? Was kann uns helfen? Genügt der Wille, genügt die Erkenntnis? Wie können oder wie müssen wir uns bewähren? Ich kann Dir all das nicht beantworten. Die Beantwortung muss ich jenen überlassen, die uns vielleicht die Möglichkeit geben werden, unsere Fähigkeiten und unser Wissen in den Dienst einer neuen demokratischen Erziehung zu stellen. Und Du, Liebste, ich weiß, wie schwer es ist, Euch alle durchzubringen. Verliert nicht den Mut. Mein Klärchen, es wird langsam wieder Frühling bei Euch und die weißen Blüten werden von Euch zu mir herüberleuchten. Ihr, meine Lieben, ich habe Euch alle fünf so lieb und bin Euer Papa.*

Klara hörte das Rascheln des Papieres in den Händen ihrer Nachbarin. Es war, als läge ihre gemeinsame Vergangenheit, Gustavs und ihre, noch einmal als ungewisse Zukunft vor ihnen. Klara spürte die innere Aufregung von damals, als sie durch diesen Brief endlich erfahren hatte, dass ihr Täve noch am Leben war.

»Hier, nehmen Sie ihn wieder an sich.« Frau Clasen schien ihr den Brief mit einer raschen Bewegung entgegenzuhalten. Sie streckte die Hand aus und griff ins Leere. Endlich bekam sie den Umschlag zu fassen.

»Wo haben Sie Ihren Mann kennengelernt?«, fragte Frau Clasen plötzlich in die Stille des Zimmers hinein.

Klara legte den Brief auf ihre Knie und ihre Hände darauf. Mit den Fingern strich sie über ihren Ehering. Es dauerte einen Moment, bis sie sich gesammelt hatte und im warmen September 1929 ankam. »Wir sind uns in einem Zug von Oranienbaum nach Dessau begegnet. Er war gerade neunzehn Jahre alt und wir haben uns über unsere Lieblingsbücher unterhalten.«

»Haben Sie sich gleich in ihn verliebt?«

»Auf der Stelle.« Klara lächelte. Sie sah ihren Gustav in seinem zerknitterten Mantel neben sich auf der Bank sitzen. »Er war der liebenswerteste und mutigste Mensch, der mir jemals begegnet war. Dennoch hat es Jahre gedauert, bis wir uns zum ersten Mal geküsst haben. Wir waren beide Lehrer.«

Dazu sagte Frau Clasen gar nichts. Offenbar war sie keine Lehrerin gewesen. Schließlich bemerkte sie mit einer gewissen Schärfe in der Stimme: »Mein Mann und ich hatten nichts mit der Regierung zu tun.«

Klara stützte sich an der Armlehne ab und stand vom Sessel auf. »Ich muss wieder nach drüben. Meine Töchter versuchen bestimmt schon, mich zu erreichen.«

»Haben Sie sich die Fragen, die er sich stellte, eigentlich auch beantwortet?«, hörte sie ihre Nachbarin fragen, in deren zittriger Stimme ein Hauch von Angriff mitschwang. So als wäre sie frei von Schuld und bereue es bereits, Klara zu sich hereingelassen zu haben. Klara machte ein paar unsichere Schritte zur Tür, wobei sie Gustavs Brief fest an sich drückte. Die andere Hand hielt sie von sich gestreckt. Während sie sich immer weiter von Frau Clasen entfernte, sagte sie: »Haben Sie vielen Dank, dass Sie mir den Brief vorgelesen haben.«

»Passen Sie auf, wenn Sie die Treppe hinuntersteigen. Nicht, dass Sie doch noch fallen.«

»Ich bin nie gefallen. Nicht ein einziges Mal«, sagte sie fast mehr zu sich als zu Frau Clasen. Sie ging in den Flur hinaus und stieg die geschwungene Treppe hinunter. Sie machte einen vorsichtigen Schritt vor den anderen, bis sie wieder zu Hause war. Erschöpft setzte sie sich aufs Telefonbänkchen und zog sich, entgegen ihrer Gewohnheit, nicht gleich die Schuhe aus. Sie musste sich erst einmal wieder beruhigen.

*›Die karierten Mädchen‹ ist der erste Band einer Trilogie. Wenn Sie über das Erscheinen der nächsten Bände informiert werden möchten, schreiben Sie uns unter dem Stichwort »Alexa Hennig von Lange«:*

empfehlung@dumont.de

# *Nachwort*

Dieser Roman basiert auf den Lebenserinnerungen meiner Großmutter, die sie mit über achtzig Jahren und fast blind auf Band aufgenommen hat. Wenn wir früher zu Besuch in ihrem norddeutschen Reihenhaus waren, sah ich sie manchmal vor ihrem Kassettenrekorder sitzen und in ein Handmikrofon sprechen. Sie erzählte von ihrer Kindheit in der Kaiserzeit, ihrer Jugend in der Weimarer Republik, von Weltwirtschaftskrise und Nationalsozialismus, dem Zweiten Weltkrieg und den Jahren in Ostdeutschland bis zu ihrer Flucht in den Westen, wo sie sich mit meinem Großvater und ihren vier Kindern ein neues Leben aufbaute. Diese Kassetten, am Ende waren es mehr als 130 Stück, von Hand beschriftet und nummeriert, gehörten für mich genauso zu meiner Großmutter wie ihr Dutt im Nacken, ihre Strenge und ihre Unnahbarkeit.

Nach ihrem Tod hat meine Mutter die Bänder aufbewahrt, aber lange Zeit bin ich davor zurückgeschreckt, sie mir anzuhören. Meine Großmutter hat auf mich als Kind stark gewirkt. Ihre Regeln und Ansichten waren für alle in unserer Familie Gesetz, für Mütter, Väter, Onkel, Tanten, Enkelkinder. Die Frage, wie mich das geprägt hat, hat mich lange beschäftigt und führte mich schließlich zu ihren Kassetten zurück. Als ich sie mir anhörte, war ich überrascht, wie fröhlich und mädchenhaft meine Großmutter darauf klang. So unbekümmert hatte ich sie nie erlebt. Ich spürte die Freude und Neugier einer jungen Frau, die ins Leben aufbrach. Ich lernte meine Großmutter noch einmal neu kennen und auch lieben. Doch je näher ihre Erinnerungen an die Zeit des Nationalsozialismus heranrückten, umso mehr veränderte sich ihr Ton. Eine Härte, die ich schon kannte, mischte sich mit einem Zögern und Ringen nach Worten, das für sie ungewöhnlich war.

Obwohl meine Großmutter das Leben im Freistaat Anhalt und ihre Arbeit in den Frauenbildungsheimen sehr genau schilderte, war offensichtlich, dass sie Dinge ausließ. Je mehr ich in Museen, Büchern und historischen Zeitungsartikeln über die Geschehnisse in ihrer Umgebung recherchierte, umso klarer wurde, was sie alles nicht erwähnte. Sie beschrieb Schülerinnen und Kinder, Charaktereigenschaften, Gespräche, Einweihungsfeiern, die Vegetation und die Besuche hoher Funktionäre, aber nicht, dass wenige Gehminuten entfernt die Synagoge brannte. All das Schweigen, die Geheimnisse, die Schuld, über die in unserer Familie wie in vielen anderen auch nicht gesprochen worden war, wurden plötzlich für mich fassbar. Aus diesem Grund habe ich ihre Erinnerungen in eine Erzählung eingebettet, in der sich moralische Fragen stellen. Ich wollte den Schmerz erfahrbar machen, der entsteht, wenn ein Mensch, eine ganze Gesellschaft sich gegen die Menschlichkeit wendet. Deshalb habe ich meiner Hauptfigur literarisch das kleine jüdische Waisenmädchen Tolla an die Seite gestellt. Allein ins Ungewisse fortgeschickt, symbolisiert es für mich den Verlust der Unschuld. Klara hat noch immer viel mit meiner Großmutter gemein, sie ist aber nicht mehr meine Großmutter. ›Die karierten Mädchen‹ ist das Ergebnis meiner Auseinandersetzung mit ihren Erinnerungen. Aus heutiger Sicht fällt es noch immer schwer nachzuvollziehen, was in jener Zeit in Deutschland geschah, und doch sind diejenigen, die zu jener Zeit gelebt haben, die eigenen Großeltern. Mein Buch ist der Versuch, mit meiner Oma über diese zutiefst verstörende Wahrheit in ein Gespräch zu kommen.

# *Danksagung*

Ich danke meiner Großmutter für die viele Stunden umfassenden Tonbandaufnahmen ihrer Lebenserinnerungen der Jahre zwischen 1908 und 1965.

Ich danke meiner Mutter Ursula von Lange für die umfangreiche Auskunft zur persönlichen Situation meiner Großmutter und ihrer Familie zwischen den Kriegen, für die Hilfe beim Sichten von Briefen, Fotografien, Tagebüchern, Postkarten, Tonbändern, Büchern, Stadtplänen und Werbebroschüren, die mein Vater Wolfram von Lange digitalisiert und aufbereitet hat.

Ich danke den vielen Institutionen und Autoren, die sich wissenschaftlich mit den Umständen im Freistaat und später im Land Anhalt beschäftigen und auf deren Erkenntnisse ich mich bei meiner Recherche stützen konnte. Zu nennen sind hier unter anderem das Museum für Stadtgeschichte Dessau, die »Werkstatt Gedenkkultur« in Dessau-Roßlau und Bernd G. Ulbrich, Verfasser des Buches »Antisemitismus in Dessau«. Ebenso danke ich Simon Graf Attems für die Erläuterungen zur nationalsozialistischen Propaganda, der Rolle der Reichsredner sowie zur gesellschaftlichen Stimmung zwischen den Weltkriegen in Deutschland.

Ich danke der Gesamtschule im Gartenreich Oranienbaum und dem Caritas Kinder- und Jugendheim in Sandersleben für die Möglichkeit, an die Orte zurückkehren zu können, an denen meine Großmutter als Leiterin der ersten ländlichen Frauenbildungsheime vor und während des Zweiten Weltkrieges tätig war.

*Leseprobe*

368 Seiten / Auch als eBook

# I

*1939*

Klara stand vor dem Gemeindehaus in der Julisonne. In ihrer Tasche lag das Kleid aus hellblauer Seide, das sie gerade in der Stadt gekauft hatte. Sie würde es zu ihrer Hochzeit tragen. Das standesamtliche Aufgebot für ihre Eheschließung hing direkt vor ihr im Schaukasten: *Gustav Erfurt und Klara Möbius*. Die Gau-Frauenschaftsführerin hatte sogar ein grünes Myrtenkränzchen darumgesteckt. Diese besondere Ehre wurde nur ganz wenigen zuteil. Und genau auf diese Auszeichnung hätte Klara verzichten können. Es war ihr unangenehm, dass Frau Quade sie für eine solch glühende Nationalsozialistin hielt, wie sie selbst es war. Gleichzeitig war es genau das, was alle über Klara denken sollten.

Sie drehte sich um und überquerte in der Mittagsstille die ausgestorben daliegende Hauptstraße, ging zwischen den hell verputzten Bürgerhäusern hindurch, den steilen Hang hinauf. Rechts und links wuchsen Sträucher, hinter den hohen Bretterzäunen lagen die hübschen Gärten der Anwohner mit ihren Gemüsebeeten und Blumenstauden. Klara spürte die Schottersteinchen unter ihren Ledersohlen. Die Sonne stand jetzt über ihr und dem Wäldchen, in dessen kühlen Schatten sie verschwand. Als sie die Anhöhe erreicht hatte, erstreckte sich vor ihr der weitläufige Heimgarten mit seinen geschwungenen Wiesen und dem Wasserbecken, in dem eine kleine Fontäne plätscherte. Ein Stück entfernt sah sie ihre Schülerinnen mit Kopftüchern in gebeugter Haltung Salat und Kohlrabi in eine Schubkarre ernten. Geradeaus thronte das zweistöckige, moderne Hauptgebäude des Frauenbildungsheimes, quer dazu das niedrige Schulgebäude aus Fachwerk, in dem sich die Werkräume und eine Versuchsküche befanden. Versteckt dahinter gab es noch einen Viehstall mit zwei Kühen und einem Schwein. Und natürlich hatten sie Hühner. Klara war die Leiterin dieser nationalsozialistischen Erziehungsanstalt, in der junge Mädchen eine Ausbildung in Haushalt, Gesundheit und landwirtschaftlicher Arbeit erhielten, damit aus ihnen erdverwurzelte, das Volk stützende Mütter wurden. Sie hatten sogar eine eigene Säuglingsstation, in der die Schülerinnen alles über Säuglingspflege gezeigt bekamen. Das Jugendamt brachte ihnen kränkelnde und schlecht ernährte Kinder, die von den Kindergärtnerinnen und Schülerinnen eifrig gepäppelt wurden. Sowohl für den praktischen wie für den theoretischen Teil gab es aus dem Dessauer Staatsministerium klare Anweisungen. Trotzdem fanden sich für Klara immer Freiräume, dies unauffällig auf die eigene Art und Weise umzusetzen, das war viel wert. Unerlässlich war allerdings, dass alle, die hier lebten, rein arischer Abstammung waren.

Klara blieb stehen und blickte nachdenklich den Pfad hinunter, den sie gerade heraufgekommen war. Hier oben auf dem Hügel hatte sie vor zwei Monaten mit ihrer neunjährigen Tochter angespannt darauf gewartet, dass Gustav endlich mit seinem Rad auftauchte, um Tolla zum Zug nach Berlin zu bringen. Einerseits kam es Klara so vor, als läge ein ganzes Leben zwischen damals und heute, andererseits war es, als stünde ihr kleines Mädchen noch immer neben ihr, als würde Gustav wieder und wieder sein Rad in der Mittagshitze zu ihnen heraufschieben.

Eilig hatte sie Tollas Köfferchen hochgehoben und gerufen: »Hier sind wir!« Dabei hatte er sie längst gesehen. Ein letztes Mal hatte sie Tollas rote, geflochtene Zöpfe durch ihre Hände gleiten lassen. Sie hatte sich zu ihr hinuntergebeugt und mit fester Stimme gesagt: »Du bist mein Kind, vergiss das nicht.« Ihre Tochter hatte sich an sie geklammert und geweint. »Ich hab dich lieb, Mama.« Es half nichts. Der entsetzliche Moment war gekommen, an dem sie sich hatten verabschieden müssen. Klara war in Sandersleben geblieben, Tolla sollte in einem jüdischen Waisenhaus unterkommen und von dort so schnell wie möglich mit einem der Kindertransporte nach England gebracht werden. Hier im Frauenbildungsheim war sie nicht mehr sicher gewesen. Überall im Land hatten die Angriffe auf die jüdische Bevölkerung, auch auf Kinder, immer widerwärtigere Formen angenommen. Familien wurden aus ihren Wohnungen vertrieben, sie wurden weggebracht, und niemand wusste, wohin. Leute, die Juden versteckten, ihnen halfen oder sie mit Essen versorgten, wurden verraten, von der Gestapo verhört und verhaftet. Es war nicht auszudenken, was passieren würde, wenn herauskam, dass Klara, eine Staatsbeamtin, ein jüdisches Waisenkind im Heim über Jahre als eigene Tochter ausgegeben hatte.

Sie hatte Tolla beim Aufsteigen auf den Gepäckträger geholfen und den Saum ihres Sommerkleides unter die Oberschenkel gestopft, damit er nicht in die Speichen geriet. Gustav hatte das Köfferchen an die Lenkstange gehängt: »Dann wollen wir mal. Nicht, dass wir den Zug nach Berlin verpassen.« Zum Abschied hatte er Klara einen Kuss auf die Wange gegeben und leise versprochen: »Es wird alles gut.« Das zumindest hatten sie gehofft. Doch seit diesem Tag hatten sie nie wieder etwas von Tolla gehört. Es war quälend, nicht zu wissen, ob es ihr gut ging. Sie wollte doch nur ein leises Flüstern am Telefon. »Ich denke an dich und hab dich lieb.« Aber Klara konnte nicht in Berlin anrufen, niemand durfte etwas von ihrer Verbindung zu dem jüdischen Waisenhaus erfahren. Sie verschränkte die Arme vor der Brust. Es tat weh. Es tat furchtbar weh. Obwohl sie keinen anderen Ausweg gesehen hatte, kam ihr der Tag, an dem sie sich von Tolla verabschieden musste, noch immer falsch und unwirklich vor. Aber was hätte sie tun sollen? Das Risiko, ihr kleines Mädchen hierzubehalten, war zu groß gewesen. Ständig kamen hohe NS-Funktionäre in ihren schwarz glänzenden Dienstwagen vorgefahren, um sich von Klaras nationalsozialistischen Führungsqualitäten zu überzeugen. Was, wenn sich Frau Penöter, die Fürsorgerin von damals, plötzlich wieder daran erinnert hätte, dass sie dieses Kind einst als Baby in Klaras Obhut gegeben hatte? Wer sich gegen das Regime stellte, bezahlte mit seiner Existenz. Solche Geschichten hörte man nicht nur unten im Ort bei Albrechts im Laden. Alles, was Klara liebte, Beruf, Elternhaus und Familie, wäre sofort zerstört gewesen. Bei dem Gedanken daran wurde ihr kalt, trotz der sommerlichen Wärme. Sie zitterte, ohne dass sie irgendetwas dagegen hätte tun können.

»Fräulein Möbius!«

Sie drehte sich überrascht um. Agathe, eine ihrer Kinderpflegeschülerinnen kam im grün-weiß karierten Dirndl mit farblich passender Schürze die Wiese heruntergeeilt. »Fräulein Stettin sucht nach Ihnen. Im Tagesraum sitzt die neue Kindergärtnerin.«

»Jetzt schon?« Klara sah auf ihre schmale, goldene Armbanduhr. Die Zeit war schneller vergangen als gedacht.

Agathe nickte aufgeregt. »Schon seit einer Viertelstunde.«

»Ich komme. Sag ihr, dass ich gleich da bin.«

Agathe lief wieder über die Wiese hoch zum Hauptgebäude, der Rock ihrer Schülerinnentracht wehte. Klara beeilte sich nun auch, dorthin zu kommen. Nur laufen wollte sie nicht. Sie musste den Weg nutzen, um wieder zu ihrer antrainierten Autorität zu finden. Sie war die Leiterin einer Vorzeige-Bildungsanstalt, Heimat für mehrere Dutzend Kurkinder aus sozial schwachen Verhältnissen und ebenso viele Schülerinnen aus dem ganzen Deutschen Reich. Und als diese Führungskraft würde sie auch auftreten, wenn sie gleich die neue Kindergärtnerin einwies. Klara ging an den jätenden Schülerinnen im Gemüsegarten vorbei. Etwas oberhalb kauerte das Hausmeisterhäuschen mit dem roten Satteldach. Ihr zukünftiges Zuhause, vor dessen Eingang sich noch die Umzugskisten ihres Vormieters stapelten. Sie ging weiter die Auffahrt hinunter, über den sonnigen Vorplatz, die Stufen hoch, in den kühlen Flur. Aus dem Spielsaal hörte sie die fröhliche Stimme von Fräulein Stettin, die ihre Kindergruppe anleitete. »Die blauen Bauklötze in die eine Kiste, die roten in die andere. Und wohin kommen die gelben?« - »In die Kiste da!«, riefen die Kinderstimmen im Chor. - »So viele schlaue Jungen und Mädchen!« Susanne Stettin war Klaras beste Freundin und Verbündete. Mit ihr war sie vor fast einem Jahr aus Oranienbaum hierhergekommen. Neben Gustav und ihren Eltern war sie die Einzige, die über Tollas wahre Herkunft Bescheid wusste. Für alle anderen war Tolla einfach nur Klaras Tochter gewesen.

Sie bewegte sich den Flur entlang, bog ins Büro ab und hängte den Hut an die Garderobe. Dann ging sie hinüber in den Tagesraum. An den Wochenenden saßen hier die Schülerinnen an den Tischen, schrieben Briefe oder lasen Bücher. Auch die Gruppenabende, bei denen die Mädchen Kampflieder sangen und sich aus *Blut und Boden*, der Monatsschrift für wurzelstarkes Bauerntum und nationale Freiheit, vorlasen, fanden in diesem Raum statt. Das bewahrte sie davor, unten im Ort die Versammlungen vom Bund Deutscher Mädel besuchen zu müssen. Hinten am Fenster saß eine junge Frau, nicht älter als einundzwanzig. Als Klara hereinkam, stand sie rasch auf und strich sich den wadenlangen Rock glatt, den sie unter dem offenen Wollmantel trug. Das blonde Haar lag in sanften Wellen um das hübsche Gesicht. Die junge Frau lächelte freundlich. Neben ihr stand ein nigelnagelneuer Reisekoffer.

»Herzlich willkommen, Fräulein Römer.« Klara ging mit ausgestreckter Hand auf sie zu, so wie damals ihre Chefin Fräulein Martin auf sie zugegangen war, als sie ihre erste Stelle als Haushaltungslehrerin im Kinderkurheim in Oranienbaum angetreten hatte. Klara erkannte sich in dieser jungen Frau. Auch sie hatte damals trotz der sommerlichen Hitze einen Wollmantel getragen, um ordentlich auszusehen. Wie ihre frühere Leiterin machte Klara nun ein Respekt einflößendes Gesicht und sagte: »Ihnen muss ja furchtbar warm sein in Ihrem Mantel.«

Margarete antwortete höflich: »Es geht schon.«

Klara setzte sich zu ihr an den Tisch. »Legen Sie doch ab.«

Dankbar zog die junge Frau ihren Mantel aus und breitete ihn sich über die Knie. Sie wirkte ausgeglichen und frisch, als sei sie nicht den weiten Weg aus dem Ruhrgebiet hierhergekommen. Abwartend sah sie Klara an. Selbstverständlich war sie froh, hier sein zu dürfen, um einem Beruf nachzugehen, der Freude machte und ihr als Frau eine gewisse Unabhängigkeit bescherte. Zumindest war das für Klara immer das Wichtigste gewesen: unabhängig zu sein, auf eigenen Beinen zu stehen, in dieser Welt etwas Gutes zu leisten. Allerdings war sie nicht ganz sicher, ob dieses großstädtische Fräulein den Aufgaben gewachsen war, die hier auf sie warteten. Sie sah aus wie aus dem Ei gepellt. Mit ihren zarten gepflegten Händen und den Perlenohrringen hätte sie viel eher in einen eleganten Großbürgerhaushalt gepasst als aufs einfache Land. Besser, sie gab der jungen Frau gleich zu verstehen, dass sie hier womöglich nicht ganz richtig war. »Wie ich Ihnen bereits in meinem Einstellungsschreiben mitgeteilt habe, bestünde Ihre Tätigkeit darin, sich um die etwas verwilderten Kinder der Landarbeiter zu kümmern. Sie leben drüben auf der anderen Seite des Hügels, in einer Siedlung. Die Kleinen waren bisher sich selbst überlassen, weil ihre Eltern den ganzen Tag auf den Feldern arbeiten.«

Margarete nickte. In ihrer fein aufgebügelten Bluse saß sie kerzengerade auf dem Stuhl. »Wie schön.« Sie sagte es so, als hätte sie gar nicht zugehört.

»Wir haben dort einen einfachen Kindergarten in einem leer stehenden Arbeiterhaus eingerichtet. Mit ein paar Kindermöbeln und derbem Geschirr. Das war's.«

»Das klingt gemütlich.« Sie lächelte.

Klara bezweifelte, dass dieses freundliche Wesen im Mindesten eine Vorstellung von den Herausforderungen hatte, denen sie sich würde stellen müssen. Also wurde sie noch deutlicher. »Sommer wie Winter, bei Wind und Wetter, im Hellen wie im Dunkeln werden Sie allein über die Felder dorthin gehen. Sie werden den Kleinen viel Grundsätzliches beibringen müssen. Die meisten von ihnen können zwar Kühe melken und Schweineställe ausmisten, aber haben noch nie einen Stift, ein Stück Papier oder ein Buch vor sich gehabt.«

Margarete wirkte ehrlich begeistert. »Das tue ich gerne.«

Bevor Klara fragen konnte, ob die junge Frau wirklich verstanden hatte, worauf sie sich einließ, erschien Fritzchen, ihr Mädchen für alles, in der Tür. »Von mir aus kann es mit der Hausführung losgehen.«

»Na gut.« Klara erhob sich von ihrem Stuhl. Sie war gespannt, wie lange Fräulein Römer durchhalten würde, bevor die Sehnsucht sie zurück in die Großstadt trieb. »In einer Woche geht es für Sie in der Arbeitersiedlung drüben in Roda los. Bis dahin möchte ich, dass Sie Fräulein Stettin im Spielsaal unterstützen. Fräulein Trensinger wird Ihnen jetzt das Haupt- und Nebengebäude und Ihr Zimmer im zweiten Stock zeigen.«

Fritzchen war eine ihrer ehemaligen Schülerinnen, und wie alle, die sie zum ersten Mal sahen, zuckte auch Margarete bei ihrem Anblick zusammen. Ihre Mutter hatte Fritzchen als Kind mit einem Feuerhaken die Nase zertrümmert, die nun im rechten Winkel in ihrem Gesicht stand. Doch anders als die meisten Menschen fing sich Margarete sofort wieder und grüßte höflich, so als wäre nichts Besonderes an Fritzchens Aussehen. »Das ist sehr freundlich. Vielen Dank!«

Als die beiden in den Flur verschwunden waren, nahm Klara ihre Tasche mit dem Hochzeitskleid. Bevor sie sich hier im Büro durch die tägliche Papierflut kämpfte, wollte sie in ihrem neuen Zuhause die Räume ausmessen. Die Einrichtung für Wohn- und Esszimmer – und natürlich für das Schlafzimmer – musste dringend bestellt werden. Möbel waren momentan Mangelware, weil nur noch wenig Holz eingeführt wurde. Alles Geld floss direkt in die Rüstungsindustrie. Es wurden Kasernen errichtet, Kampfflugzeuge und U-Boote gebaut. Das war jeden Tag in der Zeitung zu lesen und im Radio zu hören. Das ganze Land rüstete sich auf.

Klara ging durch die Sonne die Auffahrt hinunter zum Hausmeisterhäuschen, in das sie nach der Hochzeit mit Gustav einziehen würde. Als sie ankam, trugen gerade ein paar kräftige Möbelpacker die Stühle und Stehlampen ihres Vormieters aus der Vordertür und hievten sie auf einen kleinen Lastwagen. Sie überlegte, ob sie eintreten oder doch besser auf dem Treppenabsatz warten sollte, bis der ehemalige Bewohner, Herr Schütz, herauskam. Sie wollte nicht unverschämt wirken. Schließlich musste der Hausmeister sein Zuhause räumen, in dem er jahrelang mit seiner Familie gelebt hatte. Gleichzeitig wollte Klara keine Zeit verschwenden. Es stand noch so einiges auf ihrer Erledigungsliste.

Nach kurzem Zögern trat sie über die Schwelle und fand den Hausmeister im leeren Esszimmer. In seinem grauen Staubmantel stand er in der Mitte eines fadenscheinigen Teppichs. Für einen Moment sah er ihr ausdruckslos entgegen, so als wäre er mit seinen Gedanken ganz woanders. Tief in alten Erinnerungen an Ereignisse versunken, die er in diesen vier Wänden mit seiner Familie erlebt hatte. Klara gab sich Mühe, entspannt zu atmen, obwohl der Geruch hier drinnen reichlich abgestanden war. Als wäre nur äußerst selten gelüftet worden. Am liebsten hätte sie die großen Fenster sperrangelweit geöffnet, um frische Luft aus dem Gemüsegarten herein- und den Geist vergangener Tage hinauszulassen. In diesem Haus sollte etwas Neues beginnen. Der Muff und die dunklen Tapeten erzählten jedenfalls nicht von einer verheißungsvollen Zukunft, sondern von Müdigkeit und Zwangsläufigkeit. Plötzlich glitt ein schwaches Lächeln über das volle, rötliche Gesicht des Mannes. »Fräulein Möbius, was waren wir zuerst ärgerlich auf Sie, dass Sie in unser Haus ziehen wollten. Und wie sind wir jetzt froh!«

»Ach ja?« Klara machte eine freundliche Miene. Sie hatte ein schlechtes Gewissen, dass die Familie Schütz für sie weichen musste. Aber als verheiratete Leiterin des Frauenbildungsheimes stand ihr dieses Häuschen nun einmal zu. Sie konnte doch nicht mit Gustav drüben im Haupthaus zwischen den Erzieherinnen, Schülerinnen und Kurkindern weiterhin in ihrer Zweizimmerwohnung leben. Ein wenig Intimität in all dem Trubel, ein wenig Rückzug am Abend aus dem täglichen Treiben war mehr als angebracht.

Herr Schütz nickte. »Wir haben ein eigenes Haus unten im Ort gefunden, schräg gegenüber vom Rathaus, mit Garten und kleinem Viehstall. Das freut besonders meine Frau. Nun muss sie die Einkäufe nicht mehr den Hang hinaufschleppen.«

Diese Nachricht erleichterte Klara. »Das ist natürlich eine große Verbesserung.« Nun würde sie in Zukunft die Einkäufe den Hang hinaufschleppen.

Der Hausmeister machte einen Schritt vom Teppich herunter, kniete sich auf die staubigen Dielen und rollte ihn zusammen. »Nach der Hochzeit kommen dann wohl noch ein paar Geschwister für Ihre Tochter hinterher?« Er warf Klara einen interessierten Blick zu. Sie stand im Durchgang zum zukünftigen Wohnzimmer, in das Gustavs Bücherregale einziehen würden. Für einen Augenblick herrschte angespannte Stille. Klara räusperte sich. Jetzt schien auch Herrn Schütz aufzugehen, dass er sich mit seiner Nachfrage auf unsicheres Terrain gewagt hatte. Seitdem Tolla nicht mehr hier war, hatten alle so getan, als hätte es das Mädchen an ihrer Seite nie gegeben. Die Erzieherinnen, die Kindergärtnerinnen und die Schülerinnen hatten ziemlich schnell gespürt, dass sich hinter Tollas Verschwinden mehr als ein Umzug zu ihren Großeltern verbarg. »Bei ihnen im Harz ist die Luft eben besser als bei uns«, hatte Klara damals nur knapp erklärt. Ihr strenger Tonfall hatte deutlich gemacht, dass sie sich jede weitere Nachfrage verbot. Es war ein Tonfall, von dem sie überrascht war, dass er ihr überhaupt zur Verfügung stand. Doch als sie sah, dass er wahre Wunder wirkte, hatte sie ihn trainiert und gefestigt. Er produzierte auf ewig geltende Gesetze und sorgte für reibungslose Abläufe. Der Hausmeister stand vom Boden auf und klemmte sich seinen zusammengerollten Teppich unter den Arm. Um die peinliche Stille zu durchbrechen, holte Klara ihr Maßband aus der Tasche und lächelte höflich. »Wir werden sehen.«

## 2

*2000*

Klara stand in Mantel und Hut auf dem Rasen in ihrem Garten, weit hinten am rückwärtigen Zaun, wo die Blüten des Jelängerjeliebers zu dieser Jahreszeit so herrlich dufteten. Es war ein kleines Abenteuer, das sie hier wagte. Ein unvernünftiger Ausflug an ihren Lieblingsort. Nur einmal noch wollte sie hier sein und diesen wunderbaren Duft einatmen. Im vergangenen Sommer hatte sie bereits vergeblich versucht, allein bis hierher zu kommen. Aber das war gar nicht so leicht, wenn man blind und über neunzig Jahre alt war. Nun hatte sie es endlich geschafft. Sie hatte sich am Gurren der Tauben in der Blutbuche orientiert, während sie sich mit ausgestrecktem Arm und mit tastenden Schritten über das weiche Gras bewegt hatte. Obwohl sie sich etwas wacklig fühlte, war sie entschlossen vorangetrippelt. Es war doch seltsam. Die mittägliche Stille war die gleiche wie vor dreißig Jahren, als sie hier mit Gustav auf der Decke gesessen und er ihr aus Adalbert Stifters *Nachsommer* vorgelesen hatte. Diese sanftmütige Stille, die sich so zärtlich über die Gärten, die Häuser, die Menschen und die restliche Schöpfung legte. Eine Stille, in der das Leben sich seiner selbst bewusst wurde, eine Stille, die alle Lebewesen auf wundersame Weise miteinander verband.

Niemand war da, der ihr zu Hilfe kommen könnte, wenn sie fiel. Die Familie, die auf der linken Seite wohnte, war in den Sommerurlaub gefahren. Frau Clasen, die Dame, die auf der rechten Seite bis vor ein paar Wochen gewohnt hatte, war von ihren Kindern in ein Seniorenheim verfrachtet worden. Was nicht weiter verwunderlich war. Als Klara sie im letzten Sommer besucht hatte, um sich von ihr einige alte Briefe von Gustav vorlesen zu lassen, war sie schon sehr schwach und antriebslos gewesen. Sie hatte sich nicht einmal mehr die Mühe gemacht, aus dem Bett aufzustehen und ihr Nachthemd gegen eine Bluse einzutauschen. Gerade stand das Haus leer, die Familie, die dort einziehen wollte, renovierte noch fleißig, und hin und wieder hörte Klara es bohren und hämmern. Doch heute war es drüben still.

Ihre Hand berührte den Gartenzaun. Über ihr raschelten die Baumkronen. Es war, als würde sie das leise Umblättern der Buchseiten und Gustavs Stimme hören. *Der Mensch ist nicht zuerst der menschlichen Gesellschaft wegen da, sondern seiner selbst willen. Und wenn jeder seiner selbst willen auf die beste Art da sei, so sei er es auch für die menschliche Gesellschaft.* Nach dieser Überzeugung hatten Gustav und sie versucht, ein Leben lang zu handeln. Als Lehrerin hatte sie diese Überzeugung an ihre Schülerinnen weitergegeben. Immer auf die beste Art da zu sein. Dabei war sie selbst unbemerkt vom Weg abgekommen. Denn es war gar nicht so leicht zu erkennen, wann man nicht mehr allumfassend auf die beste Art da war. Das Sonnenlicht, das sich gerade noch warm auf ihren Handrücken gelegt hatte, schien auf einmal von einer mächtigen Wolke verschluckt worden zu sein. Klara legte den Kopf in den Nacken, auch auf ihrem Gesicht fühlte sie keine Wärme mehr. Stattdessen ruckelte nun eine Windböe an ihrer Hutkrempe. Sie zog den Mantelkragen enger um ihren Hals. Die Äste über ihr schaukelten knarrend stärker hin und her. Die Baumkronen raschelten heftiger. Der erste Regentropfen fiel. Von weit her war Donnergrollen zu hören.

Wie damals, als Gustav und sie als frisch vermähltes Paar die Kirche ihres Heimatstädtchens Lieberode verlassen hatten. Genau wie jetzt war plötzlich ein gewaltiges Grollen zu hören gewesen. Das Unwetter war direkt über sie hinweggetobt, in einer Geschwindigkeit und Heftigkeit, die Klara bis dahin noch nicht erlebt hatte.

Das Gurren der Tauben verstummte. Bis auf das Blätterrascheln und das unruhige Wiegen der Äste war es gespenstisch still. Ab und an fiel ein einziger dicker Tropfen auf ihren ausgestreckten Handrücken. Über ihr türmten sich bestimmt schon schwarze Gewitterwolken in den sommerlichen Himmel empor. Wieder landete ein dicker Regentropfen auf ihrer Hand. Dann auf ihrer Hutkrempe. Noch einer und noch einer. Auf ihren Schultern, auf ihrem Arm. Die Tropfen waren so schwer, dass der Aufprall durch den Wollstoff des Mantels zu fühlen war. Es war nicht besonders klug, sich so weit vom sicheren Haus wegzubewegen. Klara lächelte, als wollte sie ihre Hilflosigkeit vor der Welt verstecken. Als wollte sie ihrer Umgebung weismachen, dass sie die Situation unter Kontrolle hatte. Dieses Lächeln hatte sie als junge Frau bis zur Perfektion geübt, es entstand noch immer ganz selbstverständlich in ausweglosen Situationen. Es war ein leichtes, fürsorgliches Lächeln. Es war das Lächeln einer Anführerin, die alles Unheil von ihren Schützlingen abhalten konnte, die einzig und allein auf ihre Stärke vertrauten. Natürlich stimmte das längst nicht mehr. Und eigentlich hatte es damals schon nicht gestimmt. Aus Furcht vor den vorhersehbaren Folgen hatte sie ihr kleines Mädchen weggeschickt. War es nicht so? Doch zumindest hatte sie die Illusion, eine starke Frau zu sein, für die vielen Kurkinder, ihre Schülerinnen, Erzieherinnen und ihre eigenen Kinder aufrechterhalten. Immer mehr Tropfen prasselten herunter, fast so, als wollten sie sagen: »Siehst du! Siehst du, Klara Erfurt! Irgendwann erwischt es auch dich!«

Sie drehte sich mit ausgestrecktem Arm vorsichtig im Kreis, ging ein paar Schritte hierhin, dann dorthin, in der Hoffnung, den glatten Stamm der Blutbuche zu ertasten oder den Gartenzaun. Aber da war nichts. Nur das feuchte Gras unter ihren Füßen. Wieder donnerte es. War es besser, um Hilfe zu rufen? Aber wer sollte sie hören? Frau Clasen saß sicher aufgehoben in ihrem Seniorenheim. Die Familie auf der anderen Seite war im Badeurlaub in Spanien. Alle anderen Nachbarn waren zu weit weg, als dass ihr Rufen sie erreicht hätte. Und das Armband mit dem Alarmknopf, das ihre Töchter ihr vor Jahren besorgt hatten, lag in Originalverpackung in der Schublade des Küchentischs.

Die Bäume in den Nachbargärten rauschten wilder. Das Donnergrollen wälzte sich über sie hinweg. Die Luft war kalt. Der Regen peitschte mit immer größerer Leidenschaft auf sie ein. Sie hielt ihren Hut fest, den Kopf gesenkt, den anderen Arm ausgestreckt. Sie würde einfach weiter in diese Richtung gehen, bis sie auf die Hecken traf, die ihr Grundstück von dem der Nachbarn abtrennten, oder sie endlich den Stamm der Blutbuche fühlte oder den rückwärtigen Gartenzaun. Es war nur ein Gewitter über einer norddeutschen Reihenhaussiedlung. Aber so ein Gewitter war nicht ungefährlich, besonders wenn man blind war und es direkt über einem stand.

Klara ging Schrittchen für Schrittchen weiter. Von der Hutkrempe lief das Wasser in ihren Nacken. Sie schlug den Kragen nach oben. Ihr Gesicht war nass. Ihre Füße waren nass. Sie durfte nicht ausrutschen. Ihre Hände griffen immer wieder ins feuchte Nichts. Dafür spürte sie unter ihren Sohlen einen leichten Anstieg des Untergrunds. Das bedeutete, dass sie sich Richtung Haus bewegte. »Geh weiter«, beschwor sie sich. »Gleich bist du in Sicherheit.« Sie machte einen mutigen kleinen Schritt nach dem anderen. Es war schön und eigentümlich, hier draußen zu sein. Durchnässt, wie eine starke Frau, die sich nicht vor einer heftigen Erkältung fürchtete. Wie eine Frau, die sich vor gar nichts mehr fürchtete. Mit einem Mal fühlte sich Klara sehr lebendig. In jeder Zelle ihres zittrigen Körpers breitete sich dieses rauschhafte Glück eines unverwundbaren Menschen aus, der staunend eintrat in eine ihn erwartende, vollkommen unerklärliche, wunderbare Welt. Sie war hier um ihrer selbst willen. Auf die beste Art.